Keinen Platz in dieser Welt

NICHOLAS KIRCHHOF

KEINEN PLATZ IN DIESER WELT

ROMAN IN ZWEI TAGEN, EINEM ZWISCHENSPIEL UND EINEM EPILOG

Bibliografische Information der Deutschen Nationalbibliothek:
Die Deutsche Nationalbibliothek verzeichnet diese Publikation in der Deutschen Nationalbibliografie; detaillierte bibliografische Daten sind im Internet über dnb. dnb.de abrufbar.

Verlag: BoD · Books on Demand GmbH, In de Tarpen 42,
22848 Norderstedt

Druck: Libri Plureos GmbH, Friedensallee 273, 22763 Hamburg

ISBN: 978-3-7693-8044-6

Für Fabian Scherle

AUFZEICHNUNGEN
AUS DEM KRANKENHAUS

Eigentlich wollte ich hier mit einem Dostojewski-Zitat anfangen, aber dann dachte ich mir, ich müsse mich zu Beginn ja nicht als das prätentiöse Arschloch zu erkennen geben, das ich wirklich bin.

Es sollte einleitend darauf hingewiesen werden, dass der alte Fjodor mal fragte, wie man leben könne, ohne eine Geschichte zu erzählen zu haben. Dann wollte ich sagen, dass ich eine Geschichte zu erzählen, aber trotzdem nicht mehr lange zu leben habe. Dann irgendwas über die Ironie des Schicksals. Ziemlich selbsterklärend eigentlich.

Das ist auch der Grund, warum ich es letztendlich gelassen habe. Ich hätte die Geschichte natürlich auch einfach für sich stehen lassen können, ganz ohne sie durch einen radikal subjektiven Prolog zu verfälschen, der starke Ähnlichkeit mit einem Vorwort hat, aber mehrere Gründe sprachen dagegen.

Erstens wollte ich, dass Sie schon mal mit mir warm werden, denn der erste Eindruck zählt. Zweitens steht hier dieses Vorwort aus demselben Grund, aus dem ich die Geschichte erzähle: Mir geht total einer ab, wenn ich rede und mir Leute zuhören. Aufmerksamkeit ist meine Droge, da will ich Sie gar nicht anlügen und schlage sogar vor, dass wir von Anfang an mit offenen Karten spielen. *The hour's getting late.*

In dieser Tradition werde ich nun fortfahren und Sie etwas einführen.

Es ist eine Geschichte biblischen Ausmaßes, die eines Shakespeare, eines Tolstoi oder eines Homer würdig gewesen wäre, weshalb sie gerade gut genug ist für mich.

Die Welt unserer Helden beinhaltet das Nichts, meinen ältesten Freund. Es geht um die Menschlichkeit und ihre Abwesenheit, um nebensächliche Sachen, wie Mord und Vergewaltigung, und um die alles entscheidenden Sachen, wie Witz und Nichtwitz. So ein bisschen geht's auch um den Menschen unserer Zeit, von dem man halten kann, was man will, obwohl ich mir anmaße, relativ viel von ihm zu halten, da ich ja selbst einer bin.

Man könnte sich sogar so weit aus dem Fenster lehnen und behaupten, es ginge zum Teil um mich, aber an Ihrer Stelle hätte ich Angst, aus besagtem Fenster herauszufallen.

Über mich gibt's nicht viel zu sagen, obwohl ich es zu gegebener Zeit tun werde. Nur als kleiner *Funfact* vorneweg: In mir kämpft ein Organismus um *sein* Überleben, der *mein* Überleben auf lange Sicht unmöglich machen wird. Abgesehen davon bin ich quietschfidel. Der Mensch hat sich ja zeit seines Lebens dadurch ausgezeichnet, vor allem gegen die Dinge anzukämpfen, die er nicht ändern kann, und ohne jetzt melodramatisch klingen zu wollen: Ich schreibe um mein Leben. Also schreiten wir zur Sache.

Ich werde mich bemühen, mich zurückzuhalten, aber manchmal ist der Impuls, das Geschehen zu kommentieren, doch zu groß.

Ein Versprechen werde ich Ihnen noch an die Hand geben, bevor ich Sie allein lasse (wenn auch nicht für lange Zeit): Diese Geschichte ist wahr. Was ist Wahrheit, mögen Sie vielleicht fragen, wenn nicht eine durch Konditionierung antrainierte Illusion? Ich muss gestehen, die Frage würde mich etwas überraschen, da sie minimal fehl am Platz scheint, aber diese Überraschung würde ich durch blanken Zynismus überspielen und antworten, dass mir Ihre Meinung ziemlich egal sei und ich die Geschichte erzähle, um Ihnen meine Meinung aufzudrängen, da ich natürlich glaube, dass sie die beste ist.

Diese Aussage fänden Sie dann vielleicht etwas fragwürdig, aber bevor Sie Poppers *Logik der Forschung* aus Ihrem Bücherregal gezaubert hätten, wäre ich bereits wieder beim Thema Wahrheitsgehalt angelangt und würde Sie schlichtweg ignorieren. Ich würde sagen, dass Sie zwar beten mögen, die Geschichte sei ausgedacht, da Ihnen das Grauen lieber wäre, wenn Sie den Sicherheitsabstand der Fiktion wahren könnten, aber das würde nichts an ihrer völligen Tatsachentreue ändern.

Sie würden vielleicht einwenden, dass Wahrheit nicht unbedingt besser sein müsse als Lüge, da die Wahrheit oft nur Leid und Schmerz zutage fördere, und ich müsste Ihnen eingestehen, dass Sie mir langsam auf die Nerven gehen. Da dieser Umstand vermutlich auf Gegenseitigkeit beruht, werde ich Sie hier verlassen.

DER ERSTE TAG

HEPHAISTOS' MORGENROUTINE

Ein »Wie bitte?«, dicht gefolgt von einem gedachten: »Ernsthaft? Hephaistos?«, ist die häufig beobachtete Reaktion auf die Antwort auf die beliebte *Small-Talk*-Frage: »Und wer bist du?« oder, ähnlich intelligent und eloquent: »Wie heißt du?«.

Die Antwort würde von einem unscheinbaren, durchschnittlichen Wicht gesprochen werden, mit überdurchschnittlich teuren Klamotten, die im starken Gegensatz zu seinem sonstigen Aussehen, dem etwas unschönen Gesicht, ständen, und damit vermutlich das Gegenteil von dem bezwecken, was der Antwortende beabsichtigte.

Die Antwort würde lauten: »Hey, ich bin Hephaistos, aber meine Freunde sagen Hep zu mir.«

Hep hatte allerdings keine Freunde. Nur eine Menge Leute, die sich gegenseitig Freunde nannten, um ihre offensichtliche Oberflächlichkeit zu ertränken, in der ihrer Meinung nach zwangsläufigen Erkenntnis für andere, dass jemand mit Freunden sympathisch sein müsse. Dieses Abkommen wurde natürlich niemals laut ausgesprochen und war manchen Vertragspartnern sogar gänzlich unbekannt. Diese besonders primitiven Kontraktualisten ließen sich ausschließlich mit der Masse treiben, aber nicht in der coolen »*Go with the flow, Queens of the Stone Age*«-Weise, sondern auf die ziemlich uncoole NSDAP-Wähler-Weise.

Zu welcher Gattung genau Hep gehörte, kann ich bis jetzt schwer einschätzen. Möglicherweise können Sie mir diese Frage ja später beantworten. Zwischendurch handelt er so dämlich, dass es nahezu unmöglich erscheint, dies könnte keinem bestimmten Plan folgen. In anderen Situationen ... auch. Das macht das Ganze ziemlich schwer. Aber ist ja eigentlich auch egal.

Wie Hep es geschafft hat, mit unseren Helden in Kontakt zu kommen, ist mir bis heute ein Rätsel, allerdings eines, dessen Lösung erstaunlich simpel ist.

Lisa ging mit ihm zur Grundschule und das war's. Pure Nostalgie, könnte man sagen. Mittlerweile empfand Lisa zwar auch den vertrauten Charme der Beulenpest, wenn er in ihrer Nähe war, und Jona und Arthur hatten schon lange vermutet, Hep sei ein Floh, der vom Rücken einer Ratte gehüpft war, um sie heimzusuchen, aber aus irgendeinem unerfindlichen Grund hatte Aurora an ihm Gefallen gefunden. Allerdings mehr auf der Vertragspartnerebene als auf der Ebene, an die Hep dachte, und offensichtlich war hier der Wunsch Vater des Gedankens.

Hep dachte erstaunlich oft daneben. So glaubte er zum Beispiel, seine Eltern hätten ihm seinen Namen gegeben, weil sie immer wussten, dass er dazu bestimmt sei, Großartiges zu schaffen. Vor neuen Leuten brüstete er sich oft damit, so zu heißen wie der griechische Gott der Schmiedekunst. Dooferweise, vor allem für seine Mitmenschen, hatte ihm seine Mutter das Ganze ein wenig zu oft versichert. Der eigentliche Ursprung von Heps Namen war weitaus banaler und allein deshalb viel angemessener.

Der vielleicht etwas zu elitäre Arzt, der die undankbare Aufgabe hatte, Hep zur Welt zu bringen, hatte, nachdem er dieses wirklich hässliche Baby gesehen hatte, den internen Witz gemacht, das Baby Hephaistos zu nennen, nach dem Gott, der so hässlich war, dass seine Mutter Hera ihn vom Olymp warf.

»Sie könnten den kleinen Racker dann Hep abkürzen«, vollendete der Doktor seinen Witz und die anwesenden Krankenschwestern lachten pflichtschuldig.

Heps Eltern, zwei neureiche Arschlöcher, fanden die Idee so gut, dass es jedem der Anwesenden zu peinlich war, die frischgebackenen Eltern auf den Witz hinzuweisen. Die neureichen Arschlöcher waren auch nicht wirklich reich, sondern bestenfalls wohlhabend, bezeichneten sich aber bei ihren neureichen Arschloch-Freunden gerne als neureiche Arschlöcher.

Sie hatten irgendwo gelesen, dass sich der wahre Name im Moment der Geburt wie durch Zauberhand in das Gehirn der Namensgeber begeben würde, und hatten sich deshalb nicht die Mühe gemacht, sich vor diesem wichtigen Tag mit der Namensgebung zu befassen. Ein fataler Fehler. Die logische Konsequenz war, dem kleinen Hep sowie sich selbst einzureden, der Name wäre für jene, die zu Großem bestimmt wären. Als die armselige Kreatur, die er zweifelsfrei ist, ging Hep in dieser Rolle so sehr auf, dass er sich dafür entschied, Modedesign zu studieren, da dies »ja auch was mit Händen schaffen« sei. Modedesign. (Seufz.) Es gibt auf der großen weiten Welt wohl kein oberflächlicheres und darum auch kein besser zu ihm passendes Studium als Modedesign. Sogar ein Wirtschaftsstudiengang, die Mutter aller oberflächlichen Studiengänge, ist noch zweckmäßiger, da er wenigstens die Gesellschaft mit am Leben hält. Modedesign hingegen dient absolut und ausschließlich nur denen, die absolut und ausschließlich Wert auf Äußeres legen. Schopenhauer hat mal gesagt, es gäbe drei Wege, auf denen die Menschen versuchten, glückselig zu werden. Dass alle zwangsläufig scheitern würden und man sich bestenfalls vom Willen zum Leben abkehren könnte, um so etwas Ähnliches wie Glück zu erreichen, sei hier außen vor gelassen, da Schopenhauer dies separat erwähnt und weil es meinem Punkt nichts bringt. Die drei Wege seien jedenfalls der des inneren Glücks, also des Geistes, der der Äußerlichkeiten, also des Aussehens, und der der Anerkennung, also, was andere von einem denken. Laut Schopenhauer kann nur der erste Weg funktionieren. Wie es der Zufall so will, vereint Modedesign die beiden letzteren und unterstreicht somit nur noch mehr seine fulminante Sinnlosigkeit. Genauso gut könnte man sich auf die Stirn tätowieren lassen:

»Ich bin überflüssig.«

Die Modedesigner würden einem aus stilistischen Gründen erstmal hiervon abraten, aber nachdem ein paar hirnverbrannte Influencer das Ganze zum Trend gemacht hätten, würden auch die Modedesigner begeistert folgen. Der Philosophie wird zwar auch oft nachgesagt, sie sei überflüssig, aber da es sich bei ihr um meine große Liebe handelt, muss ich doch ein paar verteidigende Worte vorbringen. Die Welt, wie wir sie heute kennen, würde ohne die Philosophie nicht existieren. Natürlich würde die Welt, wie es sie heute in diesem Moment gibt, auch ohne Modedesign nicht existieren, aber es lässt sich annehmen, dass die Welt ohne Modedesign eine weitaus bessere wäre, nämlich eine, in der die Menschen weniger auf Äußerlichkeiten achten würden, und das wäre wirklich wünschenswert. Die Unmengen an gespartem Geld könnte man dann gewinnbringend in einen Fonds für Philosophiestudenten investieren, die sonst ihr Dasein als Taxifahrer fristen müssten. Zurück zu Hep.

Seine Mutter hätte ihm die Lebenslüge seiner Großartigkeit übrigens gar nicht sein ganzes Leben lang vorheucheln müssen, Hep glaubte es schon so. Einmal in Rage gekommen, hielt Hep Reden darüber, wie sehr sich sein Leben von dem der anderen unterscheide. Die anderen wollten doch nur schnelles Geld und saufen. Er wollte schnell viel Geld und saufen. Hier ließ er für gewöhnlich Platz für die Lacher, die mit unheimlicher Präzision jedes Mal ausblieben. Alle wollten das gleiche Leben leben, aber er wäre anders. Die Rede bewegte sich dann meistens in Richtung Klimaaktivisten, einer Gruppe, die gerne zur Zielscheibe der Kinder neureicher Arschlöcher wurde, da sie da alle einer Meinung waren. So viel zum Thema unterschiedliche Leben. Diese Identitätslosen hätten doch keine Ahnung von Kultur, verhielten sich nur ihren Umständen entsprechend, könnten nichts und hassten die, die etwas könnten. Leute wie ihn also. Als ob das sein Problem wäre. Kam er aus besseren Verhältnissen? Ja. War sein Leben besser als das dieser erbärmlichen Würmer? Ja. Aber er würde sich doch nicht schlecht fühlen, nur weil er in einem großen Haus mit Swimmingpool groß geworden war. Wo kämen wir denn da hin? »Wehret den Anfängen«, sagte er immer.

Mit »sagte er immer« meine ich natürlich, dass er es immer sagte, seitdem er es seinen Vater einmal im Gespräch hatte verwenden hören.

Diese Wichser hätten doch schon damals versagt. Das Leben wäre ein Spiel und er wisse, wie man es spiele. Er hätte so gut wie gewonnen. Er wäre im ersten Jahr seines Studiums und wisse, dass er sich nicht anzustrengen brauche. Er wäre tatsächlich zu gut für diese Universität. Der einzige Grund, warum ihn bei solchen Reden niemand unterbrach, war der, dass Hep sich als braver Zuhörer bei den Reden der anderen erwies. Auch das war unausgesprochener Teil des Vertrags.

Eigentlich wäre er an diesem Tag einfach liegen geblieben, aber er musste sich für ein Projekt mit Aurora, Lisa, Arthur und Jona treffen. Hep dachte sich in diesem Moment, der ihn seinen kostbaren Schlaf kostete, dass er bei dieser Weltverbessererscheiße auch nur mitmachte, weil er Aurora flachlegen wollte. Er war sich außerdem sicher, dass Arthur auch nur deswegen mitmachte. Aber erstens, dachte sich Hep, sähe er besser aus als Arthur, und zweitens trug er, Hep, teurere Klamotten, worauf Aurora großen Wert legte. Hep hielt sich zudem für sehr viel schlauer.

Was Hep nicht wusste, war, dass Arthur ein Mathematik-Genie war, das seinen Schulabschluss mit 17 gemacht hatte. Sein Unwissen kann man Hep in *diesem* Fall nicht vorwerfen, da Arthur es nie jemandem erzählt hatte. Trotzdem sollte Hep an diesem Tag nicht nur mit dieser Annahme falschliegen. Konsequent redete sich Hep weiter ein, dass Aurora ihm schon oft ihr Interesse zu verstehen gegeben hatte. Auf diesem Gebiet hatte er zwar bis jetzt überhaupt keine Erfahrung, aber er glaubte wie so oft fehl, dass für jemanden wie ihn die Liebe und das Körperliche keine wirkliche Herausforderung darstellten.

Ich gestehe einen gewissen Subjektivismus in der bisherigen Darstellung ein, deshalb bitte ich Sie, selbst einen Blick in den Gedankengang dieses *Fehlers* zu werfen.

In diesem Moment dachte er (der Fehler), dass Jona keine Konkurrenz für ihn sei, da er eine Freundin habe. Hep musste ihm zugestehen, dass Lisa ziemlich gut aussah, zu gut für Jona. Eine lange Zeit hatte er auch geglaubt, sie wolle etwas von ihm, und er wäre definitiv nicht abgeneigt gewesen, war aber halt echt nicht der Typ für was Ernstes. Wahrscheinlich der Grund, warum sie sich für Jona entschieden hatte. Das konnte nur ein Fehler gewesen sein, denn jetzt war sie voll am Arsch, was *social standing* anging und so. Sie machte bei dem Projekt offiziell auch mit, kam aber an diesem Morgen nicht, da Jona ihr versichert hatte, alles für sie mitzuschreiben, so dass sie länger schlafen könnte. Obwohl es in ihrer WhatsApp-Gruppe diskutiert wurde und Lisa am Anfang noch etwas dagegen gesagt hatte, bevor sie sich von Jona hatte überzeugen lassen, war Hep sich sicher, dass die beiden währenddessen zusammen auf dem Sofa lagen. Sie waren doch eher Normalos und dachten über so was nicht nach. Das war zumindest Heps Erklärung. Jona dachte die ganze Zeit, dass es ihm egal wäre, was andere von ihm dachten, aber Hep wusste, dass das nur an Lisa lag, da ihm außer ihr nichts wichtig war. So ein realitätsfernes Opfer. Jeder wäre doch alleine, wenn er sich nicht so verhalten würde, wie es den anderen passte. Jona war alleine, nur Lisa trennte ihn noch von diesem Schicksal. Früher war sie genau wie er, Hep. Deswegen hätten sie ja auch so gut zusammengepasst. Gefühlt war es ihr wichtiger als ihm gewesen, was die anderen dachten. Zu der Zeit dachte er auch, dass er sich das irgendwie zum Vorteil machen könnte. So psychologisches Zeugs. Abhängig machen von seiner Meinung und so was. Er schwor, es hätte geklappt, wenn Jona sie nicht so durch seine Nettigkeit verdorben hätte. Hat ihr die Unterstützung gegeben, die sie brauchte, wie in einem der alten Scheißfilme, die seine Mutter sich anschaute. Das hatte Lisa nicht gutgetan, denn jetzt war sie auch kurz davor, nur noch Jona zu haben, der immer noch viel zu nett war. Hep hätte es definitiv besser gemacht. Das heute war doch das beste Beispiel. Jona passte zu sehr auf sie auf. Sollte sie lieber mal etwas härter behandeln. Wie ein richtiger Mann. Wenn er Lisa hätte, würde er ihr zeigen, wo's langgeht. Er hätte ihr besser getan. Er musste nur warten, bis Lisa Jonas ganzer Finanzlifestyle zu langweilig wurde und sie sich nach echten Männern sehnte. Nach einem Original. Nach einem Künstler. Dann wäre er an der Reihe. Bis dahin konnte es ja nicht schaden, bei Aurora einzulochen. Wenigstens einmal.

Gott sei Dank riss Heps Wecker ihn aus seinen Gedanken und gibt mir damit Anlass, Sie von dieser Kaskade zu erlösen, denn viel länger hätte ich das Ganze nicht guten Gewissens verantworten können.

Hep öffnete die Augen, sein erster kolossaler Fehler des Tages. Etwa 21 Jahre zuvor hatte er diesen Fehler schon einmal gemacht und seitdem konsequent täglich wiederholt. Zweifelsohne, ein Verbrechen gegen die Menschheit.

Auf Instagram hatte er gelesen, dass man eine Stunde nach dem Aufstehen ohne sein Handy verbringen müsse, da dies besser fürs Gehirn sei – und generell für das Mindset.

Glauben Sie mir, sein Gehirn war nicht mehr zu retten.

Er stand also auf, der zweite Fehler, und holte sein iPad Pro, entsperrte es und öffnete erst Instagram, dann Snapchat und schließlich TikTok. Nachdem er 15 Minuten seine Feeds gecheckt hatte, war er bereit für den nächsten Schritt. Sein zweiter Wecker klingelte und wies ihn darauf hin, dass er seine Zeit am iPad nun für sein morgendliches Workout unterbrechen müsse. Hep gratulierte sich selbst, dass er dies schon getan hatte. Es sind die kleinen Dinge, sagte er sich, die den Unterschied machen. Er nahm an, dass nicht jeder das verstehen müsse, aber erfolgreiche Leute machten das halt so. Beim Gedanken an Aurora hatte er eine Erektion bekommen, ging ins Bad und masturbierte. Er sagte sich, dass das vor allem gut sei für den Fall, dass er sie heute wirklich ficken würde, da er dann länger durchhalten könnte. Danach betrachtete er sich kurz im Spiegel und war sehr zufrieden mit seiner Form. Einsichtig, wie er war, wusste er natürlich, dass es Leute gab, die in besserer Form waren als er, aber die hatten dann wirklich nichts anderes im Leben zu tun. Dafür war er halt interessant. Einfach so und von Natur aus. Er müsste weiter nichts machen, aber das tat er sogar, weil er nichts dem Zufall überlassen wollte. 10 Seiten lesen am Tag. Politische Podcasts. Auch solche Dinge, das wusste er, machten den Unterschied zur durchschnittlichen Bevölkerung. Trotzdem machte er auch Sport. Er hatte sich die Pro-Version von Freeletics auf sein iPhone 14 geladen, neuestes Modell. Konnte dieses sogar mit seinem Flachbildfernseher verbinden, der wirklich hässlich an seiner Zimmerwand hing. So trainierte er. Immer morgens. Auch etwas, was nur jene taten, die ihre Ziele fest im Auge hatten. Er ging zurück in sein Zimmer und schaltete die Fußbodenheizung ein. Der Marmorboden im Bad hatte seine Füße runtergekühlt (und er wusste nicht, dass die Fußbodenheizung mehrere Stunden brauchte, um sich aufzuwärmen). Er ging direkt zum Perserteppich, der direkt vorm Fenster und direkt unter dem Samsung-Fernseher lag. 4K.

Glauben Sie mir, es bereitet mir Schmerzen, das vergangene Geschehen dieser Art niederzuschreiben, aber was tut man nicht alles für die Wahrheit. Heps Sony-Funkwecker spielte gerade Bruno Mars. Sein Musikgeschmack war wie er, anders als der Rest. Nicht diese Mainstream-Popscheiße. Fürs Training motivierte es ihn aber nicht genug.

Er zog seinen Schlafanzug auss^= hätte er das vor dem Formcheck gemacht, dann wäre dieser vielleicht etwas deprimierender verlaufen (also *noch* deprimierender) – und warf ihn in Richtung Habitat-Wäschekorb, links neben der Flügeltür. Er traf nicht. Heute Abend würde er gewaschen und gebügelt auf seinem Bett liegen. Er öffnete Spotify und ließ sich die Trainingsplaylist seiner »Freunde« anzeigen und spielte sie ab, nur für den Fall, dass das Gespräch auf so etwas kommen würde.

Gute Frau, bitte verzeihen Sie mir dieses Kapitel, es ist notwendig für Ihr volles Verständnis der Ausgangslage an diesem schönen Frühlingsmorgen. Ich verspreche Ihnen, dass jeder weitere Protagonist dieses Epos interessanter und zugleich unterhaltsamer ist. Zudem wird die Handlung exponentiell an Fahrt aufnehmen, also haben Sie Geduld. Geduld und Zeit sind, wie Tolstoi schrieb, die beiden größten Krieger. Bitten Sie die beiden auf ein Tässchen Tee herein und ich schwöre auf den Leichnam vom lieben Gott, das Ganze wird nicht mehr lange dauern. Sie können die beiden Krieger dann sofort höflich bitten zu gehen. Noch ist es nicht so weit, denn Hep ist auf die Idee gekommen mitzurappen, während Kendrick Lamar über Doppelmoral sinniert. Die Ironie fällt natürlich allen auf, außer Hep, aber da er der einzige Anwesende ist, ist die Ausbeute dies betreffend sehr gering.

Hep musste sich motivieren, und er tat es durch Posen vorm Spiegel und durch Rappen mit sicherer Textunkenntnis. Durch Heps Sound-Surround-System von Bose ertönte Musik, die viel zu gut war für diesen verfluchten Ort. Das Meisterwerk näherte sich dem Ende und Hep ruinierte die Klimax, indem er mitsang:

»*When gang-banging makes me kill a nigga blacker than me.*«
Hep war weiß. Dafür war er jetzt hinreichend motiviert.

Würde er das gleiche Maß an Motivation auf Selbsterkenntnis richten, dann hätte er sich mittlerweile vielleicht schon umgebracht und das Kapitel wäre schneller vorbei. Natürlich tat er das nicht, denn das hier ist keine Utopie, und Wunder passieren nur in Märchen.

Er wählte »20 Minuten Core Training« aus und nutzte die Übungen für den unteren Rücken immer als Pause, wichtig waren ihm nur die für die

Bauchmuskeln. Deshalb war er sehr stolz auf sich, denn für ihn handelte es sich um eine Art problemlösendes Denken. Nach dem Training war er immer »völlig fertig«. Es zeigte ihm, dass er an seine Grenzen ging. Wären diese Grenzen die eines Landes, dann die des Vatikans. Was innerhalb dieser Grenzen vor sich ging, war ähnlich menschenverachtend wie der Inhalt der Vatikangrenzen. Zum Beispiel schlug Heps Herz.

Er ging rüber zu seinem Habitat-Schrank, öffnete die linke Tür und griff ins obere Fach. Er war nicht so groß; dafür hatte er einen kleinen Hocker neben dem Schrank stehen. Dieser Hocker war außerdem ein Designer-stück, deswegen würde, davon war er überzeugt, nie jemand auf die Idee kommen, dass er ihn brauchte, um an sein oberstes Fach, das Protein-fach, zu kommen. Das wäre ihm etwas peinlich gewesen. Seine Mutter war ebenfalls klein, deshalb hatte er auch das oberste Fach gewählt, denn sie hatte ihm den Gebrauch von Supplements verboten. Sie war auf dem Gebiet einfach nicht so belesen wie er. Er nahm sich *Kreatin Monohydrat* und *Chocolate Protein Powder* heraus, beides von *MyProtein*, und mixte sich die Getränke.

Endlich war der Moment gekommen, sein Handy zu öffnen. Während er die Getränke trank, öffnete er WhatsApp. Es gab nur eine neue Nach-richt. Immerhin eine mehr als sonst. Arthur hatte in die Projektgruppe ge-schrieben, dass er sich verspätete. Hep freute dies ungemein, denn wenn auch Jona sich verspäten würde, was er meistens tat, wäre er mit Aurora allein. Ein Grund mehr sich zu beeilen.

Wie jeden Morgen vollführte Hep das *Mauvaise-foi*-Ritual des Sich-Ein-redens, es seien nicht mehr Nachrichten eingetroffen, da er so lange wach ge-blieben und dann vor allen anderen aufgestanden war. Der Fluch des Erfolg-reichen; das sagte sein Vater immer. Er ging ins Bad, begab sich unter die Urwalddusche, die er 10 Minuten laufen ließ, während er darunter stand und leise zu Harry Styles mitsang. Als ihm der Gedanke an die Klimabewegung kam, musste er grinsen. Ihr spartanisches Leben führte dazu, dass er ohne die Spur eines schlechten Gewissens länger duschen konnte. Auch das sagte sein Vater immer. Er shampoonierte sich mit *Versace Eros* ein und duschte es danach ab. Dann trat er vor den Spiegel und trug *Axe-Deo* und *Hugo-Boss-Parfüm* auf. Er ging zurück in sein Zimmer, das *Calvin-Klein*-Handtuch noch auf den Schultern, bewegte sich zu seinem Habitat-Schrank und nahm einen *Michael-Kors*-Pullover, eine *Gucci*-Hose und ein Paar *Lacoste*-Socken heraus. Er zog sich an und warf das Handtuch neben seinen Schlafanzug.

Daraufhin verließ er sein Zimmer, nahm seine *Gant*-Aktentasche, die auf der Mahagonitreppe stand, und ging nach unten.

Zum Glück waren seine Eltern nicht mehr da, denn er hatte das Gefühl, morgens allein sein zu müssen, um seine Gedanken zu ordnen.

Er nahm ein *YFood* aus dem LG-Kühlschrank und trank es schnell. Er dachte sich, das würde zeigen, wie effizient sein Denken war, und im Spiel des Lebens ginge es ja nur um Effizienz. Er dachte falsch. Mehrmals. Auf einmal. Sein geheimes Talent. Apropos, Sie haben es bald geschafft. Halten Sie durch.

Hep ging in den Flur und zog seine *Balenciaga-Speedtrainer* an. Sein Vater hatte auf seinen Wunsch hin den Ford genommen, deswegen konnte er den BMW nehmen. Als er nach draußen trat, schloss sich die Tür automatisch hinter ihm und er zog den Reißverschluss seiner *Moncler*-Weste bis nach ganz oben hin zu. Der Wind könnte ihn wieder mal für Wochen außer Gefecht setzen, wenn er nicht aufpasste. Als er sich hinters Steuer setzte, verband sich sein Handy automatisch mit den Lautsprechern. Statt Musik wählte Hep einen Podcast, der ihm das zusammenfassen sollte, was seit gestern in der Welt so alles vor sich gegangen war. Das Intro begann, als er von dem Grundstück seiner Familie auf die Hauptstraße und durch sein kleines Viertel fuhr. Die Häuser waren klassischer Vorstadtnatur; Heps Vater sagt das immer, und obwohl Hep sie schön fand, freute er sich auf den Tag, an dem er in ein Villenviertel wegziehen könnte, welches seinem Leben gerechter werden würde, denn was machte ein Leben hier für einen Sinn.

ES HEISST SINN ERGEBEN, DU DUMMER BASTARD. Sorry, kurzer Ausbruch der Gefühle. Es ist bald vorbei.

Aurora wohnte in einem wirklich teuren Villenviertel und ihr Haus war riesig. Wenn er sie heiraten würde, überlegte Hep, dann wäre er mit Sicherheit reich. Sie wollte ja ohnehin was von ihm, und Liebe wie in diesen alten Büchern existierte nicht mehr oder hatte eigentlich noch nie existiert. Er überlegte weiter, dass er hin und wieder ein bisschen offensiver sein könnte. Vielleicht könnte er sie heute nach einem Date fragen. Ein bisschen zeigen, wo's langging und wer er wirklich war und was sein wirkliches Potential war. Er wäre mit Abstand die beste Option, die sie kriegen könnte, und eigentlich bräuchte er sie auch nicht, um reich zu werden; das schaffte er auch so. Der Reichtum war eher so etwas wie ein Bonus. Außerdem hatte sie den eh nur von ihrer Mutter geerbt, die ihn von ihrer Mutter geerbt hatte, und so weiter. Logisch betrachtet, wäre er bei ihm eindeutig besser aufgehoben. Er kannte sich mehr damit aus.

Die Tankanzeige des BMW leuchtete, Hep musste auf dem Rückweg tanken.

»Hey Siri, erinnere mich in zwei Stunden an Tanken und an einen Beleg.«

Der Beleg war wichtig, damit sein Vater ihm das Geld zurückgeben konnte. Aurora und er könnten ins Kino oder essen gehen. Essen wäre besser, dann könnte er sie mehr beeindrucken. Sie kannte wahrscheinlich die meisten Wörter, die er benutzte, nicht mal. Das würde punkten. Sie war nicht besonders schlau, dafür hatte sie andere Vorteile. Er könnte es ja einfach mal probieren, und wenn es ihm zu langweilig wurde, dann könnte er immer noch Lisa klarmachen, sobald sie mit Jona durch war.

Hep war mittlerweile im Stadtzentrum angekommen und fuhr auf die Universität zu. Kurz vorher bog er rechts ab und fuhr in die Tiefgarage. Die Schranke war problemlos hochgeglitten, da sein Vater einen Tarif hatte, der über irgendeine technische Sache im Auto Tickets kaufte, so dass er keines mehr brauchte. Das sparte Zeit, vor allem beim Rausfahren, und Zeit war tatsächlich Geld.

Beim Verlassen des Parkhauses achtete er darauf, dass seine Klamotten die Türklinke des Treppenhauses nicht berührten, und desinfizierte sich anschließend sofort die Hände. Dann ging er Richtung Café de Paris, das direkt neben dem Campus der Universität lag.

Vor der Tür standen schon Arthur und Aurora, rauchten und schienen auf Jona und ihn zu warten.

»Wo hast du deine Tasche gelassen?«, fragte Arthur zur Begrüßung, und Aurora, die Hep gerade umarmen wollte, hielt inne.

»Ja, Hep, du wolltest doch die Materialien mitbringen.«

Hep wollte überhaupt nicht. In einem sehr diktatorischen Demokratieverfahren wurde Hep bestimmt, derjenige zu sein, der das gesamte Material nicht nur beschaffen, sondern auch bezahlen musste. Er hatte sich mit seinem Schicksal abgefunden und dachte sich dann, er könne es so gut machen, dass ihn alle bewunderten. Er kaufte also USB-Stick, Diktiergerät und einen Collegeblock von der teuersten Marke, packte seinen Laptop ein und vergaß alles in seiner Küche. Vor zwei Tagen hatte er bereits einen Paypal-Link in die Gruppe geschickt, den alle konsequent ignoriert hatten; auch nach mehreren Hinweisen Heps, die ebenfalls konsequent ignoriert wurden. Schließlich hatte er aufgegeben, aber mit dem Plan, dass die anderen ihn während ihres Café-Besuchs einladen mussten. Nun sah es so aus, als würde sich dieser nach hinten verschieben, nur wegen ihm. Trotz der frischen Frühlingsluft

begann er zu schwitzen. Fuck. Er hatte die Tasche extra gestern schon ge-
packt und trotzdem vergessen. Kein guter erster Eindruck heute. Arthur
lächelte. Er hatte ein nettes Lächeln, aber Hep war sich sicher, dass es nicht
nett gemeint war. Er konnte bestimmt einfach nur nicht anders lächeln. Da
hatte Hep mal recht.

Arthur hasste Hep, der diesen Hass leidenschaftlich erwiderte. Der einzige
Grund, weshalb die Gruppe sich in dieser Konstellation traf, war der, dass
Lisa und Aurora beste Freundinnen waren. Jona war mit Lisa zusammen
und Arthur war irgendwie gut mit jedem. Das Projekt war auf fünf Personen
ausgeschrieben, und obwohl Arthur meinte, es mache einen guten Eindruck,
sich nicht an die Vorgaben zu halten, bestanden die anderen darauf, eine
weitere Person zu fragen.

Das Projekt war darauf ausgelegt, Studenten zusammenzubringen, die
sonst keinen Kontakt zueinander hatten, deswegen war eine weitere Vor-
gabe, dass alle Teilnehmer aus unterschiedlichen Studiengängen sein mussten. Schließlich hatte Aurora Hep vorgeschlagen, der, obwohl alle anderen
ihn nicht ausstehen konnten, mit der Begründung gewählt wurde, dass man
ihn ohne schlechtes Gewissen dazu verdonnern könne, sämtliche Materialien zu besorgen, und hier waren wir.

»Dann musst du sie wohl holen, Hephaistos«, sagte Arthur, während er
30 Sekunden lang versuchte, den starken Impuls zu unterdrücken, auf Heps
Stirn zu klopfen und McFly zu fragen, ob jemand zu Hause sei. Die Gründe,
die dagegensprachen, waren die, dass niemand außer Arthur den Witz witzig
gefunden hätte, was ihn normalerweise nicht davon abgehalten hätte; aber
solange Hep dabei war, hatte er sich vorgenommen, nur Sachen zu sagen,
die Hep verdeutlichten, dass er keine Chance bei Aurora hatte. *Zurück in die
Zukunft* hatten die beiden nicht gesehen, was Grund genug für Arthur wäre,
die Freundschaft zu kündigen, aber da er keine Freundschaft zu den beiden
pflegte, sah er dieses Mal großzügig darüber hinweg. Der andere Grund,
der gegen die Anklopfaktion gesprochen hätte, war der, dass Arthur Hep
so wenig wie möglich berühren wollte.

»Ja, natürlich«, antwortete Hep schnell und blickte dabei so auffällig auf
Aurora, dass es allen Beteiligten peinlich war, obwohl Aurora von der Be-
stätigung durch das männliche Geschlecht lebte und obwohl Arthur solche
Momente der Scham eigentlich selbst erschaffen wollte.

Hep blickte auf ihre enge Anzughose mit Bluse, offensichtlich ein Kostüm,
der zugehörige Blazer guckte aus der Tasche. Hep tippte auf Armani. Hatte

sie das nicht gestern schon angehabt? Wahrscheinlich hatte sie mehrere. Sah auf jeden Fall echt geil aus.

Arthur fragte sich, ob Hep bei seiner Betrachtung eigentlich bemerkt hatte, dass Aurora gerade eben so nicht als fett bezeichnet werden konnte. Er ekelte sich in diesem Moment etwas vor beiden.

Jetzt bloß cool bleiben, erinnerte sich Hep.

»Dann geht schon mal rein und wartet auf Jona, ich hole schnell die Tasche und komme dann wieder. 20 Minuten. Höchstens.«

Boom, das hatte gesessen. Hep war stolz auf sich. Er hatte gerade eiskalt deutlich gemacht, dass es ihm egal wäre, wenn die beiden allein waren, weil er wusste, dass es keine Gefahr gäbe, da er immer gewinnen würde. Er warf Aurora noch einen Blick zu, der, wie er fand, definitiv als Anmache gewertet werden konnte. Sie lächelte nett.

»Aber beeil dich, Zeit ist Geld«, rief ihm Arthur hinterher, während Hep beherrscht langsam zurückging, um keinen gestressten Eindruck zu vermitteln.

Das konnte ja jedem mal passieren. Ganz einfach. Kaum war er um die Straßenecke gebogen, sprintete er los. Er musste dafür sorgen, dass Arthur und Aurora so wenig Zeit wie möglich miteinander verbrachten. Fuck. Das war alles so dumm. Hoffentlich kam Jona bald. Hep begann zu schwitzen, und als er das Auto erreichte, war er schon klitschnass. Ausdauer trainierte er nie. Er musste sich zu Hause also auch noch umziehen. Ein gruseliger Gedanke kam ihm. Wieso war Arthur schon da gewesen; hatte er nicht gemeint, dass er später kommen wollte? Mit dieser weltbewegenden Frage, die nur die Welt eines kleinen, primitiven Geschöpfes wie Hep bewegen konnte, fuhr Hep nach Hause.

Lassen Sie mich Ihnen gratulieren. Sie haben es geschafft. Das schlimmste und anstrengendste Kapitel ist zu Ende. Imaginäres High-Five. Nice. Begeben wir uns zu meinem Helden, Arthur, der um 08:00 Uhr morgens an diesem Tag tatsächlich später gekommen war, und zwar auf Auroras Rücken.

ZWEI VERLORENE SEELEN, DIE IN EINEM FISCHGLAS SCHWIMMEN, IHRE ALTEN ÄNGSTE FANDEN UND SICH WÜNSCHTEN, DER ANDERE WÄRE NICHT DA

Arthur war später gekommen als sonst. Aurora überlegte, ob er vielleicht trainiert hatte. Sie selbst hatte sich erst letzten Monat die Premium-Version einer Beckenbodentrainingsapp geholt und seitdem konsequent nicht benutzt. Sie wusste, dass sie es nicht nötig hatte, aber ihr hatte die Werbung gefallen. Generell brauchte sie kein Training, denn sie war eine Naturschönheit.

Arthur hatte sie die halbe Nacht über gut gefickt und das war definitiv besser als irgendeine andere Beschäftigung, die ihr in den Sinn gekommen wäre. Es war schon spät gewesen, als er sie angerufen und gefragt hatte, ob sie Lust hätte vorbeizukommen, um etwas zu essen. Gemeint war natürlich sein Penis. Aurora hatte Lust, brauchte aber auch die Bestätigung, gewollt zu sein. Arthur hatte weniger Lust, sondern das Bedürfnis, nicht allein zu sein, denn, so viel sei dem Leser verraten, dieser Tag markierte ein Jubiläum, welches ihm normalerweise schon schwer aus dem Kopf ging, heute allerdings mit der Beharrlichkeit eines Brokers aus den 90ern versuchte, auf sich aufmerksam zu machen. So gesehen hatten Aurora und das Ereignis viel gemeinsam. Arthur hatte gesunde *Coping*-Strategien wie *Labeling* und Achtsamkeit mit einer gewagten Mischung ungesunder Coping-Strategien aus Alkohol und Sex kombiniert, was schon an normalen Tagen ein absurd abgefahrener Cocktail gewesen wäre.

Heute war aber kein normaler Tag, und mit der Sicherheit, mit welcher der Wetterdienst das falsche Wetter vorhersagt, werde ich Ihnen frühestens in 100 Seiten von diesem Jubiläum erzählen, und dabei sind 100 Seiten überaus optimistisch kalkuliert. Das nennt sich nicht nur dramatische Ironie, sondern es hat sich so zugetragen, und wer wäre ich, diese Geschichte zeitlich zu verdrehen. Jetzt mag man einwenden, dass Arthur doch bestimmt permanent daran denke, und ich würde antworten, ob man nicht gut lesen könne, denn offensichtlich tue er alles, um nicht daran zu denken. Ein weiterer neunmalkluger Einwand würde vielleicht lauten, dass der verwendete Effekt keinesfalls dramatische Ironie, sondern *foreshadowing* sei. Dieser Einwand wäre berechtigt, und ich würde mich dafür bedanken, denn ein Fehler kann ja wirklich jedem mal passieren, und mein Ego ist nicht so groß, dass ich ihn nicht einsehen könnte. Wie ich im ersten Kapitel bewiesen habe, kenne ich mich mit Fehlern gut aus. Einer von ihnen heißt Hep. Zurück zum Fischglas.

Es war das erste Mal, dass Aurora bei Arthur war; vorher war er immer bei ihr gewesen. Es hatte sie interessiert, wie er lebte, aber abgesehen davon wäre sie so oder so gekommen. Sie war sich der Wirkung, die sie auf Typen hatte, bewusst.

»Es soll jetzt nicht abgehoben klingen«, versicherte sie immer ihren BFFs. »Aber es ist irgendwie wie ein Fluch. Gefühlt jeder Mann, den ich treffe, will mich für mein Aussehen und immer nur das eine. Ich hätte auch gerne männliche Freunde wie ihr.«

Aus offensichtlich nachvollziehbaren Gründen hassten Auroras BFFs sie, aber sie hatte es durch eine beträchtliche Menge *fake it till you make it* geschafft, den Status einer beliebten Nutte zu erringen. Es war wirklich faszinierend: Die Typen wollten sie, die Mädchen wollten sie als Draht zu den Typen. Von den Typen wollte sie nur das eine, von den Mädchen Unterstützung. Sie war überall dabei, denn es konnte nie schaden, eine Nutte auf der Party zu haben. Sie brachte immer eine Horde kreischender Fangirls mit, die den ganzen Scheiß so wenig durchschauten wie sie selbst, und wenn Arthur sie anrief, kam sie.

Obwohl Arthur sonst nicht ihr Typ war (sie glaubte, dass sie es sich erlauben könne, wählerisch zu sein), da seine Familie zu wenig Geld besaß, fand sie ihn interessant. Er studierte Physik, und es war Aurora ein Rätsel, wie er an das Geld kam, das er angesichts seiner Wohnung besitzen musste.

Überall hingen Fotografien, eine Kombination aus alten Filmpostern, den Schauplätzen der schönsten Naturereignisse und David Bowie. An zwei Wänden standen lange Bücherregale, die mit Klassikern gefüllt waren (die Arthur anfangs nur gelesen hatte, um sich gezielt Charisma zuzulegen, wobei er dann aber der Lesesucht verfallen war, wie Jared Leto in *Requiem for a Dream*) und Selbsthilfebüchern. In einer Vitrine thronte eine Erstausgabe des *Hitchhikers Guide through the Galaxy,* und der Rest der Wohnung war in dunklen Tönen und schlichten Möbeln gehalten, welche teilweise auf eine große Glasfront ausgerichtet waren, die sich durch die ganze Wohnung zog wie ein Fluss.

Aurora hatte in ihrem gesamten Leben kein einziges Buch gelesen. Auch deshalb tat sie sich mit ihren Jurabüchern schwer.

Sie fand, die Regale hatten trotzdem etwas Exzentrisches. Sie kannte das Wort, weil ihre Mutter ihr auf die Frage, warum sie so viele Bücher zu Hause hatten, die keiner las, geantwortet hatte, das sei exzentrisch.

Aurora lag in einem großen Queensizebett, dessen Qualität sie beeindruckt hatte. Nie wäre ihr in den Sinn gekommen, dass es sich bei diesem Raum nicht um Arthurs Schlafzimmer handelte. Arthur hatte die Vorstellung etwas eklig gefunden, dass Aurora sein schönes, frisch bezogenes Bett vollschwitzen würde; deswegen hatte er nach seinem Anruf schnell das Bett im Gästezimmer hergerichtet. Arthur bekam zwar nie Gäste, aber wenn, dann schliefen sie in seinem Bett. Doch Aurora war die Mühe definitiv wert. Sie schwitzte beim Koitus so stark, dass man glatt auf die Idee kommen könnte, sie hätte es noch nie gemacht. Auf die Idee kam trotzdem keiner, denn der Mensch war ja ein vernunftbegabtes Wesen. Zumindest in der Theorie.

Für Aurora war die Wohnung jedenfalls einen Tick zu dunkel; ihr eigenes Haus war ihr lieber, denn es war eingerichtet wie ein Schloss. Kronleuchter, weiße Marmorböden, und irgendwo dazwischen liefen ein paar weitere verlorene Seelen durch die Gegend, die so teuer gekleidet waren, dass man ihnen den antrainierten Seelenverlust sofort ansah, vorausgesetzt, man trug nicht die gleiche Uniform wie sie. Wie Aurora hatte auch Arthur einen begehbaren Kleiderschrank, in dem er soeben verschwunden war. Sie nutzte die Gelegenheit, um ins Bad zu gehen.

Hier waren sogar die Wände schwarz gekachelt. Todschick. Sie stellte sich unter die Dusche und entspannte. Aus einem verregneten Donnerstagabend hatte sie definitiv das Beste gemacht, und jetzt würde sie aus einem Freitagmorgen das Beste machen. Lisas prophezeite Abwesenheit nervte sie ein wenig. Nicht weil Aurora Wert auf ihre Meinung legte, nicht in dem Sinne zumindest, sondern weil sie sich sicher sein konnte, dass Lisa immer ihrer Meinung sein würde. Zumindest würde sie sich nicht trauen, etwas anderes zu sagen. Jona hingegen würde wahrscheinlich aus Prinzip nicht ihrer Meinung sein. Ihn könnte man umerziehen, indem man Lisa erzog, da sie das Einzige war, was ihn zu etwas bewog. Sie war sich ziemlich sicher, dass er ohnehin lieber gar nichts mehr mit irgendwem machen und stattdessen mit Lisa die Zeit zu zweit verbringen würde. Aber das würde sie nicht zulassen.

Bei all dem Nachdenken über die Meinungen anderer war es Aurora komplett entfallen, dass sie selbst keine hatte.

Arthur und Jona würden beide so von sich selbst überzeugt sein, dass die klägliche Unterstützung, die Hep ihr bieten könnte, nicht ausreichen würde. Sie trat aus der Dusche und wickelte sich eins der Handtücher um den Körper, die sie äußerst erlesen fand. Arthur hatte sie extra dort platziert, da es sich seiner Meinung nach um die hässlichsten handelte, die er besaß. Vor dem Spiegel angekommen, betrachtete sie ihr Gesicht, das ihr nach der Dusche, nun ungeschminkt, nicht mehr wirklich gefiel. Sie begann es zu massieren, was den nun eintretenden Arthur dazu animierte, verdutzt zu gucken.

»Ich mache face yoga«, erklärte sie.

»Hast du auch nötig«, lautete die Antwort.

Nach kurzer Pause folgte ein:

»Wollte fragen, ob du auch Irish Coffee willst.«

»Spinnst du? So früh? Meine Hausärztin meinte, ich soll gar nicht mehr trinken. Deswegen fang ich jetzt immer erst um 12 an.«

Arthur lachte, aber es war kein Witz gewesen. Sein Lachen erstarb, nicht weil er sich schämte, sondern weil ihm eingefallen war, dass Aurora weniger Humor hatte als etwas, was dafür bekannt war, sehr wenig Humor zu haben.

»Komm gleich wieder«, sagte Aurora nur, »ich muss mich ein bisschen über Lisa aufregen.« Es klang wie ein Befehl, was daran lag, dass es einer war.

Arthur ging zurück in die Küche und vollendete den Prozess der Irish-Coffee- Herstellung und ging dann zurück zu Aurora, die er nicht im Mindesten attraktiv fand, weshalb er den Fortpflanzungstrieb bewunderte, der es geschafft hatte, ihm nicht nur ein-, sondern gleich viermal eine Erektion zu bescheren, die ausreichte, um ihn zumindest für die so oder so schlaflosen Stunden zwischen 2 Uhr nachts und 8 Uhr morgens abzulenken. Er nahm einen Schluck und spürte, wie sein Körper sich gegen den Alkohol wehrte. Heute (an diesem SEHR WICHTIGEN Datum) konnte er darauf keine Rücksicht nehmen, obwohl er sonst keinesfalls wie Aurora war. Er hatte ein schlechtes Gewissen wegen mehrerer Dinge und entschied sich deswegen, gleich noch ein Getränk zuzubereiten. Ein weiterer Pluspunkt wäre, nicht länger mit Aurora sprechen zu müssen, die er jetzt fast schon abstoßend fand. Aus Erfahrung wusste er, dass dieser Ekel noch zunehmen würde, so wie er es immer getan hatte. Arthur lernte aus seinen Fehlern, aber er machte sie

26

gerne nochmal, um den gleichen Schmerz zu erleben wie beim ersten Mal, nur damit dieser, zumindest für eine kurze Zeit, den anderen übertünchte.

Die Natur seiner Angst an diesem Morgen war die blanker Panik, die von ihm Besitz ergriffen hatte, als wäre er nur eine Marionette und die Angst seine übermächtige Puppenspielerin. Diese Marionette war über die Planke gegangen und schwamm nun, machtlos wie ein Papierschiffchen, an der Oberfläche des Atlantiks, in düsterer Antizipation dessen, was unter ihr auf sie lauerte. Kurz: Arthur war einfach nicht er selbst.

Als er fertig war, ging er zurück ins Gästebad. Aurora war auf TikTok und zeigte ihm, ohne Nachfrage, ein Mädchen, das grob geschätzt 23,468-mal besser aussah als sie, und fragte ihn:

»Die ist doch safe operiert, oder nicht? Sieht richtig scheiße aus.«

»Ich verstehe nicht, warum sie das Geld nicht einfach in eine Rasierklinge investiert hat. Wäre viel billiger gewesen und hätte die Welt zu einem besseren Ort gemacht.«

Aurora dachte kurz über das Gehörte nach, dann begann sie sich zu empören: »Sowas kannst du doch nicht sagen. Das ist so assi und ekelhaft.«

»Es sind nur Wörter«, antwortete Arthur. »Sie bedeuten nichts.«

An seinen schlechten Tagen war Arthur Zyniker durch und durch, und Aurora hasste Zyniker, ohne genau zu wissen, dass es sich bei dem, was sie hasste, um Zynismus handelte.

Aurora erwiderte nichts und hatte stattdessen angefangen, den Account des Mädchens zu stalken.

»TikTok schafft so ein falsches Gefühl von Zugehörigkeit. Vom Dabeisein. Wenn du nach dem Aufwachen als Erstes auf TikTok gehst, dann fühlst du dich eingebunden in eine Welt, die nicht existiert«, Arthur begann leicht zu lallen. »Diese Abhängigkeit, eingebunden zu sein, führt zu einer weiteren Abhängigkeit und andersrum auch«, schloss er.

Arthur ging Aurora jetzt gehörig auf die Nerven, was natürlich genau seinem Ziel entsprach. Sie wünschte sich, sie wäre zu Hause, aber das hätte keinen Sinn, denn sie müssten sich ja eh bei dem Café treffen.

»Bestell schon mal einen Uber«, sagte sie.

Arthur sagte nichts. Er sah aus, als wäre er mit einem Schlag wieder nüchtern geworden, und so fühlte er sich auch. Sie sah ihn fragend an.

»Hasse Ubers«, sagte er nur. »Halten sich für was Besseres, nur weil sie billiger sind«, fügte er erklärend hinzu. Er fühlte sich ertappt, deswegen log er weiter:

»Offensichtlich ist es andersrum. Ich meine, wer von beiden kennt seinen Wert nicht und prostituiert sich für eine Firma, die sie wie Dreck behandelt? Taxis haben noch so was *Old-school*-Mäßiges. Jeder große Denker der letzten 100 Jahre ist bestimmt schon mal Taxi gefahren und noch nie diese Überscheiße.«

Arthur war gut darin, Meinungen zu vertreten, die er überhaupt nicht vertrat. Worte waren Werkzeuge.

»Ja«, sagte Aurora nur.

Ihre Familie hatte einen Fahrer, und Arthurs Gerede war mit der Präzision eines unbeaufsichtigten Kleinkindes, das aus Versehen gegen einen zufällig bereitstehenden Glastisch donnert, an ihrem bewussten Ich abgeprallt. Möglicherweise hatte sie nicht zugehört, weil es ihr egal war; vielleicht war es aber auch, weil ihr tiktokdopaminvergewaltigtes Gehirn eine Aufmerksamkeitsspanne von ungefähr 10 Sekunden besaß.

Arthur fuhr sonst Fahrrad, tat jetzt so, als würde er das Taxi nur für Aurora bestellen, obwohl es offensichtlich war, dass er gleich nicht mehr fahren könnte, wenn er getränketechnisch so weitermachte.

Aurora dachte sich, dass er ihr auch ruhig Taxi-Geld geben könnte, schlug es aber nicht vor, da sie es für unangemessen hielt. Sie war ja schließlich keine Nutte.

Stattdessen kam sie auf ihr ursprüngliches Anliegen zu sprechen:

»Jetzt hör mir mal kurz über Lisa zu: Ich will wissen, wie du darüber denkst.«

Arthur nickte langsam und wusste, dass es ihn nicht interessieren und dass auch Aurora seine Meinung nicht interessieren würde. Ihr Wunsch war, wie er wusste, pure Bestätigung, aber er war der Meinung, ihr durch seine bloße Anwesenheit und durch die vorangegangene Nacht genug Bestätigung gegeben zu haben. Nein, nicht genug, zu viel. Was glaubte diese dahergelaufene Marguerite Gautier eigentlich, wer sie war? Er war so viel besser als sie, dass es fast schon weh tat, über die letzte Nacht nachzudenken. Aber das war nicht der einzige Grund. Als hätte Aurora Arthurs Gedanken lesen können, nur um sich dann dazu zu entscheiden, das Gedachte zu ignorieren, fing sie an zu reden.

Ihre Stimme war schrill und schnell, wie die Pfeife eines Zuges. Arthur wünschte sich Irish Coffee ohne Coffee.

»Jona ist nicht gut für Lisa. Sie auch nicht für ihn, aber der Wichser ist mir scheißegal. Meine Meinung ist alles für sie gewesen. Alles. Ich konnte mir einfach sicher sein, dass sie hinter mir steht. Hörst du mir überhaupt zu?«

Arthur hatte den Fehler begangen, seine Augen durch den Raum wandern zu lassen, weil er Aurora weder sehen noch hören wollte; aber sie war gut darin, Ungehorsam zu entdecken, weil er ihr so oft widerfuhr.

»Klingt, als würdest du Lisa wirklich wegen ihrer Persönlichkeit vermissen«, sagte er nur.

»Sie hat keine Persönlichkeit gehabt, außer meine beste Freundin zu sein. Sie ist in der Rolle ganz aufgegangen. Weißt du, was Gaslighting ist, Arthur?«

»Ich bin mir sicher, du weißt es.«

»Wenn jemand Aufmerksamkeit gibt und nimmt als Belohnung oder Bestrafung für das Verhalten einer Person, so dass diese abhängig wird vom Urteil und Verhalten des Gaslighters. Zudem lässt man die andere Person glauben, ihre Weltsicht sei falsch. Ich hab das schon mit 14 gelernt; *darkpsychology* auf YouTube. Als Frau musst du sowas wissen; die Welt ist voll mit falschen Schlangen. Es basiert auf der klassischen Konditionierung.«

Arthur wusste, was Gaslighting war, und Aurora hatte seine Spitze nicht verstanden.

»Scheint so, als bräuchte man es nur, wenn man nichts Mögenswertes an sich hat.«

»Du hast keine Ahnung. Jona hat es perfektioniert. Lisa war wie seine kleine Versuchsratte. Sie hat zu gut ins Muster gepasst. Ein kleines dummes Hündchen, das alles befolgt hat, was man ihm sagt. Sie war die vollkommene Vermenschlichung von Pawlows Hund; oder was glaubst du, warum wir sie nur noch so selten sehen?«

Abgesehen von dem exponentiell steigenden Ekel, den Arthur empfand, fragte er sich, wieso dieser Wortwechsel Aurora halbwegs intelligent klingen ließ. Er kam zu dem Schluss, sie müsse diesen kleinen Monolog schon oft gehalten haben, und dass ihr bestimmt irgendwelche Untertanen geholfen hatten, ihn zu perfektionieren. Dem Leser sei verraten, dass er recht hatte. Es war das ungefähr zweiundsiebzigste Mal, dass Aurora über Lisa lästerte und dabei versuchte, intelligent zu klingen.

Ein Pädagogikstudent, der zu diesem Zeitpunkt noch nicht gewusst hatte, wie einfach es war, Aurora ins Bett zu kriegen, und der es offensichtlich dringend nötig hatte, hatte ihr geholfen den Vortrag zu ergänzen, indem er Fakten beisteuerte.

Ich hoffe, er hat es am nächsten Morgen bereut, aber die Wahrscheinlichkeit ist recht hoch, denn das tun sie alle.

»Jona war wie der Gegenpol. Für alles, was ich ihr beigebracht hab', nahm er ihr das 10-Fache. Lisa sieht nicht so gut aus wie ich, aber sie könnte jederzeit jemand Besseren finden. Er wollte sie doch auch nur ficken, und was hat sie jetzt davon?«

Arthur dachte, dass Lisa 10-mal besser aussah als Aurora. Und dass sie ihm leidtat, obwohl er sie nicht besonders gut leiden konnte. Denn mit einer Sache hatte Aurora recht: Jona und Lisa würden früher oder später ihre Beziehung beenden, auch wenn der Grund nicht war, dass es bessere Typen als Jona gegeben hätte. Arthur konnte auch ihn nicht besonders leiden. Aber er würde nicht anfangen, sich selbst zu belügen; er war ja schließlich nicht Aurora.

Das war sein höchstes Gebot. Arthur wusste, dass er keine vollkommene Enttäuschung war, auch wenn er sich so fühlte. Er wusste, dass er intelligent und humorvoll war, Sachen zu Ende brachte. Auch den Zynismus zählte er als Stärke. Seine größte Stärke würde für ihn aber immer die Aufrichtigkeit gegenüber sich selbst bleiben. Sie bedeutete ihm etwas, die gute Beziehung zu seinem Ich. Die einzige, in der er sich nicht verstellte. Na ja, quasi die einzige. Er hatte es nicht nötig, sich selbst zu belügen. Die ganze Scheiße, durch die er mit sich selbst gegangen war; er wusste, ohne die Ehrlichkeit zu seinem Ich hätte er es nicht geschafft. Deswegen konnte er auch ehrlich eingestehen, dass der Grund, warum Lisa und Jona scheitern mussten und würden, nicht sie oder er war. Er lag in den Umständen, in denen sie lebten. Arthur war nicht der Typ, der irgendetwas auf Umstände schob. Er wusste, dass man immer eine Wahl hatte. Aber in diesem Fall wusste er, dass Lisa und Jona keine hatten. Alles auf der Welt sprach gegen sie. Arthur empfand aufrichtiges Mitleid, obwohl ihm die Menschen relativ egal waren. Der Grund, weshalb er mit ihnen befreundet war, war pure Angst. Er wusste das, aber anders, als Freud sagte, verschwand das Symptom nicht, wenn man seinen Ursprung kannte.

Arthur kannte den Ursprung. Trotz des gänzlichen Mangels an Selbstverstellung konnte er schlecht mit sich allein bleiben. Hier war es genau anders als bei Aurora, die dies nicht konnte, weil ihre Seele zu leer war, ihre Persönlichkeit zu nonexistent. Arthur konnte nicht mit sich allein sein, weil sein Kopf zu voll, seine Seele zu belastet war. Anders als bei Lisa und Jona, die sich in ihren Gegensätzen klischeehaft ergänzten, führte dies bei Arthur und Aurora eher zu geringerer Kompatibilität. Es gab für Arthur genau einen Weg, dieser Angst zu entkommen. Er kannte ihn, aber glaubte nicht, ihn zu verdienen. Dieser Weg hatte einen Namen, den Arthur bewusst den ganzen Morgen und die vorige Nacht verdrängt hatte, denn er schämte sich. Er schämte sich aufrichtig, und ihm fehlte es an der alles entscheidenden Zutat, sein Leben zu verändern. Ihm fehlte es an Mut. *Sie* gab ihm diesen Mut, aber er wusste, dass dies nicht ausreichen würde. Sollte dieser Weg besser funktionieren als der, den Lisa und Jona gingen, so musste Arthur den Mut selbst aufbringen, und das konnte er nicht.

Nicht, weil er nicht wollte, er wünschte sich nichts mehr als das. Arthur wusste einfach nicht, wie. Er hatte es sich in seinem Unglück bequem gemacht, er hatte Angst, es zu verlassen. In seiner Misere lief das Leben in gewohnten Bahnen, außerhalb von ihr wäre er auf so extreme Art frei, dass er sich fürchtete.

Das wusste er nicht, also kann man ihm keine Unehrlichkeit vorwerfen, aber genau das war sein Problem. Würde ihm jemand sagen, dass seine Angst die Angst vor der Freiheit sei, er würde einen Weg finden, mit ihr umzugehen. So, wie sich die Augen erst an die Dunkelheit gewöhnen, aber nach und nach in ihr etwas erkennen können, so muss sich auch die Seele erst an die Dunkelheit gewöhnen. Hat sie sich aber dereinst an sie gewöhnt, so ist es genauso schmerzlich für sie, sie zu verlassen, wie es für die Augen ist, nach langer Finsternis ins Licht zu blicken.

Ich bin kein Unmensch, von meiner unmenschlichen Perfektion einmal abgesehen. Ich habe Ihnen diese kurze Eskapade zum Thema Arthur bewusst vorgelegt, um Ihnen zumindest einen Teil Aurora zu ersparen, denn schon seit ein paar Sekunden hatte sie ihren Vortrag beendet und wartete auf Arthurs Antwort.

Jetzt mag der aufmerksame Leser vielleicht einwenden, wenn ich doch so ein Gutmensch bin und Ihnen den Vortrag erspart habe, warum um alles in der Welt ich Ihnen dann nicht das erste Kapitel erspart habe. Guter Einwand, Klugscheißer. Aurora hat sich in gewissem Maße bereits selbst präsentiert; wenn ich Ihnen den Inhalt des Vortrags gleich kurz zusammenfasse, werden Sie mir glauben, da der Inhalt Ihrem Bild von Aurora entsprechen wird. Hätte ich aber versucht, Ihnen Hep indirekt vorzustellen, Sie hätten mir nicht geglaubt, dass dieses Wesen wirklich so primitiv ist. Folglich musste ich einen Morgen nehmen, an dem er sich genauso verhielt wie sonst auch: wie ein dummer Hurensohn. Der heutige Morgen bot sich nur deshalb an, weil sich später ein folgenschweres Ereignis ereignen wird, wie es für Ereignisse so üblich ist. Natürlich werden Sie sagen, dass ich ja auch einfach einen fiktiven Morgen von Hep so konstruiert haben könnte, dass Sie ein bestimmtes Bild von ihm, das ich mir aus welchen Zwecken auch immer wünsche, im Kopf haben. Das wäre im Rahmen des Möglichen, so wie fast alles. Die Frage des Wieso würde sich aber unwillkürlich aufdrängen. Ich muss ja auch etwas davon haben. Der Mensch handelt immer für sich mit. Sie sagen, ich wollte, dass Sie meine Wahrheit für richtig annähmen? Wenn mir das wichtig wäre, dann hätte ich sicherlich nicht mit einem Idioten wie Hep angefangen, sondern mit jemandem, den Sie so gern mögen, dass die Frage, ob konstruiert oder nicht, sich unweigerlich in den Hintergrund drängt. Nur wenn ich die Wahrheit sage, hat Ihre Meinung einen Wert für mich; denn nehmen wir an, ich würde lügen: Aufgrund meiner Lüge würden Sie mir glauben. Ich wüsste jedoch immer, dass Sie einer Lüge Glauben schenken, folglich würde sich dadurch mein Selbstwertgefühl nicht erhöhen, sondern eher verschlechtern, da ich mich offensichtlich nicht mit ehrlichen Mitteln zufriedenstellen könnte. Nur wenn ich die Wahrheit sage und Sie mir glauben, haben Ihre Meinungen einen Wert für mich, da ich dann weiß, dass meine Wiedergabe gewürdigt wird, die aber die vollkommene Wahrheit ist. Dann und nur dann wird mein Ego gepusht, und das war von Anfang an das, was ich wollte. Der letzte offensichtliche Einwand wäre, zu behaupten, meine Motive seien vorgetäuscht, folglich mein ganzer Argumentationsspaziergang hinfällig. Jetzt ist es aber glücklicherweise in des Menschen Natur verankert, dass er in seinem Leben nach drei Dingen strebt: Sex, Macht und Status. Auch im Tierreich herrschen diese Ziele. Sex ist jedoch meiner Wenigkeit zu animalisch und Macht zu unrealistisch, denn schon vor langer Zeit, vor acht Wochen, habe ich entdeckt, dass Macht und Vernunft sogar in dieser vollkommenen Kombination nichts bewirken, falls beim Zuhörer nicht die Absicht besteht, sein Verhalten zu ändern. Diese Absicht besteht bei den meisten Zuhörern nie, und zwar aus einem sehr einfachen Grund: Wir sind eben nur Menschen. Wir wollen nicht, dass sich etwas ändert. Die Routine, die unsere nicht vorhandenen tierischen Instinkte ersetzt und uns so erlaubt, über uns hinaus zu schaffen, diese Routine hat tief in uns eine Angst vor Veränderung hervorgerufen. Aus dieser Universalangst stammen all die anderen großen Ängste. Die Angst vor dem Tod, vor dem Ende der Ehe, vorm Alleinsein, vor Ausländern und vor Gott. Für Macht bin ich also nicht geduldig genug. Es kann nur der Status sein, nach dem ich strebe, denn dieser basiert auf dem Gefühl der

Überlegenheit, welches erst durch die Vernunft des Menschen in diesem gigantischen Ausmaß entstehen konnte. Die Vernunft ist es, die nur dem Menschen innewohnt, auch wenn sie nicht die Rolle einnimmt, die ihr die Aufklärer gerne zuschrieben, um ihr elendes Elitedenken zu rechtfertigen. Sie ist vielmehr ein Trieb, nach dem zu handeln wir uns entscheiden können, wie es bei jedem Trieb der Fall ist. Ich entscheide mich guten Gewissens, nach ihr zu handeln, da mir das Geschichtenerzählen mit Abstand am meisten liegt, mehr noch als multiple Orgasmen und eine Menge hinter sich zu vereinen, deren Willen man verkörpert. Zwangsläufig sind meine Motive wahr und meine Argumentation damit nicht hinfällig.

Ich habe die dummen Menschen noch nie verstanden, die sich mit Lügen brüsten und sich nach der auf die Lüge folgenden Unterstützung tatsächlich besser fühlen. Das Mädchen, das ein Foto von sich schießt, es hässlich findet, sich deswegen schminkt, das Foto noch einmal schießt, es dann mit sämtlichen Tools bis zur Unkenntlichkeit bearbeitet, es dann postet und sich dann mit jedem Like besser fühlt, den es auf all ihren Accounts erhält. Die Leute mögen nicht sie, sondern die Version, die sie der Welt präsentiert, aus Angst, man könnte ihr echtes Bild nicht mögen. Damit bestätigt sie sich selbst, wegen der Likes, dass es so ist. Außerdem erzeugt sie für andere den Eindruck, es müsse so sein. Alles, was sie bräuchte, was wir alle bräuchten, wäre ein bisschen Vertrauen in unsere Mitmenschen. Ich hatte Sie um dieses Vertrauen gebeten, aber nein, Sie mussten natürlich Fragen stellen. Jetzt hoffe ich, dass ich das Ganze auch noch argumentativ darlegen konnte und wir endlich mit der Geschichte weitermachen können, denn sie wird sich sicher nicht von selbst erzählen, und ich habe den Eindruck, nicht ganz unschuldig an ihrem schleppenden Fortgang zu sein, indem ich mich vieler Abschweifungen schuldig mache. Wiederholt kann ich nur sagen: Vertrauen Sie mir. Als Zeichen des guten Willens und um es Ihnen zu vereinfachen, wieder in das Geschehen einzusteigen, welches ich von nun an nur noch in ausgewählten Momenten unterbrechen werde, die sich anbieten, da ein Kommentar meinerseits eine Pause zwischen zwei Szenen vortrefflich ergänzt, bin ich bereit, Ihnen kurz Auroras Monolog zusammenzufassen. *Räusper:* Meinung, Lisa, Meinung, Meinung, Sklavin, Vater = reich, Fußvolk, weitsichtig.

Finde den Fehler. Kleiner Spaß. Sie hat das Wort tatsächlich verwendet, aber ich kann Ihrem verwirrten Verstand Abhilfe verschaffen: Sie hatte es ihren Vater benutzen hören, als er sagte, sie müsse aufpassen, dass ihre Einstellung nicht zu elitär würde und sie eine gewisse Weitsicht beibehielte.

Aurora hatte dieses Gespräch zwischen ihr und ihrem Vater als nettes, kleines Anekdötchen zum Abschluss ihres Vortrags dem definitiv nicht interessierten Zuhörer mitgegeben und war dabei fast faktengetreu geblieben. *Fast* ist im alltäglichen Sprachgebrauch häufig eine maßlose Untertreibung. So auch hier. Gemeint war: absolut und überhaupt nicht faktengetreu.

Ihre abschließende Frage an das Publikum, das sich bis dahin sehr undankbar verhalten hatte, lautete:

»Findest du nicht auch, dass einen gewisse Vorzüge zu einer elitären Weltsicht berechtigen, da sie einen objektiv in die Lage versetzen, besser zu sein?«

Bei diesem Satz handelte es sich um die totale Umstellung der Aussage ihres Vaters.

»Ich finde, Fragen, die mit ‚Findest du nicht auch‘ anfangen, sind sehr suggestiv und meiner Antwort deshalb nicht würdig.«

Arthur war stolz, dass sein benebeltes Gehirn es geschafft hatte, diesen Satz so grammatikalisch korrekt auszuführen.

»Boah, fick dich. Nicht einmal kannst du was ernst nehmen.«

»Ich würde versuchen, dich annähernd ernst zu nehmen, aber die Tatsache, dass sich bei jeder Konversation von uns beiden dein Handy zwischen uns befindet, macht das Ganze sehr schwierig. Um nicht zu sagen: unmöglich.«

»Du klingst wie mein Vater. Krieg dich mal ein bisschen ein und hör auf, mich zu belehren. Jeder Typ denkt immer, er weiß alles besser.«

»Du musst es ja wissen … Dabei dachte ich, ich wäre dein Daddy.«

»Bah, das ist so ekelhaft. Such dir mal ein bisschen Anstand, bevor du so mit mir redest.«

Als Arthur gerade den Mund aufmachen wollte, um etwas zu erwidern, was den allgemeinen Mordpotentialpegel im Raum noch weiter erhöht hätte, ergänzte Aurora: »Und jetzt fuck nicht mehr ab, bis der Uber da ist. Probier einfach mal ruhig zu sein. Bisschen Zeit mit dir selbst.«

»Taxi«, korrigierte Arthur.

Aurora schüttelte nur ihren Kopf und war schon wieder in ihr Handy versunken. »Apropos«, fing Arthur wieder an zu lallen, »Zeit am Handy kannst du wohl kaum als Zeit mit dir allein betrachten, auch wenn du allein bist. Es ist wahrscheinlich das Gegenteil. Zeit am Handy heißt: Zeit mit allen außer dir. Bloß nichts denken. Hast du ja höchstwahrscheinlich in letzter Zeit eh nicht gemacht.«

Arthur versuchte den Pegel weiter nach oben zu treiben, in der Hoffnung,

Aurora würde vielleicht doch einfach gehen. Auch ihm kam die schmerzhafte Erkenntnis, dass das nicht viel nützen würde, da sich die beiden spätestens im Café wiedersehen würden. Er versuchte es trotzdem weiter. Ein Kampf gegen die Sinnlosigkeit. Sisyphos gegen die Ewigkeit.

»Ohne dein Handy wäre dein Leben ein Gefängnis. Denk mal drüber nach. Du verbringst die ganze Zeit auf irgendwelchen Plattformen. Du bewegst dich nicht in echt, sondern im Netz. Würde dir dein Handy entnommen werden, du hättest deine Bewegungsfreiheit verloren. Alles, was du bist. Die Leute im Mittelalter hätten sich ein Gefängnis wie das heutige gewünscht. Also das wortwörtliche jetzt. Sie hatten Ungemach und Kerker. Wir haben gutes Essen, Freizeitbeschäftigung, Sicherheit. All das hatten sie nicht. Sie würden ihre Freiheit sofort dafür aufgeben, du würdest es nicht tun, weil du dann dein Handy nicht mitnehmen könntest. Deine Identität wäre ausgelöscht und mit ihr alles, wofür du stehst. Also ist dir dein Handy wichtiger als deine Freiheit. Wenn du im Gefängnis ein Handy haben dürftest, wäre es kein Problem für dich. Nicht wünschenswert, aber doch problemlos. So ändern sich die Zeiten. Aber wenn wir den Gedanken zu Ende denken, dass du mit deinem Handy einen Gefängnisaufenthalt erträgst und die Handyfreiheit dir wichtiger ist als die echte: lieber mit Handy im Gefängnis als ohne draußen. Dann zeigt das nur, dass du jetzt schon im Gefängnis bist«, schloss Arthur triumphierend.

Er hörte sich gerne reden.

Aurora war immer noch da.

Way to go.

Sie zeigte Arthur ihren Bildschirm:

»Auf dem Foto sieht man es richtig krass. Die ist so fett operiert. Niemand kann so aussehen von Geburt an.«

»Von Geburt an wird es wirklich schwer.«

»Also, gibst du mir recht?«

Arthur seufzte nur und dachte mit Zuversicht, dass er wirklich so viel besser war, nachdem er dieses weitere Mal in seiner Annahme bestätigt worden war. Er verließ das Bad mit der Entschuldigung, sich seine Haare machen zu wollen, und steuerte auf das Wohnzimmer zu. Dort angekommen, verband er sich mit dem Lautsprechersystem, setzte sich in einen der Ledersessel und spielte Bowie. Er drehte die Lautstärke voll auf, schloss die Augen und versuchte die Musik nicht nur zu hören, sondern zu fühlen. Die Gitarrenakkorde ließen Arthur jedes Mal spüren, dass ein Neuanfang möglich wäre.

Look up here, I'm in heaven.

Aurora hasste Bowie, weil er sie an ihren Vater erinnerte und damit an Mittelmäßigkeit.

I've got scars that can't be seen.

Ihre Mutter hätte jetzt bestimmt Gegenmusik angestellt und ihr Vater hätte daraufhin seine Musik sofort ausgeschaltet.

I've got drama, can't be stolen.

Aber Aurora wollte Arthur nicht heiraten, folglich brauchte sie ihn auch nicht zu formen, er war ja nur Spaß.

Everybody knows me now.

Einer von vielen, die sich in Aurora Trent verliebt hatten. Würde sie jetzt Musik anmachen, hätte das zur Folge, dass Arthur jedes Mal demonstrativ Bowie anmachen würde, weil er davon ausgehen könnte, sie würde ihn nicht mögen.

Was sie nicht wusste, war, dass dies die letzte zweisame Zusammenkunft der beiden sein sollte – für immer.

Dieses ganze Rumgeheule ging ihr so sehr auf die Nerven, dass sie sich nichts sehnlicher wünschte, als ihre eigene Playlist anzumachen. Sie fühlte sich unnatürlich, als wäre sie nicht in ihrem Milieu. Normalerweise konnte niemand sie dazu bringen, dass sie nicht wenigstens versuchte, ihrem Willen nachzugehen. Sie war zwar nicht gläubig, aber sie glaubte an das Gottesgnadentum. Sie wurde in eine bestimmte Position geboren, um besser zu sein. Es war ihr Geburtsrecht, besser zu sein.

Sie hatte sich etwas in Rage gedacht und stellte nun fest, dass sie sich langsam beeilen müsse, um rechtzeitig geschminkt und angezogen zu sein. Sie zog schnell ihr Outfit vom Vortag an, das sie wieder getragen hatte, als sie nachts bei Arthur angekommen war. Sie hatte nicht mehr mit einem Anruf gerechnet und deshalb die meiste Zeit damit verbracht, im Bett zu liegen und TikTok zu gucken, weshalb keine Zeit mehr geblieben war, um sich ein neues Outfit zusammenzustellen. Sie hatte kein Problem, ein mehrfach getragenes zu nehmen, denn schließlich war Arthur zu ihr gekrochen gekommen; sie musste sich keine Mühe geben, ihn zu beeindrucken, sie tat es auch so.

Das Problem bei ihrem Schmutzwäscheschrank war, dass er zwar regelmäßig geleert und der Inhalt gewaschen wurde, sie aber immer vergaß, die Sachen dort reinzulegen und die Angestellten sich nicht trauten, schmutzige Sachen vom Boden aufzuheben, da es ja sein könnte, dass sie von ihr extra dort platziert wurden, damit sie nicht gewaschen würden.

Böse Zungen würden das mauvaise foi nennen. Aber wer sind wir schon zu urteilen?

Die meisten Sachen, die sie trug, waren perfekte Outfits, deren Zusammenstellung viel Zeit in Anspruch nahm, weshalb sie diese oft mehrmals trug. Sie waren ja nicht wirklich schmutzig, da sie ja immer sauber war und sie es war, die sie trug. Außerdem kam es ja auch nur darauf an, was sich darunter befand. Jemand, der gut aussah, konnte alles tragen. Nur Leute wie Hep legten Wert auf teure Klamotten, weil er so aussah, wie er aussah.

Ich weiß nicht, wie es Ihnen geht, aber ich hatte den Eindruck, Aurora hätte ihren eigenen Gedanken über mehrfach getragene Wäsche gerade vor sich selbst gerechtfertigt. Scheint mir ein sehr ungesunder mentaler Mechanismus zu sein. Wenn's nach mir ginge, müsste die ganze Welt mal beim Therapeuten vorbeischauen, aber es geht nicht nach mir. Leider nicht.

Arthur interessierte sich jedenfalls nur für das, was drunter war; zumindest lebte es sich gut in diesem Glauben. Nach einer Nacht wie gestern spürte sie sich meistens nicht mehr zu ihm hingezogen. Für sie schien es, als hätte er ihr alles gegeben, was er ihr geben konnte, und als hätte sie ihm im Austausch immer zu viel gegeben. Deswegen freute sie sich nun doch, dass gleich andere Leute in der Lage sein würden, ihr das zu geben, was sie brauchte, so wie sie es immer getan hatten.

Arthur hatte gerade angefangen, Bowies ehemaligen Nachbarn in Berlin zu spielen, da reichte es Aurora. Menschen, die alte Musik hörten, wirkten auf sie immer so, als wollten sie sich an einer Zeit festklammern, die schlicht nicht mehr existierte.

Die Existentialisten unter uns würden nun sicherlich einwenden, dass die Erinnerung an die nunmehr nonexistente Zeit noch existiere und dass sie uns helfen könne, während wir uns selbst in die Zukunft entwerfen, aber Aurora kannte keine Existentialisten. Sie kannte nicht einmal das Wort.

Sie war nur der Meinung, dass diese Erinnerung besser klingen könnte. Also schloss sie die Tür und nahm ihr Handy heraus, drückte auf *TodaysHits* und entspannte sich für die nächsten 30 Minuten, während ihrer Schminkroutine und mit dem, was man wirklich Musik nennen konnte: David Guetta.

Dann verließ sie das Bad und sofort war sie ein Star, bereit für die Show.

Arthur hatte in der Zwischenzeit vermutlich drei Espressi getrunken, sah aber immer noch aus, als hätte er sich in Bowie mehr hineinfühlen wollen, indem er kurz beim Bahnhof Zoo vorbeigeschaut hatte.

Er bot Aurora unerwartet höflich Kaffee und Zigaretten an, die sie beide annahm, und wirkte insgesamt viel gefasster. Nach diesem ersten Frühstück fühlte sie sich noch besser. Das Taxi war währenddessen unten auf der Straße erschienen, Arthur schloss die Tür ab und die beiden fuhren nach unten.

Er wirkte ernst, fast schon feierlich. Aurora kaufte ihm diesen plötzlichen Stimmungswechsel aber nicht ganz ab und hatte ihm sowieso noch nicht die Provokationen von vorhin verziehen, weshalb sie jetzt der Meinung war, ihre natürliche Machtrolle ausspielen zu müssen.

»Wolltest du dir nicht die Haare machen?«, fragte sie, eine Spur zu interessiert.

»Hab ich«, sagte Arthur ruhig.

»Oooh, stimmt«, spielte Aurora verlegen, eine ihrer Meinung nach provozierende Antwort.

Als eine Weile nichts geschah, ergänzte sie ihre Aussage um ein »Süß«.

»Danke«, bedankte sich Arthur.

Er öffnete Aurora die Tür des Taxis, und die beiden nahmen auf der Rückbank Platz.

Der Taxifahrer, ein älterer Mann mit Migrationshintergrund, drehte sich zu ihnen um und fragte, wo es denn hinginge. Arthur nannte das Ziel. Aurora hatte die ganze Zeit über geschwiegen. Sie wollte so wenig Kontakt zu diesen »Menschen« wie möglich haben. Nachher würde der Typ sie noch vergewaltigen, bei den Sitten dieser (nun ja, wie formulierte man das jetzt galant?) »Immigranten« wusste man ja nie so genau. Der Fahrer fuhr los.

»Ich nehme an, ihr seid Studenten. Was studiert ihr denn so?«

Aurora ging nicht auf ihn ein und stellte ihre Stimme ein paar Oktaven höher, als sie zu Arthur gewandt sagte:

»Deswegen mag ich Uber lieber. Die Fahrer kennen ihren Platz.«

Arthur sagte nichts; er hatte einen Zustand stoischer Ruhe erreicht, den zu verlassen er erst wieder bereit wäre, wenn es darum ginge, Hep aus der Gruppe zu mobben.

Der Taxifahrer nickte resigniert. Die Adresse des Cafés lag in der Nähe der Privatuni und er hatte schon schlimmere, reichere, verzogenere Kinder dorthin gebracht. Für ihn war die Sache klar. Zwei Kinder, die nichts auf die Reihe bekommen und noch nie in ihrem Leben gearbeitet hatten, wurden von ihren Eltern so stark vernachlässigt, dass diese keine andere Wahl hatten, als Unsummen dafür auszugeben, sie nach fehlgeschlagener Erziehung doch noch der Norm anzupassen, indem sie sie auf das renommierteste College des Landes schickten.

Was der Fahrer nicht wusste, war, dass er zumindest einem dieser Studenten Unrecht tat, denn Arthur hatte eines der begehrten Stipendien bekommen. Seine Eltern, so wenig Kontakt er auch zu ihnen hatte, waren gute Eltern gewesen, die sich seiner Meinung nach nur dadurch schuldig gemacht hatten, ihm zu viel Verantwortung gegeben zu haben.

Aurora war zufrieden. Sie fand es anmaßend, wenn diese Bürger zweiter Klasse dachten, sie könnten einfach so und ohne Weiteres mit der Oberschicht reden. Ein gewisses Maß an Respekt sollte doch auch in diesen Tagen nicht verloren gehen. Sie lächelte Arthur an, und dieser lächelte vorsichtig zurück. Als der Wagen hielt, zahlte Arthur und gab ungefähr 30 % Trinkgeld. Offenbar hatte er entschieden, dass Menschen lernen konnten, und das Schweigen der restlichen Fahrt war ihm Beweis genug dafür gewesen.

Aurora war anderer Meinung. Als der Wagen sich entfernte, fragte sie:
»Warum hast du so viel Trinkgeld gegeben? Er denkt doch jetzt, er hätte alles richtig gemacht. So kannst du mit solchen nicht umgehen. Für die ist Geld alles.«

»Ich mag nur kein Kleingeld«, antwortete er.

Sie standen ein bisschen draußen rum. Zwei verlorene Pinguine. Obwohl sie fünf Minuten zu spät waren, war noch niemand da. Sie fingen an zu rauchen. Zwei Pinguine mit einem Nikotinproblem. Nach einer Minute kam Hep um die Ecke.

Aurora bewunderte wie so oft seinen guten Geschmack, was Klamotten anging. Nichts konnte jedoch sein hässliches Gesicht ausgleichen. Außerdem fand sie ihn zu klein, zu dünn, seine Familie zu mittelschichtig; die Art, die krampfhaft versuchte aufzusteigen, aber es niemals schaffen würde. Sie hatte ihn trotzdem gerne um sich; in seiner Anwesenheit fühlte sie sich gut, sie wusste auch nicht, wieso.

Arthur hatte da eine Theorie. Er fand Hep nicht nur hässlich, sondern auch dumm und oberflächlich. Er war sich sicher, dass der einzige Grund für Heps Anwesenheit war, dass Aurora ihn dabeihaben wollte, da er sie mit seiner miserablen Art von Flirting in ihrer völlig gestörten Selbstwahrnehmung bestätigte und man sich logischerweise neben hässlichen Menschen immer hübscher fühlt. Hätte er nicht gedacht, dass Hep den Witz schon 1000-mal gehört habe, hätte Arthur ihn bei jeder Gelegenheit daran erinnert, dass er nach dem hässlichsten aller Götter benannt worden war und dies wohl zu einer *Selffulfilling Prophecy* geführt hatte.

Vielleicht, dachte Arthur, war es aber auch keine sich selbst erfüllende Prophezeiung; er war als Baby schon sehr hässlich gewesen und seine Eltern hatten einfach Humor. Wenn das der Fall wäre, dann hatten sie davon erstaunlich wenig an Hep weitergegeben. Hep stellte sich Leuten ernsthaft vor mit einem Lächeln, das er für charmant hielt, das aber aussah, als würde ein Schwein versuchen, einen Mundwinkel hochzuziehen, und dem Spruch:

»Hephaistos, Gott der Schmiedekunst, aber meine Freunde nennen mich Hep.«

Arthur hatte dies auf schmerzhafte Art und Weise erfahren müssen, als Hep sich ihm vorgestellt hatte. Er nannte ihn deswegen nur Hephaistos. Hephaistos hielt das dann meistens für ein Kompliment.

Jona verstand es, aber Jona war nicht hier. Für Arthur hieß das, einen unbestimmten Zeitraum lang den wahrscheinlich katastrophalen Vorschlägen von Hep und Aurora ausgeliefert zu sein und zudem die Flirtversuche von Hep über sich ergehen lassen zu müssen.

Die Reaktion Auroras, diese Hure freute sich tatsächlich noch, war nur ein Indiz von vielen für ihren völligen Mangel an Selbstbewusstsein. Selbstverständlich war Hep zu blöd, diese Komplexe auszunutzen. Er hatte vermutlich selbst genug davon, das würde zumindest jeder geschulte Beobachter denken.

Sie also hoffentlich auch. Oder einfach jeder Mensch mit Augen im Kopf. *Sie* also hoffentlich auch.

Die logische Konsequenz war, dass Arthur sehr positiv überrascht reagierte, als er erfuhr, dass Hep seine Tasche vergessen hatte. Manchmal hatte er den Eindruck, Hep strenge sich an, anders konnte er sich ein solches Maß von Versagertum nicht erklären.

Heps Schweißausbruch fiel Arthur sofort auf, und er erinnerte sich, dass Christian Bale in der Visitenkarten-Szene aus *American Psycho* angeblich bei jedem Take zur genau gleichen Zeit zu schwitzen begann. Möglicherweise war Hep auch zu solchen Fähigkeiten in der Lage oder er war in der Tat die Witzfigur, für die ihn die Anwesenden hielten. Letzteres schien Arthur weitaus wahrscheinlicher.

Hep drehte sich hektisch um und ging zurück in die Richtung, aus der er gekommen war.

Arthur fand, dass er dabei aussah wie ein unterernährter Terminator, weil seine Bewegungen so automatenhaft kontrolliert waren. Er war sich sicher, Hep würde losssprinten, sobald er um die Ecke gebogen war.

»So ein Trottel«, sagte er zu Aurora.

Sie erwiderte nichts. Arthur gab ihr durch eine Geste zu verstehen, sie solle vor ihm reingehen, ärgerte sich dann aber, weil Aurora nun bestimmt dachte, er würde ihr auf den Arsch gucken wollen, was wirklich das Letzte war, was er in diesem Moment wollte. Das Vorletzte. Das Letzte war offensichtlich, ihr Gesicht sehen zu müssen. Dann beruhigte er sich. Es war ja mal dermaßen egal, was Aurora dachte. Es war alles egal. Er dachte an die Ruhe, die ihn erwarten würde, wenn dieser Tag vorbei wäre. Er fing sich allmählich. Vielleicht war es gar nicht so schlimm, wie er dachte. Viele Dinge hatten sich geändert seit dem letzten Jahr. Na gut, eine wichtige Sache hatte sich geändert. Die panische Angst vor diesem Tag hatte ihn vielleicht so gut vorbereitet, dass das eigentliche Ereignis weniger schlimm als die Angst davor zu sein schien. Letztes Jahr hatte nicht gut geendet. Er war wegen einer Alkoholvergiftung in der Notaufnahme gelandet.

»Setz dich schon mal hin, ich hole uns was zu trinken.«

Er sollte jetzt lieber keinen Alkohol mehr trinken. Das lief wirklich besser als gedacht. Als er an der Theke wartete, fragte er sich, wieso dieses Café *Café de Paris* hieß, da es nicht die geringste Ähnlichkeit mit einem Café in Paris hatte. Außerdem fragte er sich, wieso er so hibbelig war und zitterte, obwohl sein Verstand eigentlich recht ruhig blieb. Immerhin auf diese Frage fand er eine Antwort; es konnte nur an den Espressi vom Frühstück liegen und daran, dass die Wirkung des Nikotins nachgelassen hatte. Er kam zu dem Schluss, dass es langsam angebracht sei, etwas zu essen.

In diesem Moment wurde die Bedienung fertig mit den Getränken, und Arthur lächelte ihr kurz zu, als er die Tassen nahm, und fragte dann, ob es möglich sei, dass er noch ein Frühstück bekäme. Es war möglich.

Mit den Getränken in den Händen setzte er sich schräg gegenüber von Aurora an einen kleinen runden Holztisch. Es war ein strategischer Schachzug, auf den Sun Szu persönlich stolz gewesen wäre. Arthur musste weder neben Aurora sitzen noch gegenüber von ihr; es war ihm also möglich, an ihr vorbeizugucken.

»Darf man hier rauchen?«, fragte Aurora.

»Ich glaube nicht, aber glauben heißt, nicht wissen zu wollen, was wahr ist.«

Aurora zog eine Schachtel Marlboro aus ihrer Tasche, und Arthur gab ihr sein Zippo. Sie inhalierte lange und atmete noch länger aus, nicht annähernd diskret. Eine perfide Umkehrung der Entspannungsmethode beim Meditieren, bei der Wert darauf gelegt wird, länger aus- als einzuatmen. Entspannt wurde hier auch, aber gesund war es nicht.

»Weißt du, ich hab absolut nichts gegen Schwule«, fing Aurora an, ohne den Blick von ihrem Smartphone zu lösen. »Aber ich hab was gegen Leute, die Schwulsein zu ihrer Persönlichkeit machen. Alles Posten und alles, was sie sagen, dreht sich nur darum. Wie Veganer. Als wäre ihre ganze Persönlichkeit darauf aufgebaut.«

»Aha.«

»Verstehst du nicht, was ich meine? Ich hab auch was gegen Typen, die ihr muscle shirt tragen und jeder Frau hinterherpfeifen. Macht eure Scheiß-Vorlieben doch nicht zu eurer Persönlichkeit.«

»Aha.«

»Kannst du auch was anderes sagen?«

»Es wäre im Rahmen des Möglichen, aber der Handlung geht immer ein Wille voraus, und dieser Wille existiert bei mir nicht.«

»Was?«

»Ich sagte: Deiner Meinung nach sind also auch Frauen, die anziehen, was sie wollen, ein No-Go?«

»Fuck, mit dir kann man echt nicht reden. Egal, vergiss, was ich gesagt hab.«

Arthur wünschte sich, ziemlich viel vergessen zu können, und den größten Anteil, wenn auch nicht den wichtigsten, daran hatten definitiv Auroras Aussagen. Aber Arthur vergaß nicht. Vielleicht war sein Lieblingstier auch deshalb der Elefant. Arthur wünschte sich nichts mehr als ein Leben in der Natur, fern von alledem. Außerdem wünschte er sich ein Elefantendasein, da er diese Tiere für die mächtigsten Stoiker aller Zeiten hielt.

In diesem Moment öffnete sich die Tür und ein breit gebauter, gutaussehender Typ in cremeweißem Oversized-Hemd und mit zurückgegelten Haaren betrat den Raum. Er nickte der Kellnerin zu und kam zum Tisch in der Ecke.

»Na, Freunde der Sonne, wilde Nacht gehabt?«

»Ja, mit deiner Mutter«, antwortete Arthur. »Wenn du auch nur annähernd so viel draufhast wie sie, kann sich Lisa ja glücklich schätzen. Aber du kommst wohl eher nach deinem Vater, nicht wahr?«

»Hi Aurora, wo ist Hep?«, fragte Jona an Arthur vorbei.

»Er hatte seine Tasche vergessen und muss sie nun holen. In der Zeit kannst du dir ja schon mal was zu trinken bestellen, oder sparst du deinen Reichtum für Lisas Wohlergehen auf?«

Für einen unbeteiligten Zuschauer mag Arthurs plötzlicher Stimmungswechsel etwas unerwartet erscheinen, und tatsächlich fand er selbst, dass es zum Beispiel Aurora auffallen müsse, da sie die ganze Zeit bei ihm gewesen war, aber das tat es nicht. Arthur spielte seine Rolle, und sie war eine der ältesten Verteidigungsmechanismen in der Geschichte der mentalen Verteidigungsmechanismen. Jona wusste das, und Arthur wusste, dass Jona es wusste, aber das war egal, solange Jona nicht herausfand, warum Arthur sich verteidigte. Fairerweise muss man sagen, dass Arthur auch einfach nett hätte sein können und die beiden hätten sich vielleicht angefreundet, denn Jona war echt kein schlechter Typ; aber Arthur schaffte es nicht, nett zu sein, denn er hatte das Vertrauen in die Menschheit schon lange verloren.

Leonora war für ihn kein Mensch, sie war besser. Bald sollte Arthur jedoch nicht nur Besuch von diesem Engel, sondern auch von Jesus und einem Übermenschen bekommen. Sein Abenteuer fing gerade erst an, Jonas war fast zu Ende.

DER GEFANGENE

Jona wachte zehn Minuten vor Klingeln des Weckers auf. Er war zufrieden, denn so konnte er darauf achten, dass Lisa nicht aufwachte. Hätte er nicht geglaubt, vor dem Wecker aufzuwachen, hätte er ihn nicht gestellt. Das Risiko, sie zu wecken, war zu hoch. Irgendwo hatte er mal gelesen, dass sich der Körper an die Aufstehzeit gewöhnt und deshalb von allein aufwacht.

Er zog sich seine Uhr an, deckte Lisa auch noch mit seiner Decke zu und stand auf. In seiner Wohnung war aus unerfindlichen Gründen die Heizung seit dem gestrigen Tage defekt, deshalb war es scheißkalt. Er überlegte kurz, Lisa auf die Stirn zu küssen, ließ es dann aber sein und ging ins Bad.

In letzter Zeit ging es Lisa nicht gut, das irritierte ihn mehr, als es ihn besorgte. Er wusste ja, dass es nichts Ernstes sein konnte, fragte sich aber trotzdem, was es war, da ihm nichts in den Sinn kommen wollte, was eine Verstimmung rechtfertigen könnte.

Der Boden im Badezimmer hatte dank des Heizung-kaputt-plus-Steinboden-Umstands die angenehme Wärme eines Stickstoffbehälters; die Klobrille auch. Jona bewegte sich deswegen ohne große Muße direkt in die Dusche und ließ das Wasser laufen, dessen Temperatur glücklicherweise nicht durch den Heizungsausfall beeinträchtigt wurde.

Sobald er überall nass war, begann er sich einzuseifen und duschte danach die Seife mit kaltem Wasser wieder ab. Er war ziemlich gut gelaunt. Früher war Freitag der Tag gewesen, an dem er und Lisa sich immer trafen, als sie noch nicht zusammenwohnten. Heute war er einfach gut gelaunt, weil er mal aus der gemeinsamen Wohnung rauskam.

Er verließ die Dusche und versuchte vergeblich, den Spiegel dazu zu bringen, ihm sein Antlitz zu zeigen, aber dieser beharrte auf seinem Zustand der Beschlagenheit. Für einen Problemlöser erster Klasse stellte dieser Zustand für Jona nur ein geringes Problem dar; er wechselte einfach das Badezimmer.

Auf dem Weg holte er sich Hemd, Unterwäsche, Hose und Socken aus seinem begehbaren Kleidungsschrank. Im nächsten Bad angekommen, begann er sich anzuziehen, bevor er sich seinen Haaren zuwandte. Sie ließen sich nass leichter stylen, aber im Frühling war es noch zu kalt, um einfach so rauszugehen. Er wollte sich nicht zum fünften Mal in fünf Wochen erkälten. Der Umstand, dass Lisa schlief, erlaubte es Jona, seine Mütze anzuziehen, von der Lisa, galant formuliert, überhaupt kein Fan war.

5 kg Wachs standen bereit, um in die Haare geschmiert zu werden, und genau dieses Schicksal ereilte sie einen Moment später, bevor Jona vorsichtig seine Mütze von vorne nach hinten anzog, um sein frisch errichtetes Kunstwerk nicht zu zerstören.

Danach zog er seine Schuhe an, ging ins Treppenhaus und schloss von außen wieder ab, eine Angewohnheit aus alten Zeiten, als Lisas Sicherheit noch höchste Priorität gehabt hatte.

Mittlerweile hatte Jona keine Prioritäten mehr. Er ließ sich einfach treiben. Jona hatte das Gefühl, dass sämtliche Entscheidungen, die er Jahre zuvor getroffen hatte, sein jetziges Leben formten, und war sich nicht mehr sicher, ob er dieses Leben überhaupt noch wollte. Er war sich auch nicht sicher, ob er es nicht wollte; aus ihm war ein Zweifler geworden. Als wäre er ein Programmierer, der sich selbst einen Code geschrieben hatte, aus dem er nicht mehr ausbrechen konnte. Wie ein Film, der zeigt, was nach dem Happy End passiert; und die Antwort darauf lautet meistens Langeweile.

Er wollte die Uhr nicht zurückdrehen, er war nicht unzufrieden, aber ihm schien es, als würde sein Leben bis zu seinem Tod in sehr klaren Bahnen verlaufen, und die Tatsache, dass er diese Bahnen kannte, löste bei ihm nicht selten die Frage aus, ob er es nicht einfach jetzt schon beenden sollte. Er war nicht depressiv, der Gedanke war eher logischer Natur. Er konnte beim besten Willen den Eindruck nicht loswerden, dass er in einer Schmierenkomödie mitspielte, aber der Einzige war, der es wusste. Die Umkehrung der Truman Show. Er hatte Freunde, die sich regelmäßig trafen, aber sich nicht mochten. Er hatte eine Freundin, mit der er regelmäßig schlief, sprach, aß, die er aber nicht mehr liebte. Er hatte ein Studium, das er mit Bestnote abschließen würde, das ihn nicht mehr interessierte. Er hatte einen Körper, welchen er trainierte, obwohl er niemanden mehr beeindrucken wollte. Einen Vater, der ihm Millionen vererben würde, die er nicht brauchen würde. Eine kleine Schwester, die haargenau den gleichen Weg einschlagen würde wie er, und einen großen Bruder, den er verschmäht hatte.

Könnten wir die Zeit drei Jahre zurückdrehen, würden wir einen Jona vorfinden, der sich das alles wünschte. Der mit diesen Entscheidungen glücklich war. Heute war er zu diesen Entscheidungen geworden. Er wusste, wie der alte Jona sich verhalten hatte; er musste einfach so weitermachen und niemand würde einen Unterschied merken. Er beobachtete sich selbst, wie er die gleichen Sachen tat wie all die Jahre zuvor, doch er war dabei ein teilnahmsloser Zuschauer geworden, der einen Film guckte, dessen Ende er bereits kannte und der ihn so langweilte, dass er das Kino gerne verlassen wollte. Aber auch das wäre keine Lösung.

Er wusste nicht, was er sich wünschte. Deswegen spielte er mit und wartete auf den Tag, an dem sich etwas ändern sollte. Heute war dieser Tag.

Sie mögen sich vielleicht denken, dass dies vermutlich der Grund ist, weshalb wir hier eingestiegen sind. Und Sie haben recht.

Aber der Tag ist noch lang und obwohl Jonas Leben die gewünschte Änderung bald erfahren sollte, werden sich auch andere Dinge ereignen, die zufällig auf den gleichen Tag fallen. Nennen wir es Ironie des Schicksals. Er nahm sein Fahrrad aus dem Flur und verließ das Haus. Er würde viel zu früh kommen und wusste nicht, was er mit der gewonnenen Zeit anstellen sollte, wollte sich darüber aber auch keine Gedanken machen und fuhr einfach los.

Sein Handy vibrierte. Instinktiv dachte er an Lisa und war direkt genervt wegen des Zeitverlusts, den ihn das Lesen und Antworten kosten würden, obwohl er alles andere als Zeitstress hatte. Aber es war nicht Lisa, es war sein Bruder. Nun mag man vielleicht denken, eine Nachricht des eigenen Bruders wäre nichts Ungewöhnliches, denn wer steht nicht in Kontakt mit seinen älteren Geschwistern; aber bei Jonas Bruder war es etwas sehr Ungewöhnliches.

Die Nachricht lautete:

Hey Bruderherz, bin zurück in der Stadt und habe mein Handy wieder aktiviert. LG Jaques.

Eigeninitiative war schon immer sein Ding gewesen. Diese Nachricht war entweder der Inbegriff von Verzeihung oder pure Provokation. Der Streit der Brüder lag so lange zurück, dass zumindest Jona längst nicht mehr wütend auf Jacques war, auch wenn er es damals definitiv gewesen war. Sein Bruder war bloß anderthalb Jahre älter als er. Obwohl sie verschiedener nicht hätten sein können, war er für ihn immer ein Idol gewesen und sie hatten sich wirklich gut verstanden. Damals war er sein bester Freund gewesen, was nicht auf Gegenseitigkeit beruhte. Dafür war Jona wohl etwas zu jung gewesen. Jacques hatte ihn eher als seinen Schüler betrachtet und sich selbst als Mentor. Er hatte Jona jeden seiner Gedankengänge, in einer für Außenstehende sehr anstrengenden, moralisierenden Form, vorgetragen.

Der Streit lag drei Jahre zurück. Jona glaubte damals, er habe seinen Eltern das Herz gebrochen, aber das war falsch. Jonas Eltern hatten kein Herz. Seine kleine Schwester war gerade ein Jahr alt gewesen. Nicht, dass es Jona für seine Eltern wirklich leidgetan hätte. Hätte Jacques ihn nicht am Ende ins selbe Boot gesetzt wie seine Eltern, wäre er aufrichtig beeindruckt von dessen Aktion gewesen. Leid tat es Jona nur für seinen Onkel, der Jacques quasi großgezogen hatte, da seine Eltern zu sehr damit beschäftigt gewesen waren, mehr Geld zu verdienen, als irgendjemand je ausgeben könnte. Sein Onkel war kurz nach Jacques' Aktion verstorben. Zusammen mit den Nannys hatte Jona die kleine Hannah allein großziehen müssen; Jacques hatte auch sie im Stich gelassen, doch Jona hatte er zusätzlich noch beleidigt, und da Jonas Ego zu diesem Zeitpunkt ein neues lokales Maximum erreicht hatte, hatte er es ihm lange nicht verziehen.

Heute war es ihm egal. Mehr als das. Jacques und er hatten immer geplant, eine Weltreise zu machen, sobald beide mit der Schule durch wären. Nichts Kulturelles, wo es nur darum ging, die Dinge zu sehen, die die Welt zu bieten hatte, und darum, einfach nur da gewesen zu sein. Ihre Reise hätte von spiritueller Natur sein sollen, mit dem Ziel, im Wechselspiel mit der Welt den Weg zu sich selbst zu finden. Die beiden hatten so viel geplant, verworfen, darüber geredet und damit geprahlt, dass Jona den Eindruck hatte, noch immer etwas von der alles beherrschenden Euphorie spüren zu können, die damals alles beherrscht hatte, wie der Name schon sagte.

In diesem Moment wünschte er sich, er hätte es gemacht. Die Idee der Weltreise aufzugeben, war in Retrospektive offensichtlich der Anfang vom Ende gewesen. Jona wusste aber auch, dass er sich nur einen Ausweg aus diesem Leben wünschte und die Reise als unanfechtbares Ideal, als *dieser* Ausweg fungierte, obwohl sie wahrscheinlich genauso wenig Abhilfe geleistet hätte, wie Lisa es tat. Wenn er mit auf die Reise gegangen wäre, würde er nun – da war er sich sicher – bereuen, nicht bei Lisa geblieben zu sein.

Die Menschen an sich ... Sie wollen, was sie nicht haben können, und wenn sie's dann doch kriegen, wollen sie das Alte zurück, und irgendwo dazwischen geht ihre Seele verloren, weil sie die *ups and downs* nicht mehr ertragen kann und genug vom Leid und Schmerz hat. Als ich noch jung war (okay, noch jünger), entwarf ich mal ein Gedankenexperiment zum Thema Fremdgehen. Die Frage war, ob es moralisch vertretbar sei. Ich werde es jetzt nicht zum Besten geben, da es nicht sonderlich gut war. Nur so nebenbei erwähnt, natürlich hatte ich volle Punktzahl. Der Erfolg ist mir damals nur so zugeflogen, und wo hat es mich hingebracht? Nirgendwohin. Ins Nichts.

Der Ausblick ist trotzdem schön. Dazu muss man sagen, ich war damals ziemlich stark in meiner Subjektivität gefangen, wie wir alle die ganze Zeit, und habe nur daran gedacht, dass es schlimm wäre, meine Liebe zu verlieren, weil jemand anders sie dann gefunden hätte. (So viel zum Thema Eifersucht). Die Geschichte ist trotzdem brillant. Logisch, sie ist ja auch von mir. Sie fragen sich vielleicht, wieso. Ich würde Ihnen gerne antworten, aber ich habe schon zu viel Zeit darauf verschwendet, Ihnen diese Geschichte zu erzählen, obwohl ich eigentlich eine ganz andere erzählen wollte. Camus hat einmal geschrieben, das Symbol würde immer über den Autor hinauswachsen. Was hätte er anderes damit sagen wollen, als dass ich brillant bin, sogar ohne es zu wollen? Tatsächlich hatte ich vor, eine Meditationsapp zu entwerfen, die ausschließlich philosophische Gedankenexperimente dazu verwendet, Ihr Leben zu verbessern. Aber ich schweife schon wieder ab. Möglicherweise kommen Sie bei anderer Gelegenheit in den Genuss. Jetzt erstmal zurück zu Jona.

Er hatte sich für Lisa entschieden. Sie hatten sich schon damals gekannt, und das Gefühl, etwas so Perfektes für eine Kinderträumerei aufzugeben, schien ihm absurd. Jacques hatte das komischerweise nicht verstanden. Er wusste es aber zu der Zeit auch noch nicht, in der Jona seine Zukunft plante. Es ging in großen Schritten auf Jonas Schulabschluss zu, und Jacques rechnete fest damit, dass die beiden danach aufbrechen würden. Jona hatte damals auch das Herz seines Bruders gebrochen. Jacques hatte ein Jahr lang auf ihn gewartet, in dem er nichts gemacht hatte, außer zu warten. Natürlich ganz zur Unbegeisterung seiner Eltern.

Jona dachte, dass Jacques die Reise immer mehr als Ausweg gesehen hatte. Unterbewusst. Die Illusion, dass alles doch noch ganz anders und besser werden könnte. Er war nie besonders glücklich und dies vermutlich seine letzte Hoffnung gewesen.

Zwei Monate vor Jonas Abschluss hatten seine Eltern ihn und Jacques gezwungen, mit auf eine Kunstausstellung zu kommen. Im Anschluss fand in der Galerie ein Essen mit 5-Gänge-Menü statt. Die Firma der Eltern war der Gastgeber. Das heißt, Jonas Vater war der Gastgeber, da ihm die Firma gehörte. Es waren lauter hohe Tiere gekommen, eines reicher und unsympathischer als die anderen. Als Millionärskinder waren die beiden das gewohnt. So ein Event fand mindestens einmal pro Woche statt, und mindestens einmal im Monat wurden sie mitgeschleppt. Die Szenerie hätte passender nicht sein können, um das zu unterstreichen, was Jacques zu sagen hatte. An diesem Abend kamen mehrere unglückliche Zufälle zusammen.

Jona hatte Jacques weder von seinen Studienplänen noch von seinen Beziehungsplänen erzählt, seinen Eltern aber schon. Man könnte auch sagen, es seien die Pläne der Eltern gewesen. Sie wussten, dass Jona vorhatte, in der Stadt zu bleiben, da Lisa ebenfalls in der Stadt bleiben würde, um zu studieren. Jona hätte sie niemals allein gelassen oder von ihr verlangt, mit ihm wegzuziehen. Der Trip, der zu diesem Zeitpunkt nicht mehr als eine Illusion war, an die er nie wirklich geglaubt hatte, kam also nicht infrage.

Ganz kurze Unterbrechung: Der Junge hätte die spektakulärste Weltreise aller Zeiten erleben können (seine Eltern sind steinreich), und er entscheidet sich für Wirtschaftswissenschaften. Ich krieg das große Kotzen. Weiter geht's.

Er hatte sich entschieden, Wirtschaftswissenschaften zu studieren, um dann das Unternehmen seines Vaters zu übernehmen, weil er nur so dafür sorgen konnte, dass Lisa das Leben bekam, das sie verdiente. Seine Eltern waren mit dieser Entscheidung ebenfalls sehr glücklich (obwohl sie Lisa nicht leiden konnten), denn als absehbar wurde, dass Jacques nicht vorhatte, das Unternehmen zu übernehmen, ruhte ihre ganze Hoffnung auf Jona. Und er würde sie nicht enttäuschen.

Jacques wusste davon nichts, und Jona wusste nicht, wie er es ihm sagen sollte. Netterweise wurde ihm diese Entscheidung abgenommen.

DREI JAHRE ZUVOR

Nachdem kleine Grüppchen von reichen Arschlöchern (Jona und Jacques eingeschlossen, die sich aber selbst nicht mit dem Term identifizierten) sich zwei Stunden lang durch die Galerie geschoben hatten, war es Zeit für das Menü. Alle nahmen an einer großen Tafel in einem noch größeren Saal Platz.

Der Saal war sehr modern, und außer dem schwarzen Marmortisch, der auf einem schwarzen Marmorboden stand, gab es in dem »Raum« überhaupt keine Möbel. Insgesamt erinnerte das Etablissement an die Hades-Inszenierung eines Arthouse-Regisseurs, der zu viel Budget übrig hatte.

Jacques flüsterte Jona ins Ohr, dass man die Kellner wohl auch als Möbelstücke bezeichnen könnte, da sie sich durch ihre Prostitution an reiche Wichser zu Objekten machten. Jona saß rechts, Jacques links von ihren Eltern, die beide vor Kopf Platz genommen hatten.

Bevor der erste Gang kam, stieß Jonas Vater mit dem kleinsten Messer sein Champagnerglas an, und sofort wurde es still. Er nahm es in die Hand und stand auf. Er blickte in die Runde, und sein Blick blieb kurz an Jona hängen, bevor er sich wieder an alle wendete:

»Liebe Freunde, ich möchte mich dafür bedanken, dass Sie heute so zahlreich erschienen sind, damit wir gemeinsam diesem kulturellen Wunder beiwohnen können.«

Jacques verdrehte die Augen.

»David Lynch hat einmal gesagt, die Menschen würden akzeptieren, dass das Leben keinen Sinn habe, aber sie würden erwarten, dass die Kunst einen hätte. Die Kunst liegt immer im Auge des Betrachters, meine Herrschaften, und was wir in ihr sehen, sagt etwas über uns aus und nicht über die Kunst. Ich für meinen Teil finde, dass ein Gemälde zeigt, wie weit der Mensch gekommen ist. Die Natur schafft den Menschen, der Mensch die Kunst. Alles, was der Mensch tut, tut er aus seinem Evolutionstrieb heraus. Die Natur ist stark in uns. Wir wollen überleben, wir wollen der Stärkste sein. Wir wollen so stark sein, dass niemand uns mehr bedrohen kann. Wir wollen so mächtig sein, dass es keine Macht mehr gibt, die uns einschränken könnte. Das alles ist natürlich. Kunst ist es nicht. Die Kunst ist sinnlos, und das ist das Wundervolle an ihr. In ihrer Sinnlosigkeit ist sie menschlich, nicht natürlich. Sie ist reines Kulturgut, wir sind es nicht. Alles andere ist es nicht, denn es strebt nach Macht. Die Kunst ist deswegen wohl das liebste meiner Hobbys, denn sie gibt mir den Kontrast, den ich brauche: den Kontrast zum Streben nach Macht. Dieses Streben nach Macht macht mich aus. Und nicht nur mich, wie es scheint. Es ist mir eine Ehre anzukündigen, dass mein Sohn Jona sich dazu entschlossen hat, nach Erhalt seines Schulabschlusses ein Studium hier in der Stadt aufzunehmen, um danach bei uns, bei NIEL Industries, zu arbeiten. Nicht nur das. Sollte er sich entscheiden, dass der Beruf ihm zusagt, und sollte er sich als kompetent erweisen, wovon ich doch stark ausgehe, immerhin handelt es sich um meinen Sohn, kündige ich an, dass Jona Neil mein Nachfolger wird. Auf das Streben nach Macht, meine Freunde.«

Applaus. Die Anwesenden hoben ihre Gläser.

Jona konnte nicht abstreiten, dass sich zu diesem Zeitpunkt ein gewisser Stolz in ihm breitgemacht hatte: die warmen Wellen aus dem Licht einer Todsünde. Sein Vater war immer schon ein begnadeter Redner gewesen. Nur musste Jacques ihn jetzt für feige halten, da er es ihm nicht selbst gesagt hatte. Und auch sein weiteres Verhalten entsprach diesem Bild, denn er vermied es tunlichst, Jacques anzusehen, und ließ sich stattdessen von seinem Sitznachbarn die Hand schütteln und beglückwünschen. Das Essen ließ nicht lange auf sich warten und Jacques auch nicht. Fassungslos schaute er Jona an, während die Teller aufgetischt wurden. Nachdem die Kellner synchron verschwunden waren, zischte er über den Tisch:

»Ist das dein verfickter Ernst?«

Eine Mischung aus Belustigung und Empörung.

Jonas Sitznachbar, der zuvor äußerst interessiert mit Jona in Dialog getreten war, drehte sich nun ziemlich auffällig weg und hatte offenbar entschieden, dass sein anderer Nachbar wohl doch die bessere Option sei.

Das gleiche Phänomen konnte man bei Jacques' Sitznachbarin beobachten.

»Ich ...«, fing Jona an.

Sein Vater unterbrach ihn. An Jacques gewandt flüsterte er:

»Hüte deine Zunge, Junge. Oder ich sorge dafür, dass du nie wieder die Chance haben wirst, sie öffentlich zu verwenden.«

»Was ist denn das für eine beschissene Drohung?«, erwiderte Jacques. »Wolltest du mir drohen, aber ohne Gewalt, und deswegen hattest du Formulierungsprobleme? Und was am Ende dabei rausgekommen ist, war so eine Soft-Tarantino-Scheiße? Ich habe meinem Bruder nur eine Frage gestellt. Konversation. *Quality time* mit der Familie.«

Sein Vater wirkte unbeeindruckt. Noch nie hatte einer der Söhne ihn seine Maske fallen lassen sehen.

Die Mutter der beiden wirkte beschämt und nippte an ihrem Champagnerglas. Sie saß zwischen zwei Fronten, von denen sie wusste, welche gewinnen würde (denn sie hatte ihren Mann noch nie verlieren gesehen), aber von denen sie einen Eklat zu befürchten hatte, sollte die unterlegene Front ihre Niederlage nicht hinnehmen.

Jona hatte den Eindruck, seinem Bruder etwas erklären zu müssen, wollte aber auch nicht riskieren, dass sein Vater ihn für undankbar hielt. Er beschloss, so neutral wie möglich zu bleiben und als Parlamentär mit weißer Flagge zwischen die Mini-Heere zu reiten.

»Ich wollte es dir erzählen, Jacques. Ich konnte ja nicht wissen, dass Papa es heute verkünden würde. Nicht, dass ich es nicht toll fände. Das war großartig.«

Beide Köpfe wandten sich ihm zu.

»Warum?«, fragte Jacques.

»Ich wollte einfach ...«, fing er an, wurde aber zum wiederholten Male von seinem Vater unterbrochen:

»Er ist verliebt, Jacqui. Das kommt vor. Er will bei ihr bleiben. Eines Tages wird er sie nicht mehr lieben, aber er wird trotzdem die richtige Entscheidung getroffen haben. Ich für meinen Teil bin zufrieden, solange er übernimmt, was du auch hättest tun können. Deswegen erlaube ich ihm auch, wie soll ich es formulieren, ohne beleidigend zu klingen«, er blickte Jona an, »denn das soll es auf keinen Fall. Deswegen erlaube ich ihm auch, mit dieser Person zusammen zu sein, die wir nicht gerade angemessene Gesellschaft nennen«, schloss er triumphierend, in der Überzeugung, genau das Richtige gesagt zu haben.

»Wie bitte?«, fragte Jona etwas pikiert.

»Alles gut, Jonny«, übernahm Jacques wieder. »So ist er nun mal. Was hast du erwartet? Dass er sich für deine persönlichen Wünsche interessiert wie ein normaler Vater? Du musst schon realistisch denken, jetzt, wo du dem Kapitalismus verfallen bist. Zumindest musst du so tun.«

Bevor irgendjemand irgendetwas erwidern oder ergänzen konnte, stand er auf, griff nach seinem Besteck und klopfte damit dermaßen fest gegen sein Glas, dass der Rand an einer Stelle zerbrach. Alle Köpfe drehten sich zu ihm, und ein Kellner kam angelaufen, um die Scherben einzusammeln.

»Bleib!«, fuhr Jacques ihn an, und Jona fiel seine schwere Zunge auf und er ahnte Böses. Er ahnte zu Recht.

Verunsichert blickte der Kellner den Gastgeber an, der aber zu beschäftigt war, Jacques auf eine sehr intimidierende Art neugierig anzuschauen. Der Kellner ging vorsichtig zurück, als wäre er in ein Löwengehege gefallen und würde nun versuchen herauszukommen, ohne dass die Raubtiere ihn bemerkten, geschweige denn fraßen.

»Also, liebe Freunde«, fing der verlorene Sohn an, wobei »liebe Freunde« ein paar Anführungszeichen begleiteten, die dazu führten, dass noch mehr Champagner verschüttet wurde.

Jona wünschte sich in diesem Moment sehnlichst, bei Lisa zu sein, und freute sich darauf, ihr später davon erzählen zu können. Eine Last war von ihm abgefallen, und obwohl er wusste, dass noch einiges vor ihm lag, war der erste Schritt doch der schwerste.

»Reden wir über Macht. Macht ist das, worauf Sie sich abends im Badezimmer einen runterholen, weil Ihre Ehen so kaputt sind, dass Ihre Frauen seit der Hochzeitsnacht nicht mehr mit Ihnen ins Bett gegangen sind und nichts mehr bereuen als diesen schicksalhaften Tag. Natürlich haben Sie die Geschäftsreisen, wo Ihnen eine Nutte das Risiko wert scheint, aber im Grunde genommen wichsen Sie auf Macht. Macht ist es, was Sie in die Lage versetzt, der neuen Sekretärin heimlich unter den Rock zu fassen. Macht ist es, womit Sie sich Ihr wertloses und sinnloses Leben schönreden. Macht macht Sie unmenschlich, denn Macht ist Kultur, anders als uns der Pseudophilosoph hier vermitteln wollte. Sie ist vom Menschen geschaffen, denn sie ist schlecht. Alles, was der Mensch tut, ist schlecht. Vor allem dieser Mensch. Macht ist das Einzige, wofür Sie leben, weil Sie nichts haben, wofür Sie sterben würden. Ich würde sterben ... für Jona. Dafür, dass er sich nicht verkauft. Ich würde sterben, wenn ich wüsste, dass ihr alle mit mir kommen würdet. Dann hätte mein Leben immerhin etwas Gutes bewirkt.«

Mit diesen netten (melodramatischen) Worten drehte er sich um und ging Richtung Notausgang. Er glaubte, was er sagte, aber er glaubte eine Lüge.

Alle anderen im Raum wussten es. Er war ein Heuchler. Hatte schon immer in seiner eigenen Welt gelebt. Hatte es Jona damit einfacher gemacht, sich in Gedanken von ihm zu lösen. Und hatte Jonas Schicksal mit dieser Rede besiegelt.

Jacques drückte die Klinke herunter und trat hinaus. Im selben Moment ging der Alarm los, der mit der Tür verbunden war. Ein schreiender Dämon, der versuchte, sich seinen Weg durch die Ohrmuscheln der Anwesenden zu bahnen, um ihnen die Seele aus dem Kopf zu saugen.

Jona glaubte, ihn so nicht gehen lassen zu können, sprang auf und lief ihm nach.

»JUNGS«, schrie seine Mutter. »DAS IST EINE GESCHLOSSENE GESELLSCHAFT. KOMMT SOFORT ZURÜCK.«

Aber sie kamen nicht zurück. Der Alarm war bereits ausgestellt worden. Im Weggehen hörte Jona noch, wie sein Vater in die Runde fragte, was denn so verwerflich am Wichsen auf Macht sei. Ein Lachen hallte durch den Saal, das für den sich entfernenden Jona immer leiser wurde, bis er schließlich den Ausgang erreichte und Jacques in die Dunkelheit folgte.

Er fand Jacques auf dem Parkplatz, wo er seine Krawatte in den Tank des Bentleys seines Vaters steckte und sein Zippo herausholte.

Jona zögerte nicht. Sein Bruder würde sich in ernsthafte Schwierigkeiten bringen. Er sprintete die letzten Meter bis zu seinem missratenen Verwandten und tackelte diesen mit sehr unsauberer Technik zu Boden des Oldtimers. Das Feuerzeug flog in die Dunkelheit und die Flamme löschte sich selbst im Rauschen des Flugwindes. Die beiden lagen auf dem Boden. Zwei erschöpfte Basketballprofis am Grund der Turnhalle, nachdem alle weiteren Teammitglieder gegangen waren, die die Niederlage der Mannschaft nicht hatten ertragen können.

Jacques fing an zu lachen. Jetzt hätten sie auch ein verliebtes Pärchen sein können, das nach einem gelungenen Picknick hinauf in die Sterne blickte.

Jona zog die Krawatte aus dem Tank und klappte den Deckel zu.

»Du bist so ein Idiot. Kannst du nicht einmal keine verfluchte Dramaqueen sein? Das ist keine billige Netflix-Produktion, hier haben Handlungen Konsequenzen. Hast du ihn nicht eben noch als soft Tarantino beleidigt? Ich bin der einzige Erwachsene hier.«

Jacques hatte aufgehört zu lachen und war aufgestanden.

»Komm mit«, sagte er und ging Richtung Landstraße.

Jona war sich nicht sicher, ob er jetzt doch die Weltreise meinte, folgte aber, weil er dankbar war, dass noch mit ihm gesprochen wurde. Die Dankbarkeit eines Kindes, das feststellt, dass die Mutter doch nicht so böse und enttäuscht war und ihn immer noch lieb hatte.

Die Galerie befand sich in einem Industriegebiet, und die Straße, menschenleer, wie sie war, führte durch einen Wald in Richtung Stadt.

Das perfekte Setting für einen Brudermord, dachte Jona.

Eine Weile gingen sie schweigend nebeneinander her. Das verliebte Pärchen, das eben noch friedlich gepicknickt hatte, sah sich Jahre später wieder und wusste nicht, was noch zu sagen blieb.

Jacques sagte als Erster etwas.

»Ich versteh es wirklich nicht. Wie kannst du Teil von so etwas Beschissenem werden wollen? Ich dachte, wir beide machen unser Ding. Zusammen.«

Er schluchzte.

Jona hatte ihn noch nie weinen gesehen, höchstens bei Filmen. Aber nie so.

»Du musst das verstehen, Mann. Sie ist alles, was ich vom Leben je werde erwarten können. Ich will doch nur glücklich sein, und ich will, dass sie es auch ist. Ich will ihr das Leben geben, das sie verdient.«

»Es ist aber nicht das Leben, das du verdienst.«

»Woher willst du das wissen?«

»Denk das Ganze doch mal weiter. Weißt du, wo du endest? Ich sage es dir. Pass auf. Du fügst dich mit deinen Plänen dem gesellschaftlichen Kodex. Nietzsche nannte das Herdenmentalität. Die Gesellschaft ist wie eine Tierherde, ihre Mentalität zielt auf Gleichheit und Bequemlichkeit. Darauf zielst du auch ab. Du wirst genau wie alle anderen.«

»Sie ist nicht wie die anderen und ich bin es auch nicht. Nur weil viele es machen, heißt es nicht, dass es falsch ist. Die Wahrheit ist nun mal Mainstream.«

»Wahrheit? Du kommst mit Wahrheit? Scheiß drauf. Existiert nicht. Aber so viel kann ich dir doch verraten. Du willst Geld, dein Mädchen und ein glückliches Ende für deine Lovestory. Die Wahrheit ist, dass du auf dem Sterbebett deinen Enkeln genau die gleiche Geschichte erzählen kannst, die alle ihren Enkeln auf dem Sterbebett erzählen. Dann wirst du Teil des Problems. Noch bist du's nicht. Noch kannst du alles ändern.«

»Ich will aber nichts ändern. Es ist meine Geschichte und nicht deine.«

»Es ist nicht deine. Unsere Eltern haben sie uns vorgelebt und du bist begeistert, weil du einmal flachgelegt wirst, und verwirfst die Freiheit, die wir hätten haben können, nur um genau so zu enden. Das ist zum Kotzen.«

»Und was bist du? Du probierst doch nur, bewusst das Gegenteil zu machen. Du hast einfach nichts anderes. Keine Freunde, kein Geld, kein Mädchen, keine Zukunft. Tu nicht so, als würdest du dich für das entscheiden, was du bist; du hast keine Wahl. Du sitzt so hoch auf deinem Ross, dass du vergessen hast, dass deine Meinung auch nur deine Meinung ist und nicht die Urwahrheit des Universums. Ich mochte es, okay? Ich mochte unsere Gespräche, Pläne, Ansichten, aber das Leben geht weiter, und du kannst dich dafür entscheiden, ein Teil davon zu sein oder eben nicht.«

»*Two ways diverged into the woods, and I took the one less traveled by, and this had made all the difference.*"

Diesmal wollte Jacques Jona nur noch provozieren, und der Erfolg war so durchschlagend, wie eine Abkürzung durch Belgien zu nehmen.

»Du hast keine Ahnung. Ich kenne dich. Ich weiß, dass du mich provozieren willst. Du warst eine Zeit lang auf dieser ironischen Ebene, von der aus du über alles gerichtet hast, aber du bist mit ihr verschmolzen. Es war nur zu ertragen, weil es ironisch war; nicht ernst gemeint. Aber jetzt bist du die Kopie. Zusammengesetzt aus alten Büchern, Zitaten und Gedichten. Es gibt keinen Menschen mehr darunter. Du denkst, du kannst uns alle richten, aber richte erstmal dich selbst. Fick dich.«

»Ich kann spüren, dass du wütend bist. Aber bitte hör mir zu.«

»A: Wen willst du hier verarschen, Jacques? Wenn du nicht willst, dass ich wütend bin, solltest du vielleicht aufhören, so eine Scheiße zu labern, und B: Ich höre dir gerne zu, wenn du zumindest versuchst, nicht nur um deiner selbst willen zu reden, weil du dich gerne reden hörst, sondern um meinetwillen, damit ich den Eindruck kriege, es ginge dir wirklich um mich.«

»Es geht mir nur um dich. Sind unsere Eltern glücklich? Sind sie individuell? Sie sind traurige Kopien unter der Kontrolle der Gesellschaft, und da willst du hin? Alles, was du vorhast, trägt nur dazu bei, dass die Gesellschaft, wie sie ist, erhalten bleibt. Wir wollten etwas verändern, erinnerst du dich? Du und ich gegen den Rest der Welt? Hat dir das nichts bedeutet? Wenn du in der Masse verloren gehst, verschwindet deine Kreativität mit dir. Das ist die verfickte Gesellschaft, die den Regenwald abholzt, die Kinderarbeit in der Dritten Welt nutzt, damit wir in Saus und Braus leben können, die Flüchtige vom Schlauchboot tritt, die Leute verhungern lässt und die Leute wie dich kaputt macht.«

»Ist dir eigentlich klar, dass du jeglichen Kontakt mit der Welt verloren hast und nur noch ein blödes Arschloch bist? Diese Mischung aus rhetorischen Fragen und Vorwürfen, das Gleichsetzen von mir und der Gesellschaft;

du erinnerst an einen Possenreißer. Du könntest für jedes beliebige Klatschblatt arbeiten, aber du kannst mir nicht erzählen, dass es dir hierbei um mich geht ... Was bist du geworden? Dass du deinem Bruder sein Glück nicht gönnst, dass immer du Recht haben musst, dass du nicht einmal zurücktreten und anerkennen kannst, dass die Dinge nicht immer so laufen, wie du es dir vorstellst, und dass das gut so ist.«

»Die Dinge sind mir scheißegal. Du und ich. Wir haben keinen Platz in dieser Welt. Die Welt ist größer als das hier; sie umfasst Vergangenheit und Zukunft. Das ganze verfickte Universum. Dort können wir etwas bewirken, nicht in dieser sinnlosen Einöde hier.«

»Ich höre dich reden, und alles, was ich höre, sind Worte, die andere, weisere Menschen vor dir niedergeschrieben haben, die du wieder auskotzt, um dir eine Spur Persönlichkeit zu verpassen, die deine innere Leere übertünchen soll. Ich höre dich reden und weiß nicht, was du mir sagen willst, außer dass du ein zu großes Ego hast. Lass mich einfach in Frieden, okay? Ich bin nicht mehr wichtig für dich. Du hast das Letzte verloren, was du noch hattest, einfach nur, weil du es nicht lassen kannst, dich selbst über alle anderen zu stellen. Meld dich nicht bei mir. Mach deine Reise, und ich hoffe, du kommst als normaler Mensch zurück. Dann kannst du mir gerne schreiben und wir zwei gehen einen Tee trinken.«

Jacques würde nicht als normaler Mensch zurückkommen, er würde ein Übermensch werden. Das wusste er und so würde es tatsächlich sein.

»Du wirst sie verlieren und mit ihr dich selbst. Ich hoffe, das bringt dich dann zurück.«

Sobald sie die Stadt erreicht hatten, stieg Jacques in ein Taxi und war verschwunden. Jona ging zu Lisa und war so verliebt, dass nichts unwahrscheinlicher schien, als dass es je anders sein könnte.

Aber an diesem Morgen war es anders. Jona wusste nicht mehr, wie lange es schon anders war, aber er wusste, dass niemand mehr von seinem Bruder gehört hatte. Bis jetzt. Er stieg wieder auf sein Fahrrad und fuhr los. Einen Umweg durch den Stadtwald, der den unangenehmen Beigeschmack hatte, auch als Straßenstrich zu fungieren. Die Frage, wie es so weit kommen konnte, scheint zwar naheliegend, durchaus plausibel und gerechtfertigt, aber die Antwort darauf ist mir doch unbekannt. Akzeptabel ist vermutlich die Vermutung, dass es eines von vielen Symptomen der Endzeit ist, in der wir leben.

Jona sah einen alten Mann, der in seinem geparkten Auto saß.

Augenblicklich kam Verachtung für dieses niedere Individuum auf, welches seinen animalischen Lüsten auf eine Weise folgte, die jegliche Würde vernichtete. Er war Lisa schließlich auch noch nie fremdgegangen.

Dann sah er eine alte Frau, die sich auf ihrem Sitz nur gebückt hatte, um ein paar Servietten aufzuheben. Als Jona noch näher kam, wurde ihm bewusst, dass die beiden ein Ehepaar waren, das sich in einem stehenden Wagen befand, da es sich eine Mahlzeit vom Drive-in Burger King gegönnt hatte. Jonas Glaube an die Menschheit war mit einem Mal wiederhergestellt.

Interessant, wie winzige Augenblicke und Ereignisse die Meinung eines Menschen so stark verändern, dass er quasi einen U-Turn auf der Autobahn hinlegt.

Als er am Café ankam, war er doch zu spät, sah niemanden davor und ging hinein. Es war ein schöner, weitläufiger Raum mit großen Fenstern und einer großen Café-Bar in der Mitte des Zimmers. Jona hätte sich vorstellen können, hier zu arbeiten, wenn er es nötig gehabt hätte.

In einer der Ecken saßen Aurora und Arthur und er ging hinüber. Auf dem Weg nickte er der Kellnerin zu und hoffte, dass sie es als Bestellung gedeutet hatte. Aurora hatte das gleiche Outfit wie am vorherigen Tag an, während Arthur einen grauen Anzug trug. Beide rochen nach Arthurs Parfüm, aber das kam häufiger vor. Aurora war nicht gerade wählerisch und Arthur kein schlechter Fang. Jona wollte am liebsten wieder gehen, hätte aber nicht gewusst, wohin. Deswegen sagte er nur:

»Na, Freunde der Sonne, wilde Nacht gehabt?«

Jetzt kann man natürlich dort weitermachen, wo die Geschichte sich zwangsläufig hinbegeben wird, man könnte mir aber auch den kurzen Einschub gestatten, den ich sowieso vornehme. Es geht um Glück. Jacques hätte gerne versucht, Jona durch seinen vorbereiteten Vortrag über Glück zur Vernunft zu bringen, aber seien wir einmal ehrlich: Jacques ist ein Versager. Alles muss man selber machen.

Der Begriff Glück stammt kausal von der Gottesidee ab, die ursprünglich alle Probleme des Menschen löste. Aber wie Gott selbst ist die Idee von Glück ein Konstrukt, welches entstanden ist, um als neuer Gott zu fungieren, als neue Lösung. Folglich kann es nicht erreicht werden. Jedes Streben nach Lust führt nur zu Zufriedenheit: ein animalischer Zustand, der dem Menschen aufgrund seiner Herkunft immer noch innewohnt. Jedes Glück, welches von Äußerlichkeiten herrührt, ist ebenfalls kein Glück, da Glück als die Idee, die es ist, nur aus dem Inneren kommen kann. Letztendlich führt auch das Innere, das Denken, nicht zu Glück, da es zwangsläufig zu der Erkenntnis führen muss, dass Glück überhaupt nicht existiert. Mehr Wahrheit, als man ertragen kann, macht nicht glücklich.

Alles, was je Glück versprechen wird, ist nur ein weiterer Gott. Die einzige Lösung bietet uns Schopenhauer, wenn er sagt, man solle sich vom Leben abwenden und so die Hoffnung auf Glück aufgeben, welche den meisten Schmerz verursache, ohne den man dann besser leben könnte. In diesem Chaos gibt es ein Werkzeug, das uns retten kann. Aber dazu später mehr.

SCHMIERENKOMÖDIE

Die Menschen wollen das Gelernte vergessen, weil Hassen so anstrengend ist. Sie kennen die Wahrheit und glauben an die Masken. Sie wollen in einem Theater leben, weil sie an ein Happy End glauben, aber dabei vergessen sie, dass in einem Drama der Held für das Happy End sterben muss ... und das Leben ist ein Drama.

Wir befinden uns im Café, ein paar Minuten, nachdem wir unsere Helden verlassen haben. Mir scheint, es ist nun an mir, das Treffen zu erklären.

Das Problem bei Elite-Unis ist, worauf der Name schon deutliche Hinweise gibt, dass sie oft zu elitär sind. Dieses Problem wollte die Führung lösen, indem sie sich dachte, dass ein wenig *Social-Media*-Präsenz bestimmt nicht schaden könne, wenn man hip und zugänglich wirken wolle. Natürlich käme niemand auf die Idee, dass man sich bei Social Media einfach anders präsentieren könnte, als es in Realität der Fall ist. Aber was ist schon Realität? Das Komitee überlegte weiterhin, dass eine Social-Media-Offensive durch seine Hand nun doch wirklich zu viel des Guten wäre, und schmiedete deswegen den Plan, das Ganze einfach den Studenten zu überlassen. Nun war das Problem hierbei, dass Studenten gar nicht unbedingt die Lust verspüren, ihrer Schule beim Ansehen in der Bevölkerung behilflich zu sein, da die Elitestudenten, worauf der Name schon deutliche Hinweise gibt, zu elitär sind, um sich die Meinung der Menschen vorzustellen, die nicht wichtig für ihre Laufbahn wären, und die, die wichtig wären, würden die Uni gerade wegen ihres Elitärseins wählen.

Kurz gesagt, Lust ist ein Selbstzweck und die Studenten hatten keine.

Die altbewährte Methode, um das zu ändern, war Freude und die Vermeidung von Leid. Die Strategie sah nun vor, etwas zu finden, was die Motivation ändern könnte. Die Lösung fand sich in einer neuen WLAN-Regelung (die Achillessehne der Generation); anscheinend war Peitsche besser als Zuckerbrot.

Das Passwort war geändert worden, und um es wiederzuerlangen, mussten die Studenten, die sich von ihrem Entzug befreien wollten, einfach nur ein kurzes TikTok zu einem der hippen Themen drehen, welche die

Schule herausgesucht hatte, um nicht gecancelt zu werden. Dazu zählten verschiedenste Trends, aber um etwas Würde beizubehalten, wählte die Gruppe unserer Helden jenes Thema, das Scorsese eröffnet hatte, als er sagte, Marvel-Filme wären wie Freizeitparks. Das Komitee forderte 60 Sekunden qualifizierter Stellungnahme mit interessanter Videogestaltung. Dazu sollte es nie kommen, aber der erste Entwurf des nie fertiggestellten Projekts sollte an diesem Tag entstehen, da noch niemand wusste, dass eben genau dies nicht geschehen würde.

Die versammelte Truppe bestand aus einem unsicheren Menschen, der deswegen vorgab, Zyniker zu sein; einem eher schlechten Menschen, sagen wir: einer wandelnden Grauzone, der vorgab, gut zu sein; und aus einer Nutte, die vorgab, keine zu sein. Später hinzustoßen sollte noch ein Witz, der vorgab, keiner zu sein. Alles in allem spielten diese versammelten Studenten eine Schmierenkomödie und hätten dabei gut für ein potenzielles modernes Remake von *Breakfast Club* gehalten werden können.

Jona spielte, gereizt zu sein, da Arthur vorgegeben hatte, offensiv zu sein. Bloß keine wahren Selbste enthüllen.

»Ich hab echt keinen Nerv für deine Alkoholikerscheiße, Arthur. Du weißt, dass Lisa mich genauso oft einlädt wie ich sie.«

Aurora zog die Augenbrauen hoch.

»Ach komm, ich mach doch nur Spaß. Ich will dem werten Herrn ja nicht seine wertvolle Zeit rauben, die er bestimmt braucht, um pünktlich am Bett seiner Geliebten zu erscheinen, wenn diese erwacht. Kein Grund, persönlich zu werden und die Trinkgewohnheiten seiner Freunde zu beleidigen. Ein bisschen Schnaps im Kaffee könnte dir auch nicht schaden.«

Arthur gab vor betrunken zu sein und Jona fragte sich, ob Arthur ihn durchschaut hatte und deswegen nur Lisa Provokationen brachte, um die Gespieltheit seiner Wenigkeit in Bezug auf Lisa noch stärker zu überspitzen. Er schwieg.

»Komm, als Zeichen meines guten Willens lade ich dich auf einen Kaffee ein.«

Arthur winkte die Kellnerin zu sich wie ein netter Coach, der nur ganz kurz ein ernstes Wörtchen mit einem seiner Spieler wechseln wollte, da dieser nicht die geforderten Leistungen erbrachte.

»Ich habe schon bestellt und außerdem geht das nur an der Theke«, sagte Jona.

»Nein, hast du nicht. Und da kommt schon die Kellnerin, um mir jeden meiner Wünsche von den Lippen abzulesen.«

»Sie dürfen hier drinnen nicht rauchen«, sagte sie zu Aurora.

»Oh, mein Fehler, gnädige Frau. Ich habe das Fräulein falsch informiert. Wir werden uns direkt der Zigarette entledigen. Aber seien Sie so gut und beantworten Sie mir folgende Frage: Hat der junge Gentleman schon bei Ihnen bestellt?«

Arthur hatte angefangen zu reden, bevor Aurora hatte antworten können, da er es sehr angenehm gefunden hatte, dass sie schon so lange ruhig war, und er diesen Zustand gemäß dem Trägheitssatz (1. Newton'sches Axiom) nicht ändern wollte und deswegen die Kraft blockte, die diese geradlinige Bewegung verändern wollte.

Die Kellnerin wirkte leicht irritiert, als sie den Kopf schüttelte.

Arthur blickte triumphierend zu Jona und flüsterte im Verschwörerton zur Kellnerin:

»Heute ist nicht sein Tag«, so dass alle es hören konnten.

»Dann hätte ich gerne einen entkoffeinierten Kaffee«, sagte Jona freundlich.

Sie nickte (das geforderte Spielverhalten würde berücksichtigt werden) und ging zurück.

Aurora und Jona begannen sich über das Projekt zu unterhalten. Zwei Nachbarskinder, die sich nicht ausstehen konnten, aber von ihren Müttern gezwungen worden waren, miteinander zu spielen, da die beiden gerade zusammen *Nordic Walking* betrieben. Arthur hörte mit dem Interesse eines Vertretungslehrers zu, der sich fragte, warum die letzte Stunde immer am längsten dauerte.

Die Kellnerin stellte den fertigen Kaffee für Jona auf die Theke und versuchte vergebens Blickkontakt mit ihm aufzunehmen; er saß mit dem Rücken zu ihr.

Arthur nickte ihr nett zu. Gute Technikverbesserung.

»Hey Jona, wenn du jetzt deinen Kaffee abholst, möchtest du mir irgendetwas zum Essen mitbringen? Die gute Frau hat anscheinend vergessen, meinen Wunsch zu erfüllen. Geht dann beides auf mich.«

»Mir auch?«, fragte Aurora mit neu erwachtem Interesse. Ein übergewichtiger Bär, der aus dem Winterschlaf erwacht war.

»Geht doch beides auf Aurora.«

»Natürlich«, sagte Jona und stand auf.

»Warum musst du eigentlich immer so ein Arschloch sein?«, fragte Aurora, sobald Jona außer Hörweite war.

Das Problem bei dummen Menschen war, dass sie immer für das objektiv Gute einstehen wollten, weil es ihnen eine Spur Charakter gab, mit der sie mal nichts falsch machten, dachte Arthur.

»Ach, er weiß, dass das nur Spaß ist, und außerdem ist er nur mein Ersatz, bis Hep wiederkommt. Ungefähr so, wie du mein Ersatz bist, bis ich jemanden finde, der keine oberflächliche Tussi ist.«

Sie tat entrüstet und schlug ihm leicht auf den Arm.

»Du bist ein Arschloch«, sagte sie nicht unfreundlich. »Aber jetzt sei netter zu Jona, sonst kommt er gar nicht mehr ohne Lisa.«

Arthur fasste sich ans Herz und tat zutiefst verletzt:

»Das würden wir nicht wollen.«

Dieses Zwischenspiel zeigte (trotz der eigentlichen Verachtung) die gewisse Vertrautheit zweier sich hassender Arbeitskollegen, die zu einem regelmäßigen Umgang miteinander gezwungen waren, wie man sie bekam, wenn man öfter miteinander ins Bett ging.

»Was würden wir nicht wollen?«, fragte Jona, der in diesem Moment mit seinem Kaffee und einem Korb Croissants wiederkam und sich auf seinen alten Platz setzte.

»Wir würden nicht wollen, dass die Menschen reflektierter werden und checken, dass sie ihr ganzes Leben nur für jemand anderen leben und anderen Leuten Geld in den Rachen schmeißen, weil sonst eure Eltern keine Angestellten mehr hätten«, antwortete Arthur und nahm sich ein Croissant.

»Aha«, sagte Jona. »Hätte ich wissen müssen. Aber es ist gut, dass die Kellnerin mich vorhin nicht verstanden hat, sonst wäre ich jetzt voll überdreht ... Die Sachen geschehen doch aus einem Sinn.«

»Ach ja?«, fragte Arthur. »Das kannst du dir vielleicht einreden, damit dein Leben erträglicher wird, aber das macht es nicht wahrer. Oder sag mir: Warum ist das passiert?«

Er deutete auf die Tür, durch die gerade Hep hereinkam.

Er hatte ernsthaft ein neues Outfit an. Immer wenn man denkt, es könnte nicht mehr schlimmer werden. Während die anderen beiden sich zur Tür drehten wie Rehe zu den heranrasenden Scheinwerfern eines Autos, das sie im nächsten Augenblick überfahren würde, stand Arthur auf, tätschelte Jona die Schulter, flüsterte:

»Du bist erlöst«, und ging zur Theke.

Auf dem Weg traf er Hep, den er überaus nett fragte, was er gerne trinken wolle, und der antwortete: »Latte Macchiato.« Arthur nickte ein

Kellnernicken, ging weiter zur Theke und bestellte. Kurze Pause. Arthur und Jona spürten beide das kräftezehrende Gefühl, sich völlig verstellen zu müssen, aber beide waren geübt darin und wussten, wer sie waren; deshalb konnten sie es ertragen.

Als Arthur mit einem weiteren entkoffeinierten Kaffee für Jona zurückkam, hatte Hep sich auf das Sofa neben Aurora gesetzt. Es stank stark nach seinem Parfüm.

Gutmütig reichte Arthur Jona die für ihn bestimmte Tasse, der mit so einem Akt der Freundlichkeit nicht gerechnet hatte und sich überschwänglich bedankte.

»Hast du noch etwas vor, Hephaistos? Oder war die Geruchsprobe bei deinem neuen Outfit inklusive?«

Hep schien mit der Frage etwas überfordert zu sein und fragte stattdessen nach seinem Kaffee. Arthur fragte, von welchem Kaffee denn die Rede sei, und fuhr fort, dass er als Trost für seine Unwissenheit immerhin gelernt habe, dass man an der Theke bestellen müsse, und Hep das jetzt vielleicht besser tun sollte, auch wenn das hieße, seinen kostbaren Platz aufgeben zu müssen.

Hep stand auf und warf Arthur einen Blick zu, der vermutlich implizieren sollte, man müsse Angst vor ihm haben. Der Blick des zu Unrecht ermahnten Jungen.

Arthur setzte sich neben Aurora.

Hep kam zurück und forderte mit bebender Stimme seinen Platz ein.

Arthur setzte sich zurück auf seinen Platz. Hep erinnerte alle Anwesenden an einen Erstklässler, dem sein Lieblingsspielzeug geklaut worden war und der sich so sehr darüber aufregte, dass es seinen Eltern sichtlich peinlich war, da man sich ja in der Öffentlichkeit befinde und man jetzt so tun müsse, als sei man besorgt, dabei hatte man es bewusst zu Hause gelassen, um den kleinen, verwöhnten Jungen zu entwöhnen, der diesen Gegenstand in ein paar Jahren sicher vergessen hätte, weil die Zeit alles zur Vergessenheit verdammte.

»Weißt du, Hephaistos: Jetzt mal Spaß beiseite. Wir sind ja heute nur zu viert. Diese Sitzordnung scheint mir also äußerst ineffizient. Da ich aber das Highlight deines Tages nicht ruinieren will, setze ich mich gerne neben Jona«, sagte Arthur und stand wieder auf, um sich neben Jona zu setzen. Ein Mann seines Wortes.

»Ich musste ja nochmal zurückfahren und auf dem Weg hierhin, also dem

zweiten Weg hierhin, ist der Tank von meinem Wagen fast leer gewesen«,
fing Hep an und wurde sofort von Arthur unterbrochen:»Von deinem
Wagen?«

»Na ja, also jedenfalls werde ich den Rückweg nicht mehr schaffen und
ich dachte, du könntest mich vielleicht mitnehmen, Aurora; weil, ihr Jungs
fahrt ja nur Rad.«

Er hatte schnell gesprochen, und obwohl sich der Inhalt fast ausschließlich
an Aurora richtete, hatte er sie bei seiner Fürbitte kaum angesehen. Bevor
Aurora antworten konnte, vermutlich mit Nein, sprach Arthur und änderte
damit den Lauf der Dinge, so wie es jede Entscheidung tat.

»Kleines Problem, Sportsfreund. Sie hat bei mir gepennt und wir sind
Taxi gefahren; du kannst dir also deine langersehnte, einzige Fahrt im Porsche abschminken.«

Aurora warf ihm einen vernichtenden Blick zu. Sie hatte den Eindruck,
gerade sehr viel an Status eingebüßt zu haben, aber dieser Eindruck war
natürlich falsch.

Heps Gesichtsausdruck sprach Bände (allerdings keine sehr intelligenten
Bände) über sein Innenleben.

Ich sehe es als unnötig an, den Lesern unnützen Schaden zuzufügen, und
erspare mir einen Einblick.

»Aber ich lasse mich von meinem Fahrer abholen, du kannst gerne mitkommen«, sagte Aurora auf eine quietschige Art zu Hep.

Der schien auf einmal total begeistert und nickte wie ein zufriedenes dreijähriges Kind. Ein erbärmliches dreijähriges Kind. Er schien einen Augenblick nachzudenken und atmete dann tief ein und aus.

»Vielleicht können wir dann direkt zusammen was trinken oder essen
gehen? Ich lade dich ein.«

In Auroras zuckersüßer Maske trat ein etwas hilfloser Ausdruck an die
Stelle, wo bei einem echten Menschen die Augen gewesen wären, aber ihr
Lächeln blieb, wenn auch verkrampft, erhalten.

»Klar, wenn du mich einlädst: wer könnte da Nein sagen.«

Arthur hatte in Rekordzeit verschiedenste Emotionen durchlaufen, war
erst abgefuckt gewesen, bevor er sich daran erinnerte, dass dies bloß sein Ego
sei, etwas, das er bereit sein müsse hinter sich zu lassen, wollte er Leonora
ernsthaft daten, bevor er glücklich wurde über die Tatsache, dass Aurora
sich seinetwegen auf Hep eingelassen hatte und ihn eine ganze Autofahrt
lang würde ertragen müssen, bevor er sich wieder ärgerte, diesen Dingen zu

viel Bedeutung beizumessen, während sie ja offensichtlich total irrelevant waren, und darüber, dass er sich zu sehr mit der Rolle identifizierte, die er spielte, bevor er dann wieder glücklich wurde, nachdem Hep seine Einladung ausgesprochen hatte. Als er Bilanz aus dem soeben Gedachten zog, stellte er fest, dass er gerne gehen würde und diese Leute eigentlich nie wieder sehen wollte.

Jona kam zu ähnlichen Ergebnissen, aus anderen Gründen. Mit etwas Glück wären sie Hep danach los. Selbst Aurora würde ihn niemals ranlassen und es würde einfach eine pure Qual für alle Beteiligten werden. Aber der Gedanke war kein Trost mehr. So verschieden die Beweggründe der beiden Helden auch sein mochten, keiner wollte je wieder etwas mit Aurora oder irgendwem anders zu tun haben, der keine Verbesserung ihres Zustandes herbeiführte.

Hep und Aurora führten die Verbesserung weg, als wäre sie ein Hündchen, mit dem sie in die entgegengesetzte Richtung Gassi gehen würden.

Beide kamen zu dem Schluss, sie müssten gehen, auch wenn sie nicht wussten, wohin. Das Projekt schien ihnen unwichtig, die Relevanz, ein internetfähiges Handy dauerhaft mit sich rumzutragen und zusätzlich noch WLAN zu benötigen, sowieso. Jetzt könnte man sich natürlich fragen, weshalb sie dann überhaupt mitgemacht hatten, aber in Jonas Fall ist Lisa wohl verantwortlich zu machen (und damit meine ich nicht, dass sie die Verantwortung trägt, denn die trägt der Mensch logischerweise selbst, für alles, was er tut, getan hat und tun wird, sondern dass sie, kausal gesehen, dazu geführt hat, dass Jona die Entscheidung traf, an dem Projekt teilzunehmen), und in Arthurs Fall bin ich (noch) nicht gewillt, Ihnen einen Einblick in seine Beweggründe zu geben. Alles hat seine Zeit.

Arthurs Entscheidung war in einer Zeit getroffen worden, als er das Kommen des heutigen Tages mit Schrecken erwartet hatte und jede Ablenkung ihm willkommen gewesen wäre. Jetzt war sie es nicht mehr. Er fühlte sich so viel besser, als er gedacht hatte, dass er sogar glaubte, es für den Rest des Tages mit der Einsamkeit aufnehmen zu können, die ihm am besten tun würde, mit Ausnahme von Leonora vielleicht.

Als es eigentlich nicht mehr besser kommen konnte, legte Hep seinen Arm unbeholfen um Aurora und sagte:

»Dann ist es ein Date.«

Jona verschluckte sich an seinem Kaffee.

»Hey Hephaistos, du hast das gerade laut gesagt.«

Aurora, der das Ganze ziemlich unangenehm war, schlug vor, mit dem Projekt anzufangen. Wie es der Zufall so wollte, bekam Arthur in diesem Moment eine Nachricht von Leo.

Wow, ziemlich unwahrscheinlich, könnte manch eine Psychologin nun denken. Lassen Sie mich dazu Folgendes sagen: Die Wahrscheinlichkeit dafür, dass ein Ereignis eintritt, ist immer größer als null, und wir könnten die Gründe für das Eintreffen dieses Ereignisses präzise zurückverfolgen und dabei keinen impulsgebenden Wegweiser außer Acht lassen, und letzten Endes würden wir beim Urknall landen. Für dieses Unterfangen habe ich allerdings weder die Zeit, noch empfinde ich Lust dazu, die ja, wie bereits zuvor erläutert, ein Selbstzweck ist. Lassen Sie mich nur noch so viel ergänzen: Wir können zwar nicht hundertprozentig sicher wissen, ob es der Zufall war, der dieses Ereignis möglich gemacht hat; die Möglichkeit eines Schöpfers, der in dieser Sekunde im Leben seiner Kreationen interveniert, ist nie ganz auszuschließen, aber wir wissen, dass eine der beiden Theorien sich durch Wissenschaft belegen lässt, die andere durch Märchen. Natürlich enthüllt uns die Wissenschaft mehr Unwissen als Wissen, aber ein Märchen als Quelle wäre für diese Geschichte, die im Zeichen der Wahrheit steht, doch sehr unpassend; ich maße mir sogar an, zu behaupten, sie wäre beschämend.

Leonora schrieb:

Heyyy, wollte fragen, ob du heute Abend schon was vorhast, weil wenn das nicht der Fall wäre, eröffne ich dir hiermit die Möglichkeit, mich zu Hause zu besuchen, bevor du mich zur Campusparty begleiten darfst. :)

Arthur las und lächelte, Jona beobachtete ihn aufmerksam.

Er antwortete:

Wusste gar nicht, dass du auf Campuspartys stehst ...

Die Antwort erfolgte binnen weniger Sekunden:

Nicht, wenn ich allein dort aufkreuzen müsste.

Arthur antwortete schnell:

Musst du nicht. Sehe aber einen Zusammenhang zwischen meiner Anwesenheit und deiner Lust, Partys zu besuchen.

Leonora: *Du nimmst eine einzige Stichprobe als Grundlage für einen Zusammenhang? Du bist ohne Zweifel der schlechteste Physiker, von dem ich je gehört habe.*

Arthur: *Aber Ihr habt von mir gehört.*

Leonora: *Zum Glück.*

Arthur: *Zu meinem Glück. Um fünf bei dir?*

Leonora: *Bis 5 Uhr* (:

Arthur: (:

Arthur war im Begriff zu gehen. Er fragte sich, warum Leo auf eine Party gehen wollte, weil sie sonst so dermaßen überhaupt nicht der Typ dafür war, was er sehr schätzte, kam aber schnell zu dem Ergebnis, dass es eine harmlose Antwort geben würde und es der Sorgen nicht wert sei, sich jetzt den Kopf darüber zu zerbrechen. Er schob den Gedanken beiseite. Bei der Gelegenheit schob er ein paar Gedanken auf die andere Seite. So funktionierten gesunde Gehirne.

Eine verhaltene Diskussion hatte in der Zwischenzeit angefangen, die Arthur unbehelligt unterbrach:

»Okay, einer muss mitschreiben, das ist alles gut.«

»Eigentlich wollte ich gerade etwas sagen.«

Hep blickte Arthur fest in die Augen und wirkte so, als hätte seine Mutter ihm zu Hause eingetrichtert, wie er mit dem bösen Mobber umgehen musste, der ihm immer das Pausenbrot stahl.

Heute hatte er, Hep, das Pausenbrot gewonnen.

»Bitte, ich habe noch ein paar Minuten. Ich hänge an deinen Lippen.«

Hep fing an, indem er seinen Block aufschlug:

»Also, ich dachte, unsere Hauptthese könnte sein, dass wir sagen: Marvel-Filme sind wie Freizeitparks und es zeigt, dass die Menschen kein anspruchsvolles Kino mehr wollen, sondern nur noch leichtes Entertainment.«

Hep blickte zufrieden in die Runde.

»Nur damit wir das nicht falsch verstehen, das war alles?«, fragte Jona vorsichtig.

Hep nickte.

Arthur blickte Jona erwartungsvoll an und legte dabei ein Bein über das andere.

»Ich glaube nicht, dass wir das als Hauptthese nehmen können«, fing Jona vorsichtig an.

»Wieso nicht?«, unterbrach ihn Hep.

»Weil«, fuhr Jona ruhig fort, »weil Martin Scorsese es vor dir gesagt hat und wir uns auf ihn beziehen sollen.«

»Ihr kennt Martin Scorsese?«

»Natürlich kennen wir Scorsese, du Möchtegern-Freud. Wolltest du uns jetzt einfach seine Position vortragen und hoffen, dass wir ihn nicht kennen, das dann als deine eigene Meinung ausgeben und die Lorbeeren dafür ernten? Bist du wirklich so dumm?«, warf Arthur seelenruhig ein.

»Ja, ich wollte ja auch, dass wir dazu Stellung nehmen.«

Jona kam zur Hilfe:

»Falsch, du wolltest das gerade als deine eigene Interpretation ausgeben. Die hätten uns nicht mal einen Punkt gegeben. Das ist Abschreiben, Plagiat, Täuschungsversuch. Nichts anderes hätte ich von dir erwartet, aber deine Erwartungshaltung uns gegenüber ... Tss. Anzunehmen, dass wir dir *das* abkaufen, ist ... beleidigend. Es geht doch um quasi nichts. Ein WLAN-Passwort, ja und? Dein Vorgehen ist also sehr ineffizient.«

Jona hatte mit der gleichen betonten Ruhe wie Arthur gesprochen und dabei langsam seinen Kaffee umgerührt, den er in der linken Hand hielt.

In stillem Einverständnis waren die beiden angehenden Flüchtenden zu dem Schluss gekommen, dass das Treffen sehr viel schneller gehen würde, wenn sie Hep fertigmachen würden, da er sich nicht mehr trauen würde zu reden und die beiden nur noch ihre Meinung in Heps Diktiergerät sprechen müssten, der das Ganze dann zu Hause abschreiben müsste.

»Wirklich, dank dir habe ich den Eindruck, in einer Simulation zu leben. Gibt es einen bestimmten Grund, warum die Matrix nicht will, dass ich nach Hause komme, und deswegen muss ein schlecht geschriebenes Programm wie du mich hier halten? ANTWORTE, KNAPPE«, nahm Arthur den Faden wieder auf.

Der Knappe sagte nichts.

Jona machte weiter:

»Wirklich, das verletzt mich auch. Ich arbeite mich die ganze Woche ab, nur um zu Ergebnissen zu kommen, und du kommst mit sowas. Das Mindeste, was du tun könntest, ist, das Zeug, das wir gleich mit diesem ‚Diktiergerät‘ aufnehmen werden, man hätte natürlich auf keinen Fall das Handy nehmen können, danke fürs Mitdenken, zu Hause brauchbar zu verwerten. Aber bitte, bitte, ich flehe dich an ... keine eigenen Gedanken.«

Der Knappe sagte nichts.

»Dann legen wir mal los«, fing Arthur an und dachte in diesem Moment zum ersten Mal über das Thema nach.

Jona tat es ihm gleich.

Arthur aktivierte das Diktiergerät und fing an zu sprechen:

»Also, Marvel, schöne Scheiße. Die Tode der Helden und die Motive der Bösen sind das einzig Gute, wenn ihr mich fragt.«

»Das kann ja heiter werden.«

»Wird es, wird es. Die Studios sind schlimmer als Hitler und ihr

Teufelswerk schlimmer als ‚Mein Kampf‘, schreib das auf jeden Fall auf, später. Verkaufen den amerikanischen Traum und die Angst vorm Tod, deswegen sterben die Helden nie. Mhm, was noch? Trainieren Schubladendenken, damit die Proletarier nicht dahinterkommen, dass es mehr als Gut und Böse gibt. Das größere Gute ist immer nur das kleinere Übel. Der Zweck heiligt die Mittel nicht, wenn er die Instandhaltung eines kaputten Patriotismus ist, für den die vermeintlichen Helden kämpfen. Schreib das alles auf, das muss richtig knallen; es gibt keine schlechte Publicity. Ein Waffenhändler, der seine Sekretärin bumst, und ein Patriot, der für seine Treue mit Superkräften belohnt wird: tolle Helden. Das Letzte, was mir jetzt *ad hoc* einfällt … ich meine natürlich, was mir letzte Woche *ad hoc* eingefallen ist, als ich Blut, Schweiß und Tränen in dieses Projekt investiert habe, ist, dass der Typ in Lila, der die halbe Bevölkerung umbringen wollte, offensichtlich der Gute war. Löst sämtliche Probleme. Ressourcenknappheit, Treibhauseffekt, bestimmt auch weniger Rassisten mit von der Partie jetzt. Voll super. Wie lange wird es dauern, bis wir uns auf der Suche nach der nächsten Mahlzeit selbst im Weg stehen? Diese Frage muss sich der Zuschauer jetzt dank der übereifrigen Comicfiguren wieder stellen. Schöne neue Welt.«

Er hatte schnell gesprochen, aus dem einfachen Grund, dass er schnell gehen wollte. Jona sprach jetzt genauso schnell, aus genau dem gleichen Grund.

»Schöne Punkte, keine Frage. Vielleicht noch ein bisschen Gegenperspektive, dann haben wir beide Seiten abgedeckt und können am Ende eine Frage an die Community stellen. Oder warte, noch kurz zu dir: Witzig ist auch, dass der eine Gott gut ist, weil er für die USA kämpft, und der andere, genauso mächtige, böse ist, weil er für ein anderes Volk kämpft, das die Bedrohung durch die Menschen erkannt hat. Scheiß-Weltraumrassisten. Jetzt die andere Seite. Marvel-Helden sind Idole, die einem kleinen Kind Werte vorgeben, das sonst überfordert wäre von dem schier endlosen Wertekanon, der die Welt zu sein scheint. Schreib den Satz genau so, der ist gut.«

Er nickte in die Runde. Aurora hatte schon lange nichts mehr gesagt, und keiner, außer Hep, hatte wirklich Lust darauf, dass sie es wieder tun würde.

»Schön«, sagte Arthur.

»Wahrhaftig«, ergänzte Jona.

Die beiden standen auf.

»Also, war nett, euch mal wieder zu sehen. Ihr macht da bestimmt was

Tolles draus, und wenn nicht, fühlt euch nicht gezwungen, meinen und Lisas Namen darunterzusetzen.«

»Nonsens, die machen das super. Top Team, wie Dick und Doof. Aurora kennt sich mit TikTok aus.«

Fassungslose Blicke wurden unter den Zuhörenden ausgetauscht. Bevor sie etwas sagen konnten, ergänzte Arthur:

»Das war nur Spaß, kriegt mal nicht direkt eure Periode. Also, Peace out.«

Er ging zur Theke und bezahlte. Jona kam direkt hinter ihm und bezahlte auch. Die beiden traten zusammen auf die Straße. Sie teilten einen kurzen Moment der gegenseitigen Anerkennung, bevor sie sich fast schon brüderlich die Hände schüttelten und in entgegengesetzte Richtungen davongingen. Arthur hätte eigentlich in die gleiche Richtung gemusst, aber so groß war die Anerkennung dann doch nicht. Die beiden sollten einen so absolut absurd verschiedenen weiteren Tagesablauf haben, dass das diametral entgegengesetzte Weglaufen der beiden ein schönes Szenenende für einen Film abgegeben hätte, in dem der überambitionierte Regisseur sehr auf bedeutungsschwangere Kameraführung setzte.

Als Arthur um die Ecke bog, empfing ihn ein Windstoß, der ihn mit einem Mal daran erinnerte, dass die Stadt nur eine Ansammlung von Asphalt im Chaos der Natur war, und daran, dass die Natur stets die Oberhand behalten würde. Er sah eine alte Dame, die gegen den Wind ankämpfte. Ihre wankenden Schritte ließen auf das gebrechliche, dürre Skelett schließen, das sich unter der billigen Daunenjacke verstecken musste. Ihr Gesicht, einem Totenschädel ähnlich, der nur eine abgetragene, alte Haut in seiner Garderobe gefunden hatte, wirkte stark angestrengt, ganz so, als würde sie nicht eigentlich einen leichten Anstieg erklimmen und sich nicht einfach nur eine hässliche Straße entlangkämpfen. Arthur fragte sich, warum sie überhaupt noch kämpfte, sie hatte offenkundig schon verloren. Vielleicht, dachte er, war er der letzte Mensch, der sie bewusst lebend gesehen hatte. Vielleicht würde sie, sobald sie ihr Ziel erreicht hatte, an den Anstrengungen ihres Kampfes sterben. Aber wer erreichte in dieser Welt schon je sein Ziel? Wahrscheinlich würde sie vorher sterben. Er würde versuchen, sich an sie zu erinnern und sich vorzustellen, wer sie gewesen war, bevor die Natur, die größte aller Gegenspielerinnen, sie zu dem gemacht hatte, was sie nicht mehr lange sein würde.

Arthur hatte einen strikten Zeitplan entworfen. Ein Treffen mit Leonora änderte den Tagesablauf völlig. Er würde nicht zu seinen Vorlesungen gehen. Er würde ausnüchtern, sich gesund ernähren und gesund verhalten.

Dazu gehörten vitaminreiches Essen und eine ausgiebige Meditation, die ihn dazu verleiten sollten, als die beste Version seiner selbst bei Leo aufzukreuzen, denn ihren Verlust konnte er sich nicht auch noch leisten.

Der Mensch hat seine Grenzen der Belastbarkeit, und obwohl die meisten Exemplare dieser Gattung ihre Grenzen maßlos unterschätzten, tat Arthur es nicht und verspürte zudem keine besonders große Lust, den Verstand zu verlieren.

Arthur ging also zum nächstbesten Supermarkt und ließ sich dabei von seinem Handy leiten, wie ein antiker Seefahrer von den Sternen.

Der Türsteher, der definitiv kein versteuertes Gehalt bekam, beäugte ihn misstrauisch.

Arthur nickte betont nett; meistens war damit bewiesen, dass man keines der reichen Arschlöcher war, die sonst im Campusgebiet shoppen waren. Er ging vorbei an unzähligen Regalen von Lebensmitteln und Getränken.

Absurd, dachte er. Grundbedürfnisse im Überfluss, und alles, was wir wollen, ist weniger Schmerz. Er passte nicht hierhin. Scheinbar wahllos begann er zahllose Gemüsesorten in Bio-Qualität in seinen Korb zu legen, bevor er sich noch ein paar Proteinriegel und Hähnchenfilets kaufte. Zum Abschluss holte er sich eine 8-Liter-Flasche Wasser, die er in der anderen Hand trug, zahlte und ging nach draußen.

Im Gehirn kämpfen gesunde und ungesunde Mechanismen um ihr Überleben. Das Ich ist dabei wie ein kleines Ruderboot, welches das unendliche Meer des Bewusstseins Tag für Tag befahren muss. Die gesunden Mechanismen sind dabei wie Strömungen, die den Denkenden weiter in die gewünschte Richtung bringen. Die ungesunden Mechanismen hingegen sind wie Strudel, die ihn hinab in ihre Tiefe reißen, und nicht selten kommt es vor, dass Menschen nicht mehr aus ihnen herausfinden. Arthur merkte, wie er sich so einem Strudel näherte. Seine Gedanken schienen ihm mitteilen zu wollen, er habe mehr Schuld, als man tragen konnte, und die beste Lösung für alle Beteiligten wäre vermutlich, dass er sich umbrächte, wenn das nicht zu viele Umstände machen würde. Das Schmerzhafte dabei war nicht, wie viele dieser Söge der Unwirklichkeit entsprachen; ungesund deshalb, weil sie ihn täuschten, sondern, wie viele von ihnen wahr waren; wie viel Schuld er tatsächlich trug.

Arthur ging langsamer. Er wusste, er konnte diese alten Muster, die genauso wenig aufgaben wie er, bezwingen; wusste, dass er es immer getan hatte; wusste, dass er die Mittel besaß. Und trotzdem fühlten sich die ersten

Momente so schrecklich an, als würde er wahrhaftig ertrinken. Er bekam immer weniger Luft, eine Panik erfüllte ihn, und er wusste, dass es zu spät war, um wegzurennen. Langsam sank er in die Hocke, seinen Rücken an eine schäbige Wand gelehnt, kurz davor zu hyperventilieren. Er kannte das alles schon, aber das war in diesem Moment kein Trost. Seine Gedanken rasten im Kreis, aber sie kreisten um nichts; sprangen willkürlich von einer Eingebung zur nächsten, und alles, was Arthur tun konnte, war zu warten. Und während er wartete, nach Luft schnappte und verzweifelt auf die gegenüberliegende Hauswand starrte, ließ er die Einkaufstasche fallen, die er bis dahin verkrampft in den Fingern gehalten hatte, und fing an zu schluchzen. Erst trocken und hohl, die Luft traute sich zuerst nur vorsichtig zurück in seine Lungen, ganz so, als wäre sie vom Hausherrn rausgeschmissen worden und erbitte nun kleinlaut wieder Einlass, dann lauter und tiefer, und die Tränen flossen, tropften auf seine Hände. Alles, was er in diesem Moment wollte, war zu schreien, aber sein Körper ließ ihn nicht. Von wilden Zuckungen durchgeschüttelt, lag er auf dem Boden und ließ alles raus, was er die letzten Stunden hatte zurückhalten müssen. Als es vorbei war und weder Tränen noch Laute sich von seinen Augen und Lippen lösen wollten, lag er einfach nur da und wusste, dass es nie aufhören würde.

DICK UND DOOF HABEN EIN DATE

»Hä, wer meinte er denn jetzt ist dick und wer doof?«, fragte Aurora grübelnd.

Hep begab sich, leichtfüßig wie ein Blauwal, in das Minenfeld:

»Er meinte natürlich, ich bin doof, aber da hat er anscheinend nicht bedacht, dass ich jetzt hier mit dir bin und nicht er.«

Hep gratulierte sich selbst für diesen subtilen Flirt. Er war ein Gewinner.

»Woher willst du das denn wissen? Er kann doch genauso gut gemeint haben, dass ich doof bin, oder nicht?«

»Ja stimmt, klar. Sorry. Ist doch egal. Er ist ein blödes Arschloch. Seine Mutter hat ihm wahrscheinlich nie genug Liebe gegeben. Deswegen hat er es nötig, so auf anderen rumzuhacken.«

»Willst du mir sagen, ich bin dick?«

»Was? Nein. Ich finde das fraulich. Aber wenn man es logisch betrachtet, kann er nicht mich mit ‚dick‘ gemeint haben.«

»Ich dachte, er wäre ein blödes Arschloch und es wäre egal. Hat er jetzt doch recht, oder wie?«

»Hör mal, ich find deinen Körper toll. Wenn er ihn nicht wertschätzen kann, ist das sein Problem.«

»Da hast du recht.«

Sie nickte anerkennend und Hep fühlte sich anerkannt.

Dass sowohl Jona als auch Arthur gegangen waren, spielte ihm in die Karten. Er wusste, dass es immer gut war, einen Kontrahenten zu haben, der das Beste aus einem rausholte (zumindest sagte das sein Vater immer), aber er wusste auch, dass er Arthur so ausgeschlachtet hatte, dass nichts mehr aus ihm rauszuholen war. Kein Wunder, dass er sich entschieden hatte, zu gehen.

Zuerst war Hep etwas verunsichert gewesen, wegen der Tatsache, dass Aurora bei Arthur geschlafen hatte, aber dann war ihm klar geworden, dass sie sich wahrscheinlich zufällig in irgendeiner Bar in der Nähe von Arthurs Wohnung getroffen hatten und es ihr zu spät gewesen war, nach Hause zu fahren, da ihr Fahrer vermutlich schon geschlafen hatte und sie selbst zu betrunken war. Um den Gentleman zu spielen, hatte Arthur sie dann zu sich eingeladen und selbst auf dem Sofa geschlafen. Der einzige Orgasmus, den Arthur durch Aurora kriegen würde, war das Abspritzen auf die Bettwäsche, die sie benutzt hatte, und das war's. Es war also nochmal alles gut gegangen und die Dinge würden sich für Hep fügen. Er hatte allen am Tisch klargemacht, wer hier das Alphatier war. Als Aurora ihm dann die Vorlage geliefert hatte, ihn nach einem Date zu fragen, sie sich quasi vor ihn hingekniet hatte, wusste er endgültig, dass er gewonnen hatte. Natürlich hatte sie Ja gesagt. Jona war dann gegangen, weil er die sich aufbauende *sexual tension* spürte und nicht länger stören wollte. Immerhin das hatte Jona begriffen.

Aurora hatte derweil ihrem Fahrer geschrieben und die beiden zahlten und gingen nach draußen, wo sie auf den Wagen warteten.

Sie hatte seit mehreren Minuten nicht mit ihm gesprochen und hing nur an ihrem Handy. Hep dachte verständnisvoll, dass seine Anwesenheit sie vermutlich nervös machte (er musste sich eingestehen, es auch in ihrer zu sein) und dass sie mit Sicherheit ihren Freundinnen schrieb, wie sie ihn am besten rumkriegen konnte. Möglicherweise googelte sie auch etwas in der Richtung. Hep war sich nur noch nicht sicher, ob er auch bereit wäre für etwas Ernstes (nachdem Aurora ihn erstmal privat kennengelernt hatte, wäre ihr Wunsch nach etwas Ernstem schließlich unvermeidbar). Er konnte ihr auf jeden Fall nicht zeigen, dass er auch schon in die Richtung dachte, das würde sie abschrecken; seine Erfahrung hatte ihn das gelehrt. Ist die Erfahrung nicht sowieso die einzige Lehrerin, die wir haben?

Heps neues Outfit war mit Bedacht etwas anstößiger gewählt worden, da er wusste, nach der Aktion mit der vergessenen Tasche etwas offensiver werden zu müssen. Er trug ein Strandhemd von Versace, die obersten Knöpfe hatte er extra offen gelassen, und dazu eine Stoffhose von Gant. Die Balenciagas hatte er angelassen, sie waren die besten Schuhe, die er besaß. Beim erneuten Verlassen seines Hauses war ihm außerdem aufgefallen, dass sein Vater seine Uhr vergessen hatte, deswegen hatte er sie sich ebenfalls übergestreift.

Endlich kam der Wagen. Ein klassischer Porsche, wie aus Heps Quartett. Der Fahrer stieg aus, um Aurora die Tür zu öffnen, aber Hep gab ihm zu verstehen, dass er das machen würde. Etwas verunsichert blickte der Fahrer zu Aurora, die, ebenfalls verunsichert, die Achseln zuckte, bevor er sich wieder hinters Steuer setzte und wartete.

Hep fand es süß, wie nervös sie in seiner Anwesenheit war. Als er ihr dann die Tür öffnete und sie bat, Platz zu nehmen, lächelte sie kurz.

»Du liebst wohl die Eleganz, was?«, fragte er sie scherzend.

Sie zog verwirrt die Augenbrauen hoch.

»Wegen dem Auto, mein ich.«

Sie blickte wieder auf ihr Handy.

»Es ist mein Auto.«

Der Fahrer drehte sich zu den beiden Turteltäubchen um, und Hep dachte, er könnte ihnen ruhig etwas Privatsphäre lassen, weil ja immerhin etwas auf der Rückbank passieren könnte. Der Fahrer fragte, wo es denn hingehen solle. Hep überlegte kurz, bevor er mit einem charmanten Lächeln zu Aurora gewandt sagte:

»Die Dame und ich haben ein Date.«

Dann musste er erleben, und er war sich sicher, sie tat es nur aus Nervosität oder weil sie *hard to get* spielen wollte, wie sie doch ernsthaft sagte:

»Sicher, dass dein Auto nicht doch noch genug Benzin für eine Fahrt zur nächsten Tankstelle hat? Es ist eigentlich eher selten, dass Autos wirklich überhaupt kein Benzin mehr im Tank haben.«

Das hatte ihn noch stärker verunsichert; sie war zufrieden. Die ganze Zeit war er schon nervös auf der Stelle rumgetippelt und hatte geschwitzt, aber das hatte gesessen. Sie glaubte zwar nicht, er sei gerissen genug, einen leeren Tank vorzutäuschen, nur damit sie zusammen fahren könnten, doch die Hoffnung starb zuletzt.

Nicht nur, dass die Menschen hier immer vergessen hinzuzufügen, dass sie trotzdem stirbt, sie verwechseln die Hoffnung auch immer mit etwas Gutem. Wie Camus schon richtig schrieb und Hervé le Tellier in der *Anomalie* richtig abschrieb, ist die Hoffnung die letzte große Plage, die Pandora aus ihrer Büchse entließ. Die letzte große Plage, da ein Hoffen uns davon abhält, zu handeln oder unser Schicksal zu akzeptieren.

Aurora dachte sich jedenfalls, Männer hätten schon Verrückteres getan, um sie zu ergattern. Sie dachte natürlich nicht »ergattern«, aber ich mag das Wort.

Hep war sein fieberhaftes Überlegen anzusehen. Er antwortete:

»Du weißt hoffentlich, dass das Auto, das ich gefahren bin, meinem Vater und nicht mir gehört. Ich kann nichts dafür, dass er den Wagen nicht für mich volltankt. Aber wenn du willst, können wir gerne vorbeifahren und nachschauen.«

»Nein, schon gut.«

Aurora blickte wieder nach vorn zu Heinrich und sagte ihm, er solle sie zu Heps Haus fahren. Das wäre allemal besser als zu ihr, denn dann könnte sie gehen, wann immer sie wollte.

Hep nannte seine Adresse, und der Wagen fuhr los. Aurora blickte während der gesamten Fahrt konzentriert auf ihr Handy. Es war ihr Floß, mit dem sie jede Unterhaltung erfolgreich umschiffte. Das funktionierte ziemlich gut, denn auf einmal waren sie da und der Wagen hielt. Während Hep um den Wagen herumging, um Aurora die Tür zu öffnen, sagte diese schnell zu Heinrich:

»Bitte fahren Sie nur so 200 Meter weg. Das wird nicht lange dauern.«

Dann ging schon die Tür auf und Hep hielt ihr seine Hand hin. Sie war klein und schwitzig. Nach diesem unerwünschten Körperkontakt wischte Aurora ihre Hand am Blazer ab, der ziemlich zerknittert war, weil sie ihn eine Zeit lang in der Handtasche aufbewahrt hatte, und dachte sich, dass nun wirklich der Punkt erreicht sei, wo er in die Reinigung musste.

Sie gingen durch einen kleinen Vorgarten zum Haus, und als Heinrich hinter ihnen wegfuhr, war Aurora zum ersten Mal seit langem zum Weinen zumute. Aber sie tat es nicht. Arthur amüsierte sich wahrscheinlich gerade prächtig. Das Haus schrie Mittelschicht; Aurora war davon fast noch mehr angewidert als von Hep.

Zwei Stockwerke, ein kleiner Garten, der fast vollständig von einem Pool unter Beschlag genommen wurde, und ein SUV vor der Tür. Diese Mittelmäßigkeit kotzte sie an.

Hep versuchte, die Tür aufzuschließen, aber seine Hand zitterte und erinnerte dabei an einen sterbenden Aal. Die Tür wurde von innen geöffnet und eine Frau stand vor ihnen, zu der die Beschreibung *bildschön* am allerwenigsten gepasst hätte.

Sie schaute erst Hep an, dann Aurora, und ihr Mund verzog sich dabei zu einem Lächeln, das Aurora an das von Hep erinnerte, nur mit mehr Wangenspeck, was schon eine schwierige Kunst war, aber sie meisterte sie problemlos und erinnerte in ihrer Eleganz an einen mutierten Feldhamster.

»Hey Mom, das ist Aurora.«

Seine Mutter küsste ihn auf beide Wangen und bat die beiden lächelnd herein.

»Hi«, sagte Aurora.

»Seid ihr zusammen?«, fragte die Mutter aufgeregt.

Bevor Aurora amüsiert den Kopf schütteln und das verneinen konnte, sagte Hep: »Noch nicht, aber es läuft drauf hinaus«, und zwinkerte ihr dabei vielsagend zu.

Aurora musste das erstmal verarbeiten. Das konnte doch wirklich nicht wahr sein. Wie war sie bloß hier gelandet? Nur weil sie sich nicht getraut hatte, Nein zu sagen. Nur weil sie Angst gehabt hatte, es würde ihren Ruf beschädigen, wenn Hep beleidigt bei seinen Freunden über sie herziehen würde. Dafür würden nun ihre Nerven nachhaltig geschädigt werden.

Generell ist es doch wirklich dumm, dass es Menschen gibt, die Angst haben, ihr Ruf könnte geschädigt werden, wenn sie nicht mit jedem befreundet sind. Freut euch, dass der Idiot nicht eurer Meinung ist, das bestätigt euch doch.

Jetzt war es auf jeden Fall zu spät. So eine Scheiße! Vor einer Minute noch hatte sie panische Angst davor gehabt, mit ihm allein zu sein, aber jetzt wollte sie nur noch hoch. Weg von hier. Dann öffnete sich eine Tür und heraus kam ein ziemlich durchschnittlicher Typ, der Heps Vater sein musste. Er war das Gegenteil von besonders oder von auffällig. Man könnte auch sagen, er war absolut unbesonders und unauffällig.

»Ich habe ja nicht an der Tür gelauscht oder so, aber herzlichen Glückwunsch euch beiden.«

Alle lachten über seinen Witz. Aurora wollte weinen. Sie hätte sich eine Ausrede ausdenken können, doch jetzt war es zu spät.

»Aber Junior, mit dir muss ich ein ernstes Wörtchen reden. Du hast meine Uhr und meinen Wagen genommen, du weißt doch, dass ich das für meine Geschäftstermine brauche. Für den seriösen Look«, er zwinkerte Aurora zu.

Ihre Mutter hätte so etwas niemals vor Fremden gesagt. Niemals. Sie nahm an, darin unterschieden sich die Denkprozesse der Elite und die der Durchschnittsmenschen. Gottesgnadentum. Irgendwie taten ihr die drei auch leid. Aber offenbar hielt der Hausherr sie schon für seine zukünftige Schwiegertochter und vertraute ihr deshalb.

Die zukünftige Schwiegertochter wollte nur weg. Sie blendete den Smalltalk aus. Und als hätte eine gute Fee ihren Wunsch gehört und falsch verstanden, gingen die beiden nun endlich doch nach oben.

Heps Zimmer wirkte auf Aurora, als hätte jemand einen Designermöbelkatalog in die Hand genommen, völlig willkürlich Dinge herausgepickt und dann, der Willkür zuliebe, auch völlig willkürlich im Raum verteilt. Eine schreckliche Wahrheit hatte sich in ihren Gedanken einen Platz verschafft, den sie nun nicht mehr aufgeben wollte, ganz wie der Tourist, der sein Handtuch auf eine Liege legt und diese nun nicht mehr hergeben wird.

Ist es nicht bei Wahrheiten oder sogar bei Ideen und Erkenntnissen so, dass sie immer wie eine Geburt sind? Schmerzlich, und wenn ihr Endprodukt einmal da ist, muss man mit ihm leben.

Aurora wusste nun, dass es nur einen Weg gab, das Ganze schnell zu beenden.

»Hast du Alkohol?«, fragte sie Hep mit ersterbender Hoffnung in der Stimme.

Das würde nicht einfach werden.

»Ne, also, meine Mutter verbietet mir Alkohol zu Hause. Unter ihrem Dach, bla bla bla. Du weißt ja, wie Eltern sind.«

Anscheinend wusste sie das nicht. Dann musste es eben ohne gehen. Sie atmete tief durch und unterdrückte zum letzten Mal den Reflex zu weinen. Dann zog sie ihren Blazer aus. War das Gänsehaut? Langsam begann sie ihre Bluse aufzuknöpfen. Dann öffnete sie schnell ihren BH und ließ ihn zu Boden fallen. Sie betete, dass es schnell gehen würde.

Hep wirkte völlig überfordert. Mit Ausnahme seiner Mutter war sie wahrscheinlich die erste Frau, die er je halbnackt gesehen hatte. Und das würde vermutlich auch immer so bleiben. In einem Anflug von Solidarität hoffte sie, kein anderes weibliches Wesen müsste das je erleiden. Sie knöpfte auch noch ihre Hose auf und sie glitt zu Boden wie eine Lawine, bereit, Auroras verbleibendes Selbstwertgefühl zu ersticken. Sie stand jetzt nur noch im Slip da, ging auf ihn zu und flüsterte:

»Ausziehen. Schnell, bevor ich es mir anders überlege.«

Er zog sich umständlich aus. Noch nie hatte sie so einen unerotischen Versuch gesehen, sich schnell auszuziehen. Als er nackt vor ihr stand, schloss er die Augen und beugte sich mit gespitzten Lippen vor.

»Nein«, sagte sie. Ihre Stimme zitterte. »Keine Küsse.«

»Okay, wie du willst. Ich meine, ja klar.«

Dieses kurze Close-up seines Gesichts hatte das Ganze definitiv nicht besser gemacht. Er hatte eine Erektion, aber sein Schwanz war nicht wirklich groß. Sie ging zu seinem Bett und kniete sich auf allen vieren hin.

»Von hinten«, sagte sie nur, weil sie ihn definitiv nicht dabei sehen wollte.

Er ging langsam auf sie zu.

»Warte«, sagte sie schnell. »In meiner Handtasche ist Gleitgel. Das werden wir brauchen.«

Falls er das als Beleidigung empfand, ließ er es sich nicht anmerken. Abgesehen davon, war es aber auch notwendig. Die Gründe lagen auf der Hand.

»Ich habe zwei Flaschen gefunden«, sagte er.

Sie wollte nur, dass es endet.

Dabei hatte es noch nicht einmal begonnen.

»Das eine ist ein Flachmann. Denk mal scharf nach«, fauchte sie.

»Gib beides her«, lautete ihr nächster Befehl.

Den Flachmann vergessen zu haben konnte einem in solchen Ausnahmezuständen mal passieren, dachte sie erleichtert. Dass der Inhalt schon etwas älter war, störte sie nicht im Geringsten. Luxusprobleme. So mussten sich die kleinen Kinder in Afrika fühlen. Hep hielt Aurora die Flaschen hin und sie nahm sie ihm kraftlos aus der Hand. Der Idiot wirkte immer noch ziemlich überwältigt. Langsam schraubte sie den Deckel ab und stürzte schnell den Inhalt herunter. Es brannte, aber es tat gut. Danach rieb sie sich das Gleitgel dorthin, wo es benötigt wurde, und begab sich wieder auf alle viere. Nachdem sie ihm hatte zeigen müssen, wo es reinging, probierte sie fieberhaft, an jemand anderen zu denken. Sie schloss die Augen. Irgendwer, der attraktiv war. Irgendwer. Bitte! Sie ging im Kopf sämtliche Schauspieler durch, dann Sportler. Doch es drängte sich beständig das Bild eines kleinen unförmigen Jungen mit hässlichem Gesicht in den Vordergrund. Und dann war es auch schon vorbei. Sie hatte nichts gemerkt. Maximal 15 Sekunden. Die Stellen an ihrem Körper, wo seine klebrigen Patschehändchen gewesen waren, waren feucht vom Schweiß, sonst nichts.

Aurora stand wortlos auf und ging ins Bad. Immerhin hatte er ein eigenes Bad. Sie stellte den Wasserhahn an und übergab sich in die Toilette. Dann fing sie an zu weinen. Lautlos. Sie durchlief diese Abfolge weder zum ersten noch zum letzten Mal. Die Tür konnte man nicht abschließen, und weil der Gedanke an einen hereinkommenden Hep sie ängstigte, ging sie unter die Dusche.

Sie duschte sich gründlich und probierte, mit dem vorhandenen Schwamm den Schmutz abzuwaschen, der nicht wirklich da war. Dann fiel ihr erschrocken auf, dass der Schwamm ja von Hep sein müsse, und sie warf ihn frustriert gegen die gegenüberliegende Wand, wo er mit einem dem Ernst der Situation sehr unangemessenen *Watsch* herunterfiel.

Als sie wieder aus der Dusche stieg, fühlte sie sich kein bisschen sauberer und verspürte große Angst und Unlust (ein Selbstzweck), wieder ins Zimmer zu gehen. Zum Glück war er nicht hereingekommen. Wahrscheinlich lag er auf seinem Bett und musste erstmal verarbeiten, was gerade passiert war. Erstes Mal vorm ersten Kuss. Das konnte einen schon mitnehmen.

Ihre Klamotten lagen noch auf dem Boden vor seinem Bett und sie wollte nicht, dass er sie nochmal nackt sah. Doch sie hatte keine Wahl. (Sartre würde einwenden, der Mensch habe immer eine Wahl. Er hätte recht.)

Ihre Schminke war verlaufen, was ihr Gesicht sehr unvorteilhaft wirken ließ. Sie wusch sie ab, ohne dann noch einmal in den Spiegel gucken zu wollen. Sie atmete tief durch und wischte die letzten Tränen weg. Dann stellte sie den Wasserhahn aus, die dreckige Umweltsünderin.

Sie erinnerte sich selbst an die Unvermeidbarkeit der vergangenen paar Minuten. Jetzt konnte sie weg. So schnell wie möglich. Vorsichtig, wie ein kleines Kind, das unentdeckt ins Schlafzimmer der Eltern klettern will, öffnete sie die Tür und hoffte, nicht sofort weinen zu müssen, aber stellte fest, dass sie sich wieder im Griff hatte.

»Das ist das erste Mal, dass ich dich ohne Make-up sehe. Ist das ein weiterer Schritt in unserer Beziehung?«, fragte er und versuchte dabei lässig zu lächeln.

Sie blieb stehen. Langsam wurde es ihr etwas zu absurd, weshalb sie es vorzog, nicht zu antworten, und zielstrebig auf ihre Klamotten zuging. Die Klamotten lagen direkt vor seinem Bett; ein Problem. Hep richtete sich erfreut auf, als sie auf ihn zuging. Dann sagte er:

»Ich will nochmal. Los, leg dich hin. Diesmal von vorne.«

Sie war fassungslos, gut daran zu erkennen, dass sie ihre Fassung verlor (ein häufiges Indiz). Was glaubte dieser Vorstadt-Hillbilly eigentlich, wer er war? Sie war immer noch die Alleinerbin eines Multimillionen-Konzerns. Das gerade war bloß eine pragmatische Entscheidung gewesen, um die ganze Angelegenheit schnell hinter sich bringen zu können. Effizienz, um Zeit zu sparen. Diese Zeit war jetzt um. Es wurde Zeit, wieder zur Normalität zurückzukehren und dieser Witzfigur zu zeigen, wo ihr Platz war.

Demonstrativ begann sie sich anzuziehen. Er wirkte überrascht, wie ein Kind, dessen Spielzeug vor seinen Augen zertreten wird; oder wie ein Träumender, der merkt, dass der Schlaf ihn zu verlassen droht, und sich verzweifelt an seinem Traum festzuklammern versucht.

»Was ist? War ich nicht gut?«

»Du warst der beschissenste Fick, den ich je hatte«, sagte sie ruhig.

»Und der kürzeste«, fügte sie nach einer kurzen Gesprächspause hinzu, um die Stille etwas angenehmer zu gestalten.

Sie war fast fertig. Musste nur noch ihren Blazer anziehen und raus hier. Die Einrichtung war doch recht billig. Er war ein Sterblicher, der etwas von einer Göttin bekommen hatte. Das würde sie ihm nie verzeihen können. Und in diesem Moment, in dem der Sterbliche sämtliche Gunst bei seiner Göttin verspielt hatte, schnappte er sich den Blazer, den sie gerade greifen wollte, und klammerte sich verzweifelt daran fest.

»Du kannst jetzt nicht gehen. Was soll denn meine Mutter denken?«

Binnen weniger Sekunden traf sie eine Entscheidung. Sie brauchte das Scheiß-Teil nicht, es würde sie sowieso nur an Hep erinnern. Im nächsten Moment wurde ihr klar, dass er immer etwas von ihr behalten würde, wie eine Trophäe. Sie fing an, ihn noch mehr zu hassen. Es war ein sehr egoistischer Hass, aber der einzige Hass, den sie kannte. Sie ging schnell zur Tür. Plötzlich schien er wie aus einer Trance zu erwachen, sprang auf und schleuderte hilflos das nun verhasste Kleidungsstück auf den Boden. Er war wirklich nicht schön. In ihren Kinderzimmern sieht man die Menschen, wie sie wirklich sind. Schutzlos ausgeliefert und ohne Chance, ihr Selbst zu verteidigen. »Nackt« wäre ebenfalls ein Adjektiv, das in diesem Fall sogar besonders gut passt. Aurora war schon auf der Treppe. Er schrie ihr nach:

»Ohne Make-up siehst du übrigens scheiße aus!«

Erst wollte Hep ihr hinterherlaufen, merkte aber, etwas underdressed zu sein.

Als sie unten ankam, ihre Schuhe hastig anzog und in Richtung Tür hechtete, wie ein Hecht, kam aus dem Nirgendwo seine Mutter auf sie zu, und Aurora war, als wäre sie die Prophetin des Untergangs, die ihr durch ihren Anblick und im drohenden Gespräch, das unausweichlich bevorstand, den kommenden Wahnsinn verheißen würde. Selbstverständlich dachte Aurora das nicht, denn der Gedanke wäre etwas zu bildlich gewesen, aber sie fühlte es.

»Streits gibt es in jeder Beziehung mal. Ich persönlich finde es wichtig, dass jeder seine Meinung sagen darf und dass man nie wütend ins Bett geht. Aber nimm meinen Heppie nicht zu hart ran, er ist ein wirklich braver Junge.«

Der Impuls, ihr auf die Füße zu kotzen, schien verlockend, aber Aurora besann sich eines Besseren, ging schnell zur Haustür und rannte hinaus. Der panische Gedanke, Hep könnte auftauchen und versuchen sie aufzuhalten, erschien in ihrem Bewusstsein, und sie bekam regelrechte Todesangst.

Plötzlich tauchte Hep vollständig angezogen in der Haustür auf und versuchte sie aufzuhalten.

Sie hätte schreien können. Wie in einem Horrorfilm, in dem der Protagonist das Irrenhaus gerade so verlassen konnte, nur um festzustellen, dass der Mörder draußen schon auf ihn lauerte.

Aurora rannte um die Ecke. Dort stand Heinrich. Sie hatte befürchtet, ihn erst anrufen zu müssen, aber so wirkte die Erscheinung des Wagens wie eine Oase in der Wüste auf eine Verdurstende. Aus den offenen Fenstern des Wagens tönte *Wonderwall*. Sie riss die hintere Tür auf. Heinrich wirkte etwas erschrocken.

»Fahren Sie! Fahren Sie!«, schrie Aurora verzweifelt.

Heinrich ließ schnell den Motor an, und schon war der Wagen auf der Straße und mit gemächlichem Tempo auf dem Weg, weg von diesem verfluchten Ort. Wieso hatte er versucht, sie aufzuhalten? Was hatte der dumme Hurensohn erwartet? Was hatte er sagen wollen? In ihrem Wagen fühlte sie sich sicher. Der Gedanke, Hep müsse nun etwas erfinden, um zu erklären, warum seine Braut plötzlich verschwunden war, amüsierte sie. Sie lachte hysterisch. Was hier passiert war, würde sie einfach vergessen. Ihr wäre es fast lieber gewesen, Hep hätte sie vergewaltigt, dann hätte sie Leuten ohne schlechtes Gewissen davon erzählen können. Es sogar irgendwie ausnutzen. Der Gedanke gefiel ihr. Vielleicht würde sie das tun. Mal sehen.

»Nach Hause, bitte. Und tut mir leid, dass es länger gedauert hat.«

»Alles gut, Frau Trent, ich habe ja sonst nichts zu tun.«

War das Sarkasmus? Dachte heute jeder, er könne mit ihr machen, was er wollte?

»Sie haben tatsächlich nichts Besseres zu tun. Es ist Ihr beschissener Job, mein Fahrer zu sein. Und zwar nur meiner. Also seien Sie lieber dankbar für die Pause.«

»Eben. Bin ich.«

Wortlos nahm sie sich einen Drink aus der Minibar.

»Herzschmerz?«, fragte Heinrich.

»Wie bitte?«

»Oh, Verzeihung. Herzschmerz, Frau Trent?«

»Leck mich.«

Diese Angestelltenratte hätte an einem normalen Tag zu einem Ausbruch der Marke Vesuv führen können. Heute war kein normaler Tag, heute war ein Scheißtag. Während der Alkohol wirkte, fing Aurora an, sich zu entspannen. Nur ein Scheißtag, dachte sie. Sie nahm sich einen weiteren Drink.

Als der Wagen vor dem elektrischen Tor ihrer Villa anhielt, war Aurora bereits ordentlich betrunken und der Tag schien machbar. Sie schwankte aus der Autotür, die Heinrich für sie geöffnet hatte, und hoffte inständig, ihre Mutter wäre nicht zu Hause. Wenigstens diesen Gefallen konnte sie ihr an diesem Tag ja tun. Ihre Mutter war zu Hause. Als Aurora durch den Nebeneingang direkt in die Hauptküche kam, saß ihre Mutter am Küchentisch, trank Gin Tonic und blätterte in einer Illustrierten.

»Warst du so draußen?«

»Offensichtlich.«

»Ohne richtiges Make-up? Geht's dir gut?«

»Jep.«

»Was sollen denn deine Freunde denken, wie ich dich erzogen hab, wenn du rausgehst und dabei scheiße aussiehst. Als hättest du keinen Selbstrespekt.«

Die Worte waren gedehnt und von vielen Pausen unterbrochen.

Ihre Mutter hatte ordentlich einen sitzen. Aurora ging zum Getränkekühlschrank und mischte sich einen großen, starken Moscow Mule. Dann setzte sie sich zu ihrer Mutter, einfach weil ihr die Energie fehlte, woanders hinzugehen. Sie hätte auch nicht gewusst, wohin.

»Willst du drüber reden?«, nuschelte Mutter Trent.

Aurora sagte nichts.

Die beiden würden die nächste Zeit mit etwas Mutter-Tochter-Quality-Time verbringen, indem sie sich betranken. Wer kann es ihnen verübeln? Wie Jesus schon so schön zu sagen pflegte: »Der, der ohne Alkoholproblem sei, werfe das erste Glas.« Oder so ähnlich.

WOHL DEM, DER JETZT NOCH HEIMAT HAT

Als Lisa erwachte, tastete sie verschlafen im Bett herum. Die linke Seite war leer und fühlte sich an, als hätte man sie im Winter draußen vergessen. Jona war weg und die Heizung kaputt. Lisa hatte Gänsehaut, wusste aber, dass ihr auch ohne das Heizungsproblem kalt gewesen wäre. So war es ihr die letzte Zeit immer ergangen, und in diesem Fall hieß immer: wirklich immer. Ohne Ausnahme waren die Tage eine einzige Aneinanderreihung von Kälte geworden, als würde ein alttestamentarischer Gott sie bestrafen, indem er sie nach und nach mit Schnee zuschippte, bis sie sich nicht mehr bewegen und schließlich nicht mehr atmen konnte.

Eine Verschüttete, begraben in einer hoffnungslosen Höhle ohne Sauerstoff, nach der niemand suchte, niemand suchen würde und die ganz sicher niemand finden würde.

Eine Verschüttete, die nichts für die Lawine konnte, die sie überrollt hatte; die einfach aus ungünstigen Umständen heraus das Gebirge betreten hatte, nicht dort sein wollte, doch als sie sich gerade anschickte zu gehen, wurde ihr Schicksal besiegelt.

Carl Gustav Jung sagte einst, man würde sein Schicksal auf der Straße treffen, die man genommen hätte, um ihm auszuweichen. Damit meinte er, Schicksal sei die Konsequenz einer Entscheidung, die man trifft, und nicht, dass man einem bestimmten Schicksal nicht entkommen konnte, obwohl man dem eigenen Schicksal an sich natürlich niemals entkommen kann.

»Man ist, was man tut«, schrieb Sartre; aber war Lisa wirklich, was sie tat?

War es nicht vielmehr so, dass sie in einem Netz aus Ursachen und Wirkungen gefangen war und keine Wahl hatte treffen können? Ihr Schicksal sich ihr durch äußere Einwirkungen aufgedrängt hatte?

Diese Frage, so alt, wie sie ist, wird hier nicht beantwortet werden, da die Psychologie, wie Dostojewski schrieb, ein Stab mit zwei Enden ist und man jede Handlung so interpretieren könne, wie es einem beliebe beziehungsweise wie es einem am besten in den Kram passe.

Kann man dieser Entscheidung die Schuld geben oder jener? Liegt die Schuld beim Außenstehenden? Bei den Umständen?

All diese Dinge gingen Lisa durch den Kopf, während sie in ihrer persönlichen Eiskammer lag und auf den vollständigen und endgültigen Tod der Hoffnung wartete. Natürlich gingen ihr diese Dinge nur im Subtext durch den Kopf. Ich habe mir die Mühe gemacht, ihn zu Ihren Gunsten zu extrahieren und durch verschiedenste Zitate zu illustrieren.

Lisa erinnerte sich zurück ans Abendessen. Jona war etwas gereizt gewesen, weil sie nichts essen wollte, und obwohl das über zwölf Stunden her war, verspürte Lisa keinen Hunger, als sie in ihren Körper reinhorchte. Keinen Hunger, nur Kälte.

Die immergleiche Angst hatte sich pünktlich mit dem Aufwachen eingestellt, als sei der Schlaf die Pause von dem immergleichen Albtraum, in den sie jeden Tag aufs Neue erwachte.

Lisa hatte immer essen können, was sie wollte, keinen Sport gemacht und war dennoch nie krank geworden. Auch an diesem Morgen war sie nicht krank, fühlte sich jedoch, als gehöre sie auf eine Intensivstation. Kopfschmerzen, Schlappheit, Übelkeit und das vertraute Gefühl des Versinkens, gepaart mit einer Prise panischer Todesangst. Was tat man, wenn sich der Wille zum Leben gegen einen wendete? Dieses Werkzeug, das einen ein Leben lang begleitet, ja angeleitet hat. An wen wandte man sich? Sie konnte sich an niemanden wenden, sie wusste, sie würde alles verlieren. Wäre sie wirklich im Stande, eine lebenslange Lüge zu leben und gleichzeitig gegen die Stimme in ihrem Inneren anzukämpfen, die ihr sagte, es könnte alles so einfach vorbei sein?

Ich teile ihr Problem (aus anderen, cooleren Gründen), aber ich will mich hier natürlich nicht in den Vordergrund drängen. Nichts läge mir ferner.

Sie wusste die Antwort auf all diese Fragen nicht, wusste nur, dass sie im Moment zu nichts im Stande war. Hatte die Wohnung seit Tagen nicht verlassen, sogar am Wochenende. Jona war natürlich bei ihr geblieben, aber dieses eine, alles entscheidende Mal konnte er nicht helfen. Nichts davon durfte er erfahren, nichts. Sie wünschte sich seit einigen Tagen sehnlichst, weinen zu können, wenigstens einen Teil der Schmerzen auf irgendeine Art rauszulassen, aber sie war nie der weinerliche Typ gewesen.

Dieses Mal war es jedoch mehr als das. Nicht die üblichen, trocken gebliebenen Augen bei traurigen Filmenden, Streits, Enttäuschungen oder auch bei Freude, sondern trocken gebliebene Augen, weil der Schmerz die vergangenen Tage (sie kannte die genaue Zahl) weniger Schmerz im eigentlichen Sinne als ein furchteinflößender Terror gewesen war, der sie so sehr in Schrecken versetzte, dass es ihrem Körper nicht möglich war, sich aus dessen Herrschaft zu lösen und das zu tun, was er selbst wollte.

The sun will rise and we'll try again, ist mein Motto bei Zwischenfällen dieser Art.

Sie kannte diese Lyrics nicht, die ein musikalisches Genie namens Tyler Joseph einst verfasste; für sie war das Aufgehen der Sonne nur ein unnötig in die Länge gezogenes Sterben ihrer Seele.

Eigentlich musste sie es Jona sagen. Jetzt war es aktuell, jetzt wäre es der richtige Zeitpunkt. Wenn sie es nicht tat, wüsste sie dann nicht, dass sie es niemals tun würde, weil sie nicht nur die Last der Lüge tragen würde, sondern ebenfalls die Last der Frage, wie sie es wagen könne, es so lange zu verschweigen? Wäre sie in der Lage, die Liebe ihres Lebens ein Leben lang anzulügen? War das moralisch vertretbar? Konnte sie überhaupt vor sich selbst behaupten, die Liebe ihres Lebens gefunden zu haben, wenn sie es ihm nicht sagen konnte? Oder war es ein Zeichen der Liebe, dass sie es nicht sagte? Ein Schutz, der die Perfektion nicht zerstörte? Eine einzige Nacht, die ihr Bild in seinen Augen für immer verändern könnte. War es das wert? Doch im Grunde wusste sie, dass sie es nicht tun würde. All das Rätseln war nur ein Aufschieben der eigentlich gewissen Entscheidung, das sie davor bewahren könnte, sie offiziell zu machen, denn sie wusste, dass sie mit beiden Entscheidungen nicht würde leben können. Ihre Gedanken wanderten immer häufiger zu einer antizipierten Version der Reaktion Jonas. Sie wollte das nicht sehen. Es gab keine Reaktion, die sie zufriedenstellen könnte, außer einer utopischen, und keinen Zeitpunkt, der geeignet wäre, dieses Gespräch zu führen.

Sie konnte nicht mit Sicherheit sagen, wie er reagieren würde, denn obwohl sie sich liebten, war er eigentlich ein Fremder. Mit Sicherheit wusste sie aber: Es wäre das Risiko nicht wert, ihn zu verlieren. Wer wäre sie dann? Ein Niemand. Verlassen, verloren, vereinsamt. War sie das nicht jetzt schon?

Sie brauchte Hilfe, schlug die Decken zurück und blieb frierend liegen. Sie verdiente nicht nur Jona nicht, sie verdiente niemanden, davon war sie überzeugt. Der Punkt, an dem sie sich in der Vergangenheit entschieden hatte, ihr Bett zu verlassen, jeden Tag aufs Neue, schien nun unerreichbar. Ob nach dem zehnten Mal Schlummern oder einem 12-Stunden-Ausschlafen, irgendwann stand man immer auf. Heute nicht. Sie konnte es nicht. Das gleiche Zögern, das der Soldat empfindet, wenn er das erste Mal töten muss und einfach nicht abdrücken kann, empfand sie nun bei dem Gedanken aufzustehen.

Tief im Inneren wusste sie jedoch: Heute war der Tag gekommen, an dem sie es ihm sagen oder eine andere Lösung finden musste. Lisa zog die Decken wieder über sich, kuschelte sich ein, ohne dabei ein Gefühl von Sicherheit oder Komfort zu spüren, und entsperrte ihr Handy. TikTok wurde geöffnet, und für die nächsten 64 Minuten lag sie einfach nur betäubt da und blickte auf den immer schneller wechselnden Strom der Videos, die abwechselnd lustige Tiere, Kriegsszenen, Haartipps, Promidramen, inspirierende Zitate und Luxuslifestyle zeigten. Sie lachte nicht bei den witzigen, freute sich nicht bei den niedlichen, war nicht bestürzt bei den brutalen, interessierte sich nicht für die Tipps, blieb uninspiriert von den Zitaten und begehrte nicht den Luxus. Sie lag einfach passiv da und konsumierte, und doch wirkte die leichte Betäubung, zumindest für eine Weile, bis ihre Dopaminrezeptoren leergefegt waren und sie sich noch elender fühlte als vorher. Livestreams, Operationen, Statements, Memes und jede Menge Meinungen. Überall waren Meinungen, aber keine verriet ihr, was zu tun war. Auf Kants zweite Frage weiß keiner eine Antwort. Keiner weiß, was zu tun ist.

Menschen, die zutiefst kaputt sind, und Menschen, die nicht glücklicher sein könnten, erfahren durch dieselbe Droge völlig unterschiedliche Wirkungen. Früher hatte sich Lisa auf die Zeit am Tag gefreut, in der sie TikTok gucken konnte. Völlige Entspannung, gepaart mit nützlichen Informationen aus aller Welt. Sie wurde wütend, wenn jemand sagte, TikTok wirke wie eine Droge; so wütend, wie jemand wird, dem man seine Droge wegnehmen will. Heute wusste sie es besser. Alle hatten sie recht gehabt. Es war eine Droge, aber es war die Droge, die sie nun brauchte. Stumpfe Abtötung aller Sinne und Gefühle. Kein Wunder, dass sie Angst gehabt hatte, mit ihren Gedanken allein zu sein. Sie musste die betäubende Wirkung erst bewusst erleben. Als sie Stunden im Bett lag, unwillig aufzustehen, erlebte sie sie und war dankbar, dass es dieses Werkzeug gab. Nicht lange und sie würde in einer Downer-Spirale landen. Obwohl sie Stunden auf diesen Bildschirm geguckt hatte, kannte sie die Uhrzeit nicht, so funktioniert die selektive Wahrnehmung des Menschen eben, aber sie wusste, dass sie jetzt aufstehen müsse, um nicht alles erklären zu müssen, wenn Jona nach dem Treffen zu ihr käme, da er sich sonst ernsthafte Sorgen machen würde. Als sie diesmal die Decke zurückschlug, stand sie sofort auf. Das war zu viel für ihren Kreislauf. Sie sah bunte Punkte und taumelte gegen die Wand, als wäre sie betrunken. Dort stützte sie sich erst ein paar Sekunden ab, bevor sie weiterging. Die verwundete Soldatin, die sich kraft ihres Willens, nicht ihres Körpers, Richtung Ziel vorwärtskämpfte. Doch sie hatte kein Ziel.

Erst ging sie ins Bad, wo sich der Boden anfühlte wie ein gefrorener See. Schnell entledigte sie sich ihrer Klamotten und betrachtete sich im Spiegel. Eingefallene Wangen und tiefe Augenringe verunstalteten das ansonsten bildschöne Gesicht, das bleich war vor Erschöpfung. Unter anderen, glücklicheren Umständen hätte sie gut einen Vampir spielen können, würde gleich aus der Maske treten und alles wäre vorbei.

Immerhin war ihr Bauch flach, dachte sie. Musste an dem wenigen Essen liegen. Nicht mehr im Stande, sich länger anzublicken, ging sie schnell in die Dusche und wartete, bis das Wasser warm wurde, bevor sie den Duschkopf auf sich richtete. Hier gab es keine Ablenkung, nur sie und das Wasser, das mit hohem Druck auf ihren Körper prasselte. Nach langen, anstrengenden Tagen war das Duschen immer ein Genuss für sie gewesen, eine Belohnung, aber jetzt befiel sie die völlig irrationale Angst zu ertrinken. Sie verließ schnell die Dusche, trocknete sich ab und zog sich an. Sie wusste, es wäre zu kalt, um in der Wohnung zu bleiben. Ein in die Kühltruhe gefallenes Kind. Aber der Gedanke, verloren durch die Straßen einer anonymen Stadt zu laufen, bedrückte sie mehr als die Kälte, die sie so oder so verspürte. Dann kam ihr eine Idee. Die Offenbarung der jungen Menschen, das Internet.

Sie ging auf TikTok und gab »How to deal with events from the past" in der Suchzeile ein. Auf Englisch waren die Treffer immer qualifizierter, dachte sie, obwohl sie auch wusste, dass Amerikaner für ihre Kompetenz auf keinem Gebiet bekannt waren, abgesehen von Krieg und Überwachung. Sogar Krieg war fragwürdig. Nur bei Überwachung war Lisa schon immer der Typ gewesen, der bereit wäre, sich 24/7 überwachen zu lassen, falls dies hieße, ein weiteres 9/11 könne verhindert werden.

Natürlich war das falsch. Die unendlich große Menge an amerikanischem Content wirkte durch ihre Quantität lediglich überzeugender, als sie es in Wirklichkeit war.

Aber was interessiert uns schon die Wirklichkeit, sie interessiert sich ja auch nicht für uns.

Lisa klickte das Video mit den meisten Aufrufen an, guckte die nicht zu überspringende Werbung für eine Lebensversicherung nicht, sondern ging stattdessen ins Schlafzimmer zurück, wo sie sich erst einen von Jonas Pullis nehmen wollte, was ihr aber falsch vorkam, weshalb sie sich schließlich entschied, einen eigenen zu nehmen.

Als sie zurück ins Wohnzimmer kam, hatte das Video schon begonnen und sie spulte zurück. Ungefähr sieben Minuten lang redete eine junge Frauenstimme, die etliche Beispiele nannte, von denen keines Lisas Problem auch nur nahekam, kombiniert mit Zusammenschnitten von Expertenvideos und Bildern, die anscheinend zum Gesagten passen sollten.

Das Wichtigste hatte sie mitgeschrieben.

An erster Stelle stand, man solle akzeptieren, dass das Erlebte einen zu der Person gemacht habe, die man sei, und man eine andere Person wäre, die ein anderes Leben führte, wenn man es nicht erlebt hätte. Das half Lisa nun wirklich gar nicht. Sie hasste das Leben, das sie führte, fast so sehr wie die Person, die sie geworden war. Als Nächstes hatte sie sich aufgeschrieben, es sei wichtig, sich selbst zu fragen, ob man noch etwas an der Sache ändern könne, und wenn ja, dann solle man es ändern, und wenn nicht, dann sei alles gut; es läge außerhalb der eigenen Verantwortung und das Problem sei beendet. Aber so einfach war es dann doch nicht. Natürlich konnte sie nicht mehr ändern, was geschehen war, aber sie konnte ändern, wie sie damit umgehen sollte, und das war eben nicht so einfach. Sie kam zu dem Schluss, eigentlich nichts machen zu können, was sie an einem anderen Tag frustriert und wütend gemacht hätte. Heute machte es ihr nur ihre Hilflosigkeit bewusst, die sich wie eine bei der Geburt getrennte und nun wiedergefundene Zwillingsschwester zur Hoffnungslosigkeit gesellte. Sie wusste, so viel zu denken war auch nicht gut, aber wie sollte man sonst mit einem Gedanken umgehen, der beharrlich im Hirn rumspukte? Immerhin hatte sie es bis jetzt tunlichst vermieden, den Gedanken wirklich zu denken.

Der nächste Punkt half ihr noch weniger. Akzeptieren, dass die Vergangenheit vorbei ist, und deshalb in der Gegenwart leben. Wie sollte sie denn in der Gegenwart leben, wenn die Vergangenheit sie bestimmte?

Man muss ihr hoch anrechnen, dass sie sich ernsthaft mit den Hilfsvorschlägen auseinandergesetzt hatte, auch wenn es sie nirgendwo hinführte. Dieses beschissene Video hatte doch wahrscheinlich noch nie irgendwem geholfen. Keiner konnte ihr das Gegenteil erzählen. Das Hauptproblem war, das hatte sie bald entdeckt, dass sich das Video nur auf einen selbst beschränkte. Vielleicht konnte sie mit diesen Techniken sich selbst akzeptieren, aber es würde ihr nicht bei Jona helfen. Sie liebte ihn mehr als sich. Das hatte sie spätestens jetzt erkannt. Fast wünschte sie sich eine der vielen kaputten Beziehungen, in denen beide Partner nur sich selbst lieben und sich einreden, glücklich zu sein, eigentlich aber meilenweit davon entfernt sind. Aber das war sie auch. Ginge es nur um sie, sie würde einen Weg finden. Ihr blieb nur noch ein Punkt auf der Liste. Der letzte Versuch, die letzte Chance. Die kleine Möchtegern-Moderatorin hatte den Showpsychologen Jordan Peterson zitiert, der dafür bekannt war, auf allen Themengebieten außer dem der Psychologie auf so eloquente Weise zu versagen, dass niemand dahinterkam, dass er versagte. Aber dies hier war sein Themengebiet. Ein Trauma war eine Frage der Psychologie. Obwohl Lisa sich ihr Psychologiestudium deutlich anders vorgestellt hatte, hatte sie immerhin die Selbstdiagnose eines Traumas durchführen können, von der sie nun hoffte, Peterson könne sie bearbeiten. Der Mann hatte gesagt, man solle das Erlebnis aufschreiben, um Klarheit darüber zu erlangen. Weil Lisa nicht viel anderes übrigblieb und sie Stift und Papier ja sowieso bei sich hatte, schaltete sie ihr iPad aus und fing an zu schreiben.

Ich wollte nicht dort sein, aber Aurora hatte mich gezwungen. Ich hatte mich nicht getraut, nein zu sagen. Also standen wir in einer Warteschlange vor einem ranzigen Club in der Innenstadt und alle Männer waren älter als wir. Es gab nur ein paar andere Frauen, die alle aussahen wie Nutten. Aurora hatte viel weniger an als ich. Ich hatte überhaupt keinen Grund, dort zu sein. Clubs waren da, um jemanden aufzureißen oder um abzustürzen. Ich hatte beides nicht nötig. Abgesehen davon, dass ich keine Lust hatte, hatte ich fast schon Angst. Die Atmosphäre wirkte so bedrohlich. Eine kalte Frühlingswoche, ich in einem Kleid und über uns rote Neonschrift. Um uns herum Männer über Männer. Das war kein Club, in den man alleine ging. Arthur hat mir mal erzählt, er möge weder Clubs noch Partys, gehe aber oft in einen kleinen Rockclub. Ich verstand den Unterschied erst, als ich dort in der Schlange stand. Das war kein Club, in den man ging, um eine gute Zeit zu haben. Alkohol und potenzielle Partner für eine Nacht. Ich wollte dort nicht sein. Wäre Aurora eine gute Freundin, sie hätte mich weder gezwungen mitzukommen noch verboten zu gehen. Aber sie tat beides. Wir mussten unsere Ausweise nicht vorzeigen. Wir gingen an die Bar. Ich wollte erst nur eine Cola, aber Aurora bestand auf Shots. Ich spürte, wie mein Körper den Alkohol abstieß. Ein Gift, das er loswerden wollte. Dann fing Aurora an zu tanzen. Ich tanzte auch diskret. Es war heiß, stickig, dunkel und voll. Aurora tanzte schlecht. Ich wollte nicht mehr. Ich war so kurz davor zu gehen. Ich hätte gehen können. Ich sagte ihr, ich ginge auf die Toilette. Sie nickte nur. Ich wusste, dass sie mich nicht begleiten

*würde. Sie war auf der Jagd. Ich musste mich nur in Richtung Bad entfernen,
dann zum Ausgang. Am nächsten Morgen wäre ihr das eh egal gewesen, wenn
sie bei einem dieser Typen geschlafen hätte. Sie hätte sich wahrscheinlich nicht
daran erinnern können. So war es immer, auch wenn ich länger blieb. Ich
drängte mich durch die Menge. Es war ein Kampf. Ich versuchte, weder angefasst zu werden noch jemanden zu berühren, aber das war schwer. Ich kam
an der Toilette an und wollte mich an der Wand entlang in Richtung Ausgang
tasten. Dann passierte es. Und es ging schnell. Ein Typ, viel größer als ich und
mit schulterlangen Haaren, mehr konnte ich nicht erkennen, drückte mich
gegen eine Wand. Keiner der anderen Clubgänger schien etwas zu sehen. Erst
war ich zu erschrocken, um zu schreien. Als ich es dann versuchte, hielt er mir
fest den Mund zu. Ich bekam keine Luft und war zu sehr in Panik, um zu
kämpfen. Man denkt, man ist auf so etwas vorbereitet, aber man ist es nicht.
Er schleppte mich in eine dunkle Ecke, niemand merkte etwas. Jetzt versuchte
ich mich zu wehren, hatte aber keine Chance. Er zog meinen Rock hoch, dann
die kurze Hose, die ich extra zum Schutz angezogen hatte, runter. Und dann
ging es sehr schnell. Als es vorbei war, verschwand er einfach in der Menge. Ich
fühlte mich wie ein Stein.*

Lisa merkte, wie gut ihr das Schreiben getan hatte. Für einen kurzen Moment hatte sie Hoffnung verspürt, und das Gedankenkarussell hatte angehalten. Jetzt war der Effekt allerdings wieder vorbei, dafür passierte etwas
anderes. Sie schaffte es endlich, zu weinen. Schluchzte laut, schrie und die
Tränen flossen in Strömen. Sie hatte die Tat nicht beschreiben können, der
Gedanke war zu schmerzlich. 30 Sätze dummes Geplänkel und nur ein entscheidender Satz, der ihr Leben verändert und sie ihrer Unschuld beraubt
hatte. Sie wischte sich mit dem Handrücken die Tränen weg und schniefte.
Niemand hatte das verdient und sie wünschte es niemandem. Sie war allein
auf der Welt. Völlig allein. Aber sie musste es nicht sein. Wenn Jona nach
dem Treffen kommen würde, dann würde sie es ihm sagen. Er würde es verstehen. Ganz bestimmt. Plötzlich fühlte sie sich erleichtert. Sie hatte eine
Lösung gefunden. Es wäre ein Zeichen, wenn er kommen würde. Sie betete
zu Gott, dem Universum und allem anderen, was ihr zuhören wollte, dass
er kommen und verstehen würde.

In diesem Moment klopfte es. Lisa bekam Angst. Das konnte nicht Jona
sein. Er nahm seinen Schlüssel immer mit. Sie ging in den Flur, als wäre ein
wildes Tier in der Wohnung, das sie unter gar keinen Umständen wecken
dürfte. Es klopfte noch einmal. Das Klopfen war dem ersten so ähnlich,

dass es das gleiche hätte sein können. Lisa bekam Angst; Angst, ihr Peiniger könnte ihr nach Hause gefolgt sein, um sie noch einmal zu missbrauchen. Vorsichtig nahm sie ihren Schlüssel vom Haken. Wenn sie jetzt etwas sagen würde, wäre klar, dass jemand zu Hause war. Dann kam ihr ein Gedanke, der sie fast schon belustigte:

Was hatte sie zu verlieren?

When you ain't got nothing, you got nothing to lose. Ihr Vater war großer Dylan-Fan; die Musik war der Soundtrack ihrer Kindheit gewesen. Der Gedanke an ihren Vater holte sie zurück in die Wirklichkeit. Sie steckte ihren Schlüssel ins Schlüsselloch und drehte. Erst zögerlich, dann sicherer und schneller. Sie drückte die Klinke und öffnete die Tür. Vor ihr stand ein großer, europäischer Mönch mit strahlend blauen Augen, die sympathisch gewirkt hätten, wäre sein Blick nicht so betrübt gewesen. Er trug Leinengewand und Stoffhose und sein Schädel war kahl rasiert, ebenso wie sein Gesicht. Lisa wusste, wer er war. In einem anderen Leben wäre dies der Mann gewesen, vor dem sie am meisten Angst gehabt hätte. Jetzt schien ihr seine Anwesenheit völlig absurd. Die Ähnlichkeit zu Jona war unverkennbar.

»Lisa«, sagte Jacques, »ist Jona zu Hause?«

Jona hatte ihr damals alles erzählt. Sie wusste, dass Jacques sie nicht mochte, aber das war ihr nun völlig egal. In einem anderen Leben hätte sie sich gefragt, was er hier zu suchen hatte, aber auch das war ihr nun völlig egal. Ihr gesamtes Leben schien zu verblassen gegenüber der einen, alles entscheidenden Nacht. Sie hätte es vorher nicht für möglich gehalten, dass ein komplexes Menschenleben auf einen Satz heruntergebrochen werden konnte.

»Jona ist nicht hier«, sagte Lisa leise. Sah man ihr an, dass sie geweint hatte? Jacques fragte nicht, wo er war, bedankte sich und ging. Lisa schloss die Tür. Sie sah auf die Uhr. Jona würde nicht mehr kommen. Sie wusste, was sie zu tun hatte.

DIGITALE FAMILY UNION

»Sie hat es mir erzählt.«

»Wer?«

»Mama.«

»Du hast mit Mama gesprochen?«

»Sie hat sich Sorgen um dich gemacht; befürchtet, du würdest nun zu mir kommen. Möglicherweise dein Studium abbrechen. Gar nicht so blöd, die gute Frau.«

»Vielleicht ein Mutterinstinkt.«

»Vielleicht.«

(Schweigen.)

»Ich versteh es einfach nicht. Einfach so vorbei. Das kann nur an mir gelegen haben, und um ehrlich zu sein, ich habe wirklich gezweifelt. Trotzdem ... Es ist so sinnlos.«

»Warum hast du mich angerufen? Was erwartest du von mir?«

»Ich weiß es nicht. Ich wusste nicht, zu wem ich sonst hätte gehen können, so klischeehaft es auch klingen mag. Ich habe fast keine Freunde mehr. Eigentlich gar keine.«

»Ich wollte wissen, was du von mir brauchst. Jemanden zum Zuhören? Ratschläge? Oder willst du versuchen, das Ganze zu verstehen? Ich denke mal, das wäre unmöglich.«

»Von allem etwas?«

»Weißt du, du nimmst das Ganze viel besser auf, als ich befürchtet habe. Damals dachte ich, wenn du Lisa nicht mehr hättest, dann wäre es vorbei mit dir. Als Mama mir jetzt davon berichtet hat, dachte ich, falls du wirklich zu mir kommst, wärst du ein gebrochener Mann und man müsste dich Stück für Stück wieder aufbauen. Aber wie gesagt, du wirkst sehr gefasst.«

»Ich habe mich verändert, Jacques. Alles hat sich verändert. Du hast dich verändert, nehme ich mal an. Weißt du, was drei Jahre in unserem Alter mit einem machen können?«

»Ich weiß es. Und trotzdem: Bei dir hatte ich immer den Eindruck, der Rest deines Lebens wäre vorbestimmt. Determiniert.«

»Ich habe dir gesagt, ich hatte meine Zweifel. Das war keine Schuldzuweisung, kein Trauma. Ich bin nicht mehr der, den du verlassen hast.«

»War mir nie sicher, wer wen verlassen hat.«

»Sagen wir: nicht mehr der, den du zurückgelassen hast. Ich will das nicht von vorne aufrollen. Das war Kindergarten. Lass mich dir dazu nur noch sagen: Ich bin mir heute über sehr viele Dinge im Klaren, über die ich es damals nicht war.«

»Wir müssen nicht darüber reden. Ich bin keiner mehr, der denkt, um etwas abzuschließen, müsse man darüber reden und sich aktiv verzeihen. Die Zeit erledigt ihren Part der Abmachung, wie sie es immer getan hat. Und auch wenn du es jetzt nicht glaubst, sie wird auch bei dieser Angelegenheit alles erledigen.«

»Ich glaube, du nimmst mich immer noch falsch wahr. Ich bezweifle nicht, dass sich alles fügen wird. Ich weiß es sogar. Meine Probleme sind anderer Natur.«

»Okay. Ich nehme an, es kann dir nicht schaden, mir davon zu erzählen.«

»Was das angeht, will ich keine Ratschläge hören. Ich brauch deine Hilfe nur, um abzuschließen.«

»Okay, ich bin ganz Ohr.«

»Ich hätte mit ihr Schluss machen sollen.«

»Das kam unerwartet.«

»Ich weiß. Lass mich ausreden.«

»Sorry.«

»Am Anfang denkt man immer: Routine? Haha, das kann uns nicht passieren. Am Ende merkst du, dass alles sich geändert hat und trotzdem jeden Tag gleich bleibt. Der entscheidende Unterschied war nur, dass ihr die Routine guttat und mir nicht.«

»Inwiefern?«

»Dank mir erkannte sie toxische Freunde und toxische Angewohnheiten. Und es war nicht so, als hätte ich nichts von ihr bekommen, aber ich hatte auch nichts, was mich besonders freudig auf den nächsten Tag blicken ließ.«

»Was hättest du denn gebraucht?«

»Was weiß ich? Freunde? Ein Scheiß-Hobby? Eine Bestimmung? Irgendetwas, das mir einen gesunden Ausgleich gegeben hätte. Wenn ich was anderes gehabt hätte, dann wäre die Beziehung eine hilfreiche, liebevolle und wohltuende Ergänzung gewesen. So war sie nur ein weiterer Anker. Oder ein Klotz am Bein.«

»Warum hast du sie dann nicht beendet?«

»Dann hätte ich alles beenden müssen. Vielleicht hätte ich das geschafft, aber was hätte ich stattdessen machen sollen? Natürlich hätte ich etwas lernen können, aber ich hatte keinen Grund dazu.«

»Wieso denn nicht? Was für einen Grund brauchst du denn?«

»Zum Beispiel den Willen. Ich hatte keinen Bock, etwas Neues zu machen, weil ich keine Interessen hatte, weil nichts mir Freude bereitet hat.«

»Also hat es für dich keinen Unterschied gemacht, dass du in deiner Beziehung nicht glücklich warst, weil du dachtest, du wärst überall anders auch nicht glücklich.«

»Exakt.«

»Und jetzt?«

»Bin ich nicht glücklich.«

»Und wieso erzählst du mir das?«

»Weil ich sie geliebt habe. Ich denke nicht, dass ich je jemanden mehr lieben kann, und ich werde es auch nicht versuchen. Es gab Zeiten, die perfekt waren. Du hast keine Ahnung. Ich war noch nie so glücklich und am Ende wollte ich immer noch, dass sie glücklich wird. Sie war meine beste Freundin.«

»Sie war deine einzige Freundin.«

»Gerade deshalb hätte sie einen besseren Abschluss verdient gehabt.«

»Und was hättest du für einen Abschluss verdient?«

»Ich war mal auf einer Party mit ihr ...«

Die Party

Es war ein Freitagabend, auf den sich die gesamte Woche konzentriert hatte, als wären die anderen Tage bloß Trabanten, die in Ellipsen und in einigem Abstand um diesen Schwerpunkt mit der Gewichtigkeit einer explodierenden Sonne kreisten. Dieser Abend, das wusste jeder schon vorher, würde unvergesslich werden. Das Datum brannte jedermann in den Köpfen, und schon Wochen im Voraus dachte man in erwartungsvoller Trance an dieses Event, als wäre es ein WM-Finale, in dem man selbst mitspielt.

Lisa und Jona waren in ihrer Antizipation des Ereignisses unterschiedlicher Ansicht gewesen. Sie war voller Freude, er voller Ehrfurcht gewesen, während sie beide auf den immer näher rückenden Tag blickten. Als er dann kam, war es draußen nicht mehr so schwül wie an den Tagen zuvor, und das Regenwaldklima war einem Halbwüstenklima an einem kühlen Abend gewichen. In der Retrospektive war dieser Abend wohl nicht ganz so wichtig gewesen, wie beide gedacht hatten, aber in der Retrospektive war nichts so wichtig, wie irgendwer gedacht hatte. Die kontrollierbare Gegenwart wird zu einer unveränderlichen Erinnerung.

Jona hatte sich lange gewünscht, sie verändern zu können; er hätte alles dafür gegeben, bis zu dem Tag, an dem sein Wunsch entgleiste und er selbst in einen sanft-rücksichtslosen Gleichmut verfiel. Dieser Tag war damals weit entfernt.

Eine gute Freundin hatte einen Club gemietet. Es war der Anfang des Semesters. Alle Studenten, die sich jetzt drei Monate nicht gesehen hatten, würden aufeinandertreffen. Es kommt der Tag, an dem sich jeder zurück in solch banale Probleme wünscht, aber Probleme sind dem jeweiligen Lebensstand angepasst, so wie in einem Computerspiel die Level schwieriger werden. Hat man das Spiel durchgespielt, wird man erkennen, wie einfach alles war, aber dann ist es schon zu spät. In dem Moment selbst ist man wie der Kämpfer im Dschungel, der nur Grün sieht, und nicht wie der darüber hinwegfliegende Hubschrauber, der man verdammt ist später zu werden. Jona war im Dschungel und sah nur Grün. Er und Lisa waren im Partnerlook. Casual Chic.

Der Anfang lief gut. Unmengen an Drinks wurden konsumiert, es wurde mit Bekannten und Unbekannten geredet. Während Jona weiter Drinks in sich reinkippte, als gäbe es kein Morgen, ging Lisa schon mal vor auf die Tanzfläche. Jona war dermaßen betrunken, dass er sich wie ein Baby fühlte, das einmal stark durchgeschüttelt wurde. Dumme Gedanken rasten scheinbar zusammenhangslos durch seinen Kopf, seine motorischen Fähigkeiten begrenzt, seine Wahrnehmung eingeschränkt und das verräterischste Indiz: Das, was aus seinem Mund kam, konnte keine vernunftbegabte Person auch nur ansatzweise verstehen.

Eigentlich waren Lisa und er keine Partymenschen, ganz im Gegenteil: Sie genossen Abende auf dem Sofa, wo sie Videospiele zu spielen pflegten oder Serienmarathons veranstalteten. Trotzdem hatte sich Lisa die ganze Woche gefreut und Jona wollte, dass sie Spaß hatte. Jona betrachtete sie, und sein urzeitmenschenähnlicher Verstand dachte nur: Ficken. Die ganze Woche über hatte sie zu ihm gesagt, sie würden zusammen tanzen und Spaß haben. Jona blickte auf seine menschenverachtend teure Uhr und stellte fest, dass sie schon 45 Minuten da waren, von denen Lisa bereits 15 auf der Tanzfläche verbracht hatte. Sie machte allerdings den alles entscheidenden Fehler, nur mit ihren Freunden zu tanzen, und Jona fand, es wurde Zeit, dass sie zu ihm zurückkam. Er mochte es nicht, wenn Lisa mit anderen Spaß hatte. Auch mochte er den Gedanken nicht, sie könnte Gefallen an der ganzen Clubgeschichte finden und ihn dazu bringen, in Zukunft öfter in Clubs zu gehen. Das waren natürlich Gedanken, die Jona für sich behalten musste, wenn ihm seine Beziehung lieb war, da sie in ihrer Eigenart doch sehr toxisch waren. Der Trieb der Eifersucht konnte normalerweise durch die Vernunft, die Bändigerin aller Triebe, unterdrückt werden. Normalerweise. An diesem Abend war die Stimme der Vernunft ärgerlicherweise betäubt, was, wenn wir ganz ehrlich sind, auch der Grund für den Genuss von Alkohol ist. Da Jona nicht allzu große Erfahrung mit diesem Zustand hatte, wusste er nicht, wie er sich verhalten sollte, dachte aber auch gar nicht darüber nach. Jona ging also zu ihr und ihren Freundinnen, um Lisa nett und galant zum Tanz aufzufordern, wie es ein Gentleman tun würde.

»Ist das dein Scheiß-Ernst? Ich dachte, wir würden tanzen. Hast du jetzt vor, den ganzen Abend mit denen da zu tanzen, oder was?«

Sein Arm schwenkte zeigend zu der Gruppe Mädchen, und sein Lallen hatte einen Rekord an Unverständlichkeit erreicht, aber jeder im Umkreis von 100 Metern hatte trotzdem alles verstanden. Hier war ein eifersüchtiger Freund mit Alkoholproblem, *business as usual*. Man sollte meinen, Jona hätte seinem Ruf zuliebe den Rest des Abends damit zugebracht, die anderen Anwesenden vom Gegenteil zu überzeugen, aber da meinte man falsch. Er untermauerte diesen Ruf fleißig, und dieser eloquente Anstoß zuvor war nur die Grundsteinlegung gewesen. Lisas Reaktion war gemessen und angemessen zugleich. Sie schien abzuschätzen, wie ernst er es meinte und ob er wirklich wütend war, bevor sie zu dem Schluss kam, es sei besser, Jona, der sich offensichtlich im Recht befand, zu unterstützen und diplomatisch zu handeln.

»Willst du mich verarschen? Das kannst du jetzt nicht ernst meinen.«

»Doch, tu ich. Du machst das immer. Vielleicht meinst du es nicht so, aber du verletzt mich und ich sag nicht, dass ich Recht habe, aber ich finde, du solltest wenigstens verstehen, wie du mich verletzt. Das Einzige, was du machst, ist, alles auf dich zu beziehen, wie immer. Direkt wirst du aggressiv, nur um dich zu verteidigen, dabei war das ja überhaupt kein Angriff. Es war eine Art zu fragen, ob du mit mir tanzen willst. Aber natürlich machst du nicht das, was du versprochen hast. Es ist immer das Gleiche. Du machst mir Hoffnungen und enttäuschst sie dann.«

Jona hatte angefangen zu weinen, und die Worte sowie die Welt um ihn herum wurden immer verzerrter.

»Wir hätten doch noch getanzt«, sagte sie mit Tränen in den Augen, ihre Stimme kurz vorm Brechen. »Der Abend hat doch gerade erst angefangen. Du hast außerdem zu viel getrunken und …«

»Du wolltest doch, dass wir mehr trinken heute. Das ist alles deine Schuld. Bist du jetzt zufrieden?«

»Du willst, dass ich die ganze Zeit bei dir bin. Okay, verstehe ich. Aber ich verstehe nicht, dass du so gegen alle anderen bist. Ich darf mich auch mit anderen unterhalten und tanzen. Das waren doch nur meine Freundinnen. Wenn's jetzt ein Typ gewesen wäre …«

»Darum geht's doch gar nicht. Es geht darum, dass du immer alles auf dich beziehst und nie das machst, was du mir versprichst, und dir egal ist, ob du mich verletzt. Du bist so egoistisch.«

In diesem Moment, und ja, es war sehr schlechtes Timing, kam jemand, den Jona aus irgendeinem Grund kannte, und rempelte ihn an. Dieser Jemand fing einfach so, mir nichts, dir nichts, ein Gespräch mit ihm an. Jona wollte ihm sagen, dass er sich verpissen solle, aber es kam eher wie ein Scherz rüber, also konterte der andere auch mit einer Beleidigung.

Das war zu viel für Lisa, sie rannte raus und weinte. Jona hatte sie, seit er sie kannte, nicht weinen sehen. Nicht ein einziges Mal. Es sah wunderschön aus. Generell sah sie aus wie ein Sagengeschöpf. Sie war mit Abstand die hübscheste Person auf der Party. Die Dämmerung, die Jona dämmerte, war die der Reue und sie war schmerzhaft. Er war immer noch der Meinung, recht zu haben, konnte sie aber nicht weinen sehen. Er ließ seinen Gesprächspartner stehen und rannte ihr auf eine betrunkene Art hinterher.

Auf der Straße vorm Club angekommen, sah er sie weinend auf dem Boden sitzen. Sie war umzingelt von anderen Mädchen, die sie entweder ernsthaft trösteten oder, wie es mehrheitlich der Fall war, das Drama genossen. Aurora sah Jona nirgends. Er kämpfte sich seinen Weg zu Lisa, der Dschungel war sein Feind. Böse Blicke trafen ihn von allen Seiten, als wäre er ein Eindringling und die Blicke Laserstrahlen, die den Alarm auslösten. Sie tat ihm so leid. Er hatte zu viel getrunken. Bei ihr angekommen, fasste er ihr an die Schulter. Aggressiv schüttelte sie seine Hand weg, wie das Kind die Hand des Vaters wegschüttelt, der es zur Adoption freigegeben hat. Sogar in seinem Zustand fiel Jona auf, dass sie nicht mehr reden wollte. Was hatte er getan? Aber andererseits hatte sie angefangen. In einem theatralischen Heulkrampf fiel er auf den Boden; er hatte schon immer schnell geweint. Ihn hatte es noch nie gestört und er hatte es immer als Stärke gesehen, seine

Verletzlichkeit so offen zeigen zu können. Jetzt störte es ihn schon, denn er zeigte sie sehr, sehr offen, konnte aber nichts dagegen tun.

Alfred Adler war der Ansicht, Emotionen seien immer Werkzeuge, die zur Erreichung eines Ziels genutzt wurden. Das war eine seiner etwas kontroverseren Thesen, zumindest wenn man die Menge an Leuten, die anderer Meinung waren, als Indiz für »kontrovers« nimmt.

Jona hatte in seiner Kindheit oder in seiner Beziehung wahrscheinlich zu oft geweint und infolgedessen etwas von Interesse erlangt, was zu einer Konditionierung geführt hatte, die Jona immer dann zum Weinen brachte, wenn er dringend etwas zu brauchen glaubte. Das ist natürlich nur meine Vermutung. Nicht leugnen lässt sich allerdings die Tatsache, dass Jona in diesem Moment sehr viel brauchte. Beistand, Wasser, Ruhe, einen Schlag ins Gesicht, eine Zeitmaschine und vieles, vieles mehr.

Weinend, auf dem Boden angekommen, musste Jona sich übergeben. Es war das erste Mal, dass er wegen übermäßigem Alkoholkonsum kotzte. Zuvor war der Akt immer gewollt und gesteuert gewesen. Man lernt eben nie aus. Beeindruckend, wozu der menschliche Körper in der Lage war.

Inmitten der Menschenmassen lag er kotzend und weinend auf dem Boden, und sie umrundeten ihn wie ein Wolfsrudel. Er war ihr Opfer und Lisa ihr Baby, welches unbedingt vor diesem bemitleidenswerten, melodramatischen Typen beschützt werden musste. Der Türsteher kam zu Jona, um ihn freundlich darauf hinzuweisen, dass er nun besser keinen Alkohol mehr konsumiere.

Die nächsten Stunden ignorierten sich die Turteltäubchen und redeten mit den gleichen und ungleichen Freunden.

Spätestens nach diesem Abend war Jona klar: Die meisten seiner Kommilitonen waren absolute Arschlöcher. Ihm wurden Wasser und Schmerztabletten gebracht. Er nahm beides, ohne nachzudenken. In diesem Moment hätte man ihm alles geben können. Er dachte nicht über seine Taten nach und nahm den gesamten Abend in einer fiebertraumartigen Trance wahr.

Menschen gaben ihm Ratschläge, erzählten ihm Anekdoten, die ihrer Meinung nach passend zur Lage waren, und flirteten ihn an. Er sagte, er wisse nicht, was er tun wolle, er würde wollen, dass sie Schluss mache, er wäre im Recht, er wolle sie nicht verlieren, wolle nicht, dass sich etwas ändert, etwas müsse sich ändern, er solle glücklich sein, sie wäre seine Priorität und generell gingen ihm alle auf die Nerven. Jona gab sich Mühe, viel Wasser zu trinken, und fünf Stunden später war er betrunkener als vorher. Lisa hatte irgendwann wieder angefangen zu tanzen, und ab und zu ging er hinein, um zu gucken, was sie machte, sah sich im Spiegel und musste mit bemerkenswertem Mangel an Selbsttäuschung feststellen, dass er beschissen aussah. Am Ende des Abends (oder am Anfang des Morgens) setzte er sie in einen Uber und sie schien überrascht zu sein, als er sie ansprach, um sie dorthin zu geleiten. Er verabschiedete sich von seinen Freunden und ging, ging zu Fuß, um den Alkohol auszuschwitzen, um noch nicht zu schlafen, um nachzudenken und auch, weil keine Bahnen und Busse mehr fuhren und Jona jegliche Art von Autofahren hasste.

Er konnte beim besten Willen nicht nach Hause, da er und Lisa sich geeinigt hatten, getrennt zu schlafen. Seine Anwesenheit hätte die Wohnung zu einem Reagenzglas gemacht und Lisa und ihn zu zwei Chemikalien, die in Kombination etwas sehr Unschönes ergeben hätten. Deswegen ging er zu seinen Eltern. In diesem Moment war er nicht darauf gekommen, einfach in irgendein Hotel in der Nähe zu gehen.

Er würde seinen Eltern einfach sagen, dass er Hannah besuchen wollte. Sie würden eh schon schlafen, aber falls er am Morgen jemanden antraf, wäre es gut. Natürlich würden sie ihm nicht glauben, aber was machte das schon; sie würden sich sicherlich auch nicht auf das Niveau eines einfühlsamen Gesprächs herablassen, deswegen musste die Ausrede nur auf der Oberfläche stimmen.

Meistens stimmte sowieso alles immer nur auf der Oberfläche.

Jona würde an seiner Erklärung festhalten, dem Ankunftszeitpunkt, Mangel an Wechselklamotten und Kater (inklusive Fahne) zum Trotz.

Als er ungefähr eine Stunde gegangen war, fiel ihm die Abwesenheit seiner Schlüssel auf. Ein ärgerliches Phänomen, sollte man sich in der Lage befinden, eine abgeschlossene Tür öffnen zu wollen. Jona befand sich in exakt dieser Lage. Außerdem brauchte er den Chip, um die Alarmanlage abzustellen. Die ganze Zeit war er abgefuckt gewesen, hatte sich in Rage gelaufen und in Rage gedacht und hätte in seiner neu entfachten Wut lieber im Wald übernachtet, als bei Lisa zu klingeln.

Dann besann er sich. Seine Beziehung war nicht dermaßen schlimm, dass sie während eines Streits nicht in der Lage wären, zu kommunizieren. Außerdem wusste er, dass er bei dem Streitgespräch, das sich ebenso unvermeidlich ankündigte wie der Sonnenaufgang, gut aussehen müsse, um ihr zu zeigen, was sie zu verlieren hatte. Er schrieb ihr betont nüchtern, sie solle ihm doch bitte seinen Schlüsselbund vor die Tür legen und ein paar Klamotten, damit er sie später nicht wecken müsse, und dass sie am nächsten Tag reden würden.

Sie antwortete: »O. k.«

Als Jona ungefähr eine Stunde später vor seiner Wohnungstür stand, sah er keine Klamotten. Er suchte das Treppenhaus ab und ging schließlich wieder zur Tür. Würde Lisa sich einen Spaß daraus machen, ihn auszusperren, nur um zu sehen, ob sie wachklingeln würde? Als finale Provokation? In diesem Moment öffnete sich die Tür und Lisa hatte eine gefüllte Tasche in der Hand. Es war eine seiner Lederreisetaschen. Sie zuckte zusammen, als sie sah, dass er vor der Tür stand.

Jonas Gefühle waren sehr gemischt, als er sie anschaute, ungefähr so wie ein hungriger Zoo-Tiger gemischte Gefühle empfindet, wenn sein Lieblingstierpfleger ins Gehege stürzt.

Die beiden wünschten sich eine gute Nacht und er ging. Trotz seines Zustandes entschied er sich, Fahrrad zu fahren. Die durch den Alkohol aufgestaute, unterdrückte Müdigkeit brach über ihn herein wie eine Welle über ein 3-jähriges Kind, das ertrinken würde, da der Rettungsschwimmer natürlich damit beschäftigt war, minderjährige Mädchen anzubaggern. Wenn er laufen würde, würde er noch über eine Stunde brauchen.

Die Fahrradfahrt verlief ohne Zwischenfälle. Bei seinen Eltern angekommen, schloss Jona eine der Seitentüren auf und deaktivierte routiniert die Alarmfunktion. Er hatte es unzählige Male getan, aber nie zuvor war er sich dabei über den nächsten Tag so unsicher gewesen wie jetzt.

Er war sich darüber im Klaren, dass er über die Kameras beobachtet wurde, aber die Angestellten müssten ihn eigentlich erkennen, da es bereits kurz vor Sonnenaufgang war. Er schlich über das Grundstück, auf dem Jesus' 5000 Homies problemlos Platz hätten finden können, in Richtung Gästehäuser.

Im erstbesten angekommen, verspürte er beim Anblick der Hausbar das entzückende Bedürfnis, sich an Ort und Stelle zu übergeben.

5 Uhr morgens, Lisa würde lange schlafen. Mit etwas Glück schaffte er das auch. Jona tapste leise in eine der kleineren Küchen und machte sich Nudeln. Gegen den Kater. Trotz seiner Leere bestand sein Magen darauf, in seinem Zustand verweilen zu dürfen, und bat Jona höflich (durch einen Würgereiz), den Versuch, ihn zu füllen, doch tunlichst zu unterlassen. Jona tat es trotzdem und musste sich fast noch einmal übergeben. Danach trank er mehrere Gläser Wasser und musste sich nochmal fast übergeben. Sein Magen hasste ihn und das beruhte auf Gegenseitigkeit. Seine Odyssee brachte Jona als

Nächstes in eines der Gästezimmer, wo er sich auszog und die Klamotten einfach in den Müll stopfte, obwohl eines von Lisas Lieblingshemden dabei war. Danach ging er duschen und vermied, sich dabei im Spiegel zu betrachten. Dann tat er es doch. Es war wie der Gorilla mit den weißen Unterhosen. Jona sah einen gut gebauten jungen Mann mit mittellangen Haaren und einem eigentlich hübschen Gesicht, das allerdings aufgedunsen war, und mit eingefallenen Wangen, die von trüben Augen betrachtet wurden. Sein Lächeln sah unnatürlicher aus als das eines Elefanten beim Bungeejumping, und deswegen hörte er sofort wieder damit auf.

Jona wusste, dass sein Vater um diese Uhrzeit bereits aufgestanden war, deshalb musste er hoffen, dass er nicht auf die Idee käme, nachzugucken, warum denn Licht in Haus B2 sei. Er legte sich ins Bett. Als er die Augen schloss, drehte sich alles, und er fühlte sich wie ein Blatt im Herbstwind, das noch nicht wusste, wo es hingewirbelt werden würde. Schließlich schlief er ein.

Um 08:30 Uhr wachte er wieder auf und hatte drei Stunden geschlafen, weshalb er zu dem logischen Entschluss kam, den Hass auf seinen Magen auf den gesamten Körper auszudehnen. An dieser Stelle werde ich etwas zusammenfassend agieren müssen, weil Jacques beim Zuhören mehr Zeit hat als ich beim Erzählen und weil Jona beim Erzählen natürlich nicht an mich denkt, das blöde Arschloch. Das signifikante Ereignis jedenfalls, welches Jona dazu verleitet hatte, diese Geschichte zu wählen, um auszudrücken, was ihm auf dem Herzen lag, war folgendes:

Er dachte sich, ein bisschen Vorbereitung auf einen Streit solchen Kalibers könne nicht schaden, weshalb er seine Argumente fein säuberlich niederschrieb und ordnete. Er kam zu dem etwas beunruhigenden Ergebnis, dass der Großteil davon völliger Schwachsinn war. Dies war natürlich ein etwas längerer Prozess als hier dargestellt, und allein das Niederschreiben dauerte ungefähr eine Stunde, aber ich hoffe, Sie verstehen trotzdem die Tragweite dieser Erkenntnis. Nun hatte Jona zwar ein großes Ego, war zu diesem Zeitpunkt aber noch ein guter Mensch und entschied sich, Lisa sowohl seinen Gedankengang als auch seine Erkenntnis mitzuteilen, die dann schließlich auch zur Vergebung führte, und das Ereignis war bald vergessen, obwohl Jona es noch einmal zum Vorschein brachte, um zu bestätigen, dass er tatsächlich auch nachgeben konnte, aber das war eine andere Geschichte.

»Ich weiß nicht genau, was du mir damit sagen willst. Wenn du mich fragst, warst du an dem Abend besser dran. Klar war dein Aufhänger an den Haaren herbeigezogen und ausgedacht, aber eben um diese ernsten Probleme anzusprechen, die dann aber durch deine Entschuldigung völlig verdrängt wurden.«

»Ja, das habe ich auch gemerkt, aber darum ging's nicht. Es ging um den Moment, in dem ich gemerkt hatte, was falsch und was richtig war und wie ich Vergebung finden konnte.«

»Und wieso ist das jetzt wichtig?«

»Auf der Party war ich die ganze Zeit unglücklich, aber am Ende habe ich erkannt, dass es zu Unrecht war, und konnte mich mit *ihr* versöhnen. Auf so einen Moment habe ich die ganze Zeit gewartet. Jetzt wird er niemals kommen.«

»Apropos, du weißt, ich bin ziemlich belesen und alles. Soll ich dir helfen, die Grabrede zu schreiben?«

WEH DEM, DER KEINE HEIMAT HAT

Jona,

ich weiß, du hättest einen handschriftlichen Brief bevorzugt. Ich habe es versucht. Er ist verwischt. Ich konnte nicht riskieren, dass Tränen die letzte Botschaft zerstören, die du je von mir erhalten wirst. Ich will, dass du sie unzerstört bekommst. Obwohl ich egoistisch genug bin, dich damit zu zerstören. Aber immerhin sind wir dann beide zerstört. In einem anderen Leben werden wir vielleicht unversehrt bleiben. Ich hoffe nichts mehr als das. Wir könnten es schaffen. All das hier müsste niemals passieren. Aber in beiden Leben, in diesem und im nächsten, sind wir füreinander gemacht. Es tut mir leid, dass jetzt aus unserem Plan nichts mehr wird. Wir werden nicht fliehen. Wir werden nicht zusammen alt. Ich werde nicht alt. Ich habe Angst. Aber die Angst, dich zu verlieren, ist größer als die, zu sterben. Deswegen musst du mich verlieren. Nicht nur das ist egoistisch, ich weiß. Dieser Brief ist es auch. Ich mache es dir noch schwerer, mich zu verlieren, aber ich mache es, damit es für mich einfacher ist. Bitte verzeih mir. Immerhin weiß ich jetzt, dass ich dich ewig lieben werde.

Lisa

Lisa tackerte ihren zuvor verfassten Rückblick an den ausgedruckten Brief. Dann rief sie die Polizei. Dann ging sie ins Bad und beendete ihr Leben im Alter von 21 Jahren.

Der Selbstmord ist laut Camus das einzige Problem, auf welches sich alle wichtigen philosophischen Fragestellungen reduzieren lassen. Die Frage, ob es sich lohnt, das Leben zu leben. Sein oder nicht sein. An anderer Stelle erwähnt er, man solle den Verbliebenen den eigenen Selbstmord nicht gönnen, da man ihnen die Chance gäbe, sämtliche Motive in die Tat hineinzuinterpretieren. Von der kühlen Distanz dieser Betrachtung einmal abgesehen, scheint es von Tag zu Tag schwieriger zu werden, diesem Drang zu widerstehen.

ARTHUR RETTET SICH SELBST

Das Damoklesschwert der Gedanken, das ihm sagte, die Welt wäre ohne ihn ein besserer Ort, hatte sich unfreundlicherweise nicht dazu entschieden, sich in Luft aufzulösen, sondern schwebte weiter direkt über ihm, wie es für Damoklesschwerter so üblich ist. Arthur hatte sich allerdings wieder etwas mehr im Griff und befand sich auf dem Nachhauseweg. Meist waren es die kaputtesten Menschen, die den stärksten Willen hatten. Er wusste, wenn er es nach Hause schaffte, ohne dem Impuls nachzugeben, vor einen Kleinbus zu springen, würde die Routine ihn retten, wie sie es so oft getan hatte.

Während er ging, trank er alle 100 Meter ein paar Schlucke aus der Wasserflasche. Hydration war der erste wichtige Schritt auf dem Weg zur Besserung. Arthur kannte all die guten Mechanismen, die ihn retten konnten, aber es schien, dass seine Schuld ihrerseits all die schlechten Mechanismen kannte, die ihn ins Verderben stürzen würden. Er erinnerte sich daran, den Kampf bis jetzt immer gewonnen zu haben.

Unzählige Schritte und Schlucke später stand er vor seiner Wohnungstür. Realistisch betrachtet blieben ihm noch ungefähr sechs Stunden, bis er losfahren musste, um pünktlich bei Leo anzukommen. Allerdings könnte es vielleicht nicht schaden, wenn er vorher irgendwo irgendwas Nettes kaufte. Zur Sicherheit, sagte er sich, er habe fünf Stunden. Also fing er an.

Arthur betätigte die Stereoanlage und der unverkennbar originale Sound von Pink Floyds *Wish you were here* hallte durch die ganze Wohnung. Sorgfältig schnitt und wusch er das Gemüse, briet parallel das Hähnchen an und trank alle paar Minuten sehr viel Wasser, als wäre er ein Alchimist, der einen Wundertrank zusammenmixte, der sämtliche Probleme lösen konnte. Als das Endprodukt, ein riesiger Hühnchensalat, fertig war, zwang er sich, mindestens die Hälfte zu essen, bevor er auf die Toilette ging. Er hatte immer noch Angst, wusste aber, dass der Rettungsprozess begonnen hatte und dass die Zeit ausreichen würde. Er entledigte sich seiner Klamotten, brachte sie sorgsam in den Schmutzwäschekorb und ging unter die Dusche. Er duschte erst heiß, dann kalt, wobei die kalte Phase mindestens doppelt so lang war wie die heiße und er sich am Ende sogar hinsetzte und in tiefen Atemzügen einatmete. Ein antikes Exorzismus-Ritual hatte begonnen. Es wäre bald vorbei. Hilfreich schickte ihm der Zufall einen Gedanken an Aurora, und Arthur spürte, wie sich ein flaues Gefühl in der Magengrube breitmachte, als wäre sie sein Zuhause. Sie war an diesem Morgen hier aufgewacht. Was, wenn sie auch auf die blöde Campusparty käme? Diesen Gedanken konnte er zur Seite schieben, bis es so weit war, wusste aber trotzdem, dass er Leo davon erzählen musste, wenn er einen ehrlichen Start wollte, und das wollte er. Er wollte einen Neustart.

Alles zu seiner Zeit, mahnte er sich. Die Meditation hatte zwar noch nicht begonnen, aber es konnte ja nicht schaden, störende Gedanken schon mal im Vorfeld beiseitezuschieben. So hatte er es immer gemacht. Nachdem er sich abgetrocknet hatte, zog er sich ein leichtes Leinenoutfit an und sah aus wie ein Hippie, der Yoga unterrichtete. Er ging zu seinem Handy und öffnete eine Alkoholrechnerapp. Sein Pegel war jetzt schon so gering, dass er ihn nicht mehr spürte, und die App verriet ihm, dass der Zeitpunkt der totalen Freiheit von Blutalkohol in ungefähr einer Stunde erreicht sein würde. Arthur ging in sein Schlafzimmer und rollte eine Matte aus. Danach dunkelte er den Raum völlig ab. Als letzten Akt machte er sein Handy aus und hoffte inständig, Leo würde ihm nicht mehr schreiben, solange er nicht in der Lage wäre zu antworten. Er stellte seinen Wecker für 16 Uhr, dann schaltete er die Musik ab.

Stille und Dunkelheit umgaben ihn, wie zwei Krankenpfleger, die sich seiner fürsorglich annahmen. Normalerweise die unpassendste Kombination, um mit zerstörerischen Gedanken fertigzuwerden, aber Arthur war Profi. Er konnte sich ihrer zwar nie ganz entledigen, aber er wusste sie in Schach zu halten, wie beim Schach. Er war für drei Monate im verfickten Indien gewesen. Manchmal fragte er sich ernsthaft, wie blöd er sein müsse, nach diesem lebensverändernden Trip immer noch auf die Freundschaft der schlechtestmöglichen Menschen angewiesen zu sein, aber die Wege des Menschen waren unergründlich. Also eigentlich nicht, aber das Ergründen ist viel Aufwand und die meisten waren faul. Trotzdem wusste Arthur, woran es lag.

Die Dunkelheit hatte ihn seit Jahren angezogen; er fühlte sich wohl in ihr, denn nur dort wusste er, wie er sich zu benehmen hatte. Er kniete sich hin und fing an zu meditieren. Er sah aus, als würde er einen unbekannten Gott anrufen, wusste aber, dass er immer nur sich selbst finden würde. Eine Stunde müsste er versuchen, gedankenfrei zu bleiben, damit er in der Lage wäre, völlig nüchtern den wichtigen Teil der Meditation zu durchlaufen.

Also fing er an, konzentrierte sich auf die eigene Atmung und auf nichts sonst. Auftauchende Gedanken ließ er vorbeiziehen, wie Wellen auf dem Meer, die sich kurz aufbäumten, bevor sie für immer in der See verschwanden. Als er einen diamantklaren Geist hatte, fing er an, seinen Körper zu scannen. Er fing unten an, weil er dazu neigte, hibbelig zu sein, und arbeitete sich von Füßen zu Kopf hoch, wobei er an der Stirn am längsten verweilte. Er spürte Schmerz und Müdigkeit, bewertete sie jedoch nicht. Seine Gedanken kreisten mehrfach um die Frage, ob die eine Stunde bereits rum sei, doch er wischte sie stets weg. Er hatte sich seit Minuten kein einziges bisschen mehr bewegt, sein Kopf war ein stiller See, aber das würde noch lange nicht reichen. Es ging nicht darum, im Hier und Jetzt ruhig zu sein, sondern für immer. Dafür musste man zu härteren Maßnahmen greifen. Arthur begann seinen Körper nun von oben nach unten zu scannen, dann wieder von unten nach oben und immer so weiter. Ein Hausmeister, der etliche Routinerunden mit dem Fahrstuhl drehte, um sicherzugehen, dass im Hochhaus alles in Ordnung war, damit er beruhigt zu seiner Frau zurückkehren konnte, die ihm fremdging. Bald war keine Regung mehr in seinem Inneren. Es war so weit. Arthur hatte die Meditation selbst entworfen; eine Mischung aus herkömmlichen Meditationstechniken und einem Gedanken, den er mal bei Cioran gelesen hatte. Es begann.

Arthur stellte sich sein Leben vor. Er fing bei den großen Dingen an. Die visualisierten Gedanken vorm inneren Auge überstimulierten den entwöhnten Kopf fast, wie ein zu heller Fernseher in einem dunklen Raum, aber das war die monatelange Übung.

Ein normaler Tag. Arthur ging zur Uni. Bevor er das Haus verließ, stellte er sich vor, wie er Benzin in seine Wohnung kippte und es anzündete. Die Flammen verschlangen langsam alles und er dachte an jedes einzelne Möbelstück, seine Klamotten und seine Bücher. Als er auf die Straße trat, sah er, dass der ganze Block brannte und die goldenen Flammen sich kontrastreich von den schwarzen Rauchwolken abhoben, die sich über die gesamte Stadt erhoben. Er ging weiter durch eine brennende Welt. Das war nicht seine Welt. Schließlich kam er auf einem Platz an, auf dem eine Gruppe Menschen auf Knien versammelt war. Er erkannte Freunde, Feinde und Familie. Sie war auch da. Er blickte hinunter auf die Waffe in seiner Hand, die immer dort erschien. Arthur ließ es geschehen und beobachtete jeden der Anwesenden genau. Als er bei seinen Eltern ankam, wurde ihm mulmig zumute, aber er ließ es geschehen und ließ kein Detail aus. Schließlich war nur noch sie übrig.

Arthur unternahm nichts dagegen. Er kniete sich hin. Ein Kapitulierender auf einem Schlachtfeld voller leerer Augen, und er begann sich vorzustellen, wie sie seinen Körper zerfraßen und verstümmelten, bevor er schließlich starb. Es war ungewohnt, wieder seine Stimme zu hören, als er sagte:

»Ich entsage meinen Besitztümern. Ich entsage meinen Mitmenschen. Ich entsage meinem Körper. In mir ist ein Wille, der nach Leben strebt. Ich wende mich von ihm ab.«

Arthur dachte an das Nichts. Das fiel ihm leichter, als nichts zu denken. Er atmete tief ein, spürte, wie der Wille um sein Leben kämpfte, tief in ihm drinnen, aber Arthur ließ los. Er war nicht Arthur. Die Identifikation mit einem Selbst, mit seinen Gedanken und seinem Ego war falsch. Es gab ihn nicht. Nichts bedeutete irgendetwas. Am Ende würde es keine Erinnerungen mehr geben, keine Zukunft, nur ewige Schwärze. Doch das wäre gut so. Kein Schmerz, keine Freude: ein ewiger Zustand, in dem alles egal war. Nur sein Wille trennte ihn davon und er war nichts. **NICHTS.** Er forderte seine Hoffnung auf beiseitezutreten und sie tat es. Er glaubte an nichts. Nichts würde kommen, um ihn zu retten. Alles, was er tun müsste, wäre aufzugeben.

»Ich entsage meinem Willen. Ich gebe auf. Ich existiere nicht.«

Aber sein Wille war immer noch da; etwas in ihm kämpfte beharrlich ums Überleben. Arthur lächelte. Sein Wille war noch da. Er würde es schaffen. Er atmete tief ein und noch länger aus.

»Ich nehme meinen Körper und meine Gedanken wieder an, bin mir aber bewusst, dass sie nicht real sind.«

Er stellte sich seinen Körper vor und fühlte ihn parallel. Das Leben pulsierte in ihm. Es war noch lange nicht vorbei.

»Mein Ego ist nicht real.«

Und er stellte sich vor, wie Leo ihn verließ, seine Eltern starben und wie er selbst allein und gehasst in der Gosse starb. Sein Körper protestierte. Arthur lächelte wieder. Er war noch da. Er begann sich vorzustellen, wie er zu seinen Eltern fuhr, die er Jahre nicht gesehen hatte, und um Vergebung bat. Er stellte sich vor, wie er zu Leonora ging und ihr alles beichtete, zusammen mit seinen aufrichtigen Gefühlen, und sie zusammenkamen. Er stellte sich vor, wie Lisa und Jona heirateten. Stellte sich vor, wie Hep glücklich wurde und Aurora mit ihm. Dann betrat er in Gedanken einen leeren Strand und fragte sich, ob es Ratschläge gäbe, die er nun, in Abwesenheit seines Egos, aussprechen könnte.

Er musste all seine Kräfte aufbieten, um das Gewünschte zu erreichen.

»Ich werde es versuchen.«

Er verließ den Strand und begann sich zu wünschen, dass seine Eltern wieder glücklich wären. Wünschte ihnen ein langes Leben, welches er gleichzeitig visualisierte. Wünschte Leo, dass sie glücklich wurde, und stellte sie sich dabei lächelnd vor. Wünschte sich selbst, dass er endlich den Mut haben würde, glücklich zu sein.

»Ich werde es versuchen.«

Abschließend stellte er sich eine lang vergangene Erinnerung vor, wie er mit seinen Schwestern Spaß im alten Haus gehabt hatte. Tränen strömten seine Wangen hinab und er konnte spüren, wie ein bisschen Glück Einzug in seinen Körper fand.

Er öffnete die Augen, begann sich auf alle viere zu begeben und fing an Yoga zu machen, immer noch darauf bedacht, nichts zu denken und nur die eigene Atmung und den eigenen Körper wahrzunehmen. Er spürte den Schmerz, wenn er sich dehnte, und atmete hinein. Er fing an mit dem Sonnengruß und endete 40 Minuten später mit Shavasana, dem toten Mann. Sobald er sich hinlegte, entspannten sich die zuvor angestrengten Muskeln und er schlief innerhalb von zwei Minuten ein.

Als er durch das Klingeln des Funkweckers aufwachte, hatte er sich wieder vollständig unter Kontrolle. Sein Körper und Geist fühlten sich entspannt und es fühlte sich extrem surreal an, auf die Palette von Emotionen zurückzublicken, die er heute durchlebt hatte. Aber er hatte überlebt, begab sich ins Badezimmer, duschte heißkalt und hüpfte hinaus, um sich fertig zu machen. Zähne putzen, rasieren, parfümieren, anziehen, Haare stylen. Er packte seine Tasche mit Kondomen, Portemonnaie und Wasser. Dann trank er einen halben Liter Wasser und trat zurück aus der Wohnung in die echte und gefährliche Welt, die nicht für ihn gemacht war, der er aber bereits entsagt hatte, und wusste, dass er ihr gewachsen war.

Auf der Straße angekommen, schloss er sein Fahrrad auf, stieg auf den Sattel und nahm sich vor, einen Umweg zu fahren, der sowohl eine etwas schönere Kulisse bot als auch an einem Blumenladen vorbeiführte. Ca. 10 Minuten später stand er in einem Geschäft mit überteuerten Gewächsen, in dem zudem das Licht flackerte. Müsste er hier arbeiten, es würde ihn wahnsinnig machen. Aber er arbeitete nicht hier; er war ja kein kafkaeskes Opfer. Trotzdem war er der Ansicht, die Opfer in ihrem kafkaesken Kampf gegen Online- und Großhandel unterstützen zu müssen. Er kaufte einen Strauß weißer Rosen und verstaute ihn so, dass die Blüten aus seiner Tasche herausguckten. Dann stieg er wieder aufs Fahrrad und fuhr runter zum Fluss, der sich durch die Stadt zog wie ein lebendiger Glasbalken. Immer schon hatte er Natur der Kultur vorgezogen. Abenteuer und wahre Schönheit fand man nur dort. Deswegen nutzte Arthur jede freie Minute, die er nicht anders nutzte, um Zeit in der Natur zu verbringen. Meistens versuchte er, einmal am Tag wenigstens einen Park oder den Fluss zu besuchen. Hatte er mal viel Zeit und Muße oder viel Zeit und benötigte einen klaren Kopf, kannte er auch eine Radtour, die direkt aus der Stadt herausführte, in Hügel und Wälder, die immer höher und dichter wurden, je mehr man sich aus der bewohnten Sphäre entfernte.

Als er am Fluss ankam, hatte es bereits angefangen zu regnen. Regen zwang ihn immer, ein bisschen schneller zu fahren; nicht, weil er nicht nass werden wollte, sondern weil er die Intensität seines Genusses irgendwie ausdrücken musste. Heute machte er sich kurz Gedanken wegen seiner Haare, kam aber zu dem Schluss, dass sie nass noch besser aussähen und dass er ja notfalls nochmal bei und mit Leo duschen könnte.

Noch nie hatte sich Melancholie so gut angefühlt wie an diesem vernieselten Frühlingsabend, während der Wind in den frisch ergrünten Blättern rauschte, der Fluss kleine Wellen ans Ufer schwappen ließ und Arthur an Plätzen vorbeifuhr, die ihn daran erinnerten, dass nichts ewig leben könne. Nichts war mehr, wie es war, und zumindest in diesem Moment hätte Arthur nichts glücklicher machen können. Später trennte er sich (trotz Panta rhei) vom Fluss und fuhr in die Vorstadt, die eins zu eins dem amerikanischen Klischee der Suburbs entsprach. Er fuhr durch die breiten, leeren Straßen und freute sich, dass die Alleen endlich wieder Blätter trugen. Er parkte sein Fahrrad in Leonoras Auffahrt, wo auch ihr kleiner Smart stand.

Ihre Eltern finanzierten ihr einen geräumigen Bungalow mit kleinem Garten, aber Arthur störte das nicht. Es schadete ihrer Literaturstudenten-*Credibility* nicht, im Gegenteil, hatte es doch etwas von Tolstoi. Im ganzen Appartement lagen Bücher. Arthur mochte das, fragte sich aber manchmal, ob sie nicht nur aus ästhetischen Gründen dort lagen, frei nach dem Motto: »Oh, bist du da gerade über meine Sammlung Tschechow gestolpert?«

Wahrscheinlich war es eine Mischung. Sie fühlte sich in dieser Mischung einfach wohl. Zudem wusste Arthur, dass sie wirklich selten Besuch bekam. Er stellte seine Tasche neben der Tür ab, fuhr mit der Hand durch die nassen Haare und klopfte. Nach ein paar Sekunden wurde geöffnet. Sie lächelte und die beiden küssten sich lange takt- und gefühlvoll. Arthur war der Meinung, dass sie zu gut für ihn aussah, war sich aber auch bewusst, dass das etwas Gutes war. Sie dachte das Gleiche, nur andersrum. Sie trug eine kurze Sporthose und ein enganliegendes, dunkelrotes Unterhemd ohne BH. Ihre Augen waren braun und ihr Gesicht das einer jungen Frau, die wunderschön war, es aber selbst nicht wusste. Ihr Körper sah aus, als würde sie 7-mal die Woche ins Fitnessstudio gehen, doch sie war nur leidenschaftliche Radfahrerin. Jeden Sonntag fuhr sie 85 km, immer dieselbe Strecke.

»Hi«, sagte sie immer noch lächelnd, während sie zu seinem völlig durchnässten Antlitz aufschaute; er erwiderte den Gruß.

Dann beugte er sich runter, zog die Rosen aus seiner Tasche und fühlte sich noch mal mehr in seiner Annahme bestätigt, die Richtige gefunden zu haben, weil sie keine blöden Sachen sagte wie »Für mich?« oder »Das war doch nicht nötig«. Stattdessen lächelte sie noch mehr (falls das ging) und nahm die Blumen wortlos entgegen. Er hob seine Tasche hoch und folgte ihr nach drinnen, wobei er die Tür hinter sich schloss. Jetzt waren sie in Sicherheit, in ihrer eigenen, gemütlichen Höhle, während sich der Regen draußen zu einem tobenden Sturm entwickelte. Leo ging in die kleine Küche und schnitt geübt die Rosen so zurecht, dass sie in der Lage waren, von dem Wasser zu trinken, das sie als Nächstes in eine Vase laufen ließ, in die sie gleich darauf die Blumen steckte.

Währenddessen stand Arthur vor einer Wand, an der ein paar Fotos hingen, die gleichzeitig die Garderobe zu sein schien. Jedes Mal war er fasziniert, wenn er das Bild von ihr auf ihrem Abschlussball sah. Normalerweise waren ihre straßenköterblonden Haare auf eine Weise lockig, die an einen Afro erinnerte, aber auf diesem speziellen Foto waren sie geglättet. Arthur dachte sich immer wieder aufs Neue, dass dort das schönste Wesen sei, das er je gesehen hatte, obwohl er ihre Locken liebte, weil sie so unverkennbar besonders waren und zu ihr passten. Diese Kombination aus großen Rehaugen und glatten Haaren, die ihn zwangsläufig an Aphrodite denken ließ, zog ihn auf eine fesselnde Art in ihren Bann. Wer sie sah, dachte, sie könne unter gar keinen Umständen klug sein, weil sie so gut aussah; wer sie wie Arthur kannte, und das waren wenige, wusste, dass sie die meisten Menschen mit ihrer Brillanz in die Tasche steckte. Fast schon unfair, wie perfekt sie war, vor allem wenn Arthur bedachte, was für eine glückliche Kindheit sie gehabt haben musste, zumindest ihren Erzählungen zufolge. Hier war ein Mensch, bei dem einmal alles gelungen war. Nicht eine Sache war schiefgelaufen und er gönnte es ihr von ganzem Herzen. Er wollte, dass sie glücklich war, und seine größte Angst war, dass er diesem Glück abträglich sein könnte. Inständig hoffte er, die Tatsache, dass er ein schlechter Mensch war, würde ihn dazu in die Lage versetzen, sie vor anderen schlechten Menschen zu beschützen und ihren Schmerz auf sich zu nehmen, wie er es sein Leben lang gewohnt war. Aber wissen konnte er es nicht. Er hatte keine Erfahrung mit so etwas. In seinem Leben war Kontakt mit dem weiblichen Geschlecht immer eine Strategie der Problemlösung durch Ablenkung gewesen. Der Kontakt mit der Liebe und eine echte Beziehung waren deswegen genauso ungewohnt, wie sie anziehend waren. Er konnte sich nicht vorstellen, wenn dies nicht gelingen sollte, eine andere Motivation zu finden, die ihm erlaubte, sich selbst zu bessern.

»Arthur?«, fragte Leo gut gelaunt aus der Küche.

»Habe nur deine Schönheit bewundert«, antwortete er entschuldigend.

»Jaja, schon klar. Willst du was trinken?«

»Gerne Tee, aber nur, wenn du auch welchen nimmst.«

»Tue ich.«

»Wundervoll.«

Er entledigte sich seiner Schuhe und seiner Jacke, wobei er die Jacke extra nicht an die Garderobe hängte, um die Wand nicht nass zu machen.

»Leg sie einfach auf den Boden«, hörte er Leos Stimme aus der Küche, die ihn anscheinend über den Küchenspiegel beobachtet hatte, während sie Wasser kochte. Er legte die Jacke einfach auf den Boden. Dann kam er zu ihr, fasste sie an den Hüften, küsste sie auf den Hinterkopf und hoffte, dass sie seine Nervosität nicht bemerkte. Sie tat es nicht; er hatte seit Jahren schon ein gutes Pokerface. Sie drehte ihren Kopf ganz zu ihm und die beiden küssten sich erneut, diesmal auf den Mund.

Als der Tee fertig war, setzten sie sich an den kleinen Couchtisch, wie sie es immer taten.

»Was verschlägt uns eigentlich auf eine Campusparty?«, fragte Arthur ehrlich interessiert.

Leo spielte empört: »Willst du etwa nicht mit mir auf eine Party gehen?«

»Wenn überhaupt, dann mit dir.«

»Das gilt auch für mich. Ich will überhaupt nicht dorthin, aber mein Möchtegern-jugendverstehender-Professor hat sich die wunderschöne Aufgabe ausgedacht, dass wir doch bitte einen Aufsatz über die Party, von deren Existenz er leider wusste, aus verschiedenen Schreibstilen betrachtet, schreiben.«

»Kreativ.«

»Mhm. Ich habe Henry Miller gezogen. Ein Kommilitone hatte Bukowski. Wie unfair. Der muss überhaupt nicht da hingehen, um sein Essay zu verfassen, sondern kann einfach jedes beliebige Bukowski-Werk aufschlagen und ein paar Rahmendaten ändern.«

»Wirklich unfair«, bestätigte Arthur lächelnd.

»Ich habe einen Aphorismus gefunden, der die Situation aus unserer Lage heraus perfekt beschreibt:

»Man möchte zuweilen ein Kannibale sein, nicht um den oder jenen aufzufressen, sondern um ihn auszukotzen.«

Wenn das keine *Lovelanguage* ist, ich hätte auch gerne jemanden, der mir Aphorismen raussucht.

»Wirklich passend. Wen willst du essen: deinen Professor oder die Partygäste?«

»Alle.«

»Verständlich, verständlich. Ich bin großer Cioran-Fan, habe ich dir das erzählt?«

Leo schüttelte den Kopf, während sie vorsichtig versuchte den Tee zu trinken, ermutigte ihn aber mit einer kleinen Handbewegung weiterzureden.

»Liebe seinen Pessimismus. Ich habe mir eine Meditation geschrieben, die völlig auf seinem Konzept der Nichtigkeit des eigenen Ichs beruht.«

»Klingt interessant und gleichzeitig etwas ungemütlich.«

»Ich kann sie dir ja mal zeigen und wir machen sie zusammen. Ich führe dich hindurch.«

»Akzeptabel. Trotzdem hätte ich vielleicht auch einfach Physik studieren sollen ... Hast du es deswegen gemacht? Um nicht auf die Party zu gehen?«

Arthur musste lachen.

»Um durch die Zeit reisen zu können und uns davon abzuhalten, auf die Party zu gehen.«

»Dann warten wir mal auf die Rettung. Aber bis dahin ... Wieso hast du es studiert? Es passt irgendwie nicht zu dir, abgesehen davon, dass du hochbegabt bist.«

Arthur erschrak kurz, weil es für ihn so ungewohnt war, dass Menschen von seinem Mathematik-Talent wussten, aber ihr hatte er es erzählt. Nicht um anzugeben, sondern einfach so; er wusste auch nicht, warum. Vielleicht, weil er sie liebte.

»Stell dir vor«, fing Arthur an und seine Stimme verwandelte sich in einen Geschichtenerzählerton, der ziemlich gut zu der gemütlichen Einrichtung, bestehend aus Sofas, Sesseln und Büchern, passte, wie auch zu der hellen Beleuchtung, die ihre kleine Zufluchtsstätte von der Dunkelheit und dem Unwetter draußen abgrenzte. »Stell dir vor, die Apokalypse würde kommen. Die Menschen würden den Tod suchen, aber nicht finden etc. Wer wird da als Einziger überleben? Die Physiker. Wenn alles auf null ist, keine Zivilisation mehr existiert, werden nur wir wissen, wie wir sie aufs Neue errichten. Wie wir Elektrizität, Generatoren, Motoren und Röntgenmaschinen bauen. Die Physiker würden zu den gleichen Ergebnissen gelangen, zu denen sie schon immer gelangt sind. Ein Physikstudium ist ein Investment ins Überleben.«

»Aha. Ich glaube dir kein Wort. Übrigens verwendest du und mit dir viele andere das Wort Apokalypse im falschen Sinn. Ursprünglich war damit eine Offenbarung gemeint, keine Katastrophe.«

»Kennst du das Klischee, dass Literaturstudenten alles und jeden zum Anlass nehmen, ein prätentiöses Zitat zum Besten zu geben? Ich finde gut, dass du dich dem hartnäckig widersetzt.«

Leo grinste: »Leute, die prätentiös sagen, sind prätentiös.«

»Sie verstehen das Problem, Ma'm?«

»Problem verstanden, aber mal ganz im Ernst, Arthur. Warum kannst du nicht einfach ehrlich zu mir sein? Du versteckst dich ... wovor hast du Angst?«

Er sah sie an und dachte an Aurora und daran, dass Leo viel zu gut für ihn war.

»Du hast doch mal diese 100-Bücher-Liste gelesen?«

»Ja.«

»Also auch *Per Anhalter durch die Galaxis*?«

»Mhm.«

»Hat's dir gefallen?«

»Es war witzig, aber für meinen Geschmack ein bisschen zu absurd.«

»Mhm.«

»Worauf willst du hinaus?«

»Sicher, dass du das hören möchtest? Es ist der Traum eines Teenagers.«

»Dann erst recht.«

»Das Brillante ist die verspielte Absurdität, aber die gibt's auch im echten Leben überall. Du musst nicht mal danach suchen, nur einen Schritt zurück treten aus deiner festgefahrenen Weltsicht. Nicht, dass ich das könnte.

Vielleicht versuchst du's mal und erzählst mir, wie es war. Aber das wirklich Reizvolle ist das Abenteuer und die unbegrenzte Anzahl der Möglichkeiten. Nicht in den USA. Nicht in Europa. Nicht auf der ganzen Welt. Nein, sie hitchhiken durch die gesamte Galaxis. Das ist doch brillant. Diese Welt kommt mir wirklich vor wie ein Riesencomputer, dessen fehlerhaftes Programm sich bald selbst löscht. Aber wenn es ein Universum voller Arten und bewohnter, abgefahrener Planeten gäbe, wie geil wäre das? Es gäbe Hoffnung. Da wärst du frei. Hier ist alles so begrenzt. Aber jetzt kommt der Twist. Es ist möglich, diese Welt zu erschaffen. Mit irgendeiner Art von Bevölkerung auf irgendeinem Planeten muss das Ganze begonnen haben. Wir müssen nur die Wissenschaft weiterbringen und Billionen von Nachfahren zeugen. Das ist mein Ideal. Mein Sinn des Lebens. Sex und Wissenschaft, um irgendeinem Zweibeiner in Milliarden Jahren das abgefahrenste Abenteuer der Galaxis zu ermöglichen. Bis dahin heißt es: Physik lernen und Koitus vollziehen. Also zieh dich aus.«

Leo blickte ihn mit einer Mischung aus Belustigung und Neugier an. Es war ihr so vorgekommen, als habe er wirklich die Wahrheit gesagt. Nur das Ende passte nicht. Ihrer Meinung nach musste er den Ernst rausnehmen, damit sie sich doch nicht sicher sein konnte. Er machte es ihr schwer, ihn kennenzulernen. Sie würde später weiter drüber nachdenken können, dachte sie, während sie aufstand und ihr Oberteil auszog.

Arthur knöpfte sein Hemd auf und setzte sich aufs Sofa. Sie folgte ihm und nahm auf seinem Schoß Platz. Sie küssten sich intensiver als zuvor und atmeten den Geschmack des jeweils anderen ein, während sie sich aneinander festhielten.

Nach einem guten **zensiert** zogen sich die beiden ganz aus. Er holte die Kondome und sie fingen an mit **zensiert**, bevor sie weitermachten in **zensiert** und schließlich das Ganze mit **zensiert** beendeten.

Es geht mir darum, dass Eltern ihren Kindern erlauben, dieses Buch zu lesen, damit ich die Jugend mit meinen Thesen korrumpieren kann. Daher die Zensur. Jetzt könnte man natürlich einwenden: Was war mit Hep und Aurora, und außerdem wäre noch klar erkennbar, was hier gerade abgelaufen ist, und ich würde antworten, dass das mit Hep und Aurora zu witzig war, um es zu zensieren, und dass es mir hier darum ginge, nicht in die intimsten Momente eines jungen, sich liebenden Fast-Pärchens einzudringen. ODER WOLLEN SIE DAS ETWA, SIE KRANKES SCHWEIN?

Leo wusste, dass in diesem Moment Sex mit Arthur das Beste war, was ihr passieren konnte. Es zeugte mehr Intimität, mehr Vertrauen, und das Verlangen war bei beiden so groß, weil sie wussten, dass noch nichts sicher war. Trotz dieses gewissen Maßes an Subjektivität fragte sich Leo, wie es sein konnte, dass er so gut war.

Er wusste es. Drei Monate in einem Kloster und man lernte nicht nur Meditationstechniken. Von diesem Aufenthalt müsste er ihr wohl oder übel auch noch erzählen, früher oder später. Nicht jetzt. Die beiden kuschelten nackt auf dem Sofa. Arthur betrachtete sie mit Wohlgefallen.

»Ich finde das Wort *gewöhnungsbedürftig* ist sehr negativ konnotiert, weil es häufig als Euphemismus genutzt wird. Aber in diesem Fall passt es. Man muss sich an diese Schönheit erst gewöhnen.«

»Du kannst ja richtig romantisch sein, wenn du befriedigt worden bist.«

»Ooooh, das ist mir jetzt unangenehm. Ich meinte dieses Kissen«, und er hob ein Sofakissen mit gewöhnungsbedürftig hässlichem Muster hoch. Leo schüttelte lächelnd den Kopf.

»Meinst du, es kommt der Tag, an dem du keinen Humor mehr brauchst, um ...?«

»Um was?«

»Na ja, um ... ehrlich zu sein?«

Arthur überlegte. Er mochte es, wie direkt sie war. Mochte es, dass sie wollte, dass er ehrlich war, weil es bedeutete, dass sie ihn wirklich kennenlernen wollte. Dennoch hatte er Angst, sie zu vertreiben. Er musste das Risiko minimieren. Schritt für Schritt.

»Für dich kommt der Tag bestimmt. Bei anderen Menschen bin ich mir nicht so sicher. Ich brauche eine gewisse Distanz zwischen mir und dem, was ich sage, sonst könnte ja irgendwer dahinterkommen, wer ich bin.«

»Aber du verstehst, dass ich dahinterkommen will?«

»Natürlich. Aber haben wir beide nicht alle Zeit der Welt?«

»Doch, hoffentlich schon. Ich will es aber trotzdem jetzt wissen.«

»Ich verstehe, ich auch.«

»Alsooo?«

»Lass mich nachdenken. Was willst du wissen?«

»Du weißt, was ich wissen will.«

»Das ist witzig, weil ich das auch wissen will.«

»Aber ich habe zuerst gefragt und außerdem beeinflusst deine Ehrlichkeit meine diesbezügliche Entscheidung.«

»Also gut, ja. Ich will es wirklich. Du weißt, dass ich es wirklich will. Ist es nicht sowieso schon so? Wir gehen zusammen auf eine Party.«

»Ja, ich habe es zumindest auch gehofft.«

»Also ja?«

»Ja, aber du musst fragen.«

»Habe ich doch gerade.«

»Nein, richtig.«

»Voll sexistisch.«

Sie lachte.

»Willst du ...«, ein kleiner Junge auf dem Schulhof, mit erröteten Wängchen: »... mit mir zusammen sein? Am besten für immer?«

Sie nickte lächelnd.

Arthur spürte förmlich, wie die Stimme der Vernunft ihn darauf hinwies, dass er verrückt wurde, weil die Emotion »absoluter Glücksrausch« zu seiner Palette von Emotionen hinzugefügt wurde, die er an diesem *gewöhnungsbedürftigen* Tag durchlebt hatte. Das Datum hätte allerdings etwas besser gewählt sein können. Egal, auch das musste er ihr früher oder später wohl oder übel erzählen.

»Jetzt, wo du weißt, dass ich nicht abhauen werde, kannst du ja die Wahrheit sagen. Generell.«

»Das wird definitiv eine gewisse Umstellung für mich sein, aber ich werde es versuchen. Was willste wissen?«

Jetzt war es an ihr nachzudenken. Sie konnte sich schwer konzentrieren und fühlte sich wegen des übertriebenen Lächelns dämlich wie nie zuvor, wusste aber auch, dass dies das tiefgründigste Gespräch war, das sie bis dato geführt hatten, und wollte es nicht verspielen.

»Mhm ... warum redest du nicht mit deinen Eltern?«

Sie hatte es schon lange wissen wollen, hatte aber bei seiner Reaktion vor einigen Wochen, als das Thema schon mal angeschnitten worden war, gemerkt, dass es ziemlich sensibel war. Ein Minenfeld.

Verdammt, dachte Arthur. Die eine Frage. Ausgerechnet.

»Leonora, ich weiß, das kommt jetzt vielleicht wie ein Schritt in die falsche Richtung rüber, aber ich kann das jetzt nicht sagen. Das hier ist der beste Moment meines bisherigen Lebens, und die Geschichte, die du hören willst, könnte nicht weniger hierhin passen. Aber ich verspreche dir, sie zu erzählen, wenn sich das nächste Mal eine Gelegenheit dazu anbietet. Du wirst die Erste sein, der ich die Geschichte je erzählt haben werde, und die Einzige.«

Seine Stimme hatte etwas gezittert und er hatte bei seinem letzten Satz gelogen, ohne es zu wissen. Aber war es dann überhaupt eine Lüge?

Sie streichelte seine Wange.

»Das *ist* ein Schritt in die richtige Richtung. Ich glaube dir.«

Arthur verspürte Dankbarkeit in einem bis dahin ungekannten Ausmaß, weil er wusste, dass seine Geschichte hier aufrichtiges Gehör finden würde, auch wenn es noch nicht so weit war.

»Frag mich was anderes. Irgendwas.«

Er sah, dass sie überlegte. Er wollte diesen Moment nicht kaputt machen. Jetzt war es ihm fast wichtiger als ihr, ehrlich zu sein.

»Warst du eben ehrlich? Mit Physik?«

»Ja. Aber um ganz ehrlich zu sein, läge mir wahrscheinlich was anderes besser. Ich habe die Entscheidung in einer anderen Zeit getroffen.«

»Und was läge dir besser?«

»Ich weiß nicht; echt nicht. Ich denke nur, dass mir ja das Buch gefällt und der Inhalt ist fiktiv, der Autor hat es aber alles gedacht. Vielleicht sollte ich also mehr nach dem Autor streben als nach dem Inhalt.«

»Ich weiß absolut, was du meinst. Wenn ich lese und mir denke, dass Iwan Karamasow unheimliches Charisma hat und ich mir denke, dass ich gerne so viel wissen würde wie er und dass ich auch nicht gerne mit anderen Menschen rumhänge, außer vielleicht mit dir, wie er mit Katharina, dann wird mir auch oft klar, dass ich mit Dostojewski sympathisiere und nicht mit seiner Figur.«

»Genau das. Aber wie kriegen wir das hin?«

»Wir setzen uns in eine Bar und reden über Willensfreiheit.«

»Mein Problem ist erst gelöst, wenn die Bar zufällig am Anfang des Universums steht.«

»Tut sie.«

»Wir sind möglicherweise etwas underdressed, aber es steht dir.«

»Dir auch. Und ich glaube, es ist machbar für dich, dein Ziel zu erreichen. Für mich ist es das auch. Ich sehe einfach ein klares Ziel in der Zukunft und tue jetzt alles dafür, es zu erreichen.«

»Mein Ziel warst du. Jetzt bin ich etwas aufgeschmissen.«

Er sah ihr an, dass sie sich freute. Wärme im Gesicht und ein sternliches Glänzen in den Augen.

»Dann hast du jetzt Beistand dabei, ein neues Ziel zu finden.«

Er freute sich auch; es war wie ein langes Ausatmen.

»Der Typ ist durch Europa getrampt, zu gefühlt allen aussterbenden Tieren gereist, und ich weiß nicht, ob es ratsam ist, einfach das Gleiche zu machen, denn er hatte ja andere Gründe. Außerdem will ich gar nicht von deiner Seite weichen.«

»Musst du nicht. Vielleicht machen wir es ja zusammen. Was du über Abenteuer gesagt hast, habe ich auch schon oft gedacht. Möglicherweise haben wir ja jetzt genug Mut, um eines zu erleben.«

»Ich weiß nicht, ob es in dieser Welt noch Abenteuer gibt. Obwohl der Gedanke fast zu schön klingt, um wahr zu sein.«

»Was ich mir eben auch schon dachte, ist, dass du die ganze Universumssache nur so reizvoll findest, weil du keine Lust hast, den Planeten zu retten.«

»Pfff ... Nein«, erwiderte er, während er überlegte, ob es so war. »Ich habe tatsächlich schon oft gedacht, dass den Planeten nicht zu retten auch eine tolle Option wäre, weil die Menschheit es absolut verdient hätte, auszusterben. Ich bin aber immer zu dem Schluss gekommen, man müsse den Planeten trotzdem retten, weil es schade um die Natur wäre. Sie hat es nicht verdient.«

»Ich bin beruhigt.«

»Das freut mich.«

»Trotzdem glaube ich, es kann noch Abenteuer geben. Gerade in der Natur. Ich verstehe, wenn es dich nicht reizt, an Orte zu gehen, an denen der Mensch seine Spuren hinterlassen hat; das reizt mich auch überhaupt nicht. Aber Survival in Skandinavien? Backpacking in Asien? Eine Radtour durch die Wildnis Südamerikas? Du kannst mir nicht sagen, dass das nicht nach Abenteuer klingt.«

»Vielleicht hast du recht. Wir bräuchten eine Liste. Mit Abenteuern, die wir erleben wollen.«

»Unbedingt. Und eines Tages sind wir dann einfach weg.«

»Das klingt auch ein bisschen zu schön, um wahr zu sein.«

»Nimm nicht die ganze Vorfreude raus. Hab einfach mal ein wenig Vertrauen. Träume können wahr werden, wenn sie aufgeschrieben werden. Und ausgeführt natürlich.«

»Also die Liste?«

»Ja, genau. Die Liste. Demnächst nehmen wir uns einfach einen Tag Zeit und schreiben, was wir wollen, was wir dafür brauchen, wie wir es bekommen, und dann ist es nur noch eine Frage der Zeit, bis es losgeht.«

»Bis dahin muss ich nur mein Studienfach gewechselt haben.«

»Oder abgebrochen.«

»Oder so.«

»Du hast ja noch Zeit. Aber mit der Liste nicht. Das müssen wir wirklich machen, bevor es endet wie in diesem total traurigen Film *Oben*.«

Arthur freute sich fast schon wie ein kleines Kind über die Vorstellung, mit Leonora zu planen und zu erleben, aber dass sie gerade nahegelegt hatte, die beiden könnten wie ein altes Ehepaar enden, machte das Ganze noch viel besser.

»Ich verspreche dir, dass wir diese Liste schreiben.«

»Diese Woche noch.«

»Klingt gut.«

»Ich verspreche es dir auch.«

Sie schwiegen eine Weile.

Schließlich sagte sie:

»Danke fürs Ehrlichsein, Arthur. Guck, wie viel weiter es uns gebracht hat.«

Sie hatte recht.

»Kein Problem, Mylady.«

Sie schwiegen weiter, aber es war ein behagliches Schweigen und die Arme des jeweils anderen der schönste Ort der Welt. Beide hingen ihren Gedanken nach, bis sie schließlich fragte:

»Glaubst du an Seelenverwandtschaft?«

Er wartete kurz, obwohl er die Antwort kannte.

»Nein«, sagte er schließlich.

»Autsch, vielleicht überlegen wir uns das nochmal mit der Ehrlichkeit. Ich wollte nur einen süßen Moment.«

»Pass auf, ich finde es besser so: Seelenverwandt impliziert, dass man füreinander bestimmt ist, dass es aber auch vorherbestimmt ist. Ohne Seelenverwandtschaft sind alle Menschen gleich füreinander bestimmt, und das klingt natürlich erstmal nicht sehr romantisch. Aber wenn nichts vorherbestimmt ist, dann entscheidet man sich frei und bewusst für den anderen. Man sagt, du bist die beste Option. Ich wähle dich aus 8 Milliarden. Seelenverwandt nimmt außerdem ein bisschen die Schwierigkeit raus. ‚Es wird eh so enden‘ ist für mich unromantischer, als dass man dafür kämpfen muss. Verstehst du?«

»Ja. Die Wahrheit steht dir doch ganz gut.«

»Ist jetzt nicht so, als hätte ich dich dauerhaft angelogen, aber danke.«

»Angelogen nicht, aber versteckt. Und ich verstehe ehrlich nicht, warum. Alles, was ich von dir gesehen habe, gefällt mir. Du gefällst mir.«

»Du gefällst mir auch, ... nur besser.«

»Jaja, wer's glaubt.«

»Der Ehrlichkeit zuliebe: Ich glaube, du bist das Beste, was mir je passiert ist.«

»Ich warte noch auf den Kommentar, der alles zunichtemacht.«

»Er wird nicht kommen. Ich sonne mich derweil in dem hohen Selbstwert der Wahrheit.«

»Entweder das oder ...«

»Ich bin ganz Ohr.«

»Oder ...«

»Immer noch ganz Ohr.«

»Oder du **zensierst** mich nochmal von **zensiert**, und zwar so **zensiert**, dass ich vor **Zensur zensiere**.«

»Nach kurzem Abwägen komme ich zu dem Schluss, dass dieser Vorschlag vollständig mit meinen Interessen übereinstimmt.«

»Ich hatte Zeit zum Nachdenken ...«, begann Leo.

»Während ich dich gefickt habe?«, unterbrach Arthur sie, um sicherzugehen, dass er sämtliche Rahmendaten verstanden hatte.

»Genau dann; Frauen sind multitaskingfähig.«

»Wer's glaubt.«

»Seelenverwandt heißt weder, dass etwas vorbestimmt ist, noch, dass man nicht kämpfen muss. Es heißt, dass die Seelen sich so ähnlich sind, dass sie füreinander geschaffen sind, unabhängig davon, ob sie zusammenfinden.«

»Also ist der Schöpfer in diesem Szenario allwissend, aber entweder nicht allgütig oder nicht allmächtig.«

»Das können wir als Menschlein nicht wissen.«

»Klingt nicht nach einer wirklich wissenschaftlichen Theorie, wenn du mich fragst. Kann nicht an der Erfahrung scheitern.«

»Das stimmt aber nur, wenn du von Erfahrung als Quelle unserer Erkenntnis ausgehst. Es kann aber auch eine in sich geschlossene Logik geben, mit der du argumentieren kannst.«

»Und diese Logik ist logisch, weil wir sie nicht logisch verstehen können?«

»Sehr treffend. Ich weiß, du wolltest eigentlich das Gegenteil aufzeigen, aber wie könnte man, wenn man logisch denken will, davon ausgehen, dass wir in der Lage sind, die höchste Form der Logik zu verwenden? Das wäre genauso eine Prämisse wie der Gedanke, dass wir nicht die höchste Form der Logik verwenden, und deswegen gleichrangig. Wir sind eben nur in der Lage, in den Kategorien allmächtig, allgütig und allwissend zu denken. Ein Gott mit einem anderen Kaliber von Verstand steht über diesen Kategorien, über die wir nicht hinausdenken können. Seine Wege sind im wahrsten Sinne des Wortes: unergründlich.«

»Aber, aber, in der Bibel steht, dass wir nach dem Verzehr der verbotenen Frucht so schlau geworden sind wie Gott.«

»Scheiß auf die Bibel. Dieser Gott lässt sich nicht in der menschlichen Sprache dingfest machen. Er liebt einfach unsere Schwächen genauso wie unsere Stärken. Für uns mögen sie vielleicht alles entscheidend sein, aber für ein so viel höheres Wesen, was sind da Massenvernichtungswaffen, Kriege und der Holocaust? Dumme kleine Schwächen von dummen kleinen Menschlein. Für ihn sind wir wie kleine Hündchen, die immer denselben Fehler machen. Total niedlich. Er findet es nicht schlimm, wenn wir nichts lernen, ja sogar, wenn wir trotz des Wissens, dass es falsch ist, etwas Verbotenes tun. *Ein guter Mensch in seinem schlechten Drange ist sich des rechten Weges wohl bewusst.* Na und? Denkt sich Gott. Ist doch niedlich, wie schwach sie sind. Wie kleine Babys, die das Lachen eines Erwachsenen als positives Feedback schätzen gelernt haben und deswegen die gleiche Grimasse immer und immer wieder schneiden. Und wie kleine Babys von ihrer Bedeutung überzeugt sind, sind wir es von der Bedeutung unserer Taten. Aber das ist ein Fehlschluss. In der Ewigkeit, für Gott sind sie nur ein kurzweiliges Amüsement.«

»Ich kann mir vorstellen, dass es schön ist, sich seine Fehler so schönzureden, aber dazu bin ich leider nicht in der Lage, denn ich muss meine Taten nicht vor Gott rechtfertigen, sondern nur vor mir. Und das ist schwer genug. Scheiß auf Gott, wenn das für ihn alles keine Bedeutung hat, dann hat es für mich trotzdem eine. Außerdem weiß ich, Leodizee, dass du meiner Meinung bist.«

»Trotzdem ist es witzig, mal die Gegenseite zu verteidigen. In Realität sind natürlich nur Delfine und Mäuse schlauer als Menschen.«

»Für diesen Spruch werde ich dich leider heiraten müssen.«

»Keine Goldringe, bitte.«

»Apropos Gegenseite: Deine Vorstellung von Seelenverwandten ist vielleicht doch ganz in Ordnung. Ich bekenne mich zu ihr.«

»Das freut mich zu hören.«

Und Arthur konnte sehen, dass es sie wirklich freute. Nervöses Spiel mit den Fingern und ein Blick in den Schoß.

»Abgesehen davon«, fuhr er fort, »ist Gott offensichtlich ein abgefuckter Künstler, der eine sehr abgefuckte Komödie schreibt, die nur er lustig findet. Dafür ist er hobbymäßig Bildhauer und hat die denkbar schönste Kulisse für sein Stück geschaffen, dessen Ende er selbst noch nicht kennt.«

»Dann hat er aber ein paar sehr unsympathische Figuren reingeschrieben.«

»Die müssen nicht sympathisch sein. Die müssen nur unterhalten.«

»Mir gefällt aber die Idee mit der Kulisse.«

»Mir gefallen sogar manche Darsteller«, sagte er und küsste sie.

Trotz Partyunlust gingen die beiden duschen. Was sie dort veranstalteten, wird in diesem jugendfreien Tatsachenbericht natürlich nicht wiedergegeben. Sie hatten sich vor ungefähr sieben Monaten kennengelernt. So zufällig, dass es entweder eine lebenslange Romanze hätte werden können wie im Film oder nur ein zufälliges Treffen. Beide hatten sich an einem Sonntag auf eine Radtour begeben, da beide den Wunsch verspürt hatten, einfach mal rauszukommen. Natürlich fuhren die beiden nicht zufällig die gleiche Route, aber ihre Wege kreuzten sich in einem rustikalen Landgasthof mit Aussichtspunkt.

DIE SONNTAGSRADTOUR

Arthur fuhr durch einen nicht abreißenden Tunnel von Gelb, Orange und Braun. Im Vergleich zu den letzten Wochen war es immer stiller geworden. Keine zwitschernden Vögel mehr. Nur noch das Knistern und Knacken der Blätter unter seinen dünnen Reifen, die sich in atemberaubender Geschwindigkeit um sich selbst drehten. Es roch nach feuchter Erde und modrigen Sümpfen, der Art, in der irgendwelche Schlammorakel wohnten. Arthur vermutete, dass der Wind kalt war, konnte es aber nicht gut einschätzen, da sein tropfendes Gesicht ihn als Abkühlung und sein thermogeschützter Körper ihn gar nicht empfand. Vor zwei Wochen hatte er den unverzeihlichen Fehler begangen, mit einem Baumwollpulli loszufahren, der sich nach ein paar Kilometern triefend an seine Haut gelegt und zu einer mittelschweren Erkältung geführt hatte, die ihn fünf Tage nicht in Ruhe ließ. Die ganze Zeit über hatte er versucht, den trockenen Hals zu verleugnen, und als

Maßnahme dagegen versucht, ihn zu betäuben. Schließlich musste er sich die Untauglichkeit dieser Maßnahmen eingestehen und blieb zwei Tage zu Hause, in denen er nur im Bett lag und *Twin Peaks* guckte. Heute war der erste Tag sportlicher Betätigung seit diesem ärgerlichen Zwischenfall und es lief überraschend gut. Der Billigtacho zeigte 29,4 km/h an und Arthur dachte, dass eine Pause dem Körper offensichtlich nicht schadete; zumindest nicht, wenn sie nur zwei Wochen dauerte.

Jetzt könnte eine Pause auch nicht schaden. Er wusste, dass er bald beim Gasthof ankommen würde. Er könnte sich eine Cola Zero und ein Schnitzel bestellen. Es wäre keine Schande, diesen Punkt als Mitte der Strecke zu betrachten, denn schließlich war es ja sein erster Tag zurück im Geschäft und außerdem war er bereits gut 30 Kilometer gefahren. Zudem musste er aufpassen, dass es nicht dunkel wurde, denn das wäre höchst abträglich für das recht wichtige Vorhaben, eine Strecke zu finden, geschweige denn die richtige.

Als er dem Gasthof entgegenrollte, der sich wie immer ziemlich unerwartet aus dem Wald schälte, sah er, dass sowohl ein paar Rennräder als auch ein paar Autos davorstanden, die vermutlich den kurzen Weg aus dem nahe liegenden Dorf hergefahren waren. Arthur fragte sich, wer eine Strecke von einem Kilometer mit dem Auto fuhr, vor allem in einer so schönen Jahreszeit, die so weit wie möglich entfernt vom April, dem grausamsten aller Monate, lag. Auf diese Frage gab es nur eine logische Antwort: alte Menschen. Trotzdem glaubte Arthur, dass auch dieser Gattung ein kleiner Spaziergang nicht schaden würde. Er parkte sein Fahrrad und holte sein Schloss aus der Satteltasche, die er daraufhin abmontierte und mit nach drinnen nahm.

Hier vermittelte der Anzug ein unangenehmes Gefühl, das sich aus Hitze und stickiger Luft zusammensetzte, und Arthur zog den dicken Plastikreißverschluss ein paar Zentimeter nach unten, bevor er an die große, abgenutzte Holztheke ging, um zu bestellen.

15 Minuten später saß er an einem kleinen Zweiertisch, der ziemlich zentral in der Scheune stand; genau dort, wo sich die Balken zusammenfügten. Vor ihm standen Schnitzel und Cola, und dank des Umstandes, kein Netz zu haben, las er das E-Book *Der Fall*.

Die schwere Holztür, die im Sommer meist geöffnet war, was nicht ihrem jetzigen Zustand entsprach, wurde langsam geöffnet und Arthur blickte reflexartig nach oben, weil ihn der frische Windstoß dazu animierte. Der

Wind war also kalt, dachte er sich noch, bevor dieser Gedanke von einem anderen, sehr viel dominierenderen Gedanken abgelöst wurde: »Wow!«

Die junge Frau hatte ihren Helm abgenommen und einzelne Strähnchen ihres Haars klebten an ihrer Stirn. Sie trug ein ähnliches Outfit wie Arthur, das ihre äußerst vorteilhaften Kurven mehr als erahnen ließ. Auch sie zog den Reißverschluss nach unten, aber nicht so weit, dass Arthur weitere Informationen über die Kurven erhalten hätte.

Der gesunde Menschenverstand sagte ihm, dass sie eine Liga zu hoch für ihn sei und dass er außerdem niemanden auf einer Radtour belästigen würde, die wahrscheinlich aus ähnlichen Gründen gemacht wurde, aus denen auch er sie machte, und er wollte ja auch nicht belästigt werden. Er würde sie also nicht ansprechen, zumal er wusste, dass sie auf die gleiche Uni gingen. Er hatte sie zwar nur ein- oder zweimal gesehen, war sich aber trotzdem sicher.

Dieses neue Setting veränderte die Situation völlig. Es mochte viele attraktive Studentinnen in seinem Umfeld geben, aber er kannte keine, die das Mindset gehabt hätte, im Herbst eine Radtour zu einer Gaststätte zu unternehmen, die über 30 km von der Stadt entfernt war.

Dass sie diesen Ort kannte, obwohl er tief im Wald verborgen lag, zeigte außerdem, dass sie öfter herkam. Er bedauerte seine Entscheidung, wusste aber, dass sie zu ändern seine Chancen völlig zunichtemachen würde. Theoretisch könnte er sie noch bei einer anderen Gelegenheit ansprechen.

Ein fetter, älterer Mann hatte nicht auf die Stimme der Vernunft gehört, sondern im Gegenteil geglaubt, heute sei der Tag gekommen, an dem ein junges Stück ihn mal ranlassen würde. Später würden Arthur und Leo beide dankbar sein für diesen alten Widerling, aber heute war es nur Arthur. Das Schicksal wollte offensichtlich, dass er die Möglichkeit zur Kommunikation bekam.

Der alte Sack hatte sich extrem nahe neben sie an den Tresen gestellt und fing an, mit ihr zu reden, ohne ihr dabei ins Gesicht zu schauen. Arthur verspürte die übliche Aggression, die in Wahrheit nur eine Abwandlung der Eifersucht war, musste sich aber auch die schon angesprochene Dankbarkeit eingestehen.

»Belästigen Sie alle Frauen, die Sie treffen, oder nur die, die 40 Jahre jünger sind als Sie?«, fragte Arthur freundlich von seinem Tisch aus.

Leo und der Pädo drehten sich zu ihm um. Ihre Augen schienen danke sagen zu wollen und Arthur war überrascht über die heftige Reaktion seines Körpers auf diesen Blick, der bis zu diesem Zeitpunkt noch nicht ganz verstanden hatte, wie sehr er so einen Blick brauchte. Es war, als zünde man ein Stillleben an, und das Stillleben brannte lichterloh in Arthurs gesamtem Leib. Er riss sich zusammen. Der Pädo guckte eher weniger dankbar, sondern vielmehr mit einer Mischung aus Abscheu und Empörung, die man bei alten Leuten so häufig antrifft, wenn sie feststellen, dass sich die Zeiten geändert haben, und die dafür bekannt ist, dass man gerne in das Gesicht, das diese Mischung zur Schau stellt, reinschlagen würde. Aber das musste Arthur nicht. Provokation war sein Fachgebiet, und seine Profession bestand darin, Monologe zu halten, bei denen sein Gegenüber das Bedürfnis bekam, ihm ins Gesicht zu schlagen.

»Wie war das?«, krächzte der Mann.

»Ich bin ziemlich sicher, dass Sie mich verstanden haben. Nur zu Ihrer Info, meine ganze Familie besteht aus Anwälten«, log Arthur. »Ehrlich, die warten nur auf einen Fall sexueller Belästigung. Gut für die Quote. Dem armen kleinen Mädchen zu helfen, das gegen seinen Willen angefasst worden ist, und zum Glück kam der Zeuge in dem Moment vorbei, in dem er Schlimmeres vermeiden konnte. Hören Sie auf, so blöd zu gucken, Sie können nicht einfach Ihre alten Jungs von der SS rufen und mich zusammenschlagen lassen, die Zeiten haben sich geändert. Gewalt war immer nur ein Werkzeug. Ich habe Macht, ich bin jung und im Recht. Ich darf alles. Und in diesem Fall heiligt der Zweck sogar die Mittel, finden Sie nicht auch? Sie sind alt und machtlos. Ihr Ruf könnte schneller hinüber sein, als Sie es sich in Ihrem Primatenhirn vorstellen können.«

Der Mann antwortete nicht.

Arthur war etwas enttäuscht, weil er sich eigentlich ziemlich überzeugend gefunden hatte. Sein Erzfeind war schon immer Autorität gewesen und seine Waffe Respektlosigkeit.

»Habe ich mich klar ausgedrückt?«

Immer noch keine Reaktion.

»Spre-chen Si-e mei-ne Spraaache?«

Vergebliches Warten.

»Ich bin mir darüber im Klaren, dass Sie als primitives Wesen, welches dem Namen Mensch nicht gerecht wird, über wirklich wenig Vernunft verfügen, und darüber, dass Sie höchstens drei Gehirnzellen Ihr Eigen nennen können, aber trotzdem hatte ich auf eine gewisse gemeinsame Verständnisebene gehofft. Wie bei Menschen ...«, Arthur zeigte erst auf sich, »... und Hunden«, schloss er, auf den Mann zeigend.

Schließlich erkannte Arthur, dass die gewünschte Reaktion ausbleiben würde. Der Hauptindikator dafür war, dass der Mann das Lokal wortlos verlassen hatte. War er am Ende vielleicht doch gar nicht so blöd?

»Danke«, sagte Leonora.

Arthur blickte zurück zu ihr; kurz hatte er vergessen, warum er den Mann provoziert hatte, so sehr war er in seinem Element gewesen.

»Keine Ursache. Aber wenn ich du wäre, würde ich hier vielleicht nicht mehr alleine hinkommen. Man weiß ja nie.«

»Schade, ich mochte es hier.«

Der Wirt blickte etwas beleidigt drein.

Arthur war sich nicht sicher, was er antworten sollte:

»Das mit den Anwälten war gelogen. Wir müssen uns also einen anderen Weg überlegen, wie wir sein Leben vernichten.«

»Uns fällt schon was ein.«

Arthur wusste, dass alle weiteren Anmachversuche ihn auf die gleiche Stufe mit dem alten Mann setzen würden, weshalb er es einfach sein ließ und wieder auf seinen ursprünglichen Plan hoffte.

Nachdem sie ausgetrunken hatte, bedankte sie sich noch einmal bei ihm und er wünschte ihr eine gute Fahrt.

Arthur hatte sie viel stärker beeindruckt, als er sich hätte denken können, denn in diesem Moment stellte Arthur in Leonoras Gedanken genau den Typus Gentleman dar, der für die Ritterlichkeit kämpfte, die in dieser Welt verloren gegangen war. Zumindest dachte er das. Er dachte generell sehr viel. Der Fluch des Menschseins, die unausgesetzt arbeitende Denkmaschine. Das Faszinierende war nur, wie viel er denken konnte (ein an sich sehr logischer Prozess) und wie sehr er trotzdem danebenlag. Dass Leonora so etwas wie höfliche Ironie verwendet haben könnte, um sich diesem machohaften Getue zu entziehen, kam ihm überhaupt nicht in den Sinn. Möglicherweise war er davon abgelenkt, sich in sein Bild von ihr zu verlieben. Ein Streitpunkt, den die beiden noch etwas öfter haben würden. Zum Beispiel (ohne zu viel vorwegnehmen zu wollen) gleich auf besagter Party. Für den Rest seiner Tour sollte Arthur viel über sie nachdenken, und zwar auf die Weise, die impliziert, man habe mehr Wissen über den jeweils anderen, als es tatsächlich der Fall ist.

Er hatte sich einen Plan zurechtgelegt, wie er sie ansprechen wollte, und war dank des Umstandes, dass er sie seit mehreren Tagen nicht gesehen hatte (obwohl er aktiv nach ihr suchte), etwas verunsichert. Ein Gefühl, das ihm in diesem Kernbereich des Lebens bis dahin gänzlich unbekannt gewesen war. Er befürchtete, sie gehe ihm aus dem Weg, weil sie befürchtete, sie wisse, was er vorhabe. Später erzählte sie ihm, dass sie nur zu den Pflichtvorlesungen gehe und sonst alles von zu Hause erledige.

Als er sie dann sah, hatte der Himmel die graue Farbe des Unigebäudes angenommen und der Wind wehte eine immer höhere Wahrscheinlichkeit für Regen herbei. Arthur erinnerte sich, dass seine Nervosität völlig unberechtigt war, und schritt ihr tapfer entgegen. Sie trug einen dunkelblauen Trenchcoat, der Wind wirbelte ihre Locken durch die Luft, als wären sie nur Haare im Herbstwind, und sie selbst wühlte gerade in ihrer Tasche, während sie in Richtung Parkplatz lief.

»Hey«, sagte Arthur, als er nur noch zwei Schritte von ihr entfernt war. Sie blickte auf.

»Oh, hey«, erwiderte sie, wobei sie freudiger klang, als Arthur erwartet und als sie es beabsichtigt hatte. »Lang, lang ist's her.«

Arthur atmete belustigt aus; er sollte sich erst später an Leonoras Ausdrücke gewöhnen, bevor sie langsam Einzug in seinen eigenen Sprachgebrauch fanden, wie eine weiße Familie in Horrorfilmen ins verfluchte Haus einzieht.

»So lange, dass man fast meinen könnte, dein Zeitgefühl sei verloren gegangen.«

»Auf jeden Fall zu lange.« Sie sah ihn an.

Arthur musste sich eingestehen, dass das Gespräch anders verlief als gedacht. Vielleicht besser, aber definitiv anders. Wo andere verspielt wirkten, war sie völlig offen. Sie sah ihn immer noch an. Etwas erwartungsvoller mittlerweile. Arthur nickte bestätigend mit dem Kopf. Zu lange? Ja.

»Ich konnte dich vorher nicht finden.«

»Vielleicht hast du einfach nicht gut genug gesucht.«

»Im Verstecken-Spielen war ich immer schon eine Niete.«

»Ich war immer ziemlich gut darin, aber die meiste Zeit hat auch niemand nach mir gesucht.«

»Du kannst es mir ja beibringen. Sowas macht sich immer gut im Lebenslauf.«

»Ich mach mich gut auf deinem Lebenslauf?«, sie ging einen Schritt auf ihn zu.

»Das auch, aus offensichtlichen Gründen.«

»Offensichtliche Gründe also? So, so. Die musst du mir erst erklären.«

»Bevor was passiert?«, fragte Arthur, und langsam fiel es ihm schwer, diese totale Offenheit zu kontern. Seine Stimme klang, als würde es ihn wirklich brennend interessieren, was danach passieren würde.

»Erst die Gründe ...«, sie verschränkte die Arme und legte den Kopf schief. Ein Fuß wippte demonstrativ auf und ab. Die Bewegung hatte etwas Hypnotisierendes. Arthur riss sich los.

»Ähm, aber ... nimmt das nicht die ganze Spannung raus?«

»Woraus?«, fragte sie mit Unschuldsmiene und kam noch einen kleinen Schritt näher.

Scheiß drauf, dachte Arthur sich. Ein Gedanke, den man bei ihm besonders oft vor guten Entscheidungen antraf. Man könnte meinen, drauf scheißen sei eine valide Option, die einen oft dem Gewollten nahe bringt, da sie das Mindset ist, das man für einen Sprung ins Ungewisse benötigt.

Arthur dachte nichts davon, er dachte nur: Scheiß drauf.

Mit einer unerwartet schnellen Bewegung, die trotzdem eine gewisse Würde besaß, legte er seine rechte Hand um ihre Hüfte und begann sie vorsichtig auf den Mund zu küssen; ein Kuss, den sie leidenschaftlich erwiderte. Er schob ihr mit seiner linken Hand die flatternden Haare aus dem Gesicht und ließ sie dort verweilen, um die Haare zurück- und ihren Kopf festzuhalten. Auch sie zog ihn noch näher zu sich ran, wobei sie sich an seiner Jacke festhielt.

Als sei der abgefahrene Theaterregisseur ihnen wohlgesinnt, fing es an zu regnen, und obwohl der Regen kalt war, fanden die beiden aneinandergeschmiegt eine Wärme, die ausreichen würde, den gesamten Winter hier zu überdauern.

Schließlich, die verflogene Zeit war unbestimmt, löste Arthur sich von ihr, und sie blickten einander in die Augen.

»Ich bin Arthur«, flüsterte er fast atemlos. Der Regen lief über sein Gesicht.

»Leo«, erwiderte sie, ebenfalls flüsternd.

An der Stelle muss ich mich doch spätestens fragen, wie es so weit kommen konnte, dass sie den ersten Schritt machte, obwohl er sie bei ihrer ersten Begegnung nicht wirklich überzeugt hatte. Es ist mir bis heute ein Rätsel. Vielleicht hatte sie's ja nötig. Oder sie stand auf diese Art von Selbstdarstellung. Von Letzterem war zumindest Arthur überzeugt.

Nun, ich kann es ihm nicht übelnehmen,
ich bin jetzt alt,
er muss alt werden, um mich zu verstehen.

Und ja, das war die zweite Faust-Anspielung in diesem Kapitel. Was wollen Sie dagegen tun? Es ist eben ein sehr gutes Buch. Oder Stück. Was auch immer. Seien Sie ruhig.

THE GREAT HEPSY

Aurora liebte Partys, vor allem die auf dem Campus. Bereits um 17 Uhr hatte sie angefangen, sich fertig zu machen. Zu diesem Zeitpunkt war sie dank des Plauschs mit ihrer Mutter schon ziemlich weg, sah aber keinen Grund, diesen Zustand zu ändern, und trank deswegen während ihrer gesamten Schminkroutine konsequent weiter durch. Als dann um 19 Uhr ihre Freundinnen ankamen, hatte sie die Kombination aus Mischkonsum, Popsongs und Schminkmetamorphose auf ein persönliches High gebracht. Mit viel Gequietsche, man könnte meinen, Ziel sei es, sämtliche Frequenzmesser in der Umgebung durch Missbrauch zu zerstören, hatten sich die Mädchen begrüßt. Die nächsten zwei Stunden waren wie im Flug vergangen, da der typischen Art von Unterhaltung gefrönt wurde, nämlich Lästern, Angeben und sich das eigene Weltbild dermaßen gegenseitig hochpushen, dass man denken könnte, die kleine Truppe stehe insgeheim nur auf Analsex, so sehr schoben sie sich die Komplimente in den Arsch. Die unabdingbare Folge war ein massiver Realitätsverlust. Schließlich saß die kleine Truppe in der Limousine und wurde von Heinrich ins Kampfgebiet gebracht. Das uralte Paarungsritual der Campusparty konnte beginnen: Vorzüge wurden gezeigt, Zweifel und Hemmschwellen weggetrunken, und die Paarungsbewegungen, die manche Tanzen nennen würden, wurden vollführt.

Aurora hatte keine Vorzüge zu zeigen und konnte nicht tanzen, glich das aber durch den von vornherein nicht vorhandenen Zweifel und die nonexistente Hemmschwelle aus. Als sie den Ort des Geschehens erreichten, waren Sodom und Gomorra schon wild im Gange, ganz so, wie es von den berechnenden Superhirnen mit eiskaltem Kalkül geplant war. Die Jagdrudel-Taktik würde nun Anwendung finden, wie sie es schon immer getan hatte. Aber dann geschah etwas Merkwürdiges.

Aurora blickte zufällig in eine Ecke und sah dort etwas sehr Unschönes. Hep. Mit einem Mal hatte sie, die Königin der Verleugnung, Angst, er könnte etwas über sie erzählt haben. Das hatte er bestimmt nicht nötig, dachte sie sich, war sich diesbezüglich aber äußerst unsicher. Wenn er etwas erzählt hätte, dann könnte sie sowohl die potenzielle Beute des heutigen Abends vergessen als auch den Respekt ihrer Lakaien und ihren Ruf sowieso. So sehr es ihr davor graute, sie kam zu dem Schluss, mit Hep reden zu müssen. Sicherzustellen, dass er keinen Unsinn erzählte. Unsinn war in diesem Fall natürlich ein anderes Wort für Wahrheit. Sie entschuldigte sich also bei ihren Artgenossen (die dachten, sie hätte schon Beute gefunden, und deshalb erstaunt zurückblieben, aus dem selbstverständlichen Grund, dass sie Augen im Kopf hatten) und ging in Richtung Hep. Er saß in einem kleinen Kreis von Menschen in Sitzsäcken, die eigentlich Gelegenheit boten, es denen, deren Jagd bereits ein Ende gefunden hatte, zu ermöglichen, ihre Jägervergangenheit abzuschließen und eine Familie zu gründen. Sie war schon oft auf diesen Säcken befummelt worden, erinnerte Aurora sich nostalgisch. Deshalb passte es jedenfalls überhaupt nicht, einen hässlichen Jungen namens Hep dort sitzen zu sehen, den eine Bande viel attraktiverer Typen umrundete, die überhaupt nicht zu Hep passten, von denen Aurora aber gerne mal im Dunkeln besucht worden wäre, wenn nötig, auch auf diesen Sitzsäcken. Sie hatte den Verdacht, diese Gruppe habe Hep nur aufgenommen, um von dem optischen Kontrast zu profitieren.

Die Einsätze waren hoch. Abgesehen von ihrem Ruf, ihrer Beute und ihrer Gefolgschaft, die sie zu verlieren hatte, konnte sie sich hier einen schicken Fang angeln, der vielleicht Lust verspüren würde, sie nach Hause zu begleiten, wie es bei Angelfängen so üblich war. Es gab also alles zu verlieren und alles zu gewinnen. Es war Zeit, dass sie performte. Sie trat in die Mitte der Gruppe und alles lief exakt so, wie sie es geplant hatte. Möglicherweise meinte es das Schicksal heute gnädig mit ihr.

»Ey Hep, deine Alte ist hier«, rief der Typ, der sie zuerst entdeckt hatte.

Hep drehte sich so überrascht zu ihr um, wie sich eine Großmutter zu ihrem Enkelkind umdrehen würde, das gerade Harakiri begeht, um seine Ehre wiederherzustellen, nachdem es zu viele Süßigkeiten gegessen hatte.

»Hey, Babe. Schön, dass du gekommen bist.«

»Krass, dass du die so rausgehen lässt, so würde ich meine nicht rauslassen.«

»Tja, leben und leben lassen.«

Aurora blickte in einer Art Schockreaktion an sich herunter. Sie trug einen BH mit Sakko drüber, das natürlich geöffnet war, und einen Rock, kürzer, als es Heps erbärmliche Performance an diesem Morgen gewesen war.

»Kann ich dich ganz kurz sprechen?«, fragte sie mit der Beherrschung eines 70-jährigen Firmenbosses, der seit Neuem auch Frauen für sich arbeiten lassen musste. »Klar, Babe. Was gibt's?«

»Ich meinte privat.«

»Okay, klar.« Hep stand auf. Ein »Ohoo« ging durch die Runde.

»Aber denkt an Verhütung«, rief einer hilfreich hinterher.

»Keine Sorge, sie nimmt die Pille«, antwortete Hep mit der Coolness des *pretty fly white guy* von *The Offspring*.

Sie ging vor, er folgte dicht.

»Alles gut, Babe?«, fragte Hep.

»Hör sofort auf, mich so zu nennen«, zischte Aurora zurück. Sie kamen in einer kleinen Nische an, die für Auroras Geschmack viel zu eng war.

»Willst du mir einen blasen?«, fragte Hep.

Aurora fragte sich allmählich, ob jemand ihr was in den Drink getan hatte und sie als Folge dessen halluzinierte. Das war gar nicht so unwahrscheinlich, wenn man die Wahrscheinlichkeit des jetzigen Szenarios bedachte und die beiden Unwahrscheinlichkeiten miteinander verglich.

»Was hast du über mich erzählt?«

»Ist das ein Nein?«

»Was?«

»Na, willst du mir keinen blasen?«

»Hep, niemand würde dich je freiwillig anfassen wollen. Und jetzt sag mir, was du für eine Scheiße über mich erzählt hast.«

»Wieso denn Scheiße? Ich dachte, du freust dich, wenn du nicht nur ein One-Night-Stand für mich warst.«

»Ich bin gar nichts für dich. Du solltest nicht mal in der verfickten Lage sein, mit mir zu sprechen.«

»Du bist doch zu mir gekommen.«

»Weil ich wissen wollte, was du für Scheiße erzählt hast, und du weichst einfach aus, du dreckiger, hässlicher Bastard, weil du weißt, dass du verkackt hast, du dummer kleiner Hurensohn.« Aurora war eine Tonlage davon entfernt zu schreien.

Sie konnte vor ihrem inneren Auge sehen, wie ihr ganzes Leben den Bach runterging, einem Spaziergänger ähnlich, der sich an einem Sonntagmorgen dazu entscheidet, den Bach entlang an den Fuß des Berges zu gehen.

Hep wirkte weniger schockiert, als sie gedacht hatte. Wie hatte es dieser kleine Köter geschafft, sich innerhalb eines Tages ein Selbstbewusstsein zuzulegen? Aber sie kannte die Antwort. Sie hatte es ihm gegeben. Sie hatte ihn und sich selbst auch in diese Lage gebracht. Und sie hasste Hep in diesem Moment fast so sehr, wie sie sich hasste. Hep antwortete gelassen:

»Wenn du hier rumfluchst und dich über meine Version der Geschichte so aufregst, dann werden alle denken, dass du nicht wahrhaben willst, dass ich dich benutzt und weggeworfen habe. Dass du mir hinterherläufst. Alle werden mir glauben. Die haben gesehen, wie du zu mir gekommen bist. Wie du mit mir weggegangen bist. Ich sag einfach, ich habe dich auf der Toilette noch einmal gefickt und dann mit dir Schluss gemacht, obwohl du gebettelt hast, dass ich es nicht tue. Was machst du dann?«

Aurora war kurz davor, die Fassung zu verlieren, aber auf eine Art, wie sie sie noch nie verloren hatte. Sie wusste, dass es vorbei war.

Sie schlug Hep mit der flachen Hand ins Gesicht, so sehr, dass man bei ihm ihre Ringabdrücke erkennen konnte. Dann stürmte sie davon. Sie wusste, wen sie brauchte. Es gab einen, der Hep in seine Schranken weisen würde, wie er es bei jeder Gelegenheit getan hatte. Einen, mit dem sie Hep eifersüchtig machen konnte. Sie machte sich auf die Suche nach Arthur.

Hep hatte in der Nische leise angefangen zu weinen. Trotzdem wusste er, dass Aurora sich selbst beerdigt hatte. Nachdem er seine letzten Tränen weggewischt hatte, ging er zurück zu seiner Sitzrunde. Er wurde mit grölenden Rufen willkommen geheißen, die an das erinnerten, was die Besatzer dieses Kreises im Grunde genommen waren, Neandertaler.

»Was ist mit deiner Wange passiert, Alter?«

Hep setzte sich und blickte spannungsaufbauend in die Runde.

»Weiber«, sagte er schließlich. »Ich geh also mit ihr in diese Nische. Sie will einfach nur noch flachgelegt werden, aber so einfach bin ich nicht zu kriegen. Ich hole meinen Schwanz raus und sie denkt, jetzt geht's los. Und ich nur so: ‚Knie dich hin.‘ Sie macht es. Unterwürfige kleine Hure. Ich steck ihn ihr in den Mund und zwinge sie mit meiner Hand zu schlucken. Ich habe ihr gesagt: ‚Jetzt gehörst du mir.‘«

Anerkennendes Nicken.

»Sie hat einfach nur gestöhnt. Dann musste ich sie natürlich belohnen. Hab sie an die Wand gedrückt und ihr den besten Fick ihres Lebens gegeben. Ich musste ihr den Mund zuhalten, damit sie nicht so schreit.«

Anerkennendes Nicken.

»Aber als ich mit ihr fertig war, habe ich gemerkt, dass sie mir alles gegeben hat, was sie hatte. Und dann sagt sie doch ernsthaft: ‚Ich liebe dich.‘ Da war es für mich klar. Ich will anderen Weibern den Zauberstab nicht vorenthalten, wenn ihr versteht.«

Anerkennendes Nicken. Spannung.

»Ich sag also zu ihr: ‚Das mit uns, das passt doch nicht.‘ Sie kriegt so einen Heulkrampf und schlägt mir ins Gesicht. Einfach so.«

Er machte es vor. Äußerst anerkennendes Nicken.

Arthur und Leo gingen die Gedanken durch den Kopf, die jedem vor einer Party durch den Kopf gehen, wenn man gerade zusammengekommen ist. Wird er sich zu mir bekennen, vor all diesen Menschen? Werden wir es schaffen, auch mit anderen zu reden, oder so ein Klischeepärchen sein? Wird das menschgewordene Atommüllendlager Aurora ihren Mund halten oder alles zunichtemachen? Klassische Fragen halt.

Arthur hatte Angst und ein schlechtes Gewissen, und gleichzeitig war er völlig zufrieden mit der Welt. Er hatte sie bekommen. Endlich. Auch wenn er sich vorher nicht völlig bereit gefühlt hatte, wusste er, dass er bereiter nicht hätte werden können. Den letzten Stoß, das letzte bisschen Mut hatte sie ihm gegeben.

Vielleicht, dachte er, war das wichtig. Vielleicht wäre es sonst nie dazu gekommen. Trotzdem würde er Frieden mit sich machen müssen, wenn er wollte, dass er ein guter Freund sein würde. Wenn er sie nicht verlieren wollte. Sie war sein neues Ziel. Sie gab ihm etwas, auf das er seine Energie konzentrieren konnte. Etwas, für das es sich, im melodramatischsten Sinne des Satzes, zu kämpfen lohnt. Es gab Gefahren, aber er würde sie auf sich nehmen.

»Ich habe wirklich überhaupt keine Lust auf all die Menschen«, sagte sie zu ihm.

Die beiden fuhren mit ihren Fahrrädern zur Uni.

»Ich auch nicht«, sagte Arthur, weil es zu diesem Thema nicht mehr zu sagen gab.

»Also, was ist der Plan?«, fragte er nach einer Weile Radeln.

»Mit niemandem reden, niemanden angucken und Eindrücke sammeln, die ich dann morgen verwerten kann.«

»Gefällt mir.«

Beide waren nervös. Er verspürte nicht das leiseste Bedürfnis, zu den Leuten zu gehen, mit denen er sich sonst immer gut gegeben hatte. Die Zeiten waren vorbei, das hatte er gespürt, und nun wusste er es auch. Er hatte Leo gebraucht, um sich von alldem zu lösen.

Aurora suchte Arthur. Hektisch und ohne jegliche Strategie bewegte sie sich von Raum zu Raum, aber er war nicht zu finden. Sie wusste, wenn sie aufhören würde, wäre alles vorbei. Die Ereignisse des Tages würden sie erdrücken, und die Schwäche, die seit Stunden vom Alkohol unterdrückt wurde, würde sie mit einem Mal erschlagen. Also hörte sie nicht auf. Alles würde gut werden, sobald sie Arthur fände. Sie würde mit etwas Unverfänglichem anfangen, wie »Hast du Lisa gesehen?«, und dann kämen sie ins Gespräch. Sie würde offensiver als sonst flirten, und da er sonst schon immer angekrochen kam, wäre es dieses Mal geschenkt. Zusammen würden sie Hep fertigmachen, und dann würde er sie ficken. Sie könnte am nächsten Morgen ihren Freunden davon erzählen, und alles wäre so wie immer. Alles würde gut werden, sie musste nur Arthur finden.

Arthur und Leonora schlossen ihre Fahrräder an eine kaputte Straßenlaterne und gingen Arm in Arm ins Gebäude. Arthur spürte, wie ihre Hände sich mehr und mehr in seinen Arm krampften, je näher sie der pulsierenden Apokalypse kamen. Er würde sich an diesem Abend keine Fehler erlauben. Jeder Schritt, jedes Wort und jede Tat wären ein Schachzug gegen den übermächtigen Gegner, das Schicksal, von dem sich Arthur sicher war, es sei ihm nicht wohlgesinnt. Er hatte lange genug als Versuchsperson in einer Studie zu diesem Thema mitgewirkt, die man Leben nannte. Sollten die beiden es über diese Party hinaus schaffen, würde sich keine vergleichbare Situation mehr ergeben. Sie wären frei. Arthur hatte Leos Professor auch erst verflucht. Ein Zufall, so ungünstig, es musste eine Masche des Schicksals sein, die wie immer dazu dienen würde, mehr Chaos zu erzeugen. Aber jetzt wusste er, dass er ohne Leo auch auf die Party gegangen wäre, und dass sie dabei war, lag daran, dass sie jetzt seine Freundin war. Das war erstmal etwas Gutes. Ein Härtetest war notwendig, sonst wäre er für immer unsicher. Sie sollten nicht nur in optimalen Situationen perfekt füreinander sein, sondern auch in der suboptimalen Variante. Trotzdem, der Gedanke, ihr sagen zu müssen:

»Hey, erinnerst du dich an den perfekten Tag, an dem wir zusammengekommen sind? Tja, an dem Morgen habe ich ein anderes Mädchen gebumst und sie ist menschlicher Abschaum«, beunruhigte ihn.

Das Wummern von stumpfen Bässen, den Nebenprodukten technovergewaltigter Popsongs, riss ihn aus seinen Gedanken. Er streichelte ihr sanft über den Rücken, als wäre sie ein schlafendes Baby, das er trösten, aber nicht wecken wollte. Sie traten durch eine der Türen. Zigarettenrauch, Strobolichter und der Gestank von Bier. Menschen, die sämtliche evolutionären Entwicklungsstufen zurückgefallen waren und zudem noch übereinander herfielen, als hätte es noch nicht genug Fallen gegeben. Mitten in alldem sah Arthur Aurora, und er hätte sie nicht mehr verabscheuen können als in diesem Moment. Sie sah ihn auch. Es geschah zu schnell, als dass Arthur die Beweggründe hätte hinterfragen können, die sie sich in sehr hoher Geschwindigkeit auf ihn zu bewegen ließen. Er dachte nur: Fuck. Alles oder nichts.

Wer war diese kleine Mauerblume, die sich da hinter ihm versteckte? Aurora hatte sie noch nie gesehen. Hatte er ein Date? Wenn das der Fall wäre, würde Aurora es ihm aber gehörig versauen! Sie müsste dann nur einen Weg finden, Arthur trotzdem gegen Hep anzustacheln und sich von ihm nach Hause begleiten zu lassen, aber der Abend war ja noch lang. Eins nach dem anderen. Heute war anscheinend alles gegen sie. Aber sie war stärker, als die meisten dachten. Sie würde zurückschlagen. Sie hatte die beiden fast erreicht.

Leonora wollte Arthur gerade sagen, dass das wirklich genauso schrecklich war, wie sie es erwartet hatte, und es doch schön sei, in Zeiten der Krise auf *Murphy's law* zählen zu können.

In diesem Moment tauchte eine etwas übergewichtige und sehr leicht bekleidete Kommilitonin vor ihnen auf, die Leo ebenso wenig kannte wie andersrum.

»Du könntest wieder mich haben. Warum gibst du dich mit sowas da ab?«, fragte Aurora Arthur, ohne Leo dabei eines Blickes zu würdigen.

Leo spürte, wie ihre Kinnlade dem verlockenden Impuls der Schwerkraft nachgab. Diese Menschen waren viel schlimmer, als sie gedacht hatte. Was würde Arthur tun, ihr selbsternannter Beschützer?

»Halt die Fresse«, sprach dieser.

Jetzt war es an Aurora, schockiert zu sein.

»Wie du meinst«, sagte sie gelassen und schüttete ihren Cocktail auf Leos Kleid. Aurora hatte nichts mehr zu verlieren. Sie blickte Arthur triumphierend an. Arthur lächelte und wollte gerade etwas total Beschützendes sagen, da wandte sich Leo an Aurora und sagte:

»Es scheint mir sicherlich die richtige Entscheidung zu sein, deinen Drink wegzustellen. Du hattest offensichtlich schon genug. Arthur, Schatz, wärst du so freundlich, mir dein Jackett zu reichen?«

Arthurschatz zog wortlos sein Jackett aus und reichte es Leonoraschatz. Er war sich nicht sicher, wie er dieses Eingreifen im Hinblick auf das Risiko, das Aurora für ihn darstellte, werten sollte, da sprach Aurora auch schon und gab sich Mühe, weiterhin *Murphy's Law* zu bestätigen.

»Schatz?«, sie kreischte. »Weißt du, was dein Schatz heute Mo...«

Arthurs Faust traf sie, schneller, als man es dem Alki zugetraut hätte, mitten im Gesicht. Als Nächstes glaubte er trotz der Musik wahrzunehmen, wie Auroras Kiefer lautstark brach, und sah sie auf den Boden fallen. Jeder hatte mal einen schlechten Tag.

Arthur schüttelte seine Hand. Er hatte das Gefühl, eine weitere Sache in sein sehr dünnes und imaginäres Büchlein mit guten Taten schreiben zu können. Er war überzeugt davon, einmal das Richtige getan zu haben, möge Kant davon halten, was er wolle.

In Filmen sah es immer so aus, als würde man sich die Hand brechen, sobald man als Laie versuchte, sein Gegenüber auszuknocken, aber Arthur konnte nun das Gegenteil bestätigen. Auroras Nackenmuskeln hatten keinen Widerstand geleistet und ihre Speckwängchen hatten den Schlag gut abgefedert. Arthur kam zu dem Schluss, er könne aufhören, seine Hand zu schütteln. Er wusste, er hatte die Situation gelöst, und alles, was Aurora nun behaupten würde, könne man als verzweifelten Racheakt umdeuten. Er konnte nicht ganz einschätzen, wie Leonora dazu stand, würde es aber bald herausfinden. Sie sah ihn fassungslos an. Was die rechtliche Lage anging, so wusste er, dass er sich herausreden könnte. Er hatte eine Zeugin. Niemand mochte Aurora. Er legte seine Hand zurück auf Leos Rücken und schob sie vorsichtig in Richtung Ausgang. Sie leistete keinen Widerstand. Als sie draußen angekommen waren, hätte Arthur sein Jackett gerne wiederbekommen, aber danach zu fragen, erschien ihm nicht gerade *gentlemanlike*. Er wusste, wie man Frauen gut behandelte. Jetzt wollte er etwas sagen, um auszutesten, wie die Lage war.

»Ich weiß, man schlägt keine Frauen, aber zählt Aurora wirklich als Frau?«

»Spinnst du?«

Verdammt, dachte er.

»Das war das Ekelhafteste, was du je gemacht hast. Mit Abstand.«

Sie drehte sich leicht weg und schaute an ihm vorbei.

»So hätte ich dich echt nicht eingeschätzt.«

Das gab ihm jetzt schon etwas zu denken. Sie schien darauf zu warten, dass er eine Rechtfertigung vorbrachte. Schließlich brachte er eine Rechtfertigung vor:

»Ich wollte dich doch nur beschützen …«

»Beschützen? Wovor? Vor einer betrunkenen Schlampe?«

»Na ja, sie hat den Gewichtsvorteil.«

Leo atmete aus, Arthur hatte den Eindruck, dass sie seinen Witz nicht witzig gefunden hatte. *Tough Crowd*. Letztendlich kam auch er zu dem Schluss, dass jetzt vielleicht einer der Zeitpunkte war, an denen es sich lohnte, ernst zu bleiben.

»Sie kann wirklich gemein werden«, sagte er.

»Das kann ich auch und trotzdem schlägst du mich nicht.«

Arthur unterdrückte den Impuls, einen Bondage-Witz zu machen.

»Nicht so wie sie«, sagte er.

»Und was sollte das mit heute? Was wollte sie mir sagen?«

Das war er, dachte Arthur. Das war der Moment, in dem er die Chance bekam, ehrlich zu sein. Er fühlte sich fast wie vom Schicksal bestärkt. Andererseits, überlegte er weiter, würde sie dann wissen, dass er Aurora nur geschlagen hatte, um sich selbst zu schützen. Da würde ihn wahrscheinlich nicht mal mehr der Wert der Ehrlichkeit retten können.

»Heute Morgen habe ich mich mit ein paar alten Freunden getroffen. Ich mach eigentlich nicht mehr viel mit denen. Ich glaube, du kennst niemanden von ihnen. Aurora, das ist ihr Name, ist Teil der Gruppe. Es ging um das beschissene WLAN-Projekt. Da es länger her war, dass wir uns gesehen hatten, wurden viele Neuigkeiten ausgetauscht. Ich nehme an, dass sie dir erzählen wollte, dass ich dich heute Morgen mit keinem Wort erwähnt habe. Um dich zu verletzen.«

»Wieso hast du mich nicht erwähnt?«

»A, waren wir noch nicht zusammen und B, ist dein Name für mich so positiv konnotiert, dass ich ihn niemals im Kreis solch niederer Geschöpfe nennen könnte.«

»Und wieso hast du sie dann geschlagen?«

»Ich weiß auch nicht … Ich dachte mir, dass das mit dem Geschlechterdenken doch etwas ist, das uns von der Gesellschaft antrainiert wurde, und nichts, was irgendwie objektiv stimmt. Natürlich sollte man sich gegenseitig respektvoll behandeln, aber weil sie dich zuerst respektlos behandelt hat, dachte ich, die Regeln gelten für sie nicht mehr. Komischerweise dachte ich auch, du würdest es besser finden, wenn ich sie schlage, als wenn ich sie beleidige. Denn auch ich kann sehr gemein werden.«

»Das erklärt überhaupt nichts.«

Langsam wurde er etwas panisch.

»Es war ein Fehler, okay? Ich würde es jetzt natürlich nicht noch einmal machen. Ich versprech's. Und ich werde niemals etwas in der Richtung bei dir machen? Okay? Das verspreche ich auch. Ich bin nicht ich selbst, wenn ich mit diesen Leuten bin.«

»Ich weiß nicht wirklich, wer du bist.«

Arthur war schockiert und mit einem Mal hatte er Angst, sie zu verlieren. Seine stoische Selbstsicherheit war längst verflogen. Die Träne, die aus seinem Auge kullerte, würde genau die richtige Wirkung erzielen, hoffte er. Nicht der gewalttätige Ehemann, dessen Ausbrüche jedes Mal in einem unattraktiven Heulkrampf enden, sondern der junge Liebende, der einen Fehler bereut.

»Bitte lass mich dir beweisen, dass ich nicht so bin. Du hilfst mir, jemand Besseres zu sein. Du bist das B-Bezauberndste, das mir je passiert ist.«

Sie sagte nichts. Arthur wollte schreien. Sie dachte nach und sah sehr schön dabei aus.

»Ich bringe dich nach Hause«, sagte Arthur.

Sie sagte immer noch nichts, aber er hatte den Eindruck, dass ihr innerer Kampf zu seinen Gunsten ausgehen würde.

»Du warst besser ehrlich zu mir«, sagte sie endlich und ging zu den Fahrrädern.

Ja und nein, dachte Arthur. Ja und nein. Erschreckenderweise fühlte er sich nicht schlecht dabei.

»Ich beweise es dir«, sagte er.

»Aha. Deduktiv.«

Arthur lächelte breit und das stand ihm sehr gut. Dann fuhr er hinter ihr her.

Man vergibt immer nur aus Liebe – auch wenn es Selbstliebe sein mag – , und zwar fast immer genau dann, wenn Vergebung nicht erfolgen sollte.

DAS NEUE TESTAMENT

Nachdem Arthur Leo feinsäuberlich ins Bett gebracht hatte, bewaffnete er sich mit einem Notizbuch von ihr und fuhr zurück, denn er hatte ihr versprochen, an ihrer Stelle Notizen für den Aufsatz zu sammeln. Sein Waffenarsenal beinhaltete außerdem völlige Gleichgültigkeit gegenüber Aurora und den damit zusammenhängenden Ereignissen.

Er betrat das dystopische Schlachtfeld. Etwas in ihm fühlte sich befreit. Seine Verantwortung für Leonora hatte sich vorläufig erledigt. Der Härtetest war überstanden. Aurora stellte kein Risiko mehr dar. Ihm war, als wäre er in diesem Moment völlig frei. Es ging ihm nicht nur nicht mehr so elend wie am Morgen, es ging ihm nicht mehr so elend wie seit Monaten. Das überraschte ihn nicht nur, es machte ihm sogar ein bisschen Angst. Es war nicht die übliche Angst, nämlich die, dass die Gedanken einfach losbrechen und ihn ohne Rücksicht auf Verluste mit sich reißen könnten. Nein, es war eine Angst vor Veränderung. Das Gefühl, das er fühlte, nachdem er Aurora und Leonora hinter sich gelassen hatte, war befreiend und er wusste nicht, wofür es stand. Aber in diesem dunklen, verqualmten Raum, in dem die Musik und die Menschen viel zu laut für seinen Geschmack waren, schwebte der Geist der Veränderung. In diesem Moment aber fürchtete sich Arthur vor Veränderung. Er wusste, warum. In seinem Leiden hatte ihm sein Selbstmitleid immer geholfen, irgendwann fühlt man sich wohl in ihm. Das war eine der Wahrheiten, die er sich stets eingestanden hatte. Sie war fast zu seinem Mantra geworden, aber heute hatte Leonora ihm gezeigt, dass es eine Welt außerhalb dieser Düsternis für ihn geben konnte. In Form einer zweiten Chance. Vielleicht reichte es ja, wenn er ab jetzt alles richtig machte. Sein Selbstmitleid verließ ihn, und wenn es auch nur für einen Moment sein sollte, entschied sich Arthur diesmal, einem alternativen Weg die Chance zu geben. Jetzt verstand er Leo besser, jetzt wusste er, dass er sich um sie kümmern konnte, dass es seine Aufgabe war, sie zu beschützen.

Er überlegte ein bisschen hin und her und entschied sich, seine Besonnenheit einzusetzen, um ein paar Seiten in Leos Notizbuch zu füllen.

Arthur sah sich um. Sein Blick schweifte von tanzenden, schwitzenden, leicht bekleideten Kommilitonen zu ein paar Schränken mit Pappbechern in der Hand. Arthur stellte sich vor, dass die Tiefgründigkeit dieser Gesprächspartner wahrscheinlich so weit ging wie die Aufmerksamkeitsspanne eines 16-jährigen Mädchens auf TikTok. Seine Augen suchten den Raum weiter ab. Er entdeckte Hep mit ein paar Kiffern und musste unwillkürlich lächeln. Hep gehörte wirklich nirgendwo dazu. Dann fiel sein Blick auf die Ecke, die am weitesten von der Musik entfernt war und in der man sich vermutlich nur ein bisschen anschreien musste. Dort saß, in einem bunten Outfit, bestehend aus Hemd, Perlenkette, Sweatshirt und Schlaghose, ein Hippie mit Weinglas, der zurückgelehnt den Raum beobachtete.

Arthur hasste Hippies. Alle Scheiß-Hippies dachten immer, sie hätten die Weltformel gefunden. Wirklich jeder Hippie erzählte denselben Dreck und jedes Mal war ein Teil dieses Drecks der Versuch, den anderen von *Psychedelics* zu überzeugen, gemischt mit einer kruden Philosophie über Wahrnehmung und Bewusstseinsstufen. Zudem ließen sie sich durch nichts aus der Ruhe bringen oder reizen, was Arthur dann so stark aus der Ruhe brachte und reizte, dass er das Gespräch abbrach wie eine Schachpartie, bei der das Brett unfreiwillig den Tisch verlässt. Heute würde er sich gerne streiten, denn er fühlte sich, als wäre er lange nicht mehr der starke Arthur gewesen, der machen und sagen konnte, was er wollte.

Also war der Hippie der ideale Gesprächspartner, um sich nicht zu lange allein zu fühlen, damit die neu gewonnene Veränderungslust nicht gänzlich verloren ginge und er Leo nicht zu stark vermisste. Ein weiteres neues Gefühl. Natürlich hatte er zuvor oft an sie gedacht, aber dieses schreiende Verlangen, bei ihr zu sein, war neu. Arthur konnte es sich nur erklären, indem er sich selbst auf den einzigen Umstand hinwies, der sich geändert hatte. Sie gehörte jetzt ihm.

Falls der Hippie jetzt anfangen sollte, über seinen Penis zu reden, könnte Arthur auch direkt im Henry-Miller-Stil mitschreiben. Arthur ging langsam, aber zielstrebig zu dem Hippie, ließ sich ihm gegenüber in den Sessel fallen und sagte nichts.

Bei genauerer Betrachtung fiel ihm auf, dass der Hippie bleich-blaue Augen hatte, die durch eine Brille betont wurden. Arthur war sich fast sicher, dass es sich hierbei um eine Fensterglasbrille handelte. Natürlich trug sein Gegenüber einen Mullet. Arthur hasste Mullets.

»Du weißt es wahrscheinlich nicht, aber ich habe dir schon mal das Leben gerettet«, sagte da der Hippie klar und ruhig. Seine Stimme klang hell und so, als würde sie oft lachen. Unter den Top-10-Gesprächsanfängen, mit denen Arthur nicht gerechnet hatte, nahm dieser einen Spitzenplatz ein.

»Wie bitte?«, fragte Arthur vorsichtig.

Das konnte ja heiter werden. Arthurs Leben war bis zu diesem Tag nicht oft gerettet worden, aber er fand, es konnte eigentlich jeden Tag aufs Neue Rettung gut vertragen. Der Hippie lächelte.

»Ich bin Jesus«, sagte er. »Wie kann ich dir helfen …«, und nach einer kurzen Pause, die gefüllt war von Arthurs Schweigen, fügte er hinzu: »Arthur?«

Wenn das mit dem Leben und Jesus Arthur noch nicht völlig an seiner Realität hatte zweifeln lassen, dann war es spätestens das.

»Woher kennst du meinen Namen?«, fragte er langsam.

»Vielleicht bist du ja einfach ein campusbekannter Alkoholiker«, lächelte der Hippie vielsagend.

»Und du hast mein Leben gerettet? … Jesus?«

Jesus nickte.

»Vielleicht hättest du Lust, mir was von deinem Penis zu erzählen?«

»Wieso sollte ich das tun?«

»Private Gründe.«

»Da muss ich dankend ablehnen.«

»Dann erzähl mir irgendwas anderes. Am besten was, das ich noch nicht weiß«, sagte Arthur, in der sicheren Annahme, dass jetzt ein Monolog über die unglaublich tolle Wirkung von *Magic Mushrooms* folgen würde.

»Ich weiß nicht, ob du das wirklich willst. Die Beobachtung, die ich mit Leuten wie dir gemacht habe, ist, dass sie immer nur dann mehr wissen wollen, wenn ihnen das Wissen gefällt. Aber meines wird dir nicht gefallen.«

»Komm schon. Gib mir eine Chance. Ich bin tatsächlich mit der Absicht gekommen zu lernen.« Arthur lächelte schief.

»Okay«, sagte Jesus. »Du musst dir selbst vergeben.«

Überrascht dachte Arthur kurz nach.

»Ich weiß, dass ich das müsste. Ich will es aber nicht.«

»Ich habe doch gesagt: Leuten wie dir ist nicht zu helfen.«

»Okay, okay. Warte. Ich war zwar nicht offen, aber du hast mir auch nichts Neues erzählt.«

Auf einmal wurde Arthur müde. Der andere sah ihn erwartungsvoll an. Etwas in ihm entschied sich, einfach drauf zu scheißen. Ein gutes Zeichen. Was könnte es schon schaden, einfach zu reden.

»Ich kann mir nicht vergeben ...«, fing er langsam an, »weil schon zu viel Schuld mein Gewissen belastet. Mehr Schuld, als ein Mensch vertragen könnte. Ich habe es in jungen Jahren geschafft, ein alter Sünder zu werden.«

Sein Gegenüber lächelte.

»Die Vergangenheit belastet viele. Aber sie existiert nicht; nur die Erinnerung an sie. Es ist dein Verstand, der dir einredet, es sei anders. Er ist darauf ausgelegt, Probleme zu lösen, auch wenn das bedeutet, dass er erst welche erschaffen muss. Das kommt aus der Steinzeit. Die Menschen mussten immer auf der Lauer sein. Gefahr drohte überall. Das Gehirn hat sich in 200.000 Jahren daran gewöhnt, dir Dinge vorzuhalten, aber sie sind eine Illusion. Du kannst sie einfach loslassen. Die Identifikation mit den eigenen Gedanken ist ein Fehler. Du bist nur ein Sein, das herumspaziert. Der Evolutionsprozess hat dir Gedanken verpasst, damit du besser überlebst, aber wenn du nicht in Lebensgefahr bist, dann lass sie los.«

»Mein Gehirn ist fucking Sin City. Ich kann da überhaupt nichts loslassen. Alles dreht sich darum, was ich getan habe. Ich stelle mich meinen Sünden, aber das heißt nicht, dass sie einfach verschwinden können, denn sie sind real, auch wenn die Zeit, in der sie passiert sind, es nicht mehr ist. Und ich bin die Anzahl dieser Sünden. Sie sind mein Leben, meine Persönlichkeit.«

»Du bist nicht das, was du getan hast; du bist das, was du jetzt tust.«

»Hat dir schon mal jemand den Tipp gegeben, dass es fast unmöglich ist, Sartre zu zitieren, ohne megamoralisierend zu klingen?«

»Ja, aber das ist lange her. Danke für die Auffrischung. Ich war noch nicht fertig. Du entscheidest jetzt, welchen deiner ‚Sünden‘ du wie viel Bedeutung beimisst. Es sind vielleicht Dinge passiert, aber du entscheidest, wie viel Bedeutung du ihnen gibst.«

»Adler hatte unrecht. Ein Idealist, wie er im Bilderbuch steht. Wie viel Bedeutung ich irgendwelchen Sachen gebe, wird auch durch meine Erfahrung beeinflusst. Man kann Ursache und Wirkung nicht völlig vernachlässigen. Das wäre unwissenschaftlich.«

»Aber in diesem Moment bist du die Ursache für eine Wirkung, die in der Zukunft liegt.«

»Aber in diesem Moment werden auch noch weitere Ursachen die in der Zukunft liegende Wirkung beeinflussen, die ich aber nicht beeinflussen kann.«

»Die liegen aber weder in deiner Verantwortung noch in deiner Schuld.«

»Aber alles, was ich getan habe, daran bin ich schuld.«

»Das würde ich auch sagen. Aber ist dir schon mal der Gedanke gekommen, dass du nicht mehr dieselbe Person bist, die in der Vergangenheit gehandelt hat? Du hast dich verändert. Und zwar durch das, was du getan hast. Du kannst sagen: ‚Ja, ich wollte es so damals.‘ Das ist gesund. Du übernimmst Verantwortung. Aber sobald du merkst, dass du es jetzt nicht mehr tun würdest, hast du dich verändert. Dann hat es keinen Sinn, dir die Schuld zu geben, denn du bist jemand anders.«

»Du hast recht. Alles, was du sagst, ergibt Sinn. Aber in der Theorie ist es meistens einfacher als in der Praxis. Vielleicht habe ich mich verändert. Aber es fühlt sich so an, als hätte ich alles vor langer Zeit entschieden; seitdem ist alles vorherbestimmt. Das ist jetzt schon eine Ewigkeit her.«

»In der Ewigkeit gibt es keine Zeit. Du wirst dort nur Erlösung finden. Die du ja willst. Also würde ich dir raten, schnellstmöglich dorthin zu gelangen.«

»Und wie mache ich das? Selbstmord?«

»Es gibt kein Rezept. Das Einzige, was ich dir empfehlen kann, ist, dein eigenes Rezept zu schreiben.«

»Das erinnert mich an eine John-Strelecky-Feelgood-Scheiße. Weißt du, wie viele Selbsthilfebücher ich gelesen habe? Durch wie viel Bullshit ich mich durcharbeiten musste? Du bist der Autor deiner eigenen Geschichte. Ts. Ich würde sagen, du bist der Autor deiner eigenen Tragödie: Du kannst alles selbst entscheiden und es wird trotzdem scheiße. Oder sogar deswegen. Tragisches Dilemma. Vielleicht brauchen wir den Determinismus oder einen Gott, einen *Jesus*, der uns führt. Aber die gibt es nicht. Es gibt nur ein riesiges Nichts. Kein Oben, kein Unten. Keinen Anfang und kein Ende. Aber unendlich groß. Zu allem Überfluss sind wir auch noch nichts. Weniger als Zufall, weil wir den Zufall erfunden haben. Und so verdammt viel weniger, als wir zu sein glauben. Am Anfang und am Ende wartet auf uns alle das Gleiche. Nichts. Egal, auf welche Art und Weise wir versucht haben, den Raum dazwischen mit Bedeutung zu füllen. Lieber Unglück als ein falsches Paradies? Wir sind doch so oder so unglücklich. Ich erinnere mich gern an das falsche Paradies. Als ich noch nicht so viel wusste, dass es wieder zu nichts wurde. Als mein Leben noch bedeutungsvoll und glücklich war. Jetzt habe ich weder das eine noch das andere. Alles, was ich tue, ist denken, und es führt zu nichts. Nichts wartet immer am Ende. Ich bin der Autor meiner Tragödie, und dabei bleibe ich.«

»Das war dann jetzt das Wort zum Sonntag.«

Arthur musste lachen. Er wusste nicht, wie lange es her war, dass er dermaßen frei von der Seele gesprochen hatte. Irgendetwas hatte dieser Hippie an sich. Er hatte ihn in diesen Gefühlsausbruch gezwungen.

»Was ist dein Ziel hier?«, fragte Arthur den Hippie.

Der Hippie nickte. »Ich weiß vielleicht mehr, als du denkst. Ich will dir einfach nur helfen.«

»Was weißt du denn?«

»Auf jeden Fall, dass dein Ausbruch zumindest teilweise gespielt war. Niemand glaubt an nichts. Du gefällst dir einfach in der Rolle des Nihilisten. Willst lieber an das Nichts glauben, als nichts zu glauben. Eine Modeerscheinung dieser Generation.«

»Die Kinder haben alle Bedürfnisse erfüllt und haben ihre erste Midlife-Crisis mit 16, entscheiden dann, dass sie an nichts glauben, und alles ist erledigt. Ja, eine Modeerscheinung. Aber keiner ist wahrhaftig, denn jeder glaubt an etwas. Uns ist nur alles egal, das ist nicht dasselbe. Wahrhaftige Nihilisten glauben nicht an nichts, sie glauben an das Nichts.«

»Tust du das auch? Du bist wahrhaftig?«

»Nein. Ich glaube an etwas.«

»Du glaubst, für deine Schuld büßen zu müssen?«

Arthur hatte ein bisschen Angst. Es war lange her, dass er mit jemandem so offen geredet hatte. Ihm fiel es erst jetzt auf, aber sogar Leo und er versteckten sich hinter Masken, wenn auch hinter Masken aus Zuneigung. Dieser Hippie war entwaffnend ehrlich und erinnerte ihn mit dieser Eigenschaft an Leo, in ihrem ersten richtigen Gespräch.

»Nicht mehr«, sagte Arthur schließlich.

»Woran glaubst du jetzt?«

»Ist das hier eine Therapiestunde?«

»Ich dachte, du willst was Neues hören.«

»Ich glaube an Liebe. Jenseits von Gut und Böse.«

»Ich glaube auch an die Liebe, aber vermutlich nicht an die gleiche wie du. Ist dir bewusst, dass Liebe auch nur ein neuer Gott ist, den du so lange anbetest und der dir Hoffnung gibt, bis du auch diesen Glauben verlierst?«

»Ist mir egal. Dann war's das halt. Ich war eh schon zu lange hier.«

»Ich denke nicht, dass das passieren wird. Ich denke, du wirst dir immer neue Götter suchen, die dich am Leben halten, bis zu dem Tag, an dem du tatsächlich stirbst.«

»Oh, du bist Absurdist.«

»Jeder wird es irgendwann. Versprochen.«

»Absurdisten sind Nihilisten ohne Hoffnung.«

»Ich bin jemand, der weiß, dass er sich verändern wird, aber im Grunde genommen immer auf der Suche nach etwas sein wird, wofür es sich zu leben lohnt. Ich finde, das klingt optimistisch.«

»Aber das ist es nicht, weil du es nicht finden wirst. Es ist wie ein Hamsterrad. Ein Labyrinth ohne Ausgang. Ein Felsblock, der den Berg immer wieder herunterrollt.«

»Aber der Berg wird nicht derselbe sein und der Fels auch nicht. Solange ich im Hamsterrad bin, habe ich Spaß. Beenden kann ich es früher oder später immer noch, aber solange sich etwas verändert, weiß ich, dass es Hoffnung gibt.«

»Absurdisten ist das Hoffen verboten.«

»Ich bin kein Absurdist aus dem Lehrbuch. Ich meinte doch, du musst dein eigenes Rezept schreiben.«

»Veränderung ist also dein Jupiter?«

»Veränderung ist der einzige Gott, der immer bleiben wird. Etwas, worauf es sich zu hoffen lohnt, weil es immer eintreten wird. Du kannst akzeptieren, dass die Zeiten gut oder schlecht waren und dass sie es jetzt nicht mehr sind. Du weißt aber auch, dass sie wieder gut oder schlecht werden müssen. Sie ändern sich konstant. Kämpfe niemals gegen die Veränderung, denn sie wird immer gewinnen. Sie ist eine Naturkonstante. Den Rest lass einfach los.«

»Ich habe viele Namen für deinen Gott kennengelernt. Schicksal, Zeit, Chaos, Zufall. Im Endeffekt ist es alles das Gleiche, und es wird mir nicht helfen, weil es mich in meinem Handeln nicht direkt beeinflusst.«

»Aber es legt Richtlinien, die für dein Leben so oder so gelten. Nur wenn du dagegen ankämpfst, leidest du. Wenn du loslässt und akzeptierst, dann wird sich dein Blick auf die Dinge in einer so entscheidenden Weise verändern, dass du dich nie wieder an der Vergangenheit oder anderen unwichtigen Dingen aufhängst.«

»Ich hänge mich ausschließlich an wichtigen Dingen auf.«

»Das sagen sie alle.«

»Ich weiß.«

»Ich weiß, dass dir die Theorie nicht helfen wird. Sie tut es nie. Es geht um die Praxis. Man muss es selbst sehen.«

»Ich würde gerne, aber ich weiß nicht, wie. Das war schon immer das Problem.«

»Das erste Problem ist, dass du denkst, ich würde deinen Schmerz nicht kennen. Das stimmt. Aber ich weiß, was ihn auslöst. Du hast es mir erzählt.«

»Das wage ich zu bezweifeln ... Und ich werde es auch nicht tun. Das hier war wirklich interessant. Ich hatte lange kein so ehrliches Gespräch mehr. Aber es führt nirgendwohin. Es hat mich trotzdem gefreut, deine Bekanntschaft gemacht zu haben, aber wenn du mir nicht von deinem Penis erzählen willst, dann kannst du mir nicht helfen.«

Arthur stand auf.

»Du hast mir von deinen Schwestern erzählt.«

Arthur setzte sich wieder hin. Die Nachricht war eine Adrenalinspritze ins Herz; Uma Thurman in *Pulp Fiction*.

»Was?«, fragte er.

»Letztes Jahr. Du hattest eine Alkoholvergiftung. Ich bin Sanitäter, freiwillig. Du warst ein kotzendes und weinendes Stückchen Elend. Ich und ein Kollege waren hinten im Wagen. Du hast vor dich hin gebrabbelt. Immer das Gleiche.«

Jesus sah Arthur in die Augen, die sich langsam mit Tränen füllten. Noch nie hatte er mit jemandem über die beiden gesprochen. NOCH NIE! Er war völlig unvorbereitet. Veränderung, dachte er verbittert.

»Ich weiß, es ist grausam von mir, das so offen anzusprechen. Ein Therapiegespräch zu erzwingen. Das ist nicht meine Intention. Vertrau mir. Ich habe eine Lösung für dein Problem. Ich dachte es bereits letztes Jahr im Krankenwagen. Wir müssen nicht darüber reden. Aber als du dich hier hingesetzt hast, wusste ich, dass ich es dir sagen muss. Es wäre das Richtige.«

»Was ist deine Lösung?«, krächzte Arthur.

Der Hippie lächelte. »LSD.«

Da haben wir's, dachte Arthur. Trotz der völligen Neuartigkeit der Situation musste er schmunzeln. Jeder einzelne verdammte Hippie.

»Ich weiß, welchen Ruf LSD hat. Das meiste davon ist völliger Müll. Meinungsmache von Antidrogenkampagnen. Ich werde dir nicht mit Wissenschaft kommen, ich weiß, wie unpersönlich das wäre. Nach diesem Gespräch hier sind wir quitt.«

Er trank einen Schluck Wein. Arthur mochte auch keinen Wein.

»Als ich klein war«, fing Jesus an, »dachte ich, ich könnte niemanden mehr lieben als meine Eltern. Bis zu dem Tag, an dem sie mich nicht mehr liebten. Es waren kleine Veränderungen, und ich will dich nicht damit langweilen. In deinem Leben gibt es unzählige Ereignisse, die dich gegen deinen Willen formen und beeinflussen. Du hast eine Weltanschauung, die einer Brille gleicht. Nimmst du LSD, dann bist du in der Lage, diese Brille abzusetzen. Du wirst nicht mehr Arthur sein. Du bist wie die Fliege an der Wand, die dich beobachtet, aber nicht wertet. Diese Fliege kann dir sagen, was du tun musst, weil du erkennen wirst, was wirklich wichtig ist und was nicht. Sie holt dich vom Boden und setzt dich dort ab, wo du es möchtest. All die Theorie wird Sinn ergeben, wenn du sie nicht mit deinen Augen betrachtest. Du wirst es fühlen.«

Arthur überlegte. Er musste sich eingestehen, dass er nicht der Typ war, der LSD nahm, andererseits aber auch nicht wirklich etwas zu verlieren hatte. Der etwas schockierende Verlauf der Unterhaltung hatte bei ihm zu einer weiteren Scheiß-drauf-Einstellung geführt. Entweder dieser Hippie war einfach ein guter Drogendealer, oder er besaß tatsächlich die Weltformel.

»Ich brauche Zeit«, sagte Arthur, und es stimmte.

»Ich will dir kein Zeug verkaufen oder so. Ich forsche teils für meine Studienarbeit, teils aus privaten Gründen zu diesem Thema. Du wärst für mich eine Versuchsperson neben mir. Im Austausch wird sich dein Leben verändern. Ich verstehe, wenn du mehr Informationen brauchst. Gib mir deine Mailadresse und ich schick dir ein paar Dateien. Dann melde dich, falls du bereit bist.«

Arthur gab ihm seine Mailadresse. Jesus stand auf.

»Wenn das Weizenkorn nicht in die Erde fällt und stirbt, bleibt es allein; wenn es aber stirbt, bringt es reiche Frucht. Auf ein baldiges Wiedersehen, Arthur.«

»Mach's gut, Jesus, und sei vorsichtig; ich glaube, dieser Judas meint's nicht so gut mit dir.«

Jesus nickte und ging. Es gab immer noch Leute, die dachten, Namenswitze wären originell. Er könnte es schaffen, diese verlorene Seele zu retten. Er war zuversichtlich. Er sollte bald erfahren, dass die junge, hübsche Kommilitonin in dem Kurs, in dem er Tutor war, sich das Leben genommen hatte. Trotzdem sollte dieser Tag der bleiben, an dem er jemanden vor dem Fegefeuer bewahrt hatte, das der eigene Verstand bereiten konnte.

Arthur blieb allein zurück. Er grübelte vor sich hin. Eine Wahrheit hatte begonnen in ihm Gestalt anzunehmen und er wartete nur darauf, dass sie sich ihm vollständig enthüllte. Der junge Mann hatte viel Schlaues gesagt, aber Arthur wusste jetzt, dass er kein LSD nehmen würde. Allein der Gedanke schien ihm lächerlich. *Deus ex Machina*, dachte er. Das passte verflucht gut. Er verzieh sich die Abwägung nur, weil der Tag auf eine so anstrengende Weise vollkommen erfüllend gewesen war. Dringend musste er schlafen, er hatte es letzte Nacht viel zu wenig getan. Sein Leben lang hatte er es ohne die Hilfe einer Superdroge durch alle Schwierigkeiten geschafft, und sei sie noch so effektiv. Er bräuchte nur sich selbst. Er hatte es immer allein geschafft. Er würde es auch weiterhin allein schaffen, aber das musste er nicht. Der Gedanke an Leonora nahm ihm das letzte bisschen Gewicht von den Schultern. Er wusste, dass er es allein schaffen würde, aber das musste er ja gar nicht.

»Das war der letzte Tag deines alten Lebens«, sagte er zu sich selbst.

Morgen würde die Welt anders aussehen und das ohne die Hilfe einer Droge. Er würde Leo morgen sehen und alles wäre vorüber. Dann würde er es ihr erzählen, sobald sich die Gelegenheit böte. Er würde mit Sicherheit keine Euphorie zerstören. Im Grunde genommen konnte die Geschichte warten, auch wenn er dank Jesus gelernt hatte, wie wichtig es war, sie zu erzählen. Immerhin konnte er das mit Sicherheit aus dem Gespräch mitnehmen, dachte er. Das Notizbuch von Leonora war immer noch leer. Egal, er würde ihr genug von Partys aus den alten Zeiten erzählen können, die jetzt endgültig vorbei waren. Er hatte vielleicht Jesus getroffen, aber sie war ein Mensch und ihre Vergänglichkeit würde immer mehr wert sein, als es die Unsterblichkeit je sein könnte, und er würde sie beschützen vor einer Welt, für die sie beide nicht gemacht waren.

ZWISCHENSPIEL:

AUS DEM LEBEN EINES TAUGE-
NICHTS ODER: JACQUES' NOTIZBUCH

Geschichtsidee → *Kelvin*

*Erklärung: Kelvin = – 273,15 Grad Celsius, also eiskalt, wie seine Persön-
lichkeit, wegen Nihilismus (Easter Egg)*

*-überdauert mich, macht mein Opfer irrelevant, weil sich alle an mich er-
innern werden*

-bringt Herde Nietzsches Philosophie bei, Züchtung zum Übermenschen

*Unterricht, Pause, Unterricht, Pause, Unterricht, Pause, Unterricht, Schluss,
Hausaufgaben, Pause, Lernen, zu wenig Schlafen, Montag, Dienstag, Mitt-
woch, Donnerstag, Freitag, Pause, Januar, Februar, März, April, Mai, Juni,
Juli, August, September, Oktober, November, Dezember, Pause, 1, 2, 3, 4, 5,
6, 7, 8, 9, 10, 11, 12* → *Wo habe ich mich verloren? Irgendwo in diesem Labyrinth müsste ich zu finden sein. Mit Sicherheit.*

Begeisterung, Werte, Gesellschaft → *Abstumpfung* → *Nihilismus, neue
Werte, Kind* → *absurd, Ende*

*Ende: so oder so, obwohl die Auswahl zwischen vielen Türen erscheint, ist
am Ende in einer Halle, in die alle Türen führen, mit allen in einer Masse,
nachdem er gedacht hatte, wie absurd alles ist, wie die Leute die Absurdität der
Schule mit 9-to-5-Jobs ersetzen und abstumpfen, durch Komfort und Konsum
(letzte Menschen), erkennt alles, ein Felsbrocken rollt wieder hinab, überrollt
Menge von Menschen, doch niemand schaut auf, gewohnte Absurdität, alle sind
zu beschäftigt, er kann nichts dagegen tun, kann nicht helfen, fügt sich und ist
unzufrieden, am Ende der Halle öffnet sich eine Tür. Ich verstehe nicht mehr,
was es bedeutet, ich habe Angst, ich wache auf, ich bin immer noch in der Halle,*

*-sie mögen zwar alle bunt sein in ihren Absichten und Beweggründen, aber
vermischt man diese Farben mit der Buntheit oberflächlichen Entertain-
ments, kommt doch nur Braun heraus, eine große braune Masse, die sich in
dieselbe Richtung bewegt, nirgendwohin, und ich nur Teil dieser Masse, ich
hatte mal geleuchtet, von innen heraus, aber mein Stern ist erloschen, mein
Chaos verschwunden, ich konnte mich nicht erinnern, wie es war, als ich es
noch hatte, oder wie ich war. Ich wusste nur, dass das alles irgendwie meine*

Schuld war, ich hatte ein Ziel, hatte es aber vergessen. Erstmal musste ich die anderen überzeugen, dass ich unschuldig war, dass auch sie ihr Chaos verloren hatten. (Vorher will er sie überzeugen, keine Herde mehr zu sein (bevor er die Halle betritt).) Welches Chaos? Wovon sprach ich überhaupt? Eigentlich war es hier doch gar nicht so schlecht. Könntest du es für immer wiederholen? Was war denn das? Nein, nicht so wichtig. Du bist schuld, und du trägst die Verantwortung. Diese Stimmen gehen mir allmählich auf die Nerven, was haben sie gesagt? Ich muss mich einfach von ihnen ablenken, wegrennen kann ich nicht, es gibt keinen Ausgang, nur Eingänge. Odysseus-Metapher, Lotus, Social Networks, eine Tür geht auf...

Ein Astronaut schwebt durch den Raum, aber es gibt nichts, was er tun könnte. Vielleicht will er gar nicht zurück nach unten. Nach hier. It's time to leave the capsule, if you dare.

Blutiger Macbeth-Dolch weist den Weg.

Das Licht stört mich, schließe die Tür, ich wache auf.

3 Moiren

-erkennt, dass es ein Traum ist/Illusion wie Schule, drauf reagiert das ganze System, doch es ändert nichts, Bürokratie

-geht nicht durch die gleichen Türen wie die Massen und wird vor der letzten Tür aufgehalten, um Spannung zu steigern, ein langweiliger Smalltalk, bis er allein durch die Tür geht

-selbstverständlich, dass man in die Schule geht, Zettel kommt, normal, nicht anzweifeln, natürlich

-normalerweise hört der Traum bei 3. auf und endet im Kronensaal

1. Normalzustand

-routiniert, glückliches kreatives, intelligentes Kind ohne Wettbewerb, Zulassung zerstört es, geht routiniert weiter, aber alles wird anders und nicht hinterfragt

2. Das Kamel

-Kelvin entdeckt klassisches Wertesystem der Schule, folgt den Werten, die es auf Beruf vorbereiten sollen, wird sehr gut darin, befolgt alles

3. Das Reich der Wüste

alles wird genau beschrieben, grau, sinnlos, Routine, ohne Freude, warum tue ich das, warum tun die anderen das? Bedrohlich, absurd, sinnlos, Pi, für nichts

4. Der Löwe

-stellt sich gegen alles und die Werte, wird im System verwickelt, komplizierte Bürokratie, alle anderen Herde, unfrei und sinnlos, (alle Bürokraten

sind Drache (du sollst)), alle sind verwirrt, warum er das System hinterfragt, er erkennt, dass er noch nichts tun kann, erst abschließen muss, für die anderen

5. Das Kind

-erlangt totale Willensfreiheit, fügt sich, will alles ändern, anders als die Herde, eigene Werte, geht zu einer anderen Tür, äußerst vertracktes Gebäude

6. Das Gespräch

-führt kurz vor der Tür sehr belangloses Gespräch, steigert Spannung, fragt die andere Person auf einmal, ob sie glücklich ist, sie antwortet: »Wir haben das Glück erfunden.« Und blinzelt. Geht durch die Tür in die Halle.

7. Die Halle

-Notizen

8. Kelvin wacht auf, immer mehr geplagt von seinen Träumen, verstört (muss nachvollziehbar sein, Leser müssen es wollen), plant Amoklauf, ohne rassistische Motive oder Ähnliches, nur Herde, wir erfahren nur Planung, ob er es schafft und flieht oder die Planung entdeckt wird und er flieht, muss geheim bleiben, der Leser muss es sich aber wünschen, der Terroranschlag findet statt, Bomben in Uni-Sälen und knallt, brutal beschrieben, gewählte Schüler ab, Liste vorher gemacht, wer definitiv kein Übermensch werden kann, kommt weg, Moral, Ideologien, vermittelt durch Liste, Leser muss es verstehen, danach nur noch Gründe, die dagegensprechen, Kirche anzünden und vor Gericht aussagen, es sei höchstens eine Störung der Totenruhe, weil es sich um Gottes Gruft handelt

Kelvin (unbearbeitete Version)

AUF DER SUCHE
NACH DEM VERLORENEN ICH

There must be some kind of way out of here
~Bob Dylan, All Along the Watchtower

(Aber stellen Sie sich vor, es sei die Hendrix-Version, die aus dem einfachen Grund besser ist, dass Ihre Ohren nicht von einer Mundharmonika vergewaltigt werden.)

Nur um das gleich zu Beginn klarzustellen, meine Wenigkeit ist nicht Jacques. Mir liegt nichts an dem Gedanken, mit einem desillusionierten Möchtegern-Philosophen verglichen zu werden, denn ich bin weitaus kompetenter. Sämtliche Spekulationen werden hiermit hoffentlich unterbunden, denn ich selbst werde die Frage beantworten, die sich ein jeder früher oder später in seinem Leben stellen wird. Wer bin ich? In seinem Album »the warm up pt.1« schreibt der Rapper DNA folgende Zeile: »*mittlerweile seh ich klar, wer ich bin und wer ich war*«.

Schön für ihn, wird sich mancher vielleicht denken, aber mich traf es tiefer. Ich erkannte, dass sich eigentlich alle Probleme des Menschen der heutigen Zeit darauf zurückführen lassen, dass er nicht weiß, wer er ist, und im extremeren Fall nicht einmal weiß, wer er gewesen ist.

Wer sich nicht kennt, der wird am Leben zugrunde gehen, denn er kann seinen Ansprüchen und Trieben, die im Grunde genommen seine gesamte Persönlichkeit ausmachen, nicht gerecht werden. Eine Tragödie. Aber keine seltene. Viel tragischer ist jedoch der Fall, wenn jemand sich kennt und trotzdem am Leben zugrunde geht. Dies werde ich Ihnen an meinem Beispiel sicherlich anschaulich demonstrieren können. Wer bin ich schon? Arrogant, überheblich, ein Klugscheißer? All das und noch vieles mehr, aber ich muss Sie bitten, auf die Beantwortung dieser Frage noch ein wenig zu warten. Um ehrlich zu sein, haben Sie ohnehin keine Wahl, denn ich werde das Gefragte einfach hintanstellen, ob Sie es wollen oder nicht. Wahrscheinlich ist es Ihnen egal, so wie Ihnen das meiste egal ist, aber das sollte es nicht. Ihnen sollte viel mehr wichtig sein, als Sie denken, und ich verrate Ihnen auch, warum. Weil Gleichgültigkeit der Tropfen Gift ist, der so tödlich ist wie ein Krebstumor. Im Grunde genommen, ist es ein Tumor und ich bin längst infiziert. Sie sollten dranbleiben, um sich zu retten, obwohl es dafür vermutlich schon zu spät ist. Eigentlich ist es immer schon zu spät. Es war schon zu spät, als Sie noch nicht geboren waren, und es war all die Äonen vorher bereits zu spät. Aber jetzt sind wir am spätesten dran; jetzt kann uns nichts mehr retten. Für Sie und mich, meine werten Leser, Leserinnen und alles dazwischen und außerhalb, wird es keine Erlösung geben. Wir gehören zu dem Volk, das an die Götzen glauben wird, wenn die drei Engel in ihre Hörner blasen. Wir nennen die Götzen Wissenschaft, Vernunft und Humanismus, doch das sind nur Schleier, die verstecken wollen, dass wir neue Götter anbeten, aber im Inneren gottlos geworden sind, und die Reiter werden bald erscheinen und uns dafür bestrafen. Willkommen in Babylon. Der Wind heult bereits.

Bevor wir uns so sicher waren, dass wir uns selbst als Götter krönten; bevor wir Babylon bevölkert haben, waren wir nur Menschen, aber das war schon zu viel. Eine Spezies, die einst Urschleim war, und dennoch dachten wir, wir besäßen mehr Würde als der Regenwurm. Zufall und Fehler hießen unsere Schöpfer, doch wir rühmen uns einer höheren Bestimmung. Ein Vakuum von einer Größe, die sich unser beschränktes Hirn nicht vorstellen kann, und alle Spielsteine am richtigen Platz (wie richtig, wissen wir noch nicht einmal), und der Mensch entstand, unwissend. Was für ein Segen.

Es kommt der Punkt in jedem Leben eines vernunftbegabten Wesens, wo es sich diese Unwissenheit zurückwünscht. Ab diesem Punkt beginnt dessen langsamer, schmerzvoller Verfall und es kommt der nächste Punkt, an dem es diesen Verfall will; an dem es zu dem Staub zerfallen will, aus dem es geschaffen wurde. Zu dem Staub, von dem eine Handvoll es nicht mehr ängstigen könnte. Im Gegenteil, sie zieht es an wie ein Magnet und scheint ihm zuzuflüstern, dass es kommen solle. Das Leben wird zum Kampf und das Flüstern zum Schrei, bis wir eines Tages nachgeben, aber dort sind wir noch nicht. Wir sind gerade erst bei der Entstehung. Spulen wir etwas vor.

Eine riesiger Dominoeffekt wurde ausgelöst, so unwahrscheinlich wie ein Japanisch sprechendes Krokodil, der immer weitere, unwahrscheinlichere Dominoeffekte nach sich zog, von denen fast alle im Sand verliefen, bis schließlich wir dastanden, und wir nahmen einfach nur wahr. Unser Gehirn war leer, ein unbeschriebenes Blatt; wir waren im Garten Eden. Natürlich konnte dieses Glück nicht lange anhalten, denn durch einen perfiden

Mechanismus lernten wir, zu erkennen. Das leere Blatt füllte sich mit Erfahrung, welche sich transformierte, bis ein Bewusstsein entstand. Der erste große Fehler, welcher zur Umkehrung des Dominoeffekts führen sollte. Lange Zeit später, in der Endzeit, sollten wir alle anderen Reihen ausgelöscht haben, und unsere letzten Steinchen fielen schneller, als wir sie darum bitten konnten. Das konnten wir nicht wissen und wir konnten auch nichts dafür, so wie nie jemand Schuld haben will, denn am Anfang folgten wir nur unserer Meisterin, der Evolution. Reproduktion und Überleben waren unser Ur-Code, und was wurden wir gut darin, sobald uns die Erfahrung zu viel Verantwortung mit ihrem Geschenk des Bewusstseins übertrug. Man könnte sagen, sie übertrug uns alle Verantwortung, denn von nun an sollten wir uns selbst entwerfen. Ein Werkzeug, ja ein Meisterstück kam zum falschen Einsatz. Wir erkannten immer nur genauso viel, wie wir erkennen mussten, denn unser einziger Zweck war das Überleben. Leider konnten wir mit dieser niederschmetternden Wahrheit nicht umgehen und können es bis heute nicht. Wir brauchten nicht nur genug, wir brauchten alles. Falls alles eine Täuschung ist, ist es eine, die zum Überleben ausreicht, Simulation hin oder her; aber nicht mit uns. Nein, wir hatten die Wahrheit gefunden, denn sie war in sich schlüssig, da sie aus einem System bestand, das wir uns völlig ausgedacht hatten wie die Mathematik. Wir hatten die Sprache.

Bis heute hat sich dieses System bewährt und ist das, welches der Wahrheit am nächsten kommt, ohne ihr nahe zu sein, aber damals ermöglichte es den nächsten großen Fehler: das Ich.

Ein Bewusstsein über Triebe und Impulse konnte unmöglich ein Werkzeug sein, es musste heißen, dass man irgendwie besonders ist; es musste heißen, dass man jemand war. Die Geburtsstunde des Stolzes war erreicht. Die erste Todsünde ward erschaffen, durch unsere vom Zufall zerfressene Arroganz. Jetzt ließ es sich schon mal besser leben, aber da waren immer noch akute Probleme, wie zum Beispiel, dass sich jetzt alle besonders fanden, all die Affen.

Nicht nur musste eine Begründung für diese natürliche Überlegenheit her, sondern auch Regeln fürs Zusammenleben und für die Hierarchie. Denn wenn ich so besonders bin, wieso sollte ich nicht alles tun dürfen, was ich will? Diese Affen waren schon ein paar kreative Köpfchen, denn sie haben die Lösung gefunden, die alle Fragen beantwortete, einen Gott. Keine Verantwortung für die eigenen Taten, eine Erklärung für die eigene Perfektion und Überlegenheit, einen Sinn, Moral und eine Ordnung. Plötzlich schien alles möglich. Konditionierung und Selbstverliebtheit steigerten diesen Trend, bis er wahrlich groteske Formen annahm. So grotesk, dass Menschen für diese Idee sterben mussten und es sogar wollten, wo sie im Grunde genommen doch menschenverachtend war. Diese Menschen waren nicht sie selbst, folglich hatten sie eine Menge Probleme. Woher ich das weiß? Werfen wir doch einfach gemeinsam einen Blick auf diese primitiven Viecher. Streichen wir fürs Erste das Gedankenvirus Gott und legen nur den bewussten Menschen auf unseren Seziertisch.

Ein Ich, das sich über seine Taten bewusst ist, trägt logischerweise auch die Verantwortung dafür. Aber es geht noch weiter. Ein Ich, das sich in der Gegenwart über seine kommenden Taten bewusst ist und darüber, welchen Einfluss sie haben werden, einfach dadurch, dass es sich in der unangenehmen Lage befindet, zu denken, ist auch schuld an allem, was es tun wird. Nach dieser einwandfreien Logik ist es auch schuld an allem, was es bereits getan hat, da es immer in der Gegenwart handelte. Ärgerlicherweise mögen wir diese Schuld überhaupt nicht, weshalb wir die Moral erfunden haben, die dieses lästige Problem löst. Da aber auch sie ursprünglich von der Gottesidee kam, müssen wir sie vorerst beiseitelegen, denn wir betrachten den Menschen, wie er ist, und nicht, wie er zu sein glaubt. Wenn er meint, er habe die Folgen nicht bedacht und sei deshalb nicht schuldig, ist das eine Lüge gegenüber sich selbst, nämlich das, was Sartre *mauvaise foi* nannte. Im Grunde genommen, ist Gott ein ziemlich übersteigertes Beispiel von *mauvaise foi*, aber es ist immer noch nicht Gottes *time to shine*. Gott wird da beipflichten, denn er muss am besten wissen, dass alles seine Zeit hat.

Auch ein beliebiges Hindernis, der bei Sartre so genannte Widrigkeitskoeffizient, ist kein Argument gegen die totale Freiheit und damit gegen die volle Schuld und Verantwortung. Warum? Denn ein Hindernis wird erst zu einem Hindernis, sobald man sich für einen Weg entschieden hat. Ich bin im Gefängnis und will die Zelle verlassen? Entscheide ich mich für den Versuch, die Tür zu öffnen, wird das Schloss ein Hindernis darstellen, aber erst nachdem ich mich mit voller Willensfreiheit dazu entschieden habe, diesen Weg als möglichen einzuschlagen. Die Entscheidung geschah völlig frei und ohne Hindernis. Der Wille, also auch die Freiheit, geht aber jeder Handlung voraus; der Mensch ist also nicht nur zur Freiheit, sondern auch zur Schuld verurteilt. Folglich ist alles, was er in einem anderen Namen tut als in seinem eigenen, unehrlich. Sei es Gott oder Wissenschaft, die Entscheidung, daran zu glauben, liegt beim Individuum selbst und ist eine Lüge. Der Mensch ist damit nicht er selbst.

Die Lösung für dieses Problem lag, wie bereits zuvor erwähnt, in der Moral, denn sie sollte eine Richtlinie geben, auf die sich, trotz Freiheit, alle einigen konnten.

Jetzt kommen wir zu mir.

Verzweifelt von der Schuld, die auf mir lag, suchte auch ich nach der einen Moral. Ein Pilger auf einem sehr ausgetretenen Pfad. Ich kämpfte mich vorwärts, durch einen Dschungel aus falschen Versprechungen, bis ich schließlich am Ziel meiner Reise ankam. Ich hatte es endlich gefunden: den Ursprung, das Nichts. In einem wüsten Land, in dem der Mensch regierte, erkannte ich, dass diese Herrschaft auf nichts fußte. Jeder sah das, was er sehen wollte. Jeder glaubte das, was ihm half, durch den Tag und schließlich durch alle Tage zu kommen. Sie sind alle zu sehr verstrickt in ihre Reizstimulierung. Netflix, TikTok und Instagram. Pornhub, Bordelle und das Ehebett. Seitensprünge, Belästigungen und Vergewaltigungen. Zu verstrickt, um zu denken, geschweige denn an eine Schuldfrage. Sie werden am Leben gehalten, aber sie leben nicht. Wie die Sterbenden, die ein künstliches Leben, verlängert durch die Kettung an eine Maschine, erdulden, erdulden sie die Spanne zwischen Geburt und Tod. Die Maschine wird sie nicht mehr lange am Leben halten. Glauben Sie mir, ich weiß, wovon ich spreche. Meine Maschine hat einen Defekt, und zwar einen beachtlichen. Geschaffen, um am Leben zu halten und Leben zu erschaffen, verlangt sie nun nach dem Gegenteil. Was macht das schon? Natürlich habe ich solchen Impulsen nicht nachgegeben. Die Welt war mir zu wichtig, auch wenn ich es ihr nicht war.

Zwangsläufig stieß ich auf die Erkenntnis, dass alles erlaubt sei, wenn die Dinge, die die Welt im Innersten zusammenhielten, nur Zufall, Zufall und nochmal Zufall waren. Ich war bei Gott nicht der Erste, aber ich sollte erkennen, dass der Glaube, dass alles erlaubt sei, auch nur ein weiterer Gott war. Ein weiterer Götze in dem Ozean von Götzen, die das Weltmeer des Glaubens bilden. Aber ich weigerte mich. An irgendetwas muss man glauben, sonst geht man am Leben zugrunde. Wer an nichts glaubt, der verliert den Glauben an sich selbst, das wusste schon Nietzsche. Aber wieso sollte ich eine Lüge glauben, in dem Wissen, dass ich eines Tages eine weitere Lüge glauben würde, so lange, bis die Lügen ihre Berufung erfüllt hätten, mich zu begleiten, solange es ging? Im Mühlstein der Zeit würden alle Götzen zu Staub zermahlen, so wie wir auch, und genau das zeigt, was wir sind: Staub, dessen funkelnde Vorbilder aus dem gleichen Material gemacht wurden, aus dem wir bestehen. Eine Zeit lang glaubte ich, ich hätte den Ausweg aus diesem Dilemma gefunden. Hat uns das Bewusstsein einst verdammt, so stellte es nun die einzige Lösung dar, denn mit dem Bewusstsein kam etwas, was nicht vollständig der Natur unterworfen war: die Liebe.

Wer sich vor der Verantwortung fürchtete, dem antwortete ich mit Nietzsches Aphorismus:

»Was aus Liebe getan wird, geschieht immer jenseits von Gut und Böse.«

Abgesehen von dem sehr schönen Satz an sich, ist eine weitumfassende moralische Interpretation dahinter möglich, denn handeln wir aus Liebe, so ist uns jede weitere Form von Moral egal. Liebe ist uns wichtig genug, sie über die Moral zu stellen, und wir fühlen uns trotzdem gut. So könnte es immer sein, wenn wir unser persönliches, subjektives Empfinden über Moral stellen. Jeder würde ungern die Entscheidung über Menschenleben treffen, aber nur, solange keine geliebte Person von der Entscheidung abhängt. Um jemanden zu retten, den wir lieben, würden wir alles tun und auf alles Weitere scheißen. Es gibt nur einen Punkt, der dagegenspricht:

Nothing lasts forever and we both know hearts can change.

Nichts hält ewig, Novemberregen hin oder her. Auf Liebe lässt sich keine Moral gründen, aber es gibt ein weiteres Geschenk des Bewusstseins, das ganz und gar nicht der Natur unterworfen ist.

Die Rede ist vom Witz. Wie der Sinn oder ein Gott ist der Witz etwas Menschengemachtes, aber im Gegensatz zu den anderen beiden existiert er tatsächlich. Marc Uwe Kling hat diese Kategorien in meinen Augen ganz besonders geprägt, weshalb wir diese Form der Moral den Kling'schen Imperativ nennen wollen. »Handle nur nach derjenigen Maxime, die zugleich witzig ist.«

Witzig = moralisch. Unwitzig = unmoralisch. Es kann so einfach sein. Auch ein weiteres Problem ließe sich mit diesem Ansatz lösen: die Frage, wie die Menschen zusammenleben sollten, wenn es nichts gab, auf das sie ihre Grundsteine hätten legen können. Nicht die Demokratie, die die dumme Masse ermächtigt, sondern die dauerhafte Rebellion des Witzes.

Als Anarchist war ich immer der Meinung, man könne nur fernab von jeder Staatsform frei sein und somit seiner Natur nachkommen. Das unendliche Chaos der Natur würde alle Probleme lösen. Überbevölkerung, Klimawandel und Krieg. Das Problem ist, dass es nicht ausreichen würde, eine Anarchie zu haben. Die ganze Welt müsste dieser Gattung angehören, nur dann könnte es funktionieren. Die globalisierte Welt ist eine Welt. Der Mensch entwirft nicht nur sich selbst, sondern alle Menschen; er ist nicht nur schuld an dem, was er tut, sondern an dem, was alle Menschen tun.

Die meisten globalisierten Wichser hätten aber gar keine Lust auf diese Art des Naturdaseins, da sie all ihre Privilegien verlieren würden. Die Umsetzung wird also schwer. Jetzt könnte man natürlich einwenden, man müsse bloß alle schlechten Menschen töten und die Anarchie wäre wieder möglich, und ich wäre definitiv nicht abgeneigt. Doch indem sie schlechte Menschen töten, würden die handelnden Menschen ebenfalls schlecht werden und müssten Harakiri begehen (oder Selbstmord nach Wahl, aber sinngemäß, um ihre Ehre wiederherzustellen). Dann wären sie wieder gute Menschen und hätten den Beweis dafür geliefert, dass es so etwas gibt. Dies stände sogar im Einklang mit der Natur, da es sich um eine Art der Selektion handelt, wenn Tiere die Schwächeren umbringen, um auf lange Sicht den guten Menschen überleben zu lassen. Jetzt kann man hier wiederum einwenden, das hätte starke Züge von Sozialdarwinismus, allerdings ist die Absicht hier eine gute und keine rassistische. Sagte jeder Sozialdarwinist jemals. Wie dem auch sei ...

Leider ist das Ganze ziemlich realitätsfern, aus dem Grund, dass wir nicht die Ressourcen haben, um all die schlechten Menschen loszuwerden. Aber hey, wenn du dir das nächste Mal ein Shirt für 500 € kaufst, frag dich mal, ob du nicht lieber in eine Waffe investieren solltest, um ein klitzekleines bisschen Selbstjustiz zu begehen. Nach dieser Logik betrachtet, könntest du dein gesamtes Hab und Gut investieren, weil du es nach deinem Selbstmord (wahrscheinlich) eh nicht mehr benötigst. Wie gesagt, leider etwas realitätsfern, aber es gibt noch eine andere Alternative.

Dank der brillanten Erfindung der Atombombe besitzt der Mensch die Möglichkeit, sich selbst zu vernichten, weshalb er, aus der Evolution hervorgehend, vielleicht sowieso eines Tages auf Stöcke und Steine reduziert sein wird, wie schon Einstein warnte. Man kann hoffen, dass die Menschen blöd genug sind, sich selbst auszulöschen, um dieser ganzen Farce ein Ende zu machen, aber das ist dann vielleicht doch zu viel verlangt. Wie Jesus schon sagte: Wer ohne Lust zu leben sei, der werfe den ersten Atomsprengkopf. Die Opferbereitschaft der Menschen ist einfach viel zu gering.

Die zweitbeste Staatsform sei deshalb die Autokratie. Die Elite, die sich der unsagbar schweren Last des Seins bewusst ist, wird also ihren Schmerz im Hedonismus ertränken, während sich die Menschen in ihrem Leid immer

mehr distanzieren und isolieren. Die Macht wird dabei an einen Allein-
herrscher oder eine Gruppe von Herrschern gehen, die Souveräne, die einen
Leviathan bilden und in denen alle Gewalten zusammenfallen. Wie auch
jetzt unser unbegrenztes Wachstum im Kapitalismus auf die Ausbeutung
der Entwicklungsländer zurückzuführen ist (denn anders könnte es bei begrenzten Ressourcen kein unbegrenztes Wachstum geben), so wird es in dieser Staatsform darauf zurückzuführen sein, dass die Bevölkerung ausgebeutet
wird. Diese wird mit ihrem Überleben beschäftigt sein, weshalb sie gar keine
Zeit haben wird, sich mit Fragen nach Sinn, Glück, Moral, Identität oder der
richtigen Staatsform zu befassen, und nicht so unglücklich sein wird, wie wir
es sind. Die Menschen verspüren am meisten Verbundenheit in der Hölle,
nicht nur weil sie alle gleichermaßen leiden, sondern weil sie wissen, dass all
die anderen auch eine Schuld tragen. Himmel und Hölle sind folglich eins.
Nicht nur findet man sie auf der Erde, weil dort jeder Schuld trägt, sondern
auch im Verstand des Menschen, aber ich schweife ab.

Auch hier hätte die dumme Masse kein Mitspracherecht, auch hier ist es
eine Staatsform für alle, auch hier wäre der Mensch gut, weil er andernfalls
getötet würde. Seine Freiheit käme abhanden, aber sie hat ihm ohnehin nie
etwas genützt, da es nur nichts gibt, weshalb die Elite lieber den hedonisti-
schen Weg geht und sich ablenkt von ihrer Misere, um den Ekel gegen alles
abzutöten.

In einem letzten Funken törichter Hoffnung werden sie für ein Wunder
beten. Von hier aus kann es dann in zwei Richtungen weitergehen. Entweder die Menschen erfüllen Dostojewskis Traum von der allgemeinen
Vergebung und werden fortan friedlich leben, im Paradies auf Erden, in
dem es keine Schuld mehr gibt, und die Isolation wird enden. Aber wo
kämen wir denn da hin? Nachher gäbe es noch Weltfrieden, das wäre nicht
gut fürs Geschäft.

Andernfalls: Die Isolation wird stärker, und ein großes Ereignis (Atom-
krieg, Massenselbstmord aus Erkenntnis oder ein durch den Klimawandel
verursachtes Extremwetterereignis) wird der Menschheit ein Ende bereiten
und ihr damit Erlösung verschaffen, möglicherweise die Evolution neu starten und zu einer guten Version des Menschen im anarchistischen Natur-
zustand führen.

Zu schön, um wahr zu sein, denn die Menschen würden diese Autokratie
nie akzeptieren, da sie nicht akzeptieren wollen, dass jemand über sie entscheidet. Eine weitere Farce, da der Mensch sowieso nie selbst entscheidet,

sondern blind einem Trieb nach dem anderen folgt und sich niemals selbst entworfen hätte, zumindest nicht bewusst.

Merken Sie was? Es ist alles ein großer Witz. Wir leben einen Witz und warten auf die Pointe. Mit anderen Worten: Auf Kants zweite Frage weiß niemand eine Antwort; keiner weiß, was zu tun ist. Das ist es, was Arthur und ich meinen, wenn wir über das Nichts sprechen. Kein Halt, keine Richtung. Keine Moral, kein Staat, kein Ich. Eine einzige Verlorenheit und Zufall, Zufall, nichts als Zufall ... bis in alle Ewigkeit. Die einzige Handlungsoption, die keine Farce wäre, ist, die Farce zu akzeptieren und in ihr zu leben. Der Witz rettet uns alle. Nichts untergräbt Autorität so sehr wie das Lachen, das wusste schon Arendt, und man kann es mühelos auf die Autorität des Nichts beziehen. Jeder hat seine Katharsis, der Witz ist meine. Am Marianengraben meiner Gefühle, als ich vollständig aufgehört hatte, die Dinge ernst zu nehmen, als mich die Tragödie völlig ergriffen hatte, erkannte ich die Komödie. Alles hatte ich falsch herum betrachtet. Ich war nicht ganz unten, ich war ganz oben. Von dort richtete ich über die Welt und ich richtete sie nach zwei Kategorien: witzig oder nicht witzig.

Ein durch Zufall entstandenes Spiel muss allein auf Grund der Ironie des Schicksals schon eine Komödie sein, wenn auch eine schwarze. Wie kläglich die Rolle auch sein mag, die man darin zu spielen hat, am Ende ist es nur eine Rolle und man kann bei seiner Performance den gleichen Spaß haben, den ein Schauspieler auf der Bühne verspürt, zumindest in der Theorie. *All the world's a stage.*

Deswegen ist es jetzt an der Zeit, mich vorzustellen. Wer bin ich? Ein gefallener Engel, weil ich der kantischen, reinen Vernunft entsagt habe? Ein einsamer Revolutionär ohne Kontakt zur Wirklichkeit? Ein prätentiöses Arschloch? Wahrlich, wahrlich, ich sage euch: Ich bin all das, aber vor allem bin ich ein Narr.

Der Narr, weil er Künstler ist und die Kunst die Droge ist, die wir brauchen, um nicht an der Wahrheit zugrunde zu gehen.

Der Narr, weil er in seiner Profession langsam den Boden unter den Füßen und den Verstand verliert.

Der Narr, weil er die giftige Trauer hinter einer fröhlichen Maske verbirgt und die Welt zum Lachen bringt, weil er die Welt lachhaft findet.

Der Narr, der so viel Ernst erlebt hat, dass mittlerweile alles eine einzige graue Masse ist, die sein Publikum darstellt.

Der Narr, weil er wie bei Shakespeare zwischen Handlung und Publikum vermittelt, und ja, ich habe das nur verraten, um zu demonstrieren, wie hintergründig meine Maske ist.

Aber vor allem: der Narr, weil er sich selbst eine Show spielt, sich aktiv etwas vormacht und hofft, es irgendwann selbst zu glauben.

So schlau zu sein, alles zu durchschauen. So fürsorglich zu sein, alle zu warnen. So verletzt zu sein, dass niemand zuhört. Sich zu fragen, ob man selbst auf sich hören sollte.

Wer viel richten will, muss auch gerichtet werden können, aber damit habe ich kein Problem. Der Hochmut, der vor dem Fall kommt, ist mein dauerhafter Begleiter und ich falle seit Jahren.

Nachdem ich vom Apfel der Erkenntnis gekostet hatte, musste ich mich selbst aus dem Paradies vertreiben, nur um an einer Krankheit zu sterben, die euch allen so lächerlich scheint. Das Leben nicht mehr ernst nehmen zu können, ist ein perverser Dämon, der dir die Hoffnung nach und nach entzieht wie ein Parasit.

Jetzt ist es zu spät, ihn loszuwerden, denn im Grunde genommen ist sein Name Reflexion. Ich bin zu reflektiert, um mich jetzt noch zu ändern. Ich habe mich auf dieses Selbst eingependelt, und sämtliche Versuche einer Änderung werden weganalysiert, so wie mich die Analyse von allem und jedem langsam in den Wahnsinn treibt. Unwissenheit ist der eine Segen, den uns das Bewusstsein genommen hat, und genau hier schließt sich der Kreis.

Das ist auch der Grund, warum ich mich zu Lisa immer am meisten hingezogen gefühlt habe. Das Gefühl, dass der Lebenswille gegen dich arbeitet, verstehen nur die Menschen, die es bereits erlebt oder besser gesagt: erlitten haben. Jonas Zustand der Unwissenheit im Angesicht eines bedeutungslosen Lebens, Arthurs dauerhafter Kampf mit sich selbst, auch das habe ich verstanden, sogar ziemlich gut. Aber mein größtes Verständnis gebührt Lisa, denn sie hat etwas gefühlt, das nur wir beide kennen, und deswegen sind wir allein.

Ich habe mal ein Gedicht darüber verfasst und hätte es nun zum Besten gegeben, da Ihnen keine andere Wahl geblieben wäre, als es zu lesen, aber es war nicht besonders gut.

Als ich es schrieb, saß ich einfach nur da und ließ alles los, eins nach dem anderen, und wartete auf den Tod. Der Tod ist das letzte große Loslassen, weshalb das Nirwana die vollkommene Erlösung darstellt. Aber ich habe nicht wirklich losgelassen, weil dann nichts mehr witzig sein könnte. Machen Sie mir bitte keine Vorwürfe, jeder gesunde Mensch hat Selbstmordgedanken, und noch kämpfe ich ja. Noch kämpfe ich.

Als einzig verständiger Schüler werde ich an Gottes Totenbett erscheinen, wie es Hegels Schüler an dessen Totenbett tat, und ich werde ihm ins Gesicht lachen, und er wird sehen, dass ich seinen großen Witz verstanden habe, woraufhin er in Frieden abtreten kann. Bis dahin muss ich nur auf den Dieb warten, der die Endzeit ankündigt, sobald er auf mich trifft. Ich sollte es also besser schaffen, bis dahin zu überleben.

Trotz der offenkundigen Sinnlosigkeit des Unterfangens strebe ich nun auch nach Unsterblichkeit. Die Droge, die meine Rettung hätte sein sollen, hat mich süchtig gemacht und fordert nun Tag für Tag ihren Tribut. Mein Name in *Neon Lights*. Ein Teil von mir denkt immer noch, das könnte ihn retten. Natürlich weiß ich es besser. Ich weiß alles besser. Aber sei es ihm gegönnt, die Hoffnung wird ihn noch früh genug verlassen. Ich werde mich jetzt bis zum bitteren Ende zurückhalten. Hier ist ein Stück fast unverfälschte Kunst für Sie. Genießen Sie die Show.

DER ZWEITE TAG

LISAS LETZTER AUFTRITT

Wenn es eine Sache gab, die Aurora nicht ausstehen konnte, dann waren es Menschen, die mehr Aufmerksamkeit bekamen als sie selbst. Diese Tatsache war so charakteristisch für sie, dass sie sie sich selbst eingestand, allerdings ohne sich zusätzlich noch das Negative darin einzugestehen, denn das wäre nun wirklich zu viel des Guten.

Wenn es also etwas gab, das man an diesem Morgen nicht über Aurora sagen konnte, dann war es, dass sie Lisa ihre Aufmerksamkeit aus vollem Herzen gönnte. Für sie war die Sache klar. Jona hatte sie in ein finsteres Loch gezogen, hatte ihr ihre Freunde und ihre Freiheit genommen. Der einzige Weg für sie zu entkommen war dieser gewesen, denn nun war sie eine Heilige.

Aurora gönnte es aber nicht nur Lisa nicht, sie verachtete auch Jona und seine Eltern. Alle würden zu ihm hinströmen, ihn bemitleiden, er würde die beschissene Grabrede halten, und das alles, obwohl er schuld war. Er allein.

Er hatte sie in den Selbstmord getrieben, überlegte Aurora. Lisa hatte ihm alles gegeben, sie war ihm zu langweilig geworden, er hatte erkannt, dass er Besseres erreichen könnte, also hatte er sie in den Tod gegaslightet. Hatte er sie nicht immer manipuliert? Jetzt konnte er endlich im Mittelpunkt stehen; zudem würden alle Studentinnen auf ihn zukommen. Aurora hasste ihn. Sie hatte bereits mit ihrer Mutter über die Neils gelästert, die großkotzig genug gewesen waren, Lisas Eltern anzubieten, die Trauerfeier auf ihrem weitläufigen Anwesen stattfinden zu lassen.

Ihre Mutter meinte, dass Jonas Vater nur allen seinen Reichtum unter die Nase reiben wollte und die Einladung auch nur deshalb an die halbe Uni gerichtet war, die plötzlich alle Lisa zu kennen schienen.

Aber nein, keine Gerechtigkeit, denn auch sie würden bedauert werden. Aurora wusste, aus der Zeit, in der Lisa noch aktiv mit ihr geredet hatte, dass Jonas Eltern sie sehr unpassend für ihren Sohn gefunden hatten. Es war also alles eine große Freakshow, aber Aurora würde sich das nicht gefallen lassen. Sie wusste, wie sie den Teil der Aufmerksamkeit bekam, der ihr zustand. Die trauernde beste Freundin. Eine Rolle, die sie mit Leichtigkeit würde spielen können, viel leichter als Jona den trauernden Freund. Dann würden sie alle wieder angekrochen kommen und sie müsste sich nur noch einen Gentleman aussuchen, der sie über die nächste Nacht hinwegtrösten konnte.

Aurora war an diesem Tag der Entscheidung extra früh aufgestanden; sie schminkte sich seit drei Stunden. Im Gesicht hatte sie äußerst unschöne blaue Flecken, die sie behutsam überschminkte. Stark genug, dass sie nicht hässlich aussahen, aber nicht so stark, dass man sie nicht mehr erkennen konnte. Alle sollten sehen, dass nicht nur Lisa Probleme gehabt hatte.

Der Kiefer war nur ausgekugelt gewesen; der Arzt ihres Vertrauens hatte ihn mit einem unspektakulären Handgriff wieder eingerenkt. Arthur kam ihr seitdem dauerhaft in den Sinn, wenn er nicht gerade von Lisas Dreistigkeit überschattet wurde. Eine Anzeige war nicht genug für ihn, außerdem hatte er eine Zeugin, die wer weiß was aussagen könnte. Sie würde sein Leben zerstören, angefangen mit seiner Beziehung, über die sie sich inzwischen schlaugemacht hatte. Sie hatte sich noch nicht entschieden, ob sie es tun würde, indem sie Arthur in Leonoras Augen zerstörte oder andersherum. Danach könnten sie mal sehen, wer was für wen aussagen würde. Diese kleine, unscheinbare Heulsuse hatte kein Social Media, sie hatte sie noch nie auf irgendeiner Party gesehen, noch kannte irgendeine ihrer Freundinnen sie.

Danach käme Hep dran und nach und nach all diejenigen, die sie falsch behandelt hatten. Diese Leonora war zum Glück nicht eingeladen und Hep war es auch nicht. Aurora nahm an, dass keiner Leonora kannte und dass Jona sich gegen Hep ausgesprochen hatte. Um ehrlich zu sein, wunderte sie sich, wieso sie nach dieser Logik eingeladen war, aber wahrscheinlich durfte Jona sich nicht so manipulativ zeigen, wie er in Wirklichkeit war. Er musste wenigstens so tun, als ginge es an diesem Tag um Lisa und nicht nur um ihn.

Ich selbst muss eingestehen, dass Aurora, nachdem sie ihre Routine vollendet hatte, nicht wiederzuerkennen war und deswegen fast schon hübsch aussah. Ein enges Sport-Top, das ihr Fett zusammendrückte, darüber eine weit geöffnete Bluse mit wie ungewollt scheinendem Ausblick auf ihr Dekolleté und eine enge Stoffhose taten, was sie konnten. Doch das wirklich Beachtenswerte, das Kunstwerk, fing erst halsaufwärts an. Die Farben gingen so gekonnt ineinander über, dass es aussah, als sei ihr Hals ballerinadünn. Im Gesicht wirkte ein ähnlicher Effekt, kombiniert mit Mascara, die extra nicht tränenfest war. Die Haare fielen ihr in die Stirn. Sie war bereit.

Im größten Auto, das sie besaßen, saß sie mit ihrer Mutter auf der

Rückbank. Ihr Vater hatte nicht mitkommen wollen. Aurora hatte den Eindruck, er wäre schon seit einer Ewigkeit nicht mehr aus dem Haus gekommen. Sie sah ihn kaum noch. Ihre Mutter starrte aus dem Fenster. Alles, was zu retten war, hatten Designer und Schönheitschirurgen längst zu retten versucht. Vergeblich. Sie war schon angetrunken.

Aurora hatte sich vorerst zurückgehalten, wofür sie sich selbst ehrlich bewunderte. Der Entzug würde ihr helfen, den Kummer zu spielen, hatte sie überlegt. Zudem brauchte sie volle Kontrolle über sich selbst; dieser Tag war ein Entscheidungstag. Hätte man sie gefragt, welcher Tag ihr wichtiger wäre: dieser oder der des Jüngsten Gerichts, sie hätte, ohne zu zögern, das geantwortet, was inzwischen keinen von uns mehr überraschen würde.

Sie lehnte sich zurück in die Polster und schloss die Augen.

Das Auto surrte Richtung Friedhof.

Der Parkplatz war eine längst verlassene, flache Wasserstadt, durch deren Flussbett sich ein rauschend grünes Unkraut zog, welches nur an manchen Stellen geschnitten worden war. Auf der Stadt liefen Riesen, die sich bemühten, nichts Falsches zu tun, zu sagen oder zu denken. Alle Riesen trugen Schwarz und passten sich damit in ihrer Neutralität der Luft an, die für diesen besonderen Tag entschieden hatte, eine so angenehme Temperatur und Konsistenz anzunehmen, dass man meinen könnte, sie sei nicht wirklich dort und die Riesen bewegten sich in einem Vakuum. Dieses Vakuum war zeitlos; die gesamte Szenerie hingegen wirkte endzeitlich. Graue Wolken zogen über den sich scheinbar in die Unendlichkeit erstreckenden Friedhof hinweg. Er war so groß, dass sogar die Riesen wieder klein wirkten. Die Sonne würde nicht auftauchen, die Wolken würden das Größte bleiben und sie erinnerten in ihrer Geschlossenheit an ein Zelt, in dem sich der letzte Akt der Tragödie abspielen würde. Aus dem Boden um die Grabsteine spross Gras, und sein strahlendes Kryptonit ging sanft in den dunkelgrünen Ozean über, den die Baumkronen bildeten, deren Besitzer wie natürliche Wächter überall auf dem Friedhof verteilt standen. Leise Gespräche verloren sich in der omnipräsenten Stille, die sich wie ein Leichentuch über das Gelände gelegt hatte.

In einer schwarzen Limousine am Rande des Parkplatzes saß ein gequälter junger Mann, der sich in den vergangenen Tagen ein paar tödlichen Wahrheiten hatte stellen müssen und der dies auch noch weiter würde tun müssen. Sein Blick war auf eine wissende Art leer und er schaute auf die Aufgabe, die nun folgen würde. Er griff in die Innentasche seines Jacketts und zog ein kleines, bronzefarbenes Döschen ohne Aufdruck oder Aufschrift hervor.

Sein (zu diesem Zweck angeschaffter) Dealer hatte ihm für die letzten Tage eine ziemlich gute Mischung zusammengestellt; Jona war ihm dankbar. Jetzt würde er sie nicht nehmen können, zumindest das wäre er Lisa schuldig. Er drehte die Dose zwischen seinen Fingern und betrachtete sie dabei wie ein hypnotisierendes Mantra. Die letzten Tage waren für ihn wie ein langer, düsterer Trip vergangen. Er hatte nie an die heilsame Wirkung von Drogen auf das gemarterte Bewusstsein geglaubt, doch jetzt war er konvertiert. Dank des dauerhaften Downerkonsums hatte sich eine wohltuende Gefühllosigkeit in ihm breitgemacht und wich nun unwillig dem alles überschreienden Gefühl der Schuld. Schlaflose Nächte und veralbträumte Tage hatten ihn hierauf nicht vorbereiten können, obwohl sein Bewusstsein, das wahllos von einer Lisa-Erinnerung zur nächsten sprang, immer wieder zu diesem Moment zurückgekehrt war. Jona hatte sich nicht mehr in die Wohnung getraut, als könnte Lisa dort immer noch in der Badewanne liegen und ihn mit toten Augen anstarren.

Stattdessen war er wie ein Geist durch das Haus seiner Eltern gestreift. Hatte nur wenig gesprochen und sämtliche Erzählungen federweich gedämpft wahrgenommen. Hannah war vor ihm in Sicherheit gebracht worden; er wusste nicht, wo sie war oder wo sie sein könnte.

Was hatte er sich zusammenreißen müssen, um Jacques anzurufen. Niemals hätte Jona ihm den Triumph gegönnt, dass er recht behalten hatte. Trotzdem war es wichtig gewesen. Jacques erst hier zu treffen und das Risiko einer emotionalen Überbelastung drastisch zu erhöhen, das war es nicht wert. Obwohl er seine Hilfe bei der verdammten Rede nicht gebraucht hätte. Die Rede, die er gleich halten müsste, vor all diesen Leuten, denen er und Lisa scheißegal gewesen waren. Jetzt sah er auch aus wie ein Geist. Rote Augen mit tiefen Rändern und ein graues Gesicht, das farblich ausgesprochen gut zu den Grabsteinen passte. Die Haare nicht streng zurück, sondern locker und strubbelig.

Es war nicht selten vorgekommen, dass einer der Angestellten ihm eine Flasche Whiskey abgenommen hatte. Höchstwahrscheinlich im Auftrag seines Vaters. Er hatte nicht protestiert und sich stattdessen einfach in der Hausbar eine neue geholt. So ging es Stunde um Stunde, die Tage verschwammen und plötzlich war er hier und merkte, wie die Wirkung der Drogen nachließ. Wie bei einer Nahtoderfahrung waren seine Gedanken gerast und hatten ihm immer wieder seine Beziehung vorgespielt. Bis zu ihrem Ende.

Er wusste, dass es hier nicht um ihn ging. Wenn Lisa ihn jetzt beobachten könnte, dann hoffte Jona, dass sie nicht in der Lage wäre, seine Gedanken zu lesen. Sie war einfach weg. Zu oft ertappte er sich, wie er daran dachte, ihr einen Gedanken oder ein kurzes Erlebnis mitteilen zu wollen, als wäre sie ein amputiertes Körperteil und er empfände Phantomschmerzen. Was hatte er sich nur selbst belogen. Jetzt erlebte er mehr Wahrheit, als er ertragen konnte. Vielleicht hatte er es verdient, aber er wusste: Sie hatte es nicht.

Ja, er verdiente es. Er öffnete die Tür und trat hinaus. Der Gang eines Menschen, der selbst mehr tot als lebendig war. Wieso musste es so scheißkalt sein? Jona fragte sich, warum alle nur Anzüge trugen, wieso auch er nur einen Anzug trug. Am Rande seines Blickfeldes nahm er wahr, wie sich immer mehr Köpfe zu ihm umdrehten, als er durch das Chaos schritt. All das Grün vermittelte eine Hoffnung, die in Wirklichkeit nicht da war. Am Rande seines Hörfeldes nahm er wahr, wie es stiller wurde.

Er hatte sie nicht noch einmal sehen wollen. Er schritt weiter in Richtung Eingangstor. Ein großes, eisernes Ding, das mit offenen Flügeln in den Angeln majestätisch dastand und Jona den Weg in die Hölle wies. Auf beiden Seiten grenzte das Tor an eine Backsteinmauer, die so klein war, dass man problemlos hätte darübersteigen können. Vielleicht, dachte Jona, war sie nur da, um die Toten drinnen zu halten. Der Gedanke ängstigte ihn.

Wenn er vor ein paar Tagen noch genau gewusst hatte, wo es mit ihm und seinem Leben hingehen sollte, so hatte er es nun vergessen. Er fragte sich nicht einmal, wie er es jetzt schaffen wollte. Nicht nur der Plan fehlte, sondern bereits der Gedanke an den Plan war unmöglich. Das alles schien zu einem anderen Leben zu gehören, das hinter einer weiteren Mauer lag, die er nicht mehr würde übersteigen können. Er hatte die kleine Kapelle fast erreicht, die sich kaum von den Weiten des Friedhofs abhob. Jona überlegte, dass er sie wahrscheinlich schon von ein paar hundert Metern Entfernung aus nicht mehr würde sehen können. Dann wäre er allein mit den Toten.

Er ging hinein. Von innen war sie größer, als man von außen betrachtet vermutet hätte. Ein Effekt, der vermutlich daher rührte, dass man gleich hinter der Tür ein paar Treppenstufen hinabgehen musste, um in eine kleine Halle zu gelangen.

Und jedem Ende wohnt kein Zauber inne, dachte Jona. In seinem ganzen Leben hatte er nie an einen Gott geglaubt. Es hatte nie zur Debatte gestanden. Jetzt tat er es immer noch nicht und doch, als er, umfangen von der Kühle, am Anfang des Mittelganges stand, ging er kurz nach links und ließ sich behutsam auf die Knie fallen, weil er Angst hatte, sie könnten zerbrechen.

Jona kannte keine Gebete, hatte nie welche gekannt. Auch jetzt fielen ihm keine zusammenhängenden Bitten ein, deswegen bereute er einfach, die Hände ineinander verkrampft und das Gesicht in der Armbeuge.

Dann langsam, aber sicher kamen die ersten Tränen. Glühend heiß auf seiner fahlen, kalten Haut. Jona wusste, dass die Drogen nun endgültig wirkungslos waren. Jetzt würde es erst richtig losgehen, und zwar abwärts. Schritte auf dem eisigen Stein. Erst zögerlich, dann immer heftiger. Jona blickte nicht auf. Er dachte, dass viele Leute wahrscheinlich von ihm erwarteten, etwas mehr Stärke zu zeigen, oder dass er zumindest mit ihnen redete, doch sie waren ihm alle egal. Er hasste sie nicht einmal mehr; es war, als wären sie nicht da. Er war allein in dieser Welt.

Die Kirche füllte sich konstant, wie der Swimmingpool im Garten des Haupthauses es in Jonas Kindertagen getan hatte. Ihm war, als wäre er sein ganzes Leben noch nie dermaßen gefordert worden, an seine Grenzen zu gehen. Diese Grenzen hatten an diesem besonderen Tag viele Namen. Rede, Lisas Eltern, Jacques, sein Haus. Und es gab keinen Ausweg.

Eine schwarze Masse hatte längst begonnen, monotone Chöre zu sprechen, und Jona fühlte sich, als wäre er Gefangener einer Sekte. Dunkle Täler und ihre Herren; es gab kein Entkommen. Es fühlte sich unecht an, sein Leben war zu einer Bühne geworden und alle anderen zu Schauspielern. Surreal, schrie es in seinem Gehirn, aber er versuchte, nicht hinzuhören, denn er war zu fasziniert von dem schwarzen Sarg, der den Gang runtergetragen wurde. Die Masse folgte ihm, als sei er ein Magnet und sie kleine Metallteile. Jona war auch gefragt worden, ob er mittragen wolle, aber er wollte nicht. Aus Angst, sie zu berühren, aus Angst, sie fallen zu lassen, aus Angst. Er ließ sich mitziehen, blickte nur auf seine Füße, die kleine Wölkchen aufwirbelten, während er langsam über den Sandsteinweg schritt. Ab und zu vergaß er zu atmen. Die Wolkendecke war noch dichter geworden, als würde sie sich von oben zu ihnen herab arbeiten. Bald würde sie sie alle erdrücken. Ein leichter Wind zerstörte die Reste von Jonas Frisur. Jona konnte die elektrische Ladung schmecken; die Ruhe vor dem Sturm war vorbei.

Die Masse fing an sich rückzustauen; jetzt war es so weit. Er scherte aus und ging rechts an den Wartenden vorbei. Er konnte noch sehen, wie *sie* in das Loch hinabgelassen wurde. Er wusste, welche Angst sie dort unten haben musste und wie allein sie war. Der kurze, grimmige Gedanke, sich jetzt mit ihr dort begraben zu lassen, flimmerte in seinem Bewusstsein auf, doch er wusste, dass die anderen es nicht zulassen würden.

Die Menge verteilte sich auf die billigen Klappstühle. Es waren Unzählige, und trotzdem fand ein großer Anteil der Heuchler keinen Sitzplatz. Jona stellte sich hinter den Pfarrer, der wieder zu predigen angefangen hatte. Spätestens jetzt konnten alle ihn sehen; aber er sah sie nicht, sondern blickte, vom schwarzen Loch gefesselt, in dessen Abgrund, und der Abgrund hatte längst begonnen zurückzustarren.

Ohne es wirklich wahrzunehmen, wusste Jona, dass er jetzt dran war. Der Pfarrer war ein paar Schritte zur Seite getreten. Langsam ging Jona zum Rednerpult, auf dem ein dünner, silberner Drache befestigt war, der Jona seinen Kopf entgegenstreckte, damit er hineinsprechen konnte. Grün, Grau und Schwarz, dachte Jona. Die Hoffnung war tot. Dann fing er an zu sprechen.

Irgendwo im Publikum wunderte sich Jacques, dass Jona nicht die Rede vortrug, die sie zusammen geschrieben hatten. Die Rede, in der Jacques all die schönen Motive untergebracht hatte, wie den Tod, das ewige Leben und die Erlösung. Jona sprach intuitiv und hörte dabei nicht auf Jacques' Stimme, sondern auf die Lisas.

»Lisa hatte Angst vor dem Tod. Sie hat mir mal gesagt, sie hoffe, es gäbe ein Leben danach. Aber eigentlich wollte sie nicht darüber nachdenken. Jetzt hoffe ich es auch. Der Gedanke, dass sie einfach weg ist; ich begreife es immer noch nicht richtig. Vielleicht kann ich sie ja eines Tages wiedersehen. Ich weiß, was ich ihr sagen würde. Dass es mir leidtut, dass sie dachte, sie könnte nicht mit mir reden. Dass es mir leidtut, dass sie dachte, sie könnte mit niemandem reden. Dass es mir leidtut, dass ihre Angst in diesem Moment größer war als die vor dem Tod. Ich hoffe, sie hat jetzt keine Angst mehr. Und ich hoffe, sie weiß, dass wir ihr nicht böse sind.« Lisa hatte von Egoismus gesprochen, aber eigentlich hatte sie sich für ihn geopfert. Jona konnte sich nachher nicht mehr erinnern, ob er mit schwerer, schleppender Stimme geredet oder ob er zu schnell gesprochen hatte. Ob er geweint oder monoton geredet hatte. Ob er Pausen gemacht oder einfach durchgeredet hatte. Er konnte sich nur erinnern, dass er etwas geschafft hatte. Ein kleiner Schritt, egal in welche Richtung. Hauptsache, weg von hier.

Die Heuchler umarmten sich und Jona wollte weg, bevor jemand auf die Idee kam, ihm zu seiner Rede zu gratulieren. Er konnte keine Downer nehmen, weil er es sich nicht leisten konnte, wieder zum Gespenst zu werden.

Aber ein paar Upper oder einfach was zu trinken, das läge im Rahmen des Möglichen. Jedoch hatte er vorher noch etwas zu tun. Seine Augen stellten zum ersten Mal auf scharf, als er sich suchend nach Lisas Eltern umblickte. Eine nette Familie, die das Geschehen der letzten Tage in keinster Weise verdient hatte. Jona dachte sich immer, dass dort alles gut gegangen war. Eine Zeit lang hatte er auch geglaubt, er könne verantworten Lisa zu verlassen, weil er wusste, dass ihre Familie sie auffangen würde. Noch hatte er sie nicht entdeckt. Auch Jonas Dealer war nicht da und das, obwohl er mit Lisa Psychologie studiert hatte. Jona konnte sein Handy nicht rausholen, das käme gar nicht gut an. Bei niemandem. Aus der Menge löste sich ein großer Typ, den Jona dank seiner neuen Frisur fast nicht erkannt hätte.

Jona schluckte.

»Hallo Jacques, ich hoffe, du hast deinen Friseur verklagt.«

»Du siehst auch nicht gerade bezaubernd aus.«

»Wie war's in der Welt?«

»Nicht jetzt. Wir reden wann anders darüber, wenn das hier alles vorbei ist. Ich bin nur gekommen, um dir mein Beileid auszudrücken.«

»Danke. Bedeutet mir viel.«

»Starke Rede übrigens. Darf ich fragen, warum du dich dagegen entschieden hast, unsere zu nehmen?«

»Nein. Keine Ahnung.«

Sie schwiegen eine Weile. Jona suchte immer noch Lisas Eltern.

»Direkt neben mir saß die ganze Zeit Lisas beste Freundin. Ich nehme an, du kennst sie. Hat versucht, sich an mich ranzumachen. Ohne Scheiß. Dann hat sie bei deiner Rede ziemlich laut geheult, aber ohne es richtig zu tun, verstehst du? Irgendwann hat sie ihren Kopf auf meine Brust und ihre Hand auf meinen Oberschenkel gelegt, aber da warst du zum Glück schon durch und ich bin aufgestanden. Ziemlich respektlos.«

Jacques wartete einen Moment. Jona antwortete nicht.

»Na gut, ich geh mal Mama und Papa suchen. Habe seit damals nicht mehr mit denen gesprochen.«

»Viel Spaß«, wünschte Jona, und dann war er wieder allein.

Da sah er sie, Arm in Arm, wie Lisa und er es sich auch immer gewünscht hatten. Jona seufzte. Hier waren zwei Menschen, die schlimmer dran waren als er. Deren Leben und deren Vermächtnis schlichtweg nicht mehr existierten. Er spürte jeden Schritt, mit dem er sich näherte, als wäre er ein Achtsamkeitsguru. Als er ungefähr vier langsame Schritte entfernt war, sah Lisas

Mutter ihn. Sie löste sich von ihrem Mann und ging auf Jona zu. Dann, ohne ein Wort zu sagen, umarmte sie ihn. Zögerlich legte Jona seine Arme um sie. Es fühlte sich an, als würde er Lisa umarmen. Für einen kurzen Moment war er dankbar, für sein fertiges Aussehen, für seinen Gefühlsausbruch in den Katakomben der Kirche und für seine emotionale Rede, weil er nach außen hin wie der perfekte trauernde Freund wirken musste. Aber dieses Gefühl hielt, wie gesagt, nur für einen kurzen Moment an. Dann wurde es abgelöst von Ekel. Er belog sie alle, so wie er Lisa belogen hatte.

Lisas Mutter fing an zu weinen und Jona erinnerte sich mit einem Mal an die Party, das einzige Mal, wo er Lisa hatte weinen sehen.

Lisas Vater kam nun auch dazu und drückte Jona die Schulter. Zwei gebrochene Männer blickten einander für einen Augenblick in die Augen. Die drei spürten eine Verbundenheit, die aufrichtig war, obwohl Jona wusste, dass er gelogen hatte.

»Danke für deine Worte, Jona. Das hat uns viel bedeutet. Und wenn du mal jemanden zum Reden brauchst, hoffe ich, dass du weißt, du kannst immer zu uns kommen«, sagte Lisas Vater sanft, und Lisas Mutter ließ von Jona ab, blickte zu ihm auf und nickte zustimmend.

Jona nickte auch, dachte für einen kurzen Moment, dass er es vielleicht wirklich tun würde, bevor ihm einfiel, dass er ein unehrliches Stück Scheiße war und es nicht verdient hatte, mit diesen durch und durch guten Menschen in einem Raum zu sein und von ihnen bemitleidet zu werden.

»Wir gehen dann besser mal«, sagte Lisas Mutter. »Bevor wir zu spät zu euch kommen.«

Jona nickte wieder.

»Danke auch nochmal für die Bereitschaft, euer Haus zur Verfügung zu stellen. Wir hätten all die Menschen hier niemals unterbringen können.«

Jona schnaubte verächtlich, seine Eltern widerten ihn fast noch mehr an als er sich selbst. Dann sagte er noch:

»Ihr könnt auch immer zu mir kommen.«

Die beiden rangen sich ein kurzes Lächeln ab. Jona ahnte, wie viel Mühe sie das gekostet haben musste. Er versuchte das gleiche Kunststück, wusste aber nicht, ob es ihm geglückt war. Dann war er wieder allein.

Er merkte, wie die Umstehenden zögerten, zu ihm zu kommen. Er machte es ihnen leichter und ging in die andere Richtung. Zu spät bemerkte er, dass er vor dem Grabstein stand.

Der Wind hatte aufgefrischt und man konnte es in der Ferne leise vor sich hin grummeln hören. Jona starrte hinab und fragte sich, ob Lisa nicht vielleicht einfach herauskommen würde, wenn er sie nett darum bat. Er wusste, dass er dort unten liegen sollte. Sein Leben hatte nirgendwo hingeführt und außer Lisa hätte ihn niemand vermisst. Lisa hätte mit der Zeit jemand Besseren gefunden, der sie mehr wertschätzte, und sie wäre an diesem einen Abend nicht im Club gewesen. Jetzt war es zu spät. Niemand würde ihn noch vermissen, aber er konnte Lisa auch nicht mehr retten. Er fühlte sich, als wäre er nach Ende des Films länger sitzen geblieben und müsse nun an einer Post-Credit-Szene teilnehmen, die einfach nicht aufhören wollte. Langsam bewegten sich alle zurück zum Parkplatz. Jona wandte sich ab, ohne zu wissen, ob er je wieder hierhin zurückkehren würde, und folgte der Menge mit einigem Abstand.

Er fragte sich, wie viele der Studenten wohl nur gekommen waren, weil es Catering und Drinks gab. Es fing an zu nieseln. Die Wolken waren so niedrig, dass er dachte, er könne sie berühren, wenn er seinen Arm ausstreckte. Ein leichter Schleier legte sich über alles und Jona ging durch einen Traum. Grün, Grau und Schwarz. Manche öffneten Regenschirme, von denen höchstens die Hälfte schwarz war; manche gingen schnellen Schrittes zu ihren Autos. Jona tat weder das eine noch das andere. Die beste Lösung wäre, wenn der Regen ihn einfach wegspülte. Er stellte sich vor, wie das Personal panisch durch den Garten rannte, um Stühle, Tische, Buffet und Bar nach drinnen zu räumen. Wie die weißen Tischdecken nass und durchsichtig wurden. Vielleicht flog sogar das ein oder andere Möbelstück durch den Garten. Alle würden sich drinnen versammeln. Nicht, dass dort zu wenig Platz wäre, aber Jona freute es trotzdem, dass das Ganze dann weniger an eine fröhliche Gartenparty erinnern würde. Er stellte sich tropfende Anzüge vor und an den Schläfen klebende Haare.

Über ihm donnerte es. Direkt danach beging ein Blitz Urkundenfälschung, indem er im Himmel unterschrieb. Der Wind versuchte, Jona sein Jackett auszuziehen. Er war jetzt fast da und beschleunigte die letzten Schritte, nicht weil ihn das Wetter störte, sondern weil ihn der Inhalt des Wagens interessierte. Er fragte sich, mit wem Jacques wohl fahren würde, wischte den Gedanken aber beiseite. Als er auf der Rückbank saß, fuhr der Fahrer direkt los und reihte sich in die Kolonne der Autos ein, die an eine Geheimdienstparade erinnerte. Jona zog eine Schachtel Zigaretten aus dem Türfach hervor. Seit drei Tagen war er Kettenraucher. Er zündete sich die erste Zigarette an und lehnte sich zurück. Hätte der Fahrer Musik angestellt, so hätte man sie nicht gehört, wegen des nun tropischen Regens, der gegen die Scheiben schlug, als bitte er um Einlass. Jona fragte sich, ob man bei diesem Wetter überhaupt fahren durfte, denn er konnte gerade so die Rücklichter des vor ihnen fahrenden Wagens erkennen. Andererseits, dachte er, zählte ein tödlicher Unfall nicht wirklich zu den Dingen, an die er nicht auch schon sehnsüchtig gedacht hatte.

Beschissenerweise hatte das Anwesen der Neils eine Tiefgarage und verhinderte so, dass die meisten Besucher zu nass wurden. Die Veranstaltung sollte nicht im Haupthaus stattfinden, sondern in einem der Gästehäuser weiter hinten. Zu diesem Zweck waren auf dem Boden der Tiefgarage Markierungen angebracht und ein paar menschliche Wegweiser aufgestellt worden.

Das Haus hatte eine große Bar und bestand sonst nur aus Sesseln, Sofas und Stehtischen. An den Wänden entlang war das Buffet aufgestellt worden und Teile des Personals liefen mit Tabletts herum, auf denen Sekt und Häppchen angeboten wurden. Die hohen Scheiben gaben den Blick auf einen großen, grünen Garten frei, der die ästhetische Balance zwischen gepflegt und ungepflegt hielt. Der Regen ertränkte ihn.

Die unglaublichen Wassermassen zeigten sich vor allem im Pool, der dauerhaft überschwappte und in dem ein reger Wellengang herrschte. Jona traute es einigen Kommilitonen zu, dass sie Badehosen unter ihren Traueroutfits trugen und dass ihnen das Wetter ziemlich ungelegen kam.

Ein paar Minuten verharrte er auf der großen Terrasse, die dank des gigantischen Balkons über seinem Kopf regengeschützt war. Er lehnte sich an eine der Marmorsäulen und rauchte. Er war nicht der Einzige dort, ging aber in der Menge unter. Niemand machte Anstalten, zu ihm zu kommen. Nach einer Weile wusste er, dass wahrscheinlich ebenso wenige Leute ihn ansprächen, wie sie es hier taten, wenn er einfach passiv an der Bar sitzen und trinken würde. Also begab er sich nach drinnen.

Es war zu laut. Er hörte Lachen, Aufregung und keine Spur von Trauer. Lisas Eltern taten ihm leid. Als er sich auf einen der Barhocker setzte, kam sofort einer der Barkeeper zu ihm.

»Was kann ich Ihnen bringen?«

»Whiskey mit Eis. Oder gekühlten Dosenwhiskey. Danke.«

»Wir haben beides. Was bevorzugen Sie?«

Jona bevorzugte eine Handvoll Schmerztabletten.

»Entscheiden Sie.«

Der Barkeeper nickte, verschwand und eine halbe Minute später standen eine Dose Whiskey und ein Glas Whiskey mit Eis vor Jona. Er hielt sich das Glas an den Kopf und versuchte mit der anderen Hand, die Dose zu öffnen. Nach einer Weile gab er auf und trank aus dem Glas, bevor er die Dose mit beiden Händen öffnete. Er fragte sich, ob Jacques noch da war.

Arthur saß in einem Sessel und fühlte sich sichtlich unwohl, weil er Teil einer Trauerfeier war, auf der nicht getrauert wurde. Leonora hatte ihn gezwungen hinzugehen. Es war nicht so schlimm gewesen, wie er gedacht hatte. Er hatte befürchtet, er würde sich die ganze Zeit mit Lisa identifizieren, so oft hatte er selbst überlegt, sich umzubringen. Vielleicht war das auch der Grund, weshalb ihn das eher kaltgelassen hatte. Jona war derjenige gewesen, der ihm am meisten leidtat. Ständig hatte er sich vorgestellt, wie es wohl wäre, wenn statt Lisa Leonora dort unten liegen würde und er dort oben sprechen müsste. In diesen Momenten hatte er sich Jona näher gefühlt als je zuvor. Trotzdem ging er nicht zu ihm hin. Seine Intuition sagte ihm, dass er überhaupt keine Lust verspüren würde, mit irgendwem zu reden, wenn er an Jonas Stelle wäre. Stattdessen saß er hier in einer kleinen Versammlung, bestehend aus Leuten, die er nicht kannte, und hörte Jonas Bruder zu, der über seine Weltreise erzählte und darüber, was er für ein toller Hecht war.

»Also, eines Nachts, da wach ich auf und bin umzingelt von Affen. Das klingt jetzt erstmal süß, aber stellt euch vor: Eine Insel irgendwo im Nirgendwo, ihr sprecht die Sprache nicht, ihr schlaft auf dem Boden in einem Wald ohne natürliches Licht und, BÄÄM, stehen zehn Affen vor euch. Leicht menschlich, aber das macht es viel unheimlicher. Die Viecher sind mordsgefährlich. Mein erster Impuls war klettern, natürlich völlig beschissene Idee, aber dann dachte ich an dieses eine Schiller-Gedicht, das ihr sicherlich alle kennt, und bin einfach seelenruhig wegspaziert …«

Die Zuhörerschaft bestand aus Arthur, der allerdings nur passiv zuhörte, weil er keine Lust hatte, mit jemandem zu reden, den er mal flüchtig gekannt hatte, denn die Zeiten, in denen er alle mal flüchtig gekannt hatte, sollten vorbei sein. Des Weiteren bestand sie aus Aurora, die neben Jacques saß und ihn mit großen Augen anblinzelte, und aus ein paar weiteren Passivzuhörern. Jacques schien das nichts auszumachen. Obwohl die einzig wirkliche Zuhörerin Aurora war, nahm er eine Predigerrolle ein, die vermuten ließ, dass er schon oft Jünger gefunden hatte, zu denen er sprechen konnte.

Als ihm die Beteiligung zu gering wurde, ließ er einen der

Aufmerksamkeitsmagneten fallen, die ihm schon oft die Gelegenheit gegeben hatten, seine Weisheit darzubieten:

»Kann hier mal einer ein Fenster aufmachen? Hier drinnen ist eine Luft wie in einem KZ.«

Die gewünschte Reaktion traf binnen Sekunden ein und wirkte wie ein doppelter Espresso, den alle Zuhörer injiziert bekamen.

»So was kannst du doch nicht sagen«, kreischte Aurora, die hoffte, er hätte eine gute Erklärung, da sie ungern auf ihren bis dahin erarbeiteten Fortschritt verzichten wollte. Umsonst arbeiten lag ihr gar nicht im Blut. Vielleicht war er ja Jude und durfte so etwas sagen. Das würde auch erklären, warum seine Eltern so reich waren.

Sogar Arthur blickte nun gespannt auf Jacques, obwohl er sich sicher war, dass nur die Tradition des Toller-Hengst-Daseins fortgeführt werden würde. Also sprach Jacques:

»Ich darf alles. Gott ist tot. Die Sprache hat keinen echten Wahrheitsgehalt; Wörter bedeuten nichts.«

Aurora blickte wie immer, wenn sie etwas nicht verstand: selten dämlich.

»Wie meinst du das?«, fragte sie.

Arthur wollte zwar ungern diesem dahergelaufenen Jesaja eine Bühne geben und verfluchte deswegen Auroras Frage, die Jesaja seinen Berg gab, aber ein Teil von ihm war doch gespannt, da man nicht oft einen Nietzsche-Verständigen traf, den Arthur an diesen offensichtlichen Schlagworten erkannt hatte.

Jacques fing an:

»Ich muss etwas weiter ausholen. Wenn man vernünftig denkt, kann man nicht davon ausgehen, dass die Außenwelt oder das Ding an sich erkennbar sind. Etwas außer uns zu erkennen, ist nicht möglich. Jedes Wort ist deshalb nur ein Symbol von Vorstellungen, ob bewusst oder unbewusst. Durch die Vorstellungen glauben wir zum Ding geführt zu werden, aber nur die Vorstellung ist uns bekannt und nicht das Ding an sich. Ein anderer Weg existiert für uns nicht, deswegen gibt es keine Aussicht auf wahre Erkenntnis. Wir reden zwar und tun dabei so, als würde irgendwas existieren, aber in Wahrheit kennen wir nur die Beziehungen der Dinge untereinander und zu uns. Diese Relationen bringen uns aber keinen Schritt näher an die Wahrheit, dabei ist das Sein die Relation, die alles verbindet. Unsere gesamte Existenz ist die Übertragung eines Sinnbildes, der Sprache, auf die echten Dinge. Es ist alles eine Interpretation des Subjekts, aber in Realität eine Lüge.

Deswegen kann ich sagen, was ich will, weil die Worte keine objektive Bedeutung haben.«

»Wow«, gab Aurora von sich. »Woher weißt du das alles?«

»Das ist eigentlich ziemlich logisch. Man muss nur ein bisschen drüber nachdenken.«

»Sicher, dass du drüber nachgedacht hast? Weil, und korrigier mich, wenn ich falschliege, aber ich habe den Eindruck, dass ich das alles schon bei Nietzsche gefunden hab«, mischte Arthur sich ein.

Jacques wirkte einen Moment etwas irritiert. Bis dahin war der Vortrag sehr gut verlaufen.

Er sagte:

»Nietzsche hätte ich natürlich noch erwähnt. Ich war noch gar nicht fertig.«

»Ach?«, fragte Arthur scheinheilig. »Dann tu dir keinen Zwang an. Erwähn direkt am besten noch, dass Nietzsche das über die Sprache zwar geschrieben hat, aber nur auf erkenntnistheoretischer Ebene. Es gibt für das einfache Leben keinen Grund, Kommentare für Aufmerksamkeit zu machen, da die Sprache hier ihren Zweck ja erfüllt.«

»Ja, ... danke. Ich habe auch keine Aufmerksamkeit nötig, weil ich über den Dingen stehe. Ich kann machen, was ich will, denn ich bin ein Übermensch.«

Arthur lachte. Er fand es gar nicht so witzig, dachte sich aber, dass das wahrscheinlich die beste Art und Weise sei, Jacques in den Wahnsinn zu treiben. In diesem Moment stand Aurora auf. Wahrscheinlich war ihr Arthurs Präsenz zu offenbar geworden. Sie ging in Richtung Bar.

Die beiden würdigten sich keines Blickes.

Jacques fing wieder an:

»Das mag vielleicht witzig sein für dich, weil du es dir in deinem begrenzten Hirn nicht vorstellen kannst, aber ich habe es geschafft.«

»Oh, ganz im Gegenteil. Ich glaube, dass es möglich ist. Es ist aber nicht gut. Ein Übermensch ist einfach ein blöder Hurensohn; ein Psychopath. Nietzsches Ideal ist unmenschlich.«

Arthur fand, dass das noch als subtile Beleidigung gelten konnte.

Jacques zischte:

»Es ist nicht unmenschlich, es ist übermenschlich.«

Arthur lächelte nett. Er blickte auf seine Uhr. Nicht mehr lange. Hier merkte es sowieso keiner, wenn man ging, und Zarathustra wäre dankbar. Jetzt könnte er ja erstmal eine rauchen.

Arthur stand auf. Irgendwie, dachte er, schien er ein Magnet für Arschlöcher zu sein. Bevor er draußen angekommen war, sah er noch, wie Aurora Jona nach oben folgte.

Lisa, dachte Jona. Bitte, sieh uns nicht zu.

Die Leute hatten ihn tatsächlich in Ruhe gelassen. Situationsangemessenheit oder Desinteresse. Da sich die meisten der Situation nicht angemessen verhielten, tendierte er stark zur letzteren Vermutung. Er hatte aufgehört seine Drinks mitzuzählen, war sich aber sicher, dass er es nicht schaffen würde, aufzustehen; sein Körper würde ihm nicht mehr gehorchen, selbst wenn er noch in der Lage wäre, ihm Befehle zu erteilen. Der Boden war aus dunklem Holz; dem gleichen Holz, mit dem die Wände getäfelt waren. In Kombination mit dem goldenen Licht wirkte das Ganze aber zu feierlich. Lachsalven schossen wieder durch den Raum. Bald hätte er es geschafft, wusste aber auch nicht, was dann kommen würde. Jemand setzte sich neben ihn. Also doch, dachte er.

Aurora bestellte sich einen Gin Tonic, dann drehte sie sich zu ihm. Jona blickte betont gedankenverloren in sein Glas. Das Eis schien überhaupt nicht zu schmelzen.

»Hey«, sagte Aurora sanft, ihre Stimme voll Mitgefühl.

Jona blickte kurz zu ihr, sah die blauen Flecken und blickte dann zurück in sein Glas. Wieso schmolz das Eis nicht?

»Ich wollte dir nur sagen, wie leid es mir tut.«

Aurora strich mit ihrer Hand Haare hinter Jonas Ohr, während sie, für die anderen Anwesenden verdeckt, mit der anderen Hand an der Innenseite seines Oberschenkels entlangfuhr. Jona merkte die Durchblutung seines Unterleibes. Wie lange war es her, dass Lisa ihn so angefasst hatte? Er sollte sich nachher keine Vorwürfe machen; mit seinem Promillegehalt war er im Grunde genommen auf der Evolutionsstufe des Urschleims angekommen. Also gut, dachte Jona. Sie will es nicht anders.

»Komm mit ins Bad. Aber eines oben. Folg mir nicht zu auffällig.«

Dann stand er auf. Für Umstehende musste es eher wie ein Runterfallen ausgesehen haben. Er wankte Richtung Treppe. Große, breite Holzstufen, die bei jedem Schritt knarrten. Er war sich nicht sicher, ob er es wieder runterschaffen würde. Als er endlich oben angekommen war, drehte sich die Welt noch einen Moment weiter, bevor sie sich wieder dem anpasste, was Jona sah.

Er ging ins erstbeste Bad, öffnete den Wasserhahn und befeuchtete sein Gesicht mit kaltem Wasser. Kurz danach erschien Aurora in der Tür. Sie kam leise hindurch und schloss sie behutsam hinter sich.

»Soll ich dir erst einen blasen oder willst du direkt …«, fing Aurora an, wurde aber dadurch unterbrochen, dass ihr Kiefer zum zweiten Mal in einer Woche ausgekugelt wurde. Wieder mal lag sie bewusstlos auf dem Boden. Jona schritt über sie hinweg und verlor beinahe das Gleichgewicht. Er öffnete die Tür wieder und ging zurück zur Treppe.

Eine Mischung aus Am-Geländer-Entlanghangeln und kniend Die-Treppe-Runtergehen verschaffte Jona ein paar Minuten später wieder festen Boden unter den Füßen, auch wenn es sich nicht so anfühlte.

Jetzt noch ein paar Drinks, und alles wäre vorbei.

»Na, war's gut?«, fragte da Auroras Mutter, die Jona immer an ein Monster aus Kinderfilmen erinnert hatte. Gruselig genug, um einem Angst einzujagen, aber noch nicht verstörend.

»Wenn ich Sie wäre, würde ich mal nach Ihrer Tochter sehen.«

Das verzerrte Lächeln eines Irren. Das gleiche wie im Spiegel nach der einen, nichts entscheidenden Party. Er ließ sie stehen. Sie war vom gleichen Schlag wie seine Eltern. Eine blaublütige, geldadelige Furie. Er wollte gerade an seinen Stammplatz zurückkehren, da fiel ihm auf, dass er eine Zigarette brauchte. Wenn er schon mal draußen war, konnte er auch direkt ein paar Pillen nehmen, jetzt war es sowieso fast vorbei. Draußen ging nach wie vor die Welt unter, aber nur eine Säule war besetzt. Jona versuchte, keinen Blickkontakt aufzubauen.

»Hast du mit ihr geschlafen?«, fragte da eine vertraute Stimme.

»Nein«, sagte Jona langsam. »Ich habe ihr ins Gesicht geschlagen.«

Arthur musste lachen. Sein Lachen war warm und ansteckend, aber Jona infizierte es trotzdem nicht.

»Was ist so witzig?«, fragte er.

»Ach«, begann Arthur. »Nur, dass ich sie vor drei Tagen auch geschlagen habe.«

Jona schnaubte belustigt. »Ich verstehe. Von dir waren die blauen Flecken?«

»Jep.«

»Auf die habe ich gezielt.«

Arthur zündete sich eine neue Zigarette an.

»Gut, dass du nicht mit ihr geschlafen hast. Ich habe es immer getan, wenn ich mich selbst gehasst habe. Sie macht es einem so verdammt einfach. Ich dachte schon, ich müsste dir einen Pep Talk geben, aber offensichtlich bist du stärker als ich.«

Auch Jona war bei seiner nächsten Zigarette angekommen.

»Warum hast du sie geschlagen?«, fragte er.

Arthur lächelte. Jona hatte den Eindruck, dass er besser aussah als sonst. Die Rollen hatten sich vertauscht.

»Um ehrlich zu sein: Ich habe eine Freundin. Wir haben uns schon lange gedatet, aber seit ein paar Tagen ist es offiziell. Ich habe sie vor Aurora beschützt.«

»Ich wünsche euch beiden viel Glück. Wirst du ihr von Aurora erzählen?«

Arthur blickte ihn an.

»Du hast schon immer die falschen Fragen gestellt. Nein, werde ich nicht.«

»Wieso nicht?«

»Ich habe lange darüber nachgedacht ...«

»Und?«

»Die Wahrheit ist nicht unbedingt das Beste in einer Beziehung. Manchmal ist es wichtiger, die andere Person zu schützen, auch wenn man dann selbst mit der Last leben muss. Wenn man die andere Person glücklich machen will, sollte man sich von seiner besten Seite zeigen und nicht von allen Seiten. Menschen geraten zu leicht in die Falle, ihre Mitmenschen anhand einer Tat zu definieren. Wenn die Tat nichts bedeuten soll, dann verschweigt man sie am besten. Ich bereue natürlich trotzdem alles mit Aurora. Außer den Schlag. Ich will mich hier nicht aus der Verantwortung reden.«

»Warum erzählst du mir das?«, fragte Jona.

»Na ja, auch wenn dein Verstand nicht der eines primitiven Rachsüchtigen ist, bist du aktuell ziemlich unberechenbar. Vielleicht findest du ja Freude daran, anderen ihr Glück zu nehmen, weil du es nicht haben kannst ... Ich sage nicht, dass es so ist. Ich meine nur, dass ich dir auf Gedeih und Verderb ausgeliefert bin. Deswegen spiele ich lieber mit offenen Karten.«

»Mach dir keine Sorgen, Arthur. Ich habe aus einem anderen Grund gefragt.«

Beide rauchten einen Moment still vor sich hin. Zwei Männer an Säulen gelehnt, die sie vor einem Sturm schützten.

»Weshalb?«, fragte Arthur dann.

»Du hast mir geholfen, sehr sogar.«

»Inwiefern? Wenn ich fragen darf?«

»Ich glaube, du hast recht mit der Wahrheit.«

»Man hat meistens recht mit der Wahrheit«, lächelte Arthur.

»Ich meinte, mit dem, was du über die Wahrheit gesagt hast. So habe ich es vorher noch nie gesehen.«

»Freut mich, wenn ich helfen konnte ... Geht es um Lisa?«

Jona nickte. Natürlich ging es um Lisa.

»Ich kann's dir erzählen, wenn du willst. Bis jetzt habe ich versucht, es meinem Bruder zu erzählen, aber ...«

»Dein Bruder ist ein Arschloch«, unterbrach ihn Arthur.

»Das stimmt. Jedenfalls hat er es nicht verstanden. Normalerweise hätte ich so was immer Lisa erzählt.«

»Ich höre dir gerne zu, Jona. Ich habe kürzlich erst erfahren, wie kathartisch ein Gespräch unter vier Augen sein kann, wenn man sich nicht versteckt.«

Also fing Jona an zu erzählen.

DAS EWIGE NUN

Es war nicht so, als hätte sie noch nie auf einem Badezimmerboden gelegen und sich elend gefühlt, aber bisher war es immer so gewesen, dass das Schlimmste bereits hinter ihr lag, wenn sie sich in dieser unwürdigen Pose befand. Diesmal lag das Schlimmste noch vor ihr. Das war die einzige Gewissheit, die sich ihr in diesem Moment offenbarte, aber es war nicht wirklich eine, an der man sich gerne festklammerte. Sie hörte Schritte, dann das Klicken eines Lichtschalters. Ich würde gerne sagen, dass gelbes Fieber die Wände hochkroch, aber das Licht war strahlend weiß, wie in einer Zahnarztpraxis.

Jetzt würde die erste Behandlung folgen, aber Aurora hatte Angst vor ihrer Ärztin.

»Du siehst schlimmer aus als nach deiner Weisheitszahn-OP.«

Das vertraute Nuscheln einer vertrauten Richterin, aber Aurora wollte nichts zu ihrer Verteidigung vorbringen. Sie würde sich schuldig bekennen. Für diesen Prozess hatte sie nicht mehr die Kraft, und in diesem Moment fragte sie sich, wie sie es je geschafft hatte, diese Kraft aufzubringen. Mit der Stimme eines verängstigten Kindes rang sie sich einen Satz ab, eine Fürbitte.

»Ich will nach Hause«, sagte sie und klang dabei so schüchtern, als würde sie zu einer Fremden sprechen (was sie in gewisser Weise auch tat).

»Nach Hause?«, fragte ihre Mutter spöttisch. »Auf einmal willst du nach Hause? Willst du jetzt nicht mehr ins Bad und dich flachlegen lassen, du verfluchte billige Nutte? Nach Hause will sie. Am Morgen, da wollte sie nicht nach Hause, oh nein, da war sie um 6 Uhr wach, um sich schön zu machen, nur um flachgelegt zu werden. Um sich ficken zu lassen. Du warst so verdammt auffällig, du betest besser, dass es keiner bemerkt hat. Und du wirst beten, dass dieser Junge das nicht rumerzählt. Meine Tochter. Meinen Nachnamen trägst du und kannst deinen Rock nicht unten halten. Nicht einmal auf einer Beerdigung ... du bist krank. Willst du mich daran erinnern, wie viel Geld ich deinem Therapeuten zahle ...«

»Als ob es dir an Geld mangeln würde ...«

»UNTERBRICH MICH NICHT. Du ... Du wirst mich nicht

unterbrechen. Liegst auf der Ledercouch und denkst vermutlich an eine weitere Art, wie du das Angesicht deiner Mutter beschmutzen kannst. Oder nein, vielleicht hat er dich ja auch schon gehabt. Ist es so?«

»Nein, Mama, ich will einfach nur weg hier. Ich ... Ich möchte bitte, meine ich.«

»Tja, dann lass mich dir was verraten: Du wirst hier nicht wegkommen, bis der letzte Gast verschwunden ist. Du wirst einfach hier oben bleiben ... Heulst du jetzt etwa? Reiß dich verdammt noch mal zusammen. Du bleibst hier, machst dich nicht bemerkbar, und wenn alle weg sind, dann wirst du einen Weg finden müssen, zu verschwinden, ohne dass jemand dein Gesicht sieht.«

Aurora sagte nichts, aber sie biss sich auf die Lippe, um die Tränen am Weiterfließen zu hindern. Sie fragte sich, worauf ihre Mutter wartete. Frau Trent stellte ihr noch halbvolles (manche würden sagen: ihr schon halb-leeres) Glas neben Aurora auf den Boden.

»Trink das!« Ein Befehl.

Zum ersten Mal seit langem verspürte Aurora keine Lust auf einen Drink. Sie wusste nicht wirklich, was sie wollte, aber das war es nicht.

»Mädchen, weißt du, was du sagen wirst? Du wirst sagen, dass dich dieser Junge unter dem Vorwand, über Lisa zu sprechen, mit nach oben genommen hat. Dann wirst du schön weitererzählen, dass er dich vergewaltigen wollte. Du hast dich gewehrt und er hat dich geschlagen. So einfach ist das. Hast du verstanden?«

Aurora nickte zögerlich. Verstanden ja, aber der Aufwand schien ihr zu groß. Sie wollte sich immer noch schuldig bekennen. Alles, was sie zu verlieren hatte, hatte sie bereits verloren. Sogar Lisa.

»Ob du mich verstanden hast, Mädchen?«

»Ja. Ja, habe ich.«

»Gut. Wenn ich dich später hole, und vorher wirst du diesen Raum nicht verlassen, werde ich mir deine Aussage anhören und sie wird besser bühnen-reif sein.«

Aurora wich ihrem Blick aus.

»Gut«, sagte ihre Mutter nochmal. Dann verließ sie das Bad und machte die Tür behutsam hinter sich zu.

Als sie weg war, fing Aurora wieder an zu weinen. Sie wusste nicht, um was sie weinte, aber es waren ganz bestimmt mehrere Dinge. Irgendwas war anders. Ihr Leben hatte sich verändert.

»Die Dinge sind aus dem Trott geraten«, ertönte eine männliche Stimme durch die geschlossene Tür. »Nur eines von vielen Symptomen der Veränderung, würde ein alter Bekannter von mir sagen.«

Aurora hob verwirrt den Kopf. Die Tür öffnete sich. Sie hatte den Mann noch nie gesehen, aber auf eine unheimliche Weise schien er ihr vertraut zu sein.

Kaum stand der Mann im Raum, fing er an zu singen, und obwohl Aurora das Lied nicht kannte (zumindest nach den Lyrics zu urteilen), war sie sich sicher, dass er keinen einzigen Ton traf. Es klang grässlich.

»light switch, yellow fever, crawling up Jona's bathroom wall
Singing psychedelic praises to the depths of a china bowl
You've got venom in your stomach, you've got poison in your head"

Er spuckte die Wörter in ihre Richtung und seine abgehackte Sprechweise verursachte zuckende Kopfschmerzen bei seinem sehr kleinen Publikum. Aurora fing wieder an zu weinen. Der Mann hörte sofort auf, wirkte sogar etwas verlegen. Er setzte sich auf den Toilettendeckel, faltete die Hände, legte die Beine übereinander und fragte, als sei es das Natürlichste der Welt:

»Aber du hast verstanden, oder?«

Aurora weinte weiter. Der Mann betrachtete sie für einen kurzen Augenblick und schien sich insgesamt ziemlich unwohl zu fühlen. Er streckte seine Hand aus und streichelte ihr eine Träne vom Gesicht. Für einen kurzen Augenblick hatte Aurora das Gefühl, noch nie so zärtlich berührt worden zu sein. Die Hand des Mannes bewegte sich in die Richtung ihres Kiefers, sanft, vorsichtig.

»Darf ich?«, fragte er.

Ohne eine Antwort abzuwarten, vollführte er ruckartig den gleichen Handgriff wie Auroras Arzt. Ihr blieb die Luft weg.

»Nimm das als Entschuldigung.«

Sie hatte aufgehört zu weinen.

»Wer sind Sie?«

Der Mann warf seinen Kopf nach hinten und lachte wie eine Babyhyäne. »Wieso ist das wichtig? Du weißt doch nicht mal, wer du bist.«

»Ich bin Aurora«, sagte sie mehr zu sich selbst. Dann an ihn gewandt: »Kennen wir uns?«

Der Mann lachte wieder.

»Sind wir sehr alte Freunde? No, I wouldn't say friends, Dolores. I wouldn't say that at all.«

Aurora fand, dass er wie jemand lachte, der es gewohnt war, als Einziger über seine Witze zu lachen, was ihn aber nicht zu stören schien, da er sie tatsächlich lustig fand.

Er wurde wieder ernst.

»Sie haben über dich geredet, weißt du? Lisa und Jona. Das war für dich immer am schlimmsten, oder? Die Hilfslosigkeit angesichts des Ausgeliefertseins gegenüber dem Urteil anderer. Die beiden sind immer wieder zu dem Schluss gekommen, dass das Karma dich richten würde, und irgendwann waren sie sich sicher, es wäre bereits geschehen. Dein Karma wäre es, für immer im Hier und Jetzt festzusitzen. *Es ist nur ein Tag übrig, und er wird uns am Morgen gegeben und am Abend genommen.*« Er blickte ihr in die Augen. Dann fügte er zur Erklärung hinzu (als ob ihr das irgendetwas sagen würde): »Sartre.«

»Was?«

»Ohh, an diesem immergleichen Tag kannst du entscheiden, was die Leute sagen werden. Ist das nicht großartig? Reden werden sie so oder so. Aber weißt du, was der sicherste Weg ist, dass sie gut über dich reden? Kein beschissenes Arschloch zu sein.« Er lachte wieder. »Die Dinge sind tatsächlich aus dem Trott geraten. Wie oft bist du im Bett eines Fremden aufgewacht? Im Raum, in dem alle Männer kommen und gehen und so, aber keiner redet mit dir über Michelangelo.« Lachen. »Wie oft war die zärtliche Traurigkeit des Glühens einer Zigarette auf einem Balkon das einzige Licht, das du in der Stunde vor Sonnenaufgang gesehen hast? Bevor sich der Kreislauf wiederholen würde? Bevor er sich zum unzähligsten Mal wiederholen würde? Wie viele Stunden hast du im Wachschlaf verbracht, während ein kleines Gerät deine Seele aufsog? An wie vielen dieser Tage hat eine betrunkene Türhüterin den Eingang deines Hauses bewacht, nur um sicherzugehen, dass du ihr keine Schande bereitest, nur um jedes Mal wieder erkennen zu müssen, dass du es doch wieder getan hast?«

Aurora verspürte kein Unbehagen, sie hatte schon sehr viel schlimmere Moralpredigten gehört. Dennoch fragte sie sich, warum dieser Mann sie so gut kannte. Vielleicht war es ja Gott. Der Mann lachte.

»Ja, und zwar aus der Maschine. Willkommen, ich sage dir, was du zu träumen hast. Träum von einem holden Tal, das sich mit jedem Regenguss ändert. Ach, und in demselben Fluss schwimmst du nicht zum zweiten Mal. Vermutlich schwimmst du gar nicht. Du dachtest, die Regengüsse wären stets die gleichen gewesen, aber nein. Öffne die Augen und du wirst sehen, dass du schon längst nicht mehr in Kansas bist.«

Als der Mann wieder lachte, kam Aurora zu dem Schluss, dass er einfach nicht lustig war. Erst hatte sie geglaubt, es läge an ihr, aber langsam häuften sich die Gegenbeispiele.

»Nicht in Kansas, nein. Aber in der Gegenwart. In der ewigen Gegenwart. Und hier bleibt die Zeit unerlöst. Also mach was draus.«

Der Mann stand auf. Aurora war ihm dankbar, denn in den letzten Minuten hatte sie nicht einmal an die Aufgabe gedacht, die ihre Mutter ihr gegeben hatte. Jetzt überrollte sie sie wieder, wie der Zug im Trolli-Problem alle sechs Arbeiter überfährt, wenn man es irgendwie schafft, den Drifting-Modus zu aktivieren.

»Ich würde dir ja einen Drink kaufen und dir die Hand schütteln, aber ich glaube, du hattest schon genug. Du kannst aber auch so in der Reflexion meines Auges sehen, dass wir tief im Inneren ein und dasselbe sind. WE'RE CLUTCHING AT STRAWS.«

Aurora war zusammengezuckt. Der Mann beugte sich zu ihr herab und gab ihr einen Kuss auf die Lippen. Er richtete sich auf und lächelte:

»Stell dir vor, das hier wäre eine Zellentür, die ich offen lasse.«

»Das kann doch so überhaupt nie passiert sein. Wie wollen Sie denn gleichzeitig auf der Terrasse sein und …«

»Natürlich nicht«, antworte ich schnippisch. »Sparen Sie sich das fürs Ende auf.«

ESTRAGON UND WLADIMIR KOMMEN VON DER STELLE

»Unsere Beziehung ist auf Freundschaft aufgebaut, das habe ich mir immer gesagt. Ich dachte, deswegen müsste es gut ausgehen. Immer.«

»Ihr wart befreundet vorher? So hätte ich euch gar nicht eingeschätzt. Ich habe immer geglaubt, Jona und Lisa ... Liebe auf den ersten Blick.«

»So war es nicht. Am Anfang stand sogar ein Freund von mir auf sie. Das hat geholfen. So habe ich mich immer ziemlich ungezwungen verhalten.«

»Aber aus ihr und deinem Freund wurde nichts.«

»Nein, denn sie wollte was von mir. Als sie es mir gesagt hat, fand ich das natürlich ziemlich cool, aber ich habe mich auch oft gefragt, ob ich nicht nur etwas von ihr wollte, weil sie mir diese Möglichkeit gezeigt hat. Später war das natürlich völlig irrelevant.«

»Wieso?«

»Man lernt sich auf eine andere Weise kennen. Da ist es dann egal, unter welchen Voraussetzungen es begonnen hat. Aber schon da, beim richtigen Kennenlernen, habe ich mich falsch verhalten. Sie war sofort der Mittelpunkt meines Lebens. Ich habe ein verzweifeltes Liebestagebuch geführt. Pass auf: ‚Ich hatte mir alles so einfach vorgestellt. Ich hatte nicht gewusst, dass dies der Anfang vom Ende war. Aber es war das schönste Ende, das ich mir hätte vorstellen können. Das Ende meines Verstandes.‘ So ein Kitsch.«

»Tja, es ist noch kein Meister vom Himmel gefallen.«

»Ich habe sogar ganze Balladen geschrieben. Manchmal habe ich nichts gegessen, um für sie abzunehmen. Ich war so aufgeregt, dass ich vor Treffen alleine trank.«

»*No shame in the medicine game.* Mal ehrlich, Jona. Wer macht das nicht? Immerhin hast du was gefühlt.”

»Zu viel, und zu viel davon war unecht. Sobald ich allein war, dachte ich nur noch an sie. Wenn ich mich mit Freunden traf, war alles, woran ich dachte, sie.«

»Und schließlich seid ihr doch zusammengekommen.«

»Genau. Trotz Streit und Hysterie nahm alles ein gutes Ende. Wir hatten

Sex, waren verliebt. Diese Phase war so kurz, dass ich mich Monate nach ihr sehnte. In ihr verlor ich alles. Selbstbewusstsein, Freunde und Pläne. Natürlich war mir das egal.«

»Und sie?«

»Sie hat etwas andere Prioritäten gesetzt. Zumindest am Anfang noch. Sie hatte ein paar Freunde, die alle so ziemlich das waren, was man für seine Kinder, seine Eltern, seine Freunde oder auch nur für seine Haustiere nicht gewollt hätte.«

»Aber durch dich kam sie los.«

»Ist doch logisch. Ich gab ihr Selbstvertrauen, sie konnte alleinstehen und brauchte sie nicht mehr.«

»Aber sie brauchte dich.«

»Ja, das war kein gutes Abhängigkeitsverhältnis. Manchmal habe ich sie wie ein Kind betrachtet, das man vor der Welt beschützen muss. Wir haben alle Fehler gemacht, die man machen kann; es war ja unsere erste Beziehung. Trotzdem haben wir nicht aufgegeben. Stress, jede Woche, aber wir haben stur weitergemacht. Irgendwann habe ich dann erkannt, dass ich die Schuld immer bei mir suchte. Eigentlich ist das irgendwie gesund.«

»Irgendwie menschlich.«

»Sie hat mir dann gesagt, ich solle nicht immer nur ihrer Meinung sein, um Streite zu beenden. Also habe ich von da an das Gegenteil gemacht. Damit ging der unterbewusste Gedanke einher, ich könne gar keine Schuld haben.«

»Auch irgendwie menschlich.«

»Irgendwann habe ich ihr dann nur noch Vorwürfe gemacht. Wenn Typen sie nach ihrer Nummer fragten, war ich wütend, obwohl sie mit Hinweis auf mich abgelehnt hatte. Ich habe ihr gesagt, nach Nummern zu fragen, sei ein Weg, ihr zu sagen, man wolle sie ficken, und sie würde als Nutte betrachtet, ob ihr das gefalle. Wenn sie rausging, war ich wütend, weil sie mich nicht dazu einlud, obwohl ich mich den ganzen Tag klar dagegen ausgesprochen hatte. Ich sagte ihr, dass zu einer Beziehung mehr als nur Liebe gehöre, dass ich sie auch mögen müsse, und dafür müsse sie sich etwas mehr anstrengen.«

»Hat sie sich mehr angestrengt?«

»Vielleicht. Jedenfalls kam der Moment, in dem ich erkannte, dass ich mich die letzten Jahre immer als der Typ ,Perfekter Freund' entworfen hatte. Dafür hatte ich alles andere in den Wind geschlagen. Leider war ich aber offenbar ein sehr, sehr schlechter Freund. Ich hatte also aktiv bei einer Lüge mitgespielt, die mein ganzes Leben geworden war. Und weil alles falsch war, erkannte ich selbst, dass ich etwas ändern musste.«

»Einsicht ist der erste Schritt zur Besserung.«

»Der nächste Schritt war, dass ich bewusst anfing, weniger zu fühlen. Vorher war meine Liebe zu extrem und auch künstlich. Ich schaffte es tatsächlich, einen Zustand zu erzeugen, in dem die Beziehung gut war. Ich war ein guter Freund geworden. Und dann kam meine Mutter.«

»Sie hat dir geholfen, ein besserer Mensch zu werden und endlich dein Glück zu finden?«

»So ähnlich. Wenn Lisa und ich mal getrennt schliefen, fragte sie mich immer gleich, ob Lisa mich nicht mehr liebe, und merkte an, dass es in unserem Alter ziemlich komisch sei. Wir würden uns keine Geschenke mehr machen und nichts Besonderes unternehmen. Ich ließ sie aber nicht in meinen Kopf. Ich wusste, dass die Phase von Verliebtheit und Hysterie einer tiefen Vertrautheit gewichen war, die nichts erschüttern konnte. Die Liebe drückte sich nun anders aus. Wir versuchten nicht mehr, alles an uns zu lieben, sondern ließen Freiraum, wo vorher keiner gewesen war. Ich öffnete mich nicht mehr völlig, machte häufiger mein Ding und war glücklicher. Dazu verband uns nun ein starkes Vertrauen, das Wissen, dass der andere immer da sein würde.«

»Und was war jetzt mit deiner Mutter?«

»Ach, eigentlich ist die gar nicht so wichtig für die Geschichte. Ich kann sie nur nicht ausstehen.«

»Das ist höchstwahrscheinlich höchstnachvollziehbar. Elaboriere trotzdem ein wenig.«

»Sie ist Hausfrau. Sie hat zwar eine symbolische Stelle bei der Firma meines Vaters, aber ich verstehe nicht, wie ihr das helfen soll, sich unabhängig zu fühlen. Sie war schon immer verbittert. Fühlte sich in ihrer Ehe gefangen. Mein Vater ist zu kalt, um ihr ein Gefühl von Wärme und Geborgenheit zu geben. Manchmal habe ich gedacht, dass Jacques und ich künstlich gezeugt worden sein müssen, weil sie zu verklemmt ist, um je Sex gehabt zu haben. Außerdem hat sie viel geschrien, mein ganzes Leben lang. Lisas Eltern haben sie nie angeschrien, geschweige denn einander.«

»Meine mich auch nicht.«

»Danke, Arthur.«

»Keine Ursache.«

»Wenn irgendetwas nicht nach Plan verlief, hat sie ihren Frust direkt an Jacques und mir rausgelassen, auch bei Kleinigkeiten. Wir waren wie Opferlämmer, deren einziger Daseinsgrund es war, von ihr rumgeschubst zu werden, damit es ihr besser geht. Dabei hatte sie alles, was sie brauchte, um ein neues Leben anzufangen. Wir haben es nie verstanden. Die Frau hätte niemals Mutter werden dürfen. Und wir niemals geboren. Sie beleidigte uns fast täglich, nur um uns dann zu sagen, dass sie uns liebhatte, weil sie die Liebe nicht zeigen konnte. Dieses Geben und Nehmen von Zuneigung klingt vielleicht nach Manipulation, aber dafür ist sie definitiv zu blöd. Das ist ihr aus Versehen passiert. Aber wir waren emotional abhängig. Und wie hat sie das ausgenutzt. Manchmal frage ich mich, ob ich nicht alle schlechten Eigenschaften von ihr geerbt habe. Aber dann gibt's natürlich noch meinen Vater.«

»Natürlich. Aber was hat das mit Lisa zu tun?«

»Wie gesagt, nicht so viel. Meine Mutter hat Lisa gehasst. Plötzlich war ich nicht mehr abhängig, weil ich aufrichtige Liebe bekam. Sie hat das Ganze zu einem Wettkampf um mich gemacht, obwohl sie offensichtlich keine Chance hatte. Die Frau ist so verdammt dumm. Wenn ihr was nicht gepasst hat, hat sie es vor anderen extra betont, damit niemand auf die Idee kam, etwas könne mit ihrer Erziehung nicht stimmen. Irgendwann hat sie dann angefangen, mir einzureden, meine Beziehung sei so wie die von ihr und meinem Vater. Wahrscheinlich, damit sie endlich jemanden hatte, mit dem sie darüber reden konnte. Sie meinte, Lisa würde mich manipulieren. Was für eine Mutter redet ihrem Kind ein, der Mensch, der es glücklich macht, manipuliere es, nur um zu erreichen, dass es dem eigenen Kind genauso schlecht geht wie ihr selbst. Da habe ich angefangen, mich auch von ihr abzuwenden.«

»Was deiner Beziehung gutgetan hat.«

»Erstmal schon, ja. Die paar Monate, die folgten, waren wahrscheinlich die gesündeste Beziehung, die man sich vorstellen konnte. Aber mir fehlte ein Ventil. Ich war niemand. Ich begann alles anzuzweifeln, von der ersten Begegnung an. Ich gab Lisa die Schuld dafür, dass ich ein Leben lebte, das ich nicht leben wollte. Alle Probleme schienen sich zu lösen, wenn Lisa nur weg wäre. Jetzt ist sie weg. Jetzt weiß ich, auf welch hohem Niveau ich mich selbst belogen habe. Natürlich wusste ich vorher schon, dass es nicht so einfach war, wie es klang: Lisa weg und alle Probleme gelöst, aber irgendwie hatte ich es trotzdem gedacht. Sie schien mich an dieses Leben zu fesseln. Dabei waren es meine Entscheidungen. Und meine Feigheit. Nicht nur ist sie weg, vielleicht, weil ich gegen Ende zu unempathisch gewirkt habe, sondern meine Ausrede ist es auch. Jetzt weiß ich, dass es an allem lag außer an ihr. Ich weiß auch, dass ich jetzt nicht so weitermachen kann, weiß aber auch nicht, wie sonst. Doch das Schlimmste ist, dass ich unsere Pläne einfach weggeworfen hab, weil mir der Mut fehlte. Nach alldem stelle ich jetzt fest, dass sie das Einzige war, das ich noch geliebt habe. Jeden Moment denke ich, dass ich sie hätte retten können, wenn ich mich zuerst umgebracht hätte.«

Jona merkte, wie erschöpft er war. Arthur überlegte stumm.

»Seit drei Tagen nehme ich jede Scheiß-Pille, die es auf diesem Planeten gibt. Ohne kann ich nicht schlafen, ohne kann ich nicht wach sein. Der einzige Weg, den ich für mich noch sehe, ist eine Überdosis oder ein langsamer Tod in einer Entzugsklinik. Dann wäre sie aber völlig umsonst gestorben.«

»Also bleibst du am Leben, um dich an sie zu erinnern?«

»Fürs Erste.«

»Ich war mal an deiner Stelle und bin genau zu dem gleichen Schluss gekommen. Fürs Erste dauert länger, als du denkst.«

»Du hattest mal eine Freundin, die vergewaltigt wurde und sich umgebracht hat, weil sie nicht den Eindruck hatte, mit dir darüber reden zu können?«, fragte Jona trocken.

»Nein«, sagte Arthur ruhig. »Aber ich hatte zwei Schwestern.«

»Sie sind gestorben?«, fragte Jona.

Arthur nickte.

»Und du hattest Schuld?«

»Ich dachte es eine lange Zeit, aber nein, war ich nicht. Und du bist es auch nicht.«

Jona ignorierte den letzten Satz. »Was ist passiert?«

Arthur zündete sich noch eine Zigarette an. Er hatte ein schönes original Zippo, aber Jona mochte die Teile nicht, weil sie ihn an Jacques erinnerten. Dann ließ Arthur sich an der Säule hinab in die Hocke gleiten. Jona tat es ihm gleich.

»Das hier ist so was wie eine Generalprobe für mich ... Ich war 16, meine Schwestern 14. Sie waren Zwillinge, eineiig. Es war Frühling, wir waren im Urlaub. Sie sind genau vier Jahre vor Lisa gestorben. Ironie des Schicksals. Meine Eltern waren schon vorgefahren, zurück zum Haus. Wir hatten länger bleiben wollen. Aber schließlich hatten auch meine Schwestern keine Lust mehr. Ich schon. Ich wollte unbedingt am Meer bleiben, die Natur genießen. Ich liebe das Meer. Also habe ich den beiden einen Uber gerufen, hab ihnen

Geld in die Hand gedrückt und sie nach Hause geschickt. Eine Stunde später habe ich den Anruf bekommen. Ein Autounfall, keine Überlebenden. Ich hatte den Eindruck, dass jeder mir die Schuld gab, aber ich tat es ja auch. Wir waren eine dieser Familien, bei denen alles gut lief, aber so was ... das verkraftet man nicht mehr. Ich vermisse sie, frage mich oft, was aus ihnen geworden wäre. Wir waren auch befreundet, nicht nur verwandt. Unsere Beziehung war großartig; wir hatten viel Spaß zusammen. In dieser Zeit habe ich mir auch gesagt: Ich erinnere mich an sie. Das war die einzige Option, die blieb. Wie du habe ich auch angefangen, alles Mögliche zu nehmen. Nicht als Rettung, sondern als kurzfristige Lösung, weil es keine langfristige gab. Ein halbes Jahr später war ich auf einem Internat. Obwohl es eines für Kinder meines Schlages war, war ich trotzdem eines der einzigen, die in den Ferien dortblieben. Ich lenkte mich dauerhaft ab. Und plötzlich hatte ich meinen Abschluss. In der Grundschule hatte ich ein Jahr übersprungen. Weil ich nicht wusste, wohin mit mir, und weil ich schlechte Noten hatte, bin ich hier gelandet. Ein Stipendium, erhalten durch eine freiwillige Physikarbeit. Physik und Mathe, das waren meine Optionen. Das erste Jahr hier war die Hölle auf Erden und mein Leben ein einziger Rausch. Dann habe ich es zu weit getrieben. Am 3. Jahrestag des Unfalls hatte ich eine Alkoholvergiftung, die so schwer war, dass mir die Sanitäter buchstäblich das Leben retten mussten. Danach merkte sogar ich, dass ich etwas ändern musste. In den nächsten Semesterferien flog ich nach Indien. Ich meldete mich in einem Kloster an und lernte sämtliche Techniken, um mein Gehirn unter Kontrolle zu kriegen. Habe sogar die ganzen Schriften gelesen. *Bhagavadgita* und *die Upanishaden*. Als ich wieder hier war, wurde es besser. Ich hatte gelernt, mich selbst zu retten. Auch wenn es Tage oder noch längere Phasen gab, in denen ich den Lifestyle eines vergangenen Lebens lebte, bekam ich mich wieder unter Kontrolle. Ich fing wieder an, Sport zu treiben, und meine Persönlichkeit bestand allmählich nicht nur noch aus Verdrängung. Ich erlaubte mir, zu den Hobbys meines alten Lebens zurückzukehren. Fuhr wieder viel Fahrrad, trainierte und las. Dann traf ich sie und hatte auf einmal einen weiteren Grund, gut zu werden. Jedes Treffen mit ihr machte mich zu einem besseren Menschen. Die Ausfälle wurden immer seltener. Jetzt bin ich mit ihr zusammen und weiß zum ersten Mal mit Sicherheit, dass es kein »fürs Erste« mehr ist. Wenn ich jetzt zurückblicke, auf alles, was ich hinter mir hab, dann bin ich ehrlich erstaunt, wie lange das »fürs Erste« mich hat durchhalten lassen. Aber jetzt bin ich hier. Ich werde wohl mein Studium abbrechen und erst mal ein bisschen arbeiten. Am Ende dieses Semesters hat Leonora ihren Bachelor und dann sind wir weg. Bis dahin werde ich Geld verdienen. Wir haben eine Liste. Survival, Backpacking und Radfahren; das ist unser Plan. Wenn ich zurückkomme, weiß ich hoffentlich, was ich machen will. Falls wir überhaupt zurückkommen.«

»Das mit deinen Schwestern tut mir leid.«

»Danke.«

»Du willst mir also sagen, ich muss einfach lange genug durchhalten und die Dinge werden sich fügen.«

»Ich will dir überhaupt nichts sagen, aber so war es bei mir.«

»Du bist gar nicht so schlimm, wie ich dachte«, sagte Jona.

»Danke, gleichfalls.«

Die ganze Zeit über hatte der Regen nicht nachgelassen. Die beiden schwiegen und rauchten.

»Ich vermisse sie so verdammt, ich habe sie mehr geliebt als mich. Ich weiß ehrlich nicht, ob ich es schaffen werde ... aber ich werde gehen. Ich glaube nicht, dass es irgendwo etwas gibt, was mir helfen kann, aber hier ganz bestimmt nicht«, sagte Jona nach einer Weile, die ein paar Stunden oder aber nur Sekunden hätte sein können, so wohl hatten sich die beiden in der Stille gefühlt.

Schließlich stand Jona auf. Sein Magen knurrte, er war schwach und hatte trotzdem keinen Hunger. Arthur blickte zu ihm hoch, dann erhob er sich auch.

Jona streckte seinem Gegenüber die Hand hin, das sie ergriff und schüttelte. Schließlich wandte Jona sich um und ging langsam zurück nach drinnen. Arthur wartete, bis Jona im Gebäude verschwunden war, dann trat er den Weg zu seinem Auto an. Er hatte noch etwas vor.

HEIMKEHR NACH TIPASA

Als Arthur aus der Stadt raus war, änderten sich Temperatur, Luft- und Wolkenkonstellation. Er fuhr mit seiner Seifenkiste aus dem Sturm heraus und hinein in einen purpurnen Horizont, der sich jedoch rasch verdunkelte. Hier draußen war die Luft wärmer und trocken. Der Wagen, ein Geschenk seiner verstorbenen Oma, hatte noch keine Bluetooth-Funktion, weshalb Arthur gezwungen war, auf das veraltete Medium »CD« zurückzugreifen. Das war aber gar nicht so schlimm. Sein Handy diente ihm als Navi und verriet ihm, dass er noch mehr als vier Stunden vor sich hatte. Gleich an der ersten Tankstelle hatte Arthur angehalten, um seinen Vorrat an Zigaretten aufzufrischen. Diese Sucht musste er mal in den Griff kriegen. Aber er hatte ja Zeit. Die Tankstelle mit ihrem grellen Licht und dem dunkelroten Neon war auf eine heruntergekommene Weise ästhetisch gegen den Horizont hervorgetreten. Das war jetzt schon fast eine Stunde her. In der Zwischenzeit war es vollkommen dunkel geworden und Arthur hatte nur wenige andere Fahrer gesehen. Die Fenster unten und einen Arm im Wind, entschied Arthur, dass es an der Zeit für eine musikalische Offenbarung sei. Kein anderes Album war seiner Meinung nach so vollkommen. Er skippte keine Songs und fühlte sich jedes Mal, als hätte er eine spirituelle Reise hinter sich, wenn er es von vorne bis hinten durchgehört hatte. Weil er nicht wollte, dass der Effekt sich abnutzte, hörte er es nur selten. Aber heute war einer dieser auserwählten Tage. Er steckte sich eine Zigarette in den Mund und legte die CD ein. Die ganze Platte war auf eine düstere Weise munter und fröhlich. Die Songs spiegelten Arthurs Innenleben wider und wurden durch den apokalyptisch positiven Klangteppich zu einem Meisterwerk kombiniert, dessen erste Akkorde anklangen, während sich der erfrischende Wind seinen Weg durchs Auto bahnte. Arthur hörte, wie Tyler Joseph über seine schmutzige und schwere Seele sang, über eine Zeit, die nie zurückgedreht werden könnte, über einen Fall, den man als Reise verstehen musste, über einen Mann, der kaum noch zu Hause war, über Leonora, für die Arthur alles tun würde, über den Jungen, der sich nicht an die Regeln hielt, über den Richter, der ihn erlösen sollte, über den Zweifel, der nicht hieß, dass er ohne sie auskommen würde, über jemanden, der ein besserer Mensch hatte werden wollen, aber nicht wusste, wie er es anstellen sollte, über jemanden, der jung hatte sterben wollen, es sich jetzt aber nochmal überlegte, nachdem er ein Mädchen kennengelernt hatte, über einen gesuchten Heuchler, dessen Seele so kalt war, dass sie in der Hölle besser aufgehoben wäre, der im Grunde aber nur Angst hatte, über die eigene Herkunft, die im Dunkeln lag, über den Tag der Veränderung, der auch heute noch nicht eintreten würde, und schließlich über den Gehenden, der nicht mehr lange unter uns weilen würde.

Arthur hörte zu und er fühlte sich verstanden. Dieses Album war der Inbegriff von Katharsis für ihn. Gänsehaut und ein tränennasses Gesicht; er wusste nicht, wann er angefangen hatte zu weinen, aber es war ihm auch egal. Die Tränen kamen einfach so, als wollten sie ihm beistehen, und Arthur war ihnen dafür sehr dankbar, denn es zeigte ihm, dass er noch eine Seele hatte, wie schmutzig sie auch sein mochte.

Zu diesem Zeitpunkt war seine Laune zu gut für *Trench* und *Vessel*, aber nicht gut genug für *Scaled and Icy*. Der Twenty-One-Pilots-Zug war also abgefahren. Er wollte zwar gerne weiter in Melancholie und Nostalgie schwelgen, aber der Drang ging nicht so weit, sich vermusikalischte Selbstmordgedanken anzuhören. Heute nicht. Deswegen wühlte er mit einer Hand im Handschuhfach und mit der anderen hielt er das Lenkrad auf Kurs. Die vorbeiziehende Landschaft war eine Mischung aus bizarrer Natur, die gegen Industrie ankämpfte, und aus Industrie, die bizarre Natur plattmachte. Arthur entschied sich für Fugazi, Marillion. Sehr E-Gitarren-lastig, aber diese Dynamik ließ sich gut mit der Euphorie eines rasenden Autos vereinbaren.

Außerdem waren die Texte auf einem anderen Level. Er hatte Leonora Fugazi empfohlen, mit dem Argument, dass die Platte eine musikalische Form von T. S. Eliot sei. Jetzt würde er sie zwei Tage nicht sehen, aber sie war seiner Meinung gewesen. Seine Eltern zu besuchen, gehörte mit dazu, das alte Leben abzuschließen, sonst würde er ihr eine Geschichte mit offenem Ende erzählen, und das mochte niemand.

Natürlich würde er seine Ahnen nicht mitten in der Nacht aus dem Bett klingeln oder einfach die Tür aufschließen und sich an den Küchentisch setzen, um zu warten, bis einer nach unten kam. Er würde sich ein Hotelzimmer nehmen, dort die Nacht verbringen und früh aufstehen, um seine Eltern mit Sicherheit anzutreffen. Noch war er überhaupt nicht nervös, weil die ganze Situation so fern und abstrakt zu sein schien. Doch er war sich sicher, dass sich das ändern würde, sobald er am nächsten Morgen aufwachte.

Wie lange hatte er sie nicht gesehen? Drei Jahre? Sie waren gute Menschen gewesen, die ein einfaches, aber glückliches Leben in einer kleinen Vorstadt gelebt hatten. Er hatte keine Ahnung, wie sie jetzt drauf waren, dachte sich aber, dass sie vermutlich noch immer dieselben sein würden, da drei Jahre für einen jungen Menschen ein ganz anderer Zeitabschnitt sind als für ältere Menschen. Der positivste Ausgang wäre natürlich gegenseitige Vergebung und ein glücklicher Tod in der Zukunft. In diversen Abstufungen könnte es bis zum schlimmsten Ausgang kommen, nämlich dem, in dem seine Eltern weder sich noch ihm irgendetwas vergaben und zu Wracks ihrer selbst geworden waren. Alles zu seiner Zeit, dachte Arthur, während sein Wagen sich in die Dunkelheit ziehen ließ und Fish vor sich her sang: *From the Time-Life-Guardians in their conscience bubbles, safe and dry in my sea of troubles ...*

DER DÄMON
UND DIE EINSAMSTE EINSAMKEIT

Hm, hatte Jona gedacht, als er wieder Teil der würdelosen Totenfeier geworden war. Hm.

Zu diesem Zeitpunkt hatte er wenige Optionen, aber er wusste, dass keine davon seine Anwesenheit beinhaltete.

Weil er vorhatte, sein Dasein als Geist beizubehalten, würden ihn seine Eltern vermutlich nicht lange dulden; er konnte also direkt gehen. Vorher bräuchte er nur mehr Geld und mehr Geistmaterial. Am Ende war es immer Geld, ein Scheiß-Tauschmittel.

Jona würde heute weder weitere tiefgängige noch weitere oberflächliche Konversationen ertragen, er musste also sowohl Lisas Eltern als auch seine eigenen und natürlich auch Jacques meiden. Auf Aurora zu treffen, würde wahrscheinlich auch ein bisschen zu viel Aufmerksamkeit verursachen. Theoretisch konnte er also direkt wieder gehen. Unauffällig. Für einen Augenblick kam ihm der brillante Einfall, die Garderobe nach Bargeld und Stoff zu durchsuchen, musste ihn aber verwerfen, als er sah, dass sie bewacht wurde. Wer ließ eine Garderobe auf einer Beerdigung bewachen? Als ob jemand so krank wäre, bei so einem Anlass etwas von den Trauernden zu stehlen? Lachhaft. Jona schlich sich also raus und fühlte sich wie Tom Cruise in *Mission Impossible 1*; als ob sich jemand die letzten Stunden irgendwie um ihn geschert hätte. Es hörte nicht auf zu regnen. Seine Welt schien eine Schneekugel zu sein, die dauerhaft geschüttelt wurde. Regenkugeln wären ein schwer umzusetzendes Konzept, überlegte Jona. Noch konnte er nicht in die heilige Innentasche seines Anzugs greifen, er brauchte seinen Verstand. Noch war dieser auch beschäftigt und brauchte die kleinen Helfer nicht unbedingt. Er musste aufpassen, dass nicht einer der Partyhengste aus der Fensterfront in den Garten blickte und ihn sah, was dazu führen könnte, dass eine Reihe von Gesichtern ihn anstarren würde, wenn er sich umdrehte. Also entschied er sich, durch die Tiefgarage zu laufen. Obwohl er niemanden sah, der ihn hätte sehen können, tastete er sich hinter den Hecks der rückwärts eingeparkten Autos entlang, bis zur Ein- und Ausfahrt. Dort angekommen, ging er nach oben und stand vor der Tür des Haupthauses. Mit zitternden Fingern fummelte er den Schlüssel aus der Tasche und schloss die Tür auf. Hier war es egal, ob ihn jemand sah, denn die Angestellten hinterfragten die Tätigkeiten der Eigentümer genauso wenig, wie Abraham Gott hinterfragt hatte, als er sein Kind ermorden sollte. Anders als Abraham sollte das Personal später aber ziemlich Ärger kriegen, als könnten sie etwas dafür, dass dieser triefend nasse Junkie den Verstand verlor. Jona ging ins Ankleidezimmer seines Vaters und zog sich aus. Er ließ seine Klamotten achtlos auf dem Teppichboden liegen, entnahm ihnen aber sein Feuerzeug, seine Büchse der Pandora, sein Handy und sein Portemonnaie. Er legte dieses Survival-Equipment aufs Bett und ging dann nackt zum Schrank. Nachdem er die Türen geöffnet hatte, holte er ein Golf-Outfit für schlechtes Wetter hervor. Kariertes Hemd, beigefarbener Strickpulli und eine warme Stoffhose. Gürtel, Socken und Unterhose nahm er sich aus einem anderen Schrank. Das Outfit war ihm etwas zu groß; sein Vater war ein drahtiger, großer Typ, der seine Klamotten maßgeschneidert trug.

Jetzt der wichtige Part: Jona verschwand in einer anderen Garderobe und kam mit einer leeren Golftasche heraus; die Schläger lagen drinnen auf dem Boden verstreut, wie bei einem Mikado-Spiel. Erst steckte er seine Habseligkeiten hinein, dann ging er ins Badezimmer seiner Mutter.

Ein netter kleiner Wandershoppingausflug an einem schönen Sonntagabend, dachte Jona. Er kam sich vor wie ein verlorenes Küken, das von Raum zu Raum dackelte, aber nicht fand, was es suchte. Er betrachtete sich im Spiegel und die nassen Haare taten ihm einen großen Gefallen. Trotzdem sah er scheiße aus. Er nickte sich grüßend zu, dann beugte er sich herunter zum Schränkchen unter dem Waschtisch. Seine Mutter nahm Unmengen an Schmerzmitteln, scheinbar völlig wahllos.

Sie hatte damit angefangen, nachdem Jona und Jacques weg gewesen waren, und wurde zu einem Schatten ihres Selbst, das selbst schon immer ein Schatten gewesen war. Irgendwann hatte Jona aufgehört, Mitleid mit ihr zu haben, dafür war sie einfach zu blöd. Es war nicht so, als hätte nur sein Vater Schuld an ihrer kaputten Beziehung; es gehörten immer zwei dazu.

Was würde sie sagen, wenn sie ihn jetzt sehen könnte? Würde sie ihn beleidigen oder wäre sie insgeheim stolz, dass es mit ihm so endete wie mit ihr?

Jona nahm kleine orangefarbene Fläschchen mit weißem Deckel, grüne Fläschchen mit rotem Deckel und diverse Glasgefäße und warf sie in die Golftasche, die wie ein guter Kumpel neben ihm hockte. Jetzt musste Jona nur hoffen, dass sein Vater immer noch ein genauso beschissener Mensch war wie vor acht Jahren, als Jacques und er Koks in seinem Koffer gefunden hatten. Ehrfürchtig waren sie zurückgewichen, bevor sie zu dem Schluss gekommen waren, dass sie es vernichten mussten. Das hatte keine guten Folgen gehabt, wie das meiste im Leben.

Ohne es direkt angesprochen zu haben, bestrafte sie ihr Vater über Wochen hinweg. Dieser Mann würde sein Zeug nicht im Bad verstecken.

Wieso hatte er eigentlich das Pech, in einer so beschissenen Familie zu leben? Und wie war er trotzdem so gut klargekommen? Vielleicht verdankte er Jacques mehr, als er sich in den letzten Jahren eingestehen wollte. Lisa hatte ziemlich Pech gehabt mit ihm, wenn er mal so drüber nachdachte. Alle hatten Pech gehabt, ihn gezogen zu haben; er war das kürzeste aller Streichhölzer. Die guten Menschen sind immer ein Magnet für die schlechten. Die schlechten fühlen sich in ihrer Nähe besser, wie die Sünder bei Jesus. Jona machte sich auf den Weg zum Arbeitszimmer seines Vaters.

Als er dort ankam, stellte er belustigt fest, dass die Flügeltür geschlossen war, abgeschlossen.

Tja, dachte er, da machste nix. Das Schicksal wollte es so. Dann warf er sich gegen die Tür und sie flog auf. Es war nicht so, dass die Tür von schlechter Qualität war, ganz im Gegenteil. Aber Jona war trotz seiner gegenwärtigen Verfassung immer noch ein Muskelpaket, das in diesem Moment nicht viel auf den Schmerz in seiner rechten Schulter gab.

Er ging zum Schreibtisch und dachte, dass es wirklich keinen Sinn ergab, die Tür abzuschließen und zusätzlich noch die Schubladen. Er sollte recht behalten. Der Raum war eigentlich, das heißt, abgesehen von seinem Bewohner, ziemlich schön. Auf dem Schreibtisch stand unter anderem eine Fotografie von Jona und Jacques als Kindern.

Jona verstand diesen Mann einfach nicht, und er würde es auch nicht mehr versuchen.

Als er die oberste Schublade aufzog, wurde er gleich mehrfach überrascht. Nicht nur waren da handliche Pakete Koks, sondern auch eine Waffe. Eine verfickte Waffe! Der einzige Daseinsgrund für dieses tödliche Objekt konnte Jonas Meinung nach nur der Wunsch nach dem Freitod sein. Sein Vater war einfach nicht der Typ, der sich eine Waffe zur Selbstverteidigung oder zum Posen vorm Spiegel besorgte.

Jona fragte sich, ob die Waffe ihm nützen würde, verwarf den Gedanken aber schnell wieder. Er würde sich nicht erschießen. So weit kam's noch. Er würde schön brav eine Überdosis nehmen, sobald die Zeit dafür gekommen war. Noch war sie es nicht. Jona war zu dem Schluss gekommen, dass Drogen von der Gesellschaft in einem völlig falschen Licht wahrgenommen wurden. Sie konnten sogar lebensverlängernd wirken, wie in seinem Fall. Man musste sie nur aus den richtigen Gründen nehmen. Vielleicht war Stoff ja die Antwort der Evolution auf das menschliche Bewusstsein, die Entschuldigung für all den Schmerz. Das gefiel ihm.

Wie wäre die Woche wohl verlaufen, wenn Lisa ihr Leben auch durch Drogenkonsum verlängert hätte? Vielleicht wäre das die Action gewesen, die ihre Beziehung gerettet hätte. Jona wollte nicht mehr daran denken, aber Gott, was war sie stark gewesen, dass sie so lange clean überlebt hatte, und Gott, was war er selbst schwach.

Erst jetzt dachte er an das Geräusch, das eine Tür, deren Schloss ausbrach, zwangsläufig von sich geben musste. Ab diesem Punkt lief also ein Countdown.

Drei kleine Pakete, die er in seine Golftasche des Verderbens legte.

Dann überlegte er es sich anders, nahm eines der Pakete wieder hervor und griff nach dem Brieföffner, der in einem silbernen Behältnis vor ihm auf der schwarzen Lederplatte stand.

Jona hatte vorher noch nie Koks genommen, doch jetzt schien es ihm wie eine gute Idee. Er stach in das Päckchen, das sich bestimmt auch ohne Gewalt hätte öffnen lassen, und kippte einen kleinen Haufen auf den Tisch, bevor er es zurück in die Tasche fallen ließ. Umständlich versuchte er, mit dem Brieföffner eine *Line* zurechtzuschieben, denn sein Portemonnaie war klar außer Reichweite. Das Ergebnis reichte aus.

Jona legte seine Nase an, wie er es in unzähligen Filmen gesehen hatte, dann zog er sie hoch. Es war, als hätte er eine Kerzenflamme geschnupft; eine verdammt heiße Nasendusche. Aber sie erfüllte ihren Zweck. Ihm war, als schaltete seine Wahrnehmung auf HD um, und er wusste sofort, dass er dieses Zeug ganz sicher nicht mehr absetzen würde. Blieb nur noch eine letzte Station, die Hausbar.

Dort angekommen, musste Jona Prioritäten setzen. Wirkung und Qualität über Quantität. Er stopfte also ungefähr ein Dutzend Flaschen, darunter Scotch, Brandy, Whiskey, Rum und Kräuterschnaps, in die Tasche und stellte fest, dass es spätestens jetzt keinen Spaß mehr machte, sie zu tragen. Ein Blick nach draußen verriet ihm, dass die Welt noch immer unterging. Wäre schade um seinen Schatz.

Der nächste logische Schritt führte ihn in ein kleines Bad, in dem er den kleinen runden weißen Teppich, der auf dem Boden lag, aufrollte und als Regenschutz in seine Tasche stopfte. Jetzt war er bereit zu gehen.

Vielleicht war es das Kokain, vielleicht die Situation, aber als Jona das Haus verließ und sich dachte, dass er nicht mehr zurückkehren würde, fühlte er nichts. Das sollte er mal untersuchen lassen, sagte er sich. Die Tasche auf einer Schulter, wie den Sattel eines Cowboys, ging er schnurstracks zurück zur Tiefgarage.

Jacques war so ein Arschloch, er suchte ihn nicht einmal. Natürlich war das praktisch besser, aber auf der Metaebene störte es ihn trotzdem. Es ging ums Prinzip.

Die Tiefgarage war menschenleer, die Trauerfeier schien länger zu gehen als üblich. Vielleicht würde er Lisas Eltern schreiben; sie schienen die einzig guten Menschen in dem hell beleuchteten Irrenhaus am anderen Ende des Grundstücks zu sein. Jona wollte es nicht glauben, aber der Gedanke, dass seine Eltern die Ressourcen absichtlich bereitgestellt hatten, damit die Feier eine Farce wurde, wollte ihm nicht mehr aus dem Kopf gehen. Wie schlecht hatte man als Kind behandelt werden müssen, damit einem ein solcher Gedanke kam? Es schien nicht unwahrscheinlich. Er würde ihnen schreiben.

Sein Auto war nicht abgeschlossen. Natürlich nicht. Jona öffnete die Hintertür und warf die Schlägertasche auf den Rücksitz. Dann setzte er sich hinters Lenkrad. Ein Schlüssel lag im Handschuhfach. Der Wagen war ein Geschenk zum 18. Geburtstag gewesen, aber Jona hatte ihn nie benutzt, weshalb er die meiste Zeit seines tristen Autodaseins in dieser Garage zugebracht hatte. Jona verriegelte die Türen. Er fühlte sich jetzt auf eine merkwürdige Weise sicher, obwohl er sich vorher nicht unsicher gefühlt hatte, als wäre er als Kind zurück in seinem Bett und all das bloß ein Traum. Bloß ein Traum. Jona startete den Wagen. Aus einen ihm unerfindlichen Grund verspürte er Durst auf ein Bier. Zudem hatte er zum ersten Mal wieder richtig Appetit. Dennoch war seine Arbeit noch nicht völlig verrichtet. Er manövrierte den Wagen auf die Ausfahrt zu und hoffte, die Wachen am Haupttor würden ihn nicht aufhalten.

Die Wachen am Haupttor hielten ihn auf, wahrscheinlich hatten sie den Wagen erkannt.

Ein Wachmann kam heraus, wurde ziemlich nass und klopfte an die Scheibe. Jona hoffte, dass man ihm nicht anhörte, dass er noch vor ein, zwei Stunden versucht hatte, die Bar im Gästehaus eigenständig zu leeren.

Er ließ die Scheibe runter.

»Ja?«, fragte er betont geringschätzig.

»Es tut mir leid, Herr Neil, aber wir sind nicht befugt, Sie vom Grundstück zu lassen, solange Ihr Vater nicht das Okay gibt. Mein Kollege kontaktiert ihn gerade.«

Jona sprach schneller, als er denken konnte:

»Ah, ja? Sagen Sie meinem Vater, er soll mich am Arsch lecken. Was Sie hier versuchen, ist Freiheitsberaubung. Meine Freundin ist tot. Sie wurde vergewaltigt. Ich würde gerne nochmal ihr Grab aufsuchen, denn anscheinend bin ich der Einzige auf diesem beschissenen Grundstück, der sie vermisst, also machen Sie das verfickte Tor auf, bevor ich mich vergesse.«

Jona sprach wie ein völlig normaler aggressiver Mann auf Energydrinks. Er hatte die Worte erst gedacht, nachdem er sie gesprochen hatte. Kokain, dachte er fasziniert, so als hätte ein Kind ein neues Spielzeug entdeckt, mit dem sich unendliche Möglichkeiten eröffneten.

Der Wachmann musste sich eingestehen, dass er nicht viele Argumente hatte gegen jemanden, dessen Freundin beerdigt wurde und der von einem Grundstück fliehen wollte, auf dem so laut gelacht wurde, dass man es trotz Regen und Wind bis zu dem kleinen Wachhäuschen hören konnte. Der Wachmann gab seinem Kollegen ein Zeichen. Na also. Das Tor öffnete sich. Jona fuhr hinaus, ohne das Fenster wieder zu schließen. Ein Ausbrecher, völlig vogelfrei.

Sein nächstes und letztes Ziel war die Bank seines Vertrauens. Natürlich hatte sie schon geschlossen, aber die Lobby mit den Geldautomaten war noch offen. Der nächste logische Schritt für Jonas Eltern wäre, seine Kreditkarten zu sperren, aber daran würden sie frühestens morgen denken. Er konnte nicht alles abheben, aber sein Tarif ermöglichte es ihm doch, mehr abzuheben, als es vielen anderen Bürgern möglich war. Außerdem hatte er drei Karten. Zehn Minuten später hatte er 3.000 € in bar und war zufrieden. Er setzte sich zurück ins Auto und stopfte das Geld in die Tasche, deren Inhalt auf der Rückbank des Autos verteilt lag, da Jona sein Portemonnaie hatte zu Tage fördern müssen. Ein paar Scheine behielt er in seiner Hose. Erst jetzt fiel ihm auf, dass er keine Schuhe anhatte, und er zog erstaunt die durchnässten Socken aus.

Da war er also. Er könnte jetzt entweder in ein Hotelzimmer gehen und seinen Schmerz betäuben oder wenigstens versuchen zu kämpfen. Für Lisa sollte er eigentlich kämpfen; aber sie war nicht hier, oder? Also das

Hotelzimmer. Aber keines in der Stadt; Jona würde noch ein paar Stunden fahren, in der Hoffnung, dass seine Eltern das Auto nicht orten konnten. Irgendetwas musste ja mal klappen.

Er drehte sich zur Rückbank um und suchte die Fläschchen durch, kam aber zu dem Schluss, dass das Koks für die Autofahrt die beste Alternative blieb. Er holte den angeschnittenen Beutel nach vorn und schüttete ein Häufchen vor sich aufs Armaturenbrett, aber nicht dahin, wo das Lenkrad war, denn das wäre ja ziemlich ineffizient gewesen. Diesmal hatte er seine Karte griffbereit und sie kam gleich zum Einsatz. Das Häufchen reichte für zwei Lines. Er zog beide hintereinander weg, spürte aber schon nach der ersten, dass er die zweite nicht gebraucht hätte. Erstaunlich, wozu der menschliche Körper in der Lage war, dachte Jona, der sich fühlte wie Sherlock Holmes und Usain Bolt in einer Person.

Er drückte aufs Gas und suchte die Autobahn.

Arthur, dachte Jona, war ebenfalls sehr viel stärker als er. Obwohl Jona seine Eltern verachtete, dachte er sich oft, dass er der älteren Generation nicht die Schuld für die Misere der eigenen geben durfte. Wenn er bedachte, wie viele kaputte Menschen er kannte, die das Leben in die Knie gezwungen hatte, dann musste es die Älteren doch ebenso in die Knie gezwungen haben; es war schwer vorstellbar, dass dieser Fluch nur auf ihm und seinen Bekannten lag. Dass Arthur verschwinden wollte, hatte jedenfalls etwas sehr Ansprechendes. Jona hatte niemanden, der mit ihm verschwinden würde. Dafür hatte er das Geld jetzt schon zusammen. Die Geschichte hatte eine Euphorie geweckt, die verwandt zu sein schien mit der, die Jacques' und seine Weltreise damals in ihm geweckt hatte. Anders als Arthur fühlte sich Jona von der Vorstellung der Natur nicht angezogen, aber der Gedanke, in einer anonymen Großstadt unterzutauchen und von Metropole zu Metropole zu reisen, total zugedröhnt, bis er keinen Mut mehr übrig hatte, das gefiel ihm.

Ein Problem wäre sein Gepäck, mit dem er keine Sicherheitskontrollen würde passieren können. Aber vielleicht sagte ihm das nur, dass er auf dem Kontinent bleiben sollte, für einen langen Roadtrip. Er, die Straße und seine Tasche voller Spaß. Ein dalíesker Traum. Er wäre wie Kafka, nicht wie Franz, sondern wie der am Strand.

Seit Stunden fuhr Jonas Wagen über menschenleere Autobahnen, aber sein Fahrer wurde nicht müde. Eine Geisterkutsche, hatte Jona gedacht. Mittlerweile dachte er nicht mehr, er fuhr einfach.

Als die Sonne sich anschickte aufzugehen, hielt er auf dem nächstbesten

Parkplatz der nächstbesten Billigpension und stieg aus. Die heraufziehende Dämmerung erinnerte an den ewigen Kreislauf (den Jona so einfach durchbrechen könnte), ohne dass ihre Verursacherin bereits aufgegangen war.

Wenn er keinen zu wahnsinnigen Eindruck mit dem Klimpern von unzähligen kleinen und großen Fläschchen machen wollte, würde Jona die Tasche erst später holen können. Er hoffte, die Rezeption wäre unbesetzt, und seine Hoffnung wurde belohnt. Sein Leben konnte gar nicht besser laufen. Als er mit den nackten Füßen nah genug an der Theke stand, so dass ein möglicher Mitarbeiter dieses bezaubernden Etablissements sie nicht sehen konnte (zumindest, wenn er von hinter der Theke kam), drückte Jona auf die charakteristische Klingel auf dem Tresen.

Nett hier, hatte vermutlich niemand gedacht, der je dort gewartet hatte.

Eine Angestellte, die viel zu gut aussah, um auf einer Autobahnraststätte zu arbeiten, kam aus einer Tür hinter der Theke.

»Wie kann ich Ihnen helfen?«, fragte sie altruistisch.

Auf eine angsteinflößende Art erinnerte sie ihn an Lisa. Die hohen Wangenknochen, der schlanke Kiefer und das junge Gesicht. Er kam sich vor wie ein alter Mann, der zu einer Frau sprach, die ihn nicht mehr verstand.

War sie hier, um auf ihn aufzupassen?

Er war kein Mensch mehr.

»Jaa, wie? Das ist eine gute Frage, wertes Fräulein. Was halten Sie davon, mir eines Ihrer Zimmer für mindestens eine Nacht zu überlassen?«

»Dann müssen Sie bitte für mindestens eine Nacht vorzahlen. Der Preis beträgt 79 €. Oder wollen Sie ein bestimmtes Zimmer?«

Jona schüttelte den Kopf und holte einen Hundert-Euro-Schein aus der Hosentasche. Er fühlte sich wie Harrison Ford in *Auf der Flucht* (eigentlich nur wegen des Titels). Sie nahm ihn entgegen und gab ihm das Wechselgeld und eine Schlüsselkarte.

»Viel Spaß.«

Jona bedankte sich und ging zurück zum Auto. Spätestens jetzt musste sie seine Füße sehen, aber jetzt war es egal. Sie hatte vermutlich schon sehr viel Schlimmeres in diesem Hotel erlebt.

You can check out any time you like, but you can never leave.

Jona hatte nicht vor, in dieser Beton gewordenen Scheußlichkeit zu sterben. Auf der Fahrt war ihm der Gedanke gekommen, dass es ein schöner Ort sein musste. Ein Hochhaus oder ein See. Vielleicht ein Berg. Das Meer wäre auch eine interessante Option. Er hatte sich die Schlüsselkarte zu dem Geld in die Hose gestopft und musste nun all die Utensilien von der Rückbank in die Tasche zurückkriegen.

Nach fünf Minuten war er fertig und stopfte den Teppich wieder als Deckelersatz in die Öffnung. Er ging langsam und vorsichtig, damit seine Fracht möglichst keine Geräusche von sich gab. Ein Highschooler, der Alkohol zu einer Pyjamaparty schmuggelte.

Die Frau saß nicht mehr hinter der Theke, umso besser.

Jona ging die Treppe hoch und suchte seine Zimmernummer.

Als er sie gefunden hatte, entsperrte er die Tür und schloss sie sofort wieder hinter sich. Er hatte sein Ziel erreicht. Vor weniger als 24 Stunden hatte er clean in einem Wagen auf einem Parkplatz bei einer Beerdigung gesessen und jetzt war er hier. *Started from the bottom, now we're still at the bottom.*

Er schob den einzigen Stuhl, der sich höflicherweise im Zimmer aufhielt, vor die Tür, die er bereits verriegelt hatte. Auf seiner imaginären To-do-Liste hatten sich noch ein paar Aufgaben angesammelt, aber erst einmal ging er ins Bad, um zu duschen. Dann kam er wieder heraus, weil er es sich anders überlegt hatte, und beschloss, vorher noch eine Ladung Koks zu nehmen. Dann ging er wieder hinein. Ein paar Minuten später kam er nackt wieder heraus. Trotz der Notwendigkeit des Konsums tat ihm sein Körper leid, den er sonst immer wie einen Tempel behandelt hatte.

Er blieb nackt. Dann sortierte er die Tasche aus und verteilte den Inhalt auf dem Tisch. Den Flaschen schenkte er vorerst keine Beachtung. Als alle kleinen Fläschchen vor ihm standen, fing er an zu googeln und sein Suchverlauf wurde zum gefundenen Fressen für jeden Mitarbeiter der Drogenbehörde. Er suchte alle möglichen Formen von Barbituraten und Amphetaminen, bis er die kleinen Fläschchen mit einem Motel-Kuli durchbeschriftet hatte, der leider auf dem Plastik etwas schlecht zu lesen war. Aber warum sich beschweren, wenn sonst alles so gut lief? Er teilte die Dosen in die Kategorien Upper, Downer und Schlaftabletten ein.

Ein paar hatte er auch vorher gekannt, wie Ritalin und Oxys. Der Gedanke drängte sich ihm auf, wie seine Mutter es bloß geschafft haben mochte, all das zu konsumieren und trotzdem eine unausstehliche, unglückliche Hexe zu bleiben. Er für seinen Teil hatte seit der ersten Line Koks fast nichts mehr gefühlt und seine Gedanken waren zu schnell geworden, um ihnen aktiv zu folgen. Jetzt war es an der Zeit, von dem Zeug runterzukommen. Zum ersten Mal betrachtete er sein Zimmer.

Ein Fenster mit dünnen, weißen Vorhängen, die alles Licht hereinließen.

Das hätte ihn in einem anderen Leben wahnsinnig gemacht, aber das Zeug, das er jetzt nahm, war so stark, dass er so oder so würde schlafen können. Direkt neben dem Fenster hing ein Spiegel, vor dem sich Jona erschreckte, weil er ihn erst jetzt bemerkte und den Mann darin nicht kannte. Er stand auf, um ihn abzuhängen, aber er war in der Wand verschraubt. Auf dem Tisch mit all den Flaschen und Dosen lag eine Zeitschrift, die irgendwas im Zusammenhang mit *Billboard* thematisierte. Zwei billige Bilder hingen an der Wand, von denen das eine einen Mann mit Schnurrbart und Zylinder zeigte.

Jona fühlte sich beobachtet und stellte fest, dass er immerhin dieses Bild abnehmen konnte. Ein kleiner Sieg. Schließlich legte er sich auf sein Bett, ohne sich zuzudecken, da ihm der Aufwand zu groß erschien; fast schon unmenschlich.

Jetzt war er einen Tag länger am Leben, als er bis dahin geglaubt hatte. Vielleicht würde das jetzt immer so laufen. Jona bezweifelte es, aber ein Teil von ihm hoffte es. Dieser Teil war bestimmt Lisa, dachte Jona.

Jetzt war nicht mehr die Zeit für Experimente, weshalb er seine Bronzeschatulle nahm, bei der er die Wirkung jedes einzelnen kleinen Helfers kannte, und zwei Schlaftabletten herausnahm. Bevor er sie zerkaute, kam ihm ein panischer Gedanke. Lisas Eltern.

Als würde Gott ihm vergeben, solange er ihnen schrieb, stürzte er sich auf sein Handy. Er hatte die Nummer von beiden, schrieb aber nur ihrer Mutter:

Es tut mir leid wegen der Feier und wegen meiner Eltern. Solange wir uns an Lisa erinnern, wird sie unsterblich sein.

Danach machte er sein Handy aus, aus Angst, seine Eltern könnten es orten, obwohl er die Funktion längst deaktiviert hatte, und vergaß, dass man es auch in diesem Zustand würde orten können, falls man es orten könnte.

Er ging zurück ins Bett und fing an, die Tabletten zu kauen. Dabei dachte er, dass es ihm buchstäblich »Leid« tat.

DER VERLORENE SOHN
KEHRT ZURÜCK

Arthur hatte sich an diesem Morgen ziemlich über seine Fähigkeit, Voraussagen über sich selbst zu tätigen, geärgert, denn er war genauso nervös gewesen, wie er es prophezeit hatte. Vielleicht, dachte er, war es den Propheten in der Vergangenheit ganz ähnlich ergangen. Scheiße, diese Flut kommt tatsächlich? Ein bisschen wie Politiker, die sich den Klimawandel als Modewort auf ihre Banner geschrieben hatten und nun auf schmerzhafte Weise mit den Folgen dieser leichtsinnigen Entscheidung konfrontiert wurden.

Arthur stand vor dem Haus seiner Eltern und ihm ging es ungut. Ziemlich ungut. Es war, als wäre er in ein Bild hineingehüpft, so wie Mary Poppins. Er musste sich erst daran gewöhnen, dass er wirklich in diesem Bild steckte. Weder wusste er, was er sagen wollte, noch, was er überhaupt hier wollte. Das war ein sehr ungewohnter Bewusstseinszustand für ihn, der ihm unmittelbar unsympathisch wurde. Der erste Eindruck war verspielt.

Er ging ein paar Schritte auf die Haustür zu, und überraschenderweise stand er plötzlich davor. Er dachte an Jona, dann an Leonora, dann klopfte er und trat einen Schritt zurück. Sein Magen führte einem ausgewählten Publikum, darunter auch Arthurs Frühstück, eine Breakdance-Performance vor. Arthur bewohnte die Wohnung gleich über dem Veranstaltungsort und rang mit der Entscheidung, ob sich beschweren sollte, wusste allerdings, dass das den Bewohnern der unteren Etage herzlich egal wäre, und ließ es bleiben. Dann wurde die Tür geöffnet.

Sein Vater sah gut aus, besser als an dem Tag, an dem Arthur ihn das letzte Mal gesehen hatte. Gleiches konnte man wahrscheinlich auch über ihn sagen, dachte er. Er wollte etwas zur Begrüßung sagen, aber es kam kein Ton hervor. Die Stille war unerträglich und dehnte sich, wie bei einem Yogakurs für Fortgeschrittene. Langsam wurde es lächerlich; was sollten die Nachbarn denken? Arthur wünschte sich inständig, sein Magen würde die Musik leiser drehen, aber er tat es nicht. Schließlich tauchte auch noch seine Mutter im Türrahmen auf.

»Arthur?«, fragte sie, und weil es so schmerzte, seinen Namen aus ihrem

Mund zu hören, kam er gar nicht dazu, zu denken, was das denn für eine blöde Frage war. Für eine lange Zeit hatte er gedacht, er würde die beiden nie wiedersehen. Aber hier stand er.

»Ich hätte anrufen sollen …«, fing er vorsichtig an.

»Was redest du da? Wir sind so froh, dass du hier bist«, sein Vater sprach, als sei er ehrlich erstaunt, was wahrscheinlich daran lag, dass er ehrlich erstaunt war.

»Komm doch erstmal herein«, schlug seine Mutter vor.

Arthur kam erstmal herein.

Was konnte einen auf diesen Moment vorbereiten? Die Zeit hatte drei Jahre lang stillgestanden. So viel zum Thema Veränderung. Der gedeckte und genutzte Frühstückstisch verriet Arthur, dass er seine Eltern beim Frühstück angetroffen hatte. Ein Genie.

»Setz dich doch«, bot seine Mutter an.

Arthur setzte sich.

Was hatte er zu sagen?

»Es tut mir leid.«

Seine Eltern sagten nichts. Vielleicht hätten sie mit etwas Smalltalk anfangen sollen, aber das hätten Arthur und sein Magen nicht ertragen. Plötzlich überschüttete ihn sein Hirn mit Fragen: Was hatten die beiden getrieben? Waren sie glücklich? Hatten sie an ihn gedacht? Waren sie noch wütend? Wie groß war die Rolle, die Emily und Zoe in ihrem Leben noch spielten?

»Du hast dir immer die Schuld gegeben.«

Sein Vater nickte, um seine Ehefrau zu bestätigen.

»Wir dachten, du würdest daran zerbrechen, … aber sieh dich an.«

Es klang fast freudig.

»Du musst uns alles erzählen.«

Arthur holte tief Luft. Er fühlte sich noch immer auf Stand-by.

»Mir geht's gut. Wie geht's euch?«

Beeindruckend, wie das Umfeld die verbalen Fähigkeiten einschränken konnte. »Uns?«, seine Mutter wirkte etwas verdutzt: »Wieso denn uns?«

Auf diese Frage wusste Arthur auch keine Antwort.

Sein Vater kam den beiden zu Hilfe:

»Wir haben dir auch viel zu erzählen, Arthur. Aber wo sollen wir anfangen?«

Eine weitere interessante Frage, dachte Arthur. Er krächzte:

215

»Wir könnten einfach wahllos Fragen in den Raum werfen und mit den Antworten Anno Domini spielen.«

Arthur fragte sich, ob die automatische Defensivreaktion seines Gehirns eines Tages nicht mehr Humor wäre. Das käme seinen Gesprächspartnern bestimmt gelegen. Seine Eltern warfen sich einen kurzen Blick zu. Arthur fragte sich, ob sie sich fragten, ob er verrückt geworden sei. Langsam bekam er sich in den Griff, als sei sein Ich seinem Gehirn hinterhergerannt und hätte es endlich eingeholt.

»Es tut mir leid. Meine Freundin hat mir auch von Anfang an gesagt, ich solle emotionale Situationen nicht durch unangebrachte Witze zerstören. Ich gebe mein Bestes.«

Seine Eltern schienen von dem plötzlichen Wortschwall jetzt auch ziemlich überfordert, und seine Mutter fragte, was jede Mutter gefragt hätte:

»Deine Freundin?«

Arthur lächelte. »Sie ist toll. Ihr müsst sie unbedingt kennenlernen. Sie hat mich überredet, hierhin zu fahren.« Er überlegte kurz, bevor er hinzufügte:

»Ich hatte es aber auch schon länger geplant.«

Leonora war ein sicheres Thema, über Leonora redete er gerne, ungeachtet der Situation.

»Wie habt ihr euch denn kennengelernt?«, fragte seine Mutter.

Seine Eltern hatten sich zu ihm an den Tisch gesetzt. Arthur lächelte wieder. Man kann sich das Entzücken der Eltern vorstellen, wenn der verlorene Sohn nicht nur zurückkehrt, sondern sie auch noch anlächelt. Und was hatte er für ein schönes Lächeln. Die Zeit war drei Jahre lang stehengeblieben.

»Schicksal«, sagte Arthur. »Wir haben uns zufällig in einem Gasthof getroffen, der 70 km weit von der Uni weg war, auf die wir beide gehen. Dann ist es so gekommen, wie es immer kommt. Ein alter Perversling hat sich an sie rangemacht und ich habe ihn in die Flucht geschlagen.«

Arthur blickte erwartungsvoll in die Runde.

»Was hat dich denn in ein so weit entferntes Gasthaus verschlagen? Und du hast einen alten Mann gehauen?«

Seine Eltern warteten gespannt.

Arthur war ein kleiner Junge, der vergnügt von seinem ersten Schultag berichtete: »Wir haben eine Radtour gemacht, aber nicht zusammen. Ich fahre wieder regelmäßig. Sie ist mir sofort aufgefallen, aber ich wollte sie nicht stören. Dann kam dieser alte Sack und hat sich an sie rangemacht. Also habe ich ihn provoziert, bis er abgehauen ist.«

Sein Vater lächelte ihn an:

»Du hast schon immer gerne provoziert. Ich erinnere mich noch an Frau Schmog.«

Arthur erinnerte sich auch an Frau Schmog. Auf einmal war alles so vertraut; er war zu Hause.

»Diesmal hat der Zweck sogar die Mittel geheiligt«, fügte Arthur hinzu.

»Wie heißt sie denn?«, fragte seine Mutter, die sich anscheinend an dem Thema festgebissen hatte.

Arthur drehte den Kopf zu ihr.

»Leonora. Sie studiert Literatur. Ihr werdet sie auch noch kennenlernen.«

»Das will ich doch stark hoffen«, sagte sein Vater.

»Aber mal was ganz anderes, und ich will wirklich nicht die Stimmung verderben«, fuhr sein Vater fort und blickte kurz, nach Bestätigung suchend, seine Frau an, die ihm zunickte: »Aber, Arthur ... nimmst du noch was?«

Arthur sah seinen Eltern an, dass sie sich das gefragt hatten, seit er vor ihrer Tür aufgetaucht war. Er fing an, das Wichtigste zuerst:

»Schon lange nicht mehr. Früher brauchte ich diese Gegenwelt, das Entkommen, weil ich es hier nicht aushielt. Aber irgendwann, schon auf dem Internat, merkte ich, dass ich es entweder in dieser Welt schaffen musste, oder es wäre eh egal. Ich hab's geschafft, wenn auch langsam.«

»Gott sei Dank«, sagte seine Mutter.

Arthur fand, man könnte sich ruhig bei ihm bedanken, weil er sich selbst gerettet hatte, sagte aber nichts.

»Es war so eine Verschwendung«, griff sein Vater den roten Faden wieder auf: »Aber du siehst jetzt auch besser aus. Wirklich besser.«

»Es tut uns so leid, dass wir dich weggeschickt haben. Damals war es uns einfach zu viel. Wir wissen jetzt, dass wir es zusammen hätten schaffen sollen«, sagte seine Mutter.

»Wir dachten schon, wir sehen dich nie wieder, und wir hätten dich verstanden, ... aber der Herr hat dich zu uns zurückgeführt.«

Arthur fragte sich, ob seine Eltern nicht richtig zuhörten, da er ja schon erzählt hatte, wie *er* zu dem Schluss gekommen war, sie zu besuchen. Als er den Wagen gefahren hatte, war da kein Herr gewesen, der ihm das Lenkrad mal abgenommen hätte. Im Gegenteil, Arthur war sich ziemlich sicher, dass der Wagen ziemlich schnell mit ziemlich hoher Geschwindigkeit von der

Spur abgekommen wäre, wenn er sich dazu entschieden hätte, das Lenkrad loszulassen, und dem Herrn wäre es schnurzpiepe gewesen. Arthur musste erstmal überlegen, wie er darauf antworten sollte.

»Ihr seht auch nicht schlecht aus«, sagte er schließlich. »Wie habt ihr es geschafft?«

»Der Herr hat uns gerettet«, sagte seine Mutter.

Sein Vater nickte zustimmend.

Schade, dachte Arthur. Ein bisschen Hoffnung hatte er gehabt. Ironie des Schicksals, seine Eltern waren Junkies geworden.

»Nett von ihm«, kommentierte Arthur. »Ich war gestern noch in der Kirche.«

»Das freut uns«, quiekte seine Mutter vergnügt. »Vielleicht willst du uns heute begleiten? Dein Vater und ich gehen jeden Tag.«

Schade, dachte Arthur wieder.

»Es wäre mir eine Ehre«, antwortete er, und es kostete ihn übermenschliche Kräfte, den ironischen Beiklang minimal zu halten.

KAIN UND ABEL ODER AENEAS UND DIDO VON KATHARGO (NICHT DIE MIT DER WEISSEN FLAGGE), TEIL 1

Jona wachte auf und fühlte sich beschissen. Seine Schläfen versuchten ihn von innen heraus k. o. zu boxen, sein Hals war Schmirgelpapier, und sein restlicher Körper schien gerade einen epileptischen Anfall zu haben. Er nahm das alles wahr und merkte, dass er wohl oder übel doch in diesem Zimmer sterben musste, wenn er nicht bald etwas essen würde. Das wäre etwas ärgerlich. Unter Aufbietung all seiner geringen Kräfte wuchtete Jona seinen Körper ins Bad. Dort angekommen, drehte er den Wasserhahn auf und trank gierig. Er spürte, wie dieses Lebenselixier ihn durchflutete. Dann befeuchtete er sein Gesicht und seine Handgelenke. Als er den Alkohol sah, drehte sich ihm der Magen um. Da würde er also erstmal die Finger von lassen. Er fühlte schon wieder viel zu viel und fand, es sei Zeit für ein bisschen Koks. Gedacht, getan. Obwohl es ihm jetzt »gut« ging, sagte ihm sein kristallklarer Verstand, dass er trotzdem etwas essen musste. Vorsichtig streckte er seine Hand nach seinem Handy aus, als sei es eine aggressive Katze, die ihn anspringen und beißen könnte. Als er es in der Hand hatte, atmete er tief durch und schaltete es wieder an.

Die erwartete Flut von Nachrichten brach über ihn herein. Jacques hatte ihn über 50-mal angerufen. Erstmal das Wichtigste. Er öffnete die Kartenapp und suchte nach Lieferdiensten in seiner Nähe, was sich dadurch schwierig gestaltete, dass er seinen Standpunkt erst manuell suchen musste, weil er sich nicht traute, die Ortungsdienste wieder anzuschalten. Schließlich fand er sich und dann einen Pizzalieferanten. Er bestellte online und gab seine Zimmernummer an.

Heute würde er sich nicht von hier fortbewegen, also könnte er genauso gut seine Buchung verlängern. Da fiel ihm die Uhrzeit auf; er hatte über 15 Stunden geschlafen.

Er zog seine Socken an, die immer noch leicht feucht waren, und wickelte sich die Decke um den Bikinibereich. Dann schob er den Stuhl weg von der Tür und ging die Treppe runter ins Foyer.

Lisa war nicht mehr da; zum Glück. Jetzt saß dort ein älterer Herr mit kleiner Brille. Er erinnerte Jona an Albus Dumbledore.

»Zimmer bitte einmal verlängern. Hier sind 100 €, behalten Sie den Rest. Gleich kommt ein Pizzabote, den Sie damit entlohnen können.«

Jona lachte.

Als der Mann ihn fragte, welches Zimmer er verlängern solle, hörte Jona auf zu lachen und ging verärgert die Treppe wieder hoch. Als er wieder unten ankam, sagte er schnippisch: »Zimmer 19.«

Der Mann nickte.

»Wird erledigt.«

»Danke.«

Jona ging zurück nach oben und entledigte sich seiner Decke. Vielleicht sollte er ein bisschen Sport machen. Doofe Idee, sagte sein Kopf. Jona ließ es bleiben. Da klingelte sein Handy. Es war schon wieder Jacques. Jona ging ran, weil ihn das Klingeln nervte.

»Wie kann ich dir helfen, Bruderherz?«

»Wo bist du?«

»Das geht dich einen Scheiß an.«

»Papa will dich als vermisst melden, wenn du nicht bis heute Abend auftauchst.« Gelogen, dachte Jona. Die PR-Nummer, wenn sein Vorzeigesohn landesweit gesucht und dann vollgekokst gefunden wird, würde er nicht riskieren. Vor allem nicht, wenn es sein Koks war.

»Ohh, er vermisst mich? Sag ihm bitte, ich vermisse ihn auch. Und drück ihn doch bitte ganz lieb von mir.«

»Jona, das ist ernst. Lisas beste Freundin will Anzeige gegen dich erstatten. Sie meint, du hättest versucht, sie zu vergewaltigen, und als sie sich gewehrt hat, hättest du sie k. o. geschlagen.«

Jona musste lachen. Kein schönes Geräusch. Er sagte:

»Das klingt aber wirklich ernst.«

»Jona, was ist los mit dir? Was hast du genommen?«

»Nichts, was unser Vater nicht gutheißen würde.«

»Weißt du, wie verdächtig es wirkt, wenn du verschwindest und wegen so was gegen dich ermittelt wird? Was sollen Lisas Eltern denken?«

Aua, der war unter der Gürtellinie. Aber Jona war sich sicher, dass sie so etwas nicht glauben würden.

»Jona?«

»Ja.«

»Also was ist?«

»Ich freue mich nur für Aurora. Ich hoffe, sie wird glücklich.«

»Verrat mir, wo du bist.«

»Wieso? Dir ist das doch eigentlich scheißegal.«

»Ich muss dir was erzählen, was anderes.«

»Mach's doch jetzt.«

»Das ist was Persönliches.«

»Tja, kommt Zeit, kommt Rat.«

»Ich bitte dich, Jona. Sag mir, wo du bist. Ich komme zu dir. Wir reden und danach lasse ich dich für immer allein. Versprochen.«

»Dein Wort bedeutet mir nichts.«

»Ganz ehrlich, was hast du zu verlieren?«

Das war ein gutes Argument. Nachdem Jona seine Adresse verraten und aufgelegt hatte, kam auch schon die Pizza. Dumbledore brachte sie ihm nach oben. Jona öffnete nackt die Tür und bedankte sich. Während er die Pizza aß, überlegte er, dass er Jacques einfach zusammenschlagen würde, wenn er ihn verraten würde. Jacques war vielleicht größer, aber Jona war beinahe doppelt so breit. Er hätte keine Chance. Sogar jetzt könnte Jona ihn mit Leichtigkeit fertigmachen. Jona wusste nicht, wie lange er gefahren war, aber es waren mindestens acht Stunden gewesen. Er hatte also noch Zeit. Bevor Jacques dann kam, würde er sich aber ordentlich wegballern. Er konnte den Rest schon nüchtern nicht ertragen, aber Jacques wäre eine *Next-level*-Herausforderung.

ARTHUR VERLÄSST SEVILLA IM 16. JAHRHUNDERT

Durchwachsen, würde er sein Erlebnis beschreiben, aber es fühlte sich so gut an, als wäre er einen Marathon gelaufen. Morgen würde er Leonora sehen und könnte ihr alles erzählen. Sie hatten ihm vergeben. Er ihnen auch. Sie waren glücklich. Er war es auch (oft). Sie konnten wieder normal miteinander reden. Seine Eltern glaubten an Märchen.

Letzteres war vielleicht etwas ungünstig, aber es erfüllte seinen Zweck. Es störte Arthur nicht. Genau das hatte er gemeint, als er gegenüber Jona von Verantwortung sprach. Seine Eltern hatten einen Weg gefunden, glücklich zu werden, mit ihrem Verlust klarzukommen und ihm zu verzeihen. Das war etwas Gutes. Nur, weil er es nicht auf diesem Weg schaffen konnte, hieß das nicht, dass er anderen ihr Glück mopsen musste. Hätte er seinen Eltern die Wahrheit gesagt, ihre Welt wäre zusammengebrochen. Das wäre dann nicht richtig, oder? Auch wenn es im Namen der Wahrheit geschehen wäre?

Arthur nahm die Schuld und die Wahrheit auf sich, und langsam gefiel er sich in dieser Rolle. Beschützer der Unschuldigen. Er war wie der Großinquisitor. Ein angemessener Vergleich. Das würde Leonora gefallen. Wieder freute er sich, es ihr zu erzählen. Was hatte Nietzsche noch gesagt?

Wenn ein Baum an den Himmel rühren will, müssen seine Wurzeln bis in die Tiefen der Hölle dringen.

Arthur hatte es immer schon verstanden, aber er fühlte die Wahrheit dieser Worte erst jetzt. Es ärgerte ihn ein bisschen, dass Jonas widerwärtiger Bruder so viel über Nietzsche erzählt hatte. Es störte ihn fast noch mehr als der Missbrauch von Nietzsches Namen durch die Nazis. Schwache Männer waren einfach anfällig für Nietzsches kraftvolle Prosa. Er selbst hatte ihn immer als Selbsthilfeautor verstanden. Aber es war wie mit den meisten Selbsthilfebüchern; du verstehst sie erst, wenn das Leben dir die Weisheit auf einem anderen Weg zeigt.

Er fragte sich, wo Jona jetzt gerade sein mochte. Sein Leben lang hatte Arthur gedacht, es gäbe niemanden, der einen ähnlichen Schmerz erlitt wie er. Dann hatte er den Hippie getroffen und Jona.

War es möglich, dass jeder völlig am Arsch war und es einfach nicht zeigte? Wenn ja, dann wäre Leonora definitiv die Ausnahme und er würde dafür sorgen, dass sie es blieb. Unschuldig und rein wie ein Engelein. Vielleicht sollte er ihr ein Gedicht schreiben, nur so zum Spaß. Sein Wagen fuhr mal wieder durch die Dunkelheit, und Arthur überlegte weiter. Was reimte sich auf Engelein? Irgendwas mit sein oder mein wäre gut. Unschuldig und rein wie ein Engelein, endlich bist du mein, Lieben kann so einfach sein? Das war extrem kitschig, aber wenn er es selbstironisch genug vortrug, dann würde sie wissen, dass er es eigentlich ernst meinte. Jetzt durfte er die Zeilen nur nicht vergessen. Die nächste wichtige Frage drängte sich ihm auf: Was sollte er hören?

Er entschied sich für Pearl Jam, Klassiker, und ihm kam der Gedanke, wie einfach sein Leben geworden war. Weil seine Eltern es versäumt hatten, bedankte er sich deswegen bei sich selbst.

»Danke«, sagte er laut, bevor er bei Eddie Vedder mitsang, dass er immer noch am Leben sei, und er wusste, dass es endlich keine Form des Überlebens mehr war.

KAIN UND ABEL ODER AENEAS UND DIDO VON KATHARGO (NICHT DIE MIT DER WEISSEN FLAGGE), TEIL 2

Jona war hibbelig und hasste es. Was wollte Jacques ihm sagen? Wenn er sich anmaßen würde, Lisas Tod für irgendeinen philosophischen Exkurs zu nutzen, würde Jona ihn fertigmachen. Dieses Szenario spielte er immer wieder im Kopf durch. Zwischendurch machte er Liegestütze und Schattenboxen. Er war klitschnass. Bevor sein Bruder ankäme, würde er duschen. Aber er kam bald. Er kam bald. Der Anruf lag mehr als sieben Stunden zurück. Mittlerweile dämmerte der Morgen. Schon wieder. Immer dieselbe Scheiße. Sein Kiefer malmte. Bald wäre es Zeit runterzukommen, ganz runter. Eigentlich wäre es jetzt auch nicht schlecht. Also ging Jona zum Tisch. Den ganzen Tag über hatte er nur Koks geschnupft, aber es schien nicht mehr zu helfen. Nichts half mehr. Er würde zurückgreifen auf seine gute Erfahrung mit Downern, wobei er hoffte, dass dieser Cocktail nicht zu einem Ableben führen würde, bevor er die Chance bekam, Jacques zusammenzuschlagen, denn er war sich sicher, dass es so enden würde. Das Blatt hatte sich gewendet. Der Schüler war zum Meister geworden.

Jona nahm eine Dose, auf der »Downer« stand, und kaute zwei der darin befindlichen Pillen. Anscheinend keine unmittelbare Wirkung, dachte Jona. Dann ging er unter die Dusche. Früher, in einem anderen Leben, hatte er immer kurz heiß und lange kalt geduscht, aber diesmal verzichtete er auf den Gebrauch des Kaltwasserhahns. Flüssige Lava ergoss sich auf seinen Rücken, aber er merkte es kaum. Schließlich trat er wieder heraus. Sein ganzer Rücken war rot. Rot, wie das Blut aus Lisas Handgelenken, dachte Jona. Dann ging er zum Tisch zurück und nahm sich eine Flasche Whiskey.

Aus einem unerfindlichen Grund dachte er, er bräuchte ein Glas, und ging zurück ins Bad, wo zwei Plastikbecher, eingewickelt in Zellophan, standen. Langsam kam er runter, ganz runter. Er riss die Folie ab und schenkte sich ein Glas voll, das er in einem Zug runterstürzte. Ekelhaft, dachte es irgendwo in ihm, weit entfernt. Dann schenkte er sich noch ein Glas ein und ging zurück zum Bett, wo er sich wieder in die Decke wickelte und sich hinlegte. Jetzt war er unten. Ganz unten. Er fühlte sich wie ein Kopfkissen und dachte, dass das auch nicht gut sei. Also ging er zurück zum Tisch und hielt dabei das Glas die ganze Zeit in der Hand. Eine Pille Adderall, dachte er. Dann könnte er sich nicht zu sehr aufregen, dank der Pillen von eben, aber er wäre auch in der Lage, klar zu denken. Hauptsache, keine Gefühle.

Lisa war in den letzten Stunden in seinem Kopf zur *persona non grata* geworden, da sie ihn konstant daran zu erinnern versuchte, dass er ihr ein glückliches Leben schuldig sei. In seinem Kopf hörte er ihre Stimme. Jetzt war das Problem, dass Jaques ganz sicher diesen Namen mehrfach erwähnen würde, was das Ignorieren der Stimme erheblich erschweren würde. Er trank einen Schluck. Es klopfte an der Tür. Jacques war da. Irgendwie hatte Jona die ganze Zeit geahnt, dass er ihn nochmal wiedersehen würde. Die ganze Autofahrt über hatte sich dieser Gedanke in sein Unterbewusstsein geschlichen und sich dort gegen Jonas Willen eingenistet. Jona ging zur Tür, schob den Stuhl beiseite und öffnete latent angespannt.

»Du siehst noch beschissener aus.«

»Habe ich wahrscheinlich von unseren Eltern geerbt.«

Jacques ging hinein, was sich als schwierig herausstellte, da Jona nicht gewillt war, sich auch nur einen Millimeter zu bewegen. Schließlich war die Tür zu, und die beiden saßen einander gegenüber, Jona auf dem Bett und Jacques auf dem Stuhl.

»Nett hast du's hier«, sagte Jacques.

»Komm zum Punkt. Was wolltest du mir sagen?«, unterbrach ihn Jona.

»Jona, was ist los? Ich bin's.«

Was war los? Jona spürte eine gewisse Mordlust in sich aufsteigen.

»Du sprichst jetzt besser, oder du verlässt diesen Raum ... durch das Fenster.«

»Okay, okay. Ist ja schon gut. Also: Ich muss dir was gestehen. Ich habe es geschafft, ich bin zum Übermenschen geworden.«

»Aha, und weiter?«

»Das ist alles? Fragst du dich nicht, wie?«

»Ich erinnere dich gerne an das Fenster.«

»Meine Weltreise ist nicht so verlaufen, wie ich dachte. Offenbar bringt es keine Erkenntnis mit sich, einfach von Hotel zu Hotel zu reisen. Übrigens haben Mama und Papa alle Kosten übernommen, unter der Bedingung, dass ich dir fernblieb. Vor der Beerdigung habe ich sie gefragt, ob ich kommen dürfte, und Papa, das melodramatische Arschloch, hat mir gesagt, dass er mich umbringen würde, falls ich versuchte, deine Schwäche für Propaganda auszunutzen. Bis dahin hatten sie mir ein kleines Appartement im Osten finanziert, dort habe ich Nietzsche studiert. Dort bin ich zum Übermenschen geworden. Jetzt bin ich frei und werde dich auch zu einem machen, und du wirst jenseits von Gut und Böse stehen.«

Jona musste lachen. »Du klingst, als wärst *du* ein Wahnsinniger auf irgendwelchen ziemlich harten Drogen und nicht ich.«

»Ich bin nicht wahnsinnig und ich kann es dir beweisen. Aber noch nicht; alles zu seiner Zeit.«

»Du bist also nur hierhergekommen, um mir Märchen zu erzählen?«

»Ich bin hierhergekommen, um dir zu zeigen, wie du es auch schaffen kannst.«

»Einer der Gebrüder Grimm zu werden?«

»Ein Übermensch.«

»Kannst du bitte gehen? Ich frage nur einmal nett.«

»Jona, verstehst du nicht, wie wichtig das hier ist? Ich kann dich retten. Dein Schmerz hätte ein Ende, du hättest eine Bestimmung. Lisa wäre nicht umsonst gestorben.«

Das war zu viel. Wenn Jacques sich unbedingt zur laufenden Lachnummer machen musste, okay, das war nur eine geringe Nervenbelastung. Aber Lisa zu erwähnen, für seine lächerlichen Zwecke, das zeigte Jona, dass Jacques genauso war wie vor drei Jahren, und er würde sich nie verändern. Jona hatte dieses Szenario durchgeplant. Er wusste, welcher Schritt jetzt kam. Schneller, als irgendein zufällig beistehender Dritter es diesem in sich selbst zusammengebrochenen Wrack zugetraut hätte, stürzte sich Jona auf Jacques.

Der erste Schlag saß, doch Jacques ging nicht k. o. Er sprang erschrocken nach hinten und hielt sich den Kiefer. Er schrie:

»Stopp! Ist ja gut, okay, ich gehe! Ich gehe!«

Jona ließ von ihm ab, war aber bereit, noch einmal zuzuschlagen, sollte dies eine Finte sein.

Jacques griff nach seiner Jacke. Statt sie anzuziehen, griff er in die Innentasche und brachte etwas zum Vorschein, das bizarr aussah, aber für Jona trotzdem klar zu erkennen war: eine Pistole.

Jona war überrascht, das ließ sich nicht leugnen, aber er versuchte, es trotzdem zu verstecken.

»Wo hast du die her?«

»Von Papa.«

»Aus dem Schreibtisch?«

»Was? Nein. Aus dem 3D-Drucker. Wieso aus dem Schreibtisch?«

»Da war auch eine. Die hätte ich besser mitnehmen sollen, dann hätte ich das Problem jetzt nicht.«

»Wieso hat Papa eine Waffe im Schreibtisch?«

»Ich war auch höchst erstaunt.«

Jonas Stimme war jetzt verspielt und sarkastisch, als wäre das alles nur ein schlechter Witz. Aber im Inneren wusste er es besser. Was jetzt folgen würde, wäre eine verbale, psychologische Folter, wahrscheinlich sein Karma dafür, dass er Lisa verloren hatte. Etwas in ihm schrie nach Lisa, schrie nach der Vertrautheit, die nur sie ihm geben könnte, aber da sie weg war, fühlte er sich so allein, dass er plötzlich Angst hatte zu sterben. Nicht im Allgemeinen, er würde es früher oder später beenden, aber er hatte Angst, in diesem Zimmer zu sterben. Das wäre einfach falsch. Durch Jacques' Hand zu sterben, wäre falsch. Er selbst müsste es tun. Nur dann würde er sie wiedersehen. Er hatte Angst, dass jemand wie er durch die Hand eines Verrückten sterben könnte, und nicht mit der Bedeutung, die sein Tod eigentlich haben sollte, nämlich, dass er ohne Lisa nicht leben konnte. Also ging er vorsichtig zurück und setzte sich aufs Bett. Jacques würde ihren Namen missbrauchen, er wusste es. Aber wenn er das hier schaffte, dann wäre er frei und könnte sich wieder an sie erinnern. Er hätte Jacques niemals seine Adresse verraten dürfen. Er hatte den Wahnsinn seines Bruders unterschätzt.

»Also«, sagte Jona trocken. »Dann lass mal hören.«

Er lehnte sich vorsichtig zurück und griff unauffällig nach seiner Box. Jacques sah es natürlich, ließ es aber geschehen. Vermutlich dachte er, es könne nicht schaden, wenn Jona etwas betäubt und dadurch aufnahmefähiger wäre. Jona kaute wieder zwei Pillen. Diesmal war der Kontrollverlust nichts Angenehmes. Als er zurückfiel in eine gedämpfte Welt, bat er den Gott, von dessen Inexistenz er überzeugt war, um Gnade, wenn nicht sogar um Erlösung. Doch in einer noch gedämpfteren Welt fühlte er, dass Verdammnis auf ihn wartete, und er fühlte, dass er es verdient hatte. Dann hörte er auf zu fühlen und Jacques fing an zu predigen:

»Du solltest dankbar sein für das, was dir widerfahren ist. Es gibt Menschen, die kämpfen ein Leben lang, um sich von ihren Eltern, ihren Freunden, ihrem Eigentum und ihrer Gesellschaft freizumachen; du hast es einfach so geschafft. Du bist ein Löwe.«

»Ich wollte schon immer mal ein Löwe sein«, sagte Jona gespielt träumerisch, als wäre er ein kleines Kind.

»Halt 's Maul. Dein Leben lang warst du ein Kamel.«

»Na so was.«

»Jona, mach das nicht unnötig schwer. Also, du warst ein Kamel. Das ist die erste Verwandlung des Geistes bei Nietzsche, vorher warst du einfach ein Herdentier. Nietzsche schrieb: *Was ist schwierig? Fragt der Geist, der viel ertragen will, und kniet nieder, wie ein Kamel, das beladen werden will. Was ist am schwersten, O ihr Helden, fragt der Geist, der viel ertragen will, dass ich es auf mich nehme und in meiner Kraft frohlocke?*«

»Hast du das auswendig gelernt?«

»Ich kenne das ganze Werk.«

»Da soll nochmal einer sagen, du wärst faul.«

»Das Kamel repräsentiert einen starken Geist, der fähig ist, schwere Lasten zu tragen und lange Strecken in der menschenleeren Wüste zurückzulegen. Kurz gesagt, ein Geist, der fähig ist, ein anstrengendes und schweres Leben zu leben. Sowohl die gesellschaftlichen Regeln als auch die moralischen Vorstellungen nimmt das Kamel sehr ernst. Es versucht, eine Person zu werden, die all den moralischen Grundvorstellungen folgt, jemand mit Ehre und Würde, ein Idol. Du hast all das getan. Hast an Liebe geglaubt, an ein erfülltes Leben. Hast versucht, wie Papa zu werden. Hast ein Leben gelebt, das dir keine Freude bereitet hat, nur um das Richtige zu tun, für Lisa.«

Jona zuckte, wie eine Ratte in der Skinner-Box.

»Du hättest Psychologie studieren sollen, so brillant ist deine Analyse.«

Jacques fuhr ungeachtet fort, die Waffe ruhig auf Jona gerichtet:

»In der Allegorie Nietzsches werden die Regeln einer Gesellschaft und ihre Moralvorstellungen durch einen goldenen Drachen dargestellt. Diese Regeln und Kodizes können religiöse oder auch humanistische Werte oder Ideen sein. Die 10 Gebote, die Unabhängigkeitserklärung oder aber der Gedanke, du müsstest dein Leben an eine andere Person binden, wie du es getan hast. Weitere Beispiele wären das Grundverständnis für Empathie und Fürsorge gegenüber anderen Menschen, das Recht des Einzelnen, eine eigene Meinung zu haben, die Gewaltenteilung, die unterschiedlich hohe Besteuerung für unterschiedliche Einkommensgruppen oder, auf einer etwas einfacheren Ebene, Normen wie: Du sollst dir einen gut bezahlten Arbeitsplatz suchen, du sollst studieren, du sollst höflich sein, du sollst eine Familie gründen und du sollst alle zufriedenstellen. Das Kamel ist also das ideale

Mitglied eines Staates, aber es ist auch eine Kopie. Du warst eine Kopie, Jona; dein Leben lang.«

»Passiert den Besten.«

»Ein anständiger Mensch, der all die Werte sehr ernst nimmt und nach ihnen denkt und handelt. Das Kamel folgt den tiefen Wurzeln aller allgemeinen Werte, die die Gesellschaft als Ganzes vorantreiben. Du warst wie eine Maschine, der man all diese Werte als Code einprogrammiert hat. Du warst völlig unfrei, und diese Unfreiheit hat mich angekotzt. Also habe ich beschlossen, dich zu retten.«

»Wie nett von dir.«

»Nach Nietzsche muss das Individuum seinen eigenen Drachen kennen, um zu einem Kamel zu werden. Der Drache steht für alles, was jeder einzelne Mensch subjektiv bewundert. Für die persönlichen Werte, die jeder verinnerlicht hat, durch Erziehung oder Gesellschaft. Weißt du, wie dein Drache hieß, Jona? Er hieß Lisa.«

Jona sagte nichts.

»Warum sollte man zum Kamel werden wollen, wenn dies bedeuten würde, dem Drachen zu folgen? Eine Antwort hierauf liefert eine genaue Betrachtung von Freuds Strukturmodell der Psyche. Freud hat übrigens ziemlich viel von Nietzsche und Schopenhauer abgeschrieben, ohne es je zuzugeben. Vielmehr hat er behauptet, er hätte die Schriften extra gemieden, weil sie seinen zufällig so ähnlich seien.«

»Sachen gibt's.«

»In diesem Strukturmodell wird der Drache durch das Über-Ich repräsentiert. Der Drache wird ungefähr im Alter von fünf Jahren gebildet und ist damit eine Persönlichkeitskomponente eines jeden Menschen, welche die Menschen dazu bringt, moralisch zu handeln. Im Drachen, im Über-Ich, befinden sich alle Werte und Vorstellungen, alle unterbewussten Regeln, die uns Menschen vorgeben, wie wir zu leben haben. Befolgen wir diese Regeln und gehorchen dem Drachen, so fühlen wir uns gut und sind mit uns selbst zufrieden. Tun wir es nicht, so fühlen wir uns schlecht und beschämt.«

»Und wer ist dein Drache, Jacques?«

Jacques lächelte.

»Ich habe keinen. Ich habe mich von allen Werten freigemacht. Ich bin ein Übermensch.«

»Oho.«

»Du bist jetzt auch frei von Lisa. Du kannst es auch schaffen.«

Jona überlegte, was er alles mit Jacques anstellen würde, wenn er irgendwie dessen Waffe kriegen könnte.

»Lisa war nicht mein Drache. Sie war das Einzige, was nicht mein Drache war. Man kann ihr nicht die Schuld für mein Scheiß-Leben geben.«

»Sei dir da mal nicht zu sicher. Sie hat dich in diesem Leben verankert, auch wenn du die Verantwortung trägst, sie gewählt zu haben.«

»Du hast sie immer gehasst, weil ich dir nicht mehr hinterhergelaufen bin. Sie hat mich befreit, nicht andersrum.«

»Und wo hat es dich hingebracht?«

»Du warst mein bester Freund, Jacques, und wo hast du mich hingebracht? Wir waren nicht gut füreinander. Das klingt jetzt nach Beziehungsscheiße, aber ich meine, dass wir uns zu ähnlich in den schlechten Punkten waren. Wir haben wie Wellen unsere Maxima und Minima verstärkt. Vielleicht ein schlechter Vergleich, weil es einfach keine Maxima gab. Wir haben unsere schlechten Eigenschaften verdoppelt und unsere positiven halbiert, das meine ich. Wir sind besser ohneeinander ausgekommen, und fairerweise muss ich sagen, dass ich nicht glaube oder zumindest nicht weiß, ob es für dich genauso war, aber für mich war es auf jeden Fall so, und ich finde es nicht egoistisch, weil du mir nicht gutgetan hast oder der Art, wie ich der Welt gegenübergestanden habe. Sie hat mir das gezeigt, denn ich war besser. Abgesehen von dem, was vorgefallen ist, war alles gut zwischen uns, aber ich war es nicht. Und jetzt kommst du, hast nichts gelernt und versuchst den gleichen Scheiß nochmal.«

»Ich versuche, dir zu helfen.«

»ICH WILL DEINE SCHEISS HILFE NICHT, okay?«

»Alles, was ich getan habe, habe ich für dich getan, also hör mir wenigstens zu. Du hast eh keine Wahl.«

Jacques hob die Waffe wieder.

Wieso tat er das, dachte Jona. Wieso erkannte er nicht, was er für ein Heuchler war?

»Also zurück zum Kamel. Es ist ein Individuum, das bis zum Äußersten geht und versucht, dem Drachen so weit wie möglich zu folgen und zu gehorchen, deshalb schlägt es einen Weg ein, von dem es glaubt, er würde zu den höchsten Belohnungen führen und zu dem höchsten Stolz. Die meisten Menschen wären gar nicht in der Lage, diesen geistigen Zustand zu erreichen, da sie es nicht schaffen, ihren Idealen gerecht zu werden. Sabbernde Idioten, die sämtlichen neuen Trends folgen und ein bequemes, bedeutungsloses Leben leben. Durch soziale Netzwerke wird dieser Effekt noch verstärkt. Um von dieser Herde wegzukommen, zu welcher der Großteil der Menschen gehört; um aufzuhören, eines der Schafe zu sein, welches zufälligen Hirten folgt, musst du deinem Drachen folgen. Das heißt, auf einer gewissen Ebene hast du mit deiner gedankenlosen Befehlsbefolgung alles richtig gemacht. Das war aber nur der Anfang. Du hast nichts in Frage gestellt, sondern einfach befolgt, befolgt, befolgt. Hast eine Aufgabe nach der anderen bewältigt, dazugelernt, bist immer besser geworden, aber im Endeffekt warst du ein Gefangener. Das war dein Lebensziel, doch Lisas Tod hat deine Ketten gesprengt, und sieh dich an, du bist deinem Gefängnis entkommen und hast alles hinter dir gelassen.«

»Ich werde dich umbringen.«

»Alles zu seiner Zeit. Kommen wir zur zweiten Verwandlung, zum Löwen. Nietzsche schrieb: *Wer ist der große Drache, den der Geist nicht mehr Herr und Gott nennen wird? ,Du sollst' ist der Name des großen Drachen, aber der Geist des Löwen sagt: ,Ich will'.* Wenn es als Kamel deine Aufgabe war, den Idealen zu folgen, dann ist es jetzt deine Aufgabe – die des Löwen – , diese Ideale zu zerstören. Du hast dich gegen deinen Drachen gewendet. Bei jedem ,Du sollst' sagte der Löwe ,Nein', somit hast du dich gegen Tradition und Kultur und gegen alle Werte, die dir auferlegt worden sind, gestellt. Alles, was dir als Kamel wichtig war, hast du als Löwe zerstört, und genauso ist es vorgesehen. Dein altes Leben existiert nicht mehr. Jetzt bist du frei. Hast deine Familie verloren und deine Beziehung. Beides hat deine Freiheit eingeschränkt. Hätte diese Verwandlung nicht stattgefunden, wärst du am krankhaften Streben deines Kameldaseins zugrunde gegangen. Dann hättest du sie auch verloren.«

Jona überlegte, dass Jacques dieses Zimmer unter keinen Umständen lebend verlassen dürfte. Er war sein persönlicher Folterknecht, und dieses Zimmer hatte sich in seine private Hölle verwandelt. Das Fegefeuer brannte heiß und schmerzhaft. Jona schwitzte und sein Herzschlag war der eines Triathleten.

»Alles zu bestätigen und alle Werte, die dir auferlegt waren, zu befolgen, hätte dich am Ende zerstört, egal, wie selbstlos oder edel sie gewesen sein mochten. Du bist an dieser Aufgabe zur Hälfte untergegangen, und deine Identität ging verloren. Ihr Selbstmord hat dich gerettet.«

Es würde keine Rettung kommen; dies war seine Strafe.

»Du warst einzigartig und individuell, genau wie ich. Es ist unmöglich, dass das zum Ausdruck kommt, solange du nur anderen und deren Vorstellungen von Richtig und Falsch hinterherrennst. Du musst dir deine eigenen machen, aber da bist du noch nicht.«

»Wie schade.«

»Um dich vollends zu befreien und deine eigenen Werte und deinen eigenen Sinn zu schaffen, musst du diese revolutionäre Phase durchlaufen, wie der Löwe, der seine Freiheit will. In der Allegorie Nietzsches trifft der Löwe, der sich wie das Kamel allein in der Wüste befindet, auf den Drachen. Der Drache ist verführerisch, er glänzt dank seiner unzähligen goldenen Schuppen, und auf jeder dieser Schuppen glitzert ein ‚Du sollst‘. Die Zigtausende von Schuppen repräsentieren metaphorisch die Tausende von Jahren, die vor uns gekommen sind, und die Werte, die sich in diesem langen Zeitraum manifestiert haben. Die Jahrtausende des Kodex, der sagt, wie man sich verhalten und denken soll. Während der Menschheitsgeschichte haben sich unzählige angehäuft. Der Drache ist der Todfeind der wahren Selbstverwirklichung, und der Löwe muss den Drachen in einen tödlichen Kampf verwickeln. Er tut dies, indem er sich gegen jedes einzelne ‚Du sollst‘ stellt, gegen jede Schuppe.«

»Episch.«

»Er rebelliert gegen jede Form von Unterdrückung. Das ‚Du sollst‘ ist ein Hindernis auf dem Weg zur Entfaltung der Individualität, der Löwe will diese aber erreichen und komplett zum Ausdruck bringen. Als er den Drachen trifft, sagt der Löwe: ‚Ich will.‘ Daraufhin antwortet der Drache, dass alle Werte schon geschaffen worden seien, der Löwe müsse sich keine neuen Werte ausdenken, es sei ihm sogar verboten. Darauf befiehlt der Drache, dass es kein ‚Ich will‘ mehr geben solle. Inakzeptabel für den Löwen.«

»Du solltest Geschichtenerzähler werden.«

»Die Option, dir ins Bein zu schießen, ist dadurch vorhanden, Jona, dass der Übermensch ein Geisteszustand ist und du deinen Körper nur benötigst, um ihm Einzug zu gewähren. Wenn ich du wäre, würde ich also meine verfluchte Fresse halten … Der Löwe wird für seine Freiheit gegen den Drachen kämpfen. Als eine Absage an alle bisherigen Werte, alle Werte, die dem Löwen vorausgegangen sind, brüllt er dem Drachen während des Kampfes das ‚heilige Nein‘ entgegen. Der Kampf ist spirituell und metaphorisch zu betrachten. Brüllt der Löwe das ‚heilige Nein‘ zu jedem ‚Du sollst‘ des Drachen, beginnt hier seine Freiheit. Du musst jedem einzelnen Wert entsagen. Am Ende wirst du ohne Staat, Freunde, Familie und ohne Gott dastehen, so wie ich, aber du wirst völlig frei sein. Die mentale Ablehnung, das ‚heilige Nein‘, ist der wichtigste Schritt. Du hast ihn bereits hinter dir, aber du hast noch nicht alles abgelehnt. Du klammerst dich an der Vergangenheit fest und an das Idealbild einer Toten. Wenn du das auch noch ablehnst, dann bist du frei. Wie ein Phönix aus der Asche wirst du neu geboren und bist völlig frei. Dann ist es an dir, die letzte Verwandlung zu durchlaufen: das Kind. Nur das Kind kann sich eigene Werte schaffen.«

Jacques pausierte einen Moment, um zu sehen, ob Jona ihn unterbrach, aber sein Bruder schaute ihn einfach nur an, das Gesicht schmerzvoll verzogen und die Augen leer und in die Ferne gerichtet, als sähen sie ein Grauen, das den restlichen Lebenden vorenthalten blieb.

Jacques zitierte wieder Nietzsche:

Unschuld ist das Kind und Vergessen, ein Neubeginnen, ein Spiel, ein aus sich rollendes Rad, eine erste Bewegung, ein heiliges Ja-sagen. Ja, zum Spiele des Schaffens, meine Brüder, bedarf es eines heiligen Ja-sagens: seinen Willen will nun der Geist, seine Welt gewinnt sich der Weltverlorene.«

Jacques’ Augen leuchteten, er war gerührt.

»Kommen wir also zur dritten Verwandlung. Der Geist wird zum Kind und damit zum Schöpfer. Nach der völligen Zerstörung der aufgezwungenen Moral und Werte kommt die Schaffung neuer Werte, neuer Anfänge. Das Kind verspürt keinen Groll, es vergisst die Vergangenheit zu Gunsten einer neuen, von der Vergangenheit losgelösten Gegenwart, die es selbst zu schaffen vermag. Das Kind entwickelt konstant eigene Werte und folgt ihnen. Es lebt nach diesen Werten und nur nach diesen Werten, zwingt sie aber niemandem auf.«

»Und was machst du gerade?«, fragte Jona.

Jacques war überrascht, denn ein Teil von ihm glaubte, Jona hätte längst auf Stand-by geschaltet.

»Ich zwinge dir nicht meine Werte auf, du wirst deine eigenen schaffen, und du wirst völlig frei sein. Ist das nicht das Paradies? Die Erlösung?«

Jona sagte nichts. Jacques’ Stimme tönte in seinem Kopf, wie eine Durchsage an einem Flughafen. Ansonsten waren da nur sanfte Wolken, über die er schwebte, während er ein Gefühl der Gleichgültigkeit erreichte, nach dem er sich so gesehnt hatte. Es sollte nicht lange halten. Jacques fuhr fort:

»Hier kann man gut an Heraklit denken, dessen großer Fan Nietzsche war. Bei Heraklit befand sich das gesamte Universum in einem Zustand dauerhafter Veränderung. Die Zeit ist bei ihm ein spielendes Kind, das unaufhörlich erschafft und vernichtet. Auf eine sehr ähnliche Art und Weise ist das Kind bei Nietzsche ein freier Geist, der sich in einem Zustand ständiger Schöpfung befindet. Um ein Übermensch zu werden, muss man in Kontakt mit dem eigenen Kind kommen, welches spielt, das Leben jenseits von Gut und Böse lebt und liebt, seine eigenen Werte und Regeln im Spiel des Lebens erschafft und diesen folgt. Die Phase endet niemals, sie ist ein ewiger Fluss. Alles ist möglich für das Kind, es spricht ein ‚heiliges Ja' zum Leben. Nachdem du als Löwe alles verneint hast, kannst du zum Kind werden und alles bejahen; du bist so verdammt kurz davor. Eine Verwandlung ist zwingend notwendig, damit die nächste stattfinden kann. *Der Übermensch ist der Sinn der Erde.* Nietzsche meint damit, dass wir als Menschheit darauf hinstreben müssen, Übermenschen zu werden. Menschen, die es nicht sind, dürfen sich nicht fortpflanzen, und wir selektieren nach den richtigen Kategorien. Ich habe schon damit angefangen, indem ich dich erziehe. Sogar Lisa hat mitgeholfen, indem sie sich selbst umbrachte. Sie hätte es niemals schaffen können, aber sie hat dir auf ihre Weise geholfen. Jetzt musst du nur die letzte Phase erreichen. Dafür solltest du mit dem ganzen äußeren Zeug aufhören und nur innen suchen. In dir selbst. Ich würde dir gerne ein Werkzeug an die Hand geben. Es ist von Nietzsche. Eine Philosophie, die sich *Amor fati* nennt. *Amor fati: das sei von nun an meine Liebe! Ich will keinen Krieg gegen das Hässliche führen. Ich will nicht anklagen, ich will nicht einmal die Ankläger anklagen. Wegsehen sei meine einzige Verneinung! Und, Alles in Allem und Großen: ich will irgendwann einmal nur noch ein Ja-sagender sein!* Wir werden zusammen *Ja-sagende* sein, Jona. Bist du bereit?«

»Total.«

»Dann lass mich dir noch ein paar Tipps geben, bevor ich dich verlasse.«

Trotz seines Zustandes wurde Jona wieder schmerzlich aufmerksam.

»Nietzsche hat den Einsamen, sich selbst Suchenden die Schwierigkeiten aufgelistet, die sich ihnen in den Weg stellen könnten. Die erste Schwierigkeit ist die Einsamkeit. Nietzsche betont, dass jemand, der seine Möglichkeiten zur Selbstfindung ausschöpfen will, den Weg gehen muss, der in die Isolation führt. Dieser Jemand würde frei sein, aber dies würde bedeuten, dass man Freundschaften aufgeben müsse, um tief in die eigenen Ängste hineinzuschauen. Diesen Ängsten müsse man begegnen. Um ein Individuum mit ausgeprägter Charakterstärke zu werden, muss man sich den eigenen Dämonen stellen. Das ist natürlich beängstigend, und Nietzsche warnt ausdrücklich davor: *Aber der schlimmste Feind, dem du begegnen kannst, wirst du immer dir selber sein; du selber lauerst dir auf in Höhlen und Wäldern. Einsamer, du gehst den Weg zu dir selber! Und an dir selber führt dein Weg vorbei, und an deinen sieben Teufeln!* An seinen Ängsten zu zerbrechen ist das Schlimmste, was dem Einsamen passieren kann, aber nicht das Einzige. Du hast, um ehrlich zu sein, eh keine Wahl, du bist bereits dabei zu zerbrechen, und deinen Dämonen bist du auch schon längst begegnet. Nietzsche erwähnt außerdem, dass der Einsame zu anfällig für schlechte Gesellschaft und falsche Freundschaft sei ...«

»Ich bin definitiv in schlechter Gesellschaft.«

»Er fährt fort, dass man sich aus seinen sieben Teufeln einen Gott schaffen solle, dass man sich in der eigenen Flamme verbrennen müsse, um aus der eigenen Asche neu aufzuerstehen. Nur wer sich seinen negativen Seiten, seiner Vergangenheit und seinen Ängsten stellt, der kann diese nutzen, um sich selbst neu zu schaffen. Gesteh dir also alles ein, deine Sucht und den Verlust von Lisa, und dann bist du bereit.«

Jona sollte ihm für jedes Mal, das er Lisa erwähnt hatte, eine Kugel verpassen.

»Gehst du jetzt?«, fragte Jona.

»Oh ja, Jona. Ich bin beinahe weg. Nur noch eine Sache. Eine Kleinigkeit.«

»Ich bin ganz Ohr.«

»Ich muss dir noch beweisen, dass ich ein Übermensch bin. Deswegen ...«, Jacques lächelte, »musst du mich erschießen.«

Er reichte Jona die Waffe, der sie direkt nahm.

»Wieso?«, fragte Jona.

»Nun«, antwortete Jacques, »mit dem Mord stellst du dich über das Gesetz, du wirst frei sein. Ich zeige dir, dass mir nichts an den Werten liegt, und du weißt, dass es möglich ist, ein Übermensch zu werden.«

Jacques kniete sich hin und blickte hoch zu Jona, der immer noch da stand, wo er die Waffe entgegengenommen hatte. Jona versuchte angestrengt nachzudenken, aber sein Gehirn war wie Watte.

»Außerdem«, fing Jacques wieder an, »wirst du mit Lisa abschließen können, weil du ihren Vergewaltiger beseitigst.«

Er sah Jona herausfordernd an.

»Was?«, fragte dieser, obwohl er in der Sekunde, in der Jacques gesprochen hatte, wusste, dass es die Wahrheit war.

»Irgendwer musste doch deinen Anker lösen. Du selbst hättest es nicht getan, du wärst daran zugrunde gegangen. Und jetzt sieh dich an, bereit, ein Übermensch zu werden. Bring es hinter dich. Der Tod ist das Ende.«

Jona verfluchte jede Pille, die er genommen hatte. Es war, als würde aus der Tiefe seiner völlig betäubten Gefühle ein besonderes zu ihm hochschreien. Es war die Wahrheit. Wäre er nicht, wäre Lisa noch am Leben. Er hätte sie beschützen können. Aber am besten hätte sie ihn nie kennengelernt. Jetzt war es zu spät. Jetzt war es egal. Niemand bekam das, was er verdiente. Aber er konnte das ändern. Einer von beiden würde bekommen, was er verdiente. Wäre es wirklich so schlimm, sich nicht an sie zu erinnern, wenn er sie dafür wiedersehen könnte? Es war Zeit zu gehen. Jona bewegte die Waffe dorthin, wo sie gebraucht wurde. Dann drückte er ab.

Der Schuss tönte noch lange nach. Als die Tür vom Personal geöffnet wurde, fanden sie nur einen der Neil-Brüder, tot auf dem Boden liegend. Der andere war verschwunden.

DAS EXIL UND KEIN REICH

So geht es zu Ende, und ich hoffe, dass Sie meinen Worten nun, nachdem ich mein letztes Versprechen erfüllt habe, vollends Glauben schenken können. Die Geschichte, die ich zu erzählen hatte, endet auf schäbige Weise, in einem schäbigen Hotelzimmer, was mir geradezu passend schien, da ich fand, dass dem Menschen in seiner schäbigen Natur kein besseres Ende zustände. Heute habe ich meine Meinung geändert. Das letzte Fünkchen Hoffnung, das dem Menschen immer innewohnt, inspiriert mich, Ihnen einen etwas positiveren Ausblick zu geben, da die Hoffnung zwar stirbt (wenn auch zuletzt), aber sie stirbt mit dem Menschen, der ihr Wirt war. Und noch ist dieser Wirt nicht verstorben. Noch glaubt er an seine Unsterblichkeit und die damit einhergehende Rettung. Noch kann er nicht aufhören, denn dafür bereitet es ihm einfach zu viel Spaß. Nein, wir befinden uns immer noch in einer wahren Begebenheit, und eine Geschichte ist nie wirklich zu Ende, bis der Erzähler das letzte Wort gesprochen hat. Vielleicht nicht einmal dann …

»Und?«

»Was und?«

»Ach, kommen Sie, Sie wollen mir doch nicht sagen, dass Sie mit so einer pseudopoetischen Scheiße aufhören?«

»Sie erweisen sich als sehr undankbare Zuhörerin«, lächelte ich ruhig.

Die Frau verspürte das dringende Bedürfnis, dieses immergleiche (und immer unechte, ja, das war es) Lächeln aus dem Gesicht ihres Gegenübers zu schlagen. In der Regel war sie eine sehr ruhige Natur, ein Püppchen, könnte man sagen, aber dieser Patient schaffte es immer wieder, sie zur Weißglut zu bringen. Trotzdem mochte sie ihn, oh ja, sie mochte ihn gerne. Seit er vor acht Wochen in ihre Praxis spaziert war, war er ihr Lieblingspatient. Sie liebte es, ihm zuzuhören, aber verfiel dabei zu oft in eine Trance, die eher dem kleinen Mädchen auf dem Schoß seiner Großmutter glich, das sie vor gar nicht allzu langer Zeit gewesen war, als einer professionellen Therapeutin. Sie ertappte sich oft genug, wie sie ihm all seine Abschweifungen durchgehen ließ, statt auf den entscheidenden Fakten zu beharren. Das war kein Problem, solange sie es schaffte, all das Gesagte zu abstrahieren und zu analysieren. Auch wenn dieser Mann von Ereignissen sprach, bei denen er nicht zugegen war, verriet er mehr über sich, als ihm vielleicht bewusst war. Dennoch legte er auch bewusst falsche Spuren, und diese erwiesen sich als eine dreiste Schnitzeljagd, als wollte er es ihr absichtlich schwer machen. Das Ende erwies sich deshalb als höchst unbefriedigend, weil ihrer Meinung nach die Pointe ausblieb, obwohl sie wusste, wie sie lauten würde. Sie wusste, dass sie recht hatte, aber das Ende hatte sie daran zweifeln lassen, ob ihr Patient wusste, worauf er selbst hinauswollte. Aber kein Problem, ein bisschen sokratische Verhörmethode war schließlich Butter und Brot einer jeden geübten Psychologin, und sie war geübt, trotz ihres jungen Alters.

»Undankbar? Die ganze Zeit sitze ich hier und lausche Ihrer völlig verzogenen Selbstdarstellung, ohne Sie zu unterbrechen. Wissen Sie, jeder andere kommt mit der klaren Absicht hierhin, sich zu bessern oder, wie ich manchmal denke, mit der Absicht, Verantwortung abgeben zu können. Sie hingegen erzählen offen und ehrlich, und trotzdem habe ich den Eindruck, Sie am wenigsten zu kennen. Können Sie mir sagen, woran das liegt?«

»Natürlich. Das ist eben alles wichtig. Ich bin halt nur ein Gehäuf zerbrochener Bilder unter Sonnenbrand.«

Sie atmete durch.

»Würden Sie mir das erklären, bitte?«

»Nein.«

Dieses Lächeln machte sie wahnsinnig.

»Wieso nicht?«

»Finden Sie das nicht auch viel interessanter? Die ganzen möglichen Bedeutungen, die eine Aussage haben kann, wenn man sie nicht erklärt.«

»Vielleicht interessanter, aber nicht unbedingt zielführend bei einer Therapie.«

Ein schnaubendes Lachen: »Da haben Sie gar nicht mal so unrecht.«

Sie freute sich über die Bestätigung. Wieso freute sie sich über die Bestätigung? Sie wusste doch, dass sie recht hatte.

»Haben Sie mal darüber nachgedacht, wie das auf andere Leute wirken muss, die nicht so gottverdammte Elitisten sind?«

»Ja, habe ich.«

»Und?«

»Abgehoben, überheblich, aufgeblasen, unter Hybris leidend, pubertär ...«

»Also?«

»Ist mir egal.«

»Sie haben also nichts dazugelernt. Sie sollten den Ratschlag Ihrer Frau befolgen.«

Ich hörte auf zu lächeln.

Sie wusste, dass das hart war, aber irgendwie musste man diesen selbst proklamierten Narren ja zur Vernunft bringen.

»Meine Frau«, fing ich leise an. Und plötzlich klang er so bedrohlich wie die Killer in den *Hardboiled*-Krimis, die sie so gerne las. »Meine Frau wollte nur, dass ich ehrlich zu ihr bin.«

»Und das waren Sie nie.«

»Nein.«

»Wieso nicht?«

»Wissen Sie das nicht selbst?«

Na also, ein Hoffnungsschimmer. Sie legte extra Spott in die Stimme, obwohl sie ihn nicht wirklich empfand:

»Die Wahrheit?«

Ich lachte verbittert.

Die Hardboiled-Seite war wieder verschwunden. Sie fand, dass er aussah, als könnte er jeden Augenblick losheulen.

»Nein, nein, nein. Das wissen Sie doch«, sagte ich.

»Ja, aber Sie sollten es mir trotzdem sagen. So funktioniert das hier eben.«

Sie lächelte. Wenn sie lächelte, sah man, wie jung, aber auch wie hübsch sie war.

»Einsicht ist der erste Schritt zur Besserung«, sagte sie.

Ein abwägender Blick, nicht unbedingt böse. Dann vorsichtig:

»Ich habe mich selbst ... belogen.«

»Ich dachte, das machen Sie nie.«

»Die Ausnahme bestätigt eben die Regel.«

»Ist ja ein blöder Zufall, dass ausgerechnet diese Ausnahme die alles entscheidende ist.«

Ich nickte: »Das sind sie immer, die Ausnahmen.«

Ich schwieg.

Kein schlechter Anfang. Er nahm es ihr nicht übel, dass sie ihm weh getan hatte. Das war gut. Man musste es aber auch nicht übertreiben.

»Und Aurora? Das Gespräch haben Sie nie geführt.«

»Nein, aber ich wünschte, ich hätte es. Ich war sehr grausam, das konnte ich gut. Sie war kein guter Mensch, aber das war ich auch nicht. In den letzten Wochen habe ich oft gedacht, dass sie vielleicht besser gepasst hätte. Getraut in unserer Verlogenheit, gebettet in ewige Düsternis. Zwei Sünder.«

»Sie glauben jetzt, das Glück nicht verdient zu haben, nur weil Sie nicht ehrlich sein konnten.«

»Ich glaube nicht, dass ich es nicht verdient hatte. Ich glaube, es war überhaupt kein Glück. Nur eine gelebte Lüge ... ein falsches Paradies.«

»Aber für *sie* war es echt.«

»Wie hätte es das sein können?«

»Sie hatte doch nie einen Grund zu zweifeln.«

»Ich werde sie nie wiedersehen. Wenn es einen Himmel gibt, wird sie dort sein und ich nicht. Wenn es keinen gibt, dann besteht sowieso keine Chance.«

»Ich weiß, dass ich gesagt habe, viele würden die Therapie als Ausweg nutzen, um Verantwortung abzugeben und sich das von Profis unterschreiben zu lassen, im Namen der Heilung. Aber ist Ihnen mal der Gedanke gekommen, dass Sie sich zu viel aufbürden? Zu viel Verantwortung, meine ich. Dass Sie sich etwas in die Sache reinsteigern? Was hat sie denn in den sieben Monaten gemacht, in denen Sie sich kannten, aber noch nicht zusammen waren? Wieso hat es überhaupt so lange gedauert? Außerdem waren Sie ja noch gar nicht zusammen. Ich will Ihr Problem nicht kleinreden, irgendwen habe ich mal sagen hören, dass es egal ist, ob man in einer Pfütze oder im Meer ertrinkt. Aber meinen Sie nicht, dass es sein könnte, dass sie es gar nicht so dramatisch fände? Können Sie nicht immer noch ihre Liebe spüren?«

Oh, wie sie diesem Mann weh tat. Hätte man sie heute Morgen gefragt, sie hätte gesagt, sie sei dazu nicht in der Lage. Aber sie waren so verdammt kurz davor. Sie fuhr fort:

»Ihre Krankheit, so wie Sie sie mir beschrieben haben, der Glaube, dass das Leben ohne sie nichts wert ist, der in Ihnen wie ein Krebs um sein Überleben kämpft, sucht nur nach einem weiteren Weg, Ihnen die Schuld zu geben. All die Jahre hat der Gedanke an Aurora Sie in Ruhe gelassen; dass er jetzt wiederkommt, liegt nicht an der Objektivität einer falschen Handlung, es liegt daran, dass Ihr Verstand einen Weg finden muss, mit Ihrem Verlust umzugehen, und er tut es auf die einzige Weise, die er kennt: Er gibt Ihnen die Schuld. Damals waren es Ihre Schwestern und heute Ihre Frau. Nur ein Weg von vielen, Ihnen klarzumachen, dass Sie Ihre Frau nicht retten konnten.«

Sie holte Luft. Wenn das jetzt nicht klappte, würde sie heute Nacht nicht schlafen können, ganz bestimmt nicht.

Der Mann weinte nicht, sein Gesicht war ruhig, bis auf die kleinen, flüssigen Salzwasserkristalle, die angefangen hatten, seine Wangen herunterzukullern.

Sie nahm meine Hand.

»Der einzige Weg der Trauer, den Sie gewohnt sind, ist, die volle Verantwortung für alles zu übernehmen, was Ihnen je passiert ist, aber so funktioniert das Leben nicht. Manche Dinge passieren einfach so.« Sie fügte sanft hinzu: »Veränderung.«

Der Mann drückte ihre Hand, nur einmal ganz kurz. Dann guckte er an die Decke und holte tief Luft. Wenn es so weiterginge, müsste sie gleich heulen.

»Wahrscheinlich hätte es nicht viel geändert ... Wahrscheinlich hätte ich gedacht, ihr Tod läge an meinem Geständnis.«

Er sagte es behutsam, als müsste er erst gucken, wie sich dieser Gedanke auf der Zunge anfühlte.

Sie nickte.

»Sie vermissen sie eben einfach. Aber sie wird für immer ein Teil von Ihnen sein.«

Jetzt weinte der Mann. Sie biss sich auf die Unterlippe.

»Erzähl mir was von ihr. Irgendwas.«

Der Mann holte wieder tief Luft, aber ein weiteres Schütteln fuhr durch seinen Körper. Nach einer Weile blickte er ihr in die Augen. Trotz aller Trauer konnte sie dort noch etwas erkennen, etwas, das vorher nicht da gewesen war. Dankbarkeit. Dann begann er zu erzählen.

Züge aus reinem Licht fuhren auf ihren strahlenden Schienen aus ihrem fantastisch golden flimmernden Bahnhof heraus, bevor sie in einer gigantischen Pinie Halt machten und sich dann zu ihrer Endstation, Arthurs Netzhaut, bewegten. Diese Netzhaut hatte in den vergangenen Jahren so viele Wunder festgehalten, dass ihr Besitzer meinte, er müsse nach seiner Begegnung mit Jesus in den Himmel gekommen sein. Freigesprochen von seinen irdischen Missetaten, bewegte er sich im Paradies und er bewegte sich nicht allein. In seinem Schoß schlief das lieblichste, zerbrechlichste Wesen, welches das größte Wunder von allen war. Möglicherweise doch ein Engel, der ihn gerettet hatte. In diesem Moment wünschte er sich (obwohl er wusste, dass es vermessen war, sich noch mehr zu wünschen, da er bereits mehr besaß als irgendein Zweibeiner vor ihm), dass die Netzhaut, die all die Schönheit in sich aufnahm, eine echte Kameralinse wäre, die eine Zeitlupenfunktion besäße, mit der Arthur für immer in diesem Moment verweilen könnte. Er wollte einfach auf die Bremse drücken, damit er es schaffen konnte, all das wirklich zu sehen und nicht bloß wahrzunehmen. Wahrscheinlich, dachte er, wäre es doch eine Verschwendung. Eine Funktion, die er nicht bräuchte, da er seine Linse ohnehin nicht von dem Subjekt seiner paradiesischen Wirklichkeit abwenden konnte, die in seinen Augen heller strahlte, als es jede Sonne und jeder Lichtstrahl je könnten. Er hatte sich in ihrem Gesicht verloren wie in einem Labyrinth, und wenn es einen Ausgang gäbe, dann würde er eher gegen einen Minotaurus kämpfen, als durch diesen hindurchzuschreiten. Trotz all der Reisen war er immer zu Hause gewesen. Sein Zuhause folgte ihm ... oder ging voraus, je nachdem. Der springende Punkt war der: Arthur hatte schnell gelernt, dass Jonas Bruder, den er in einem anderen Leben subtil als Hurensohn bezeichnet, mit einer Sache recht gehabt hatte. Die Sprache drückte die Wirklichkeit nicht annähernd aus. Für das, was in seinem Inneren vor sich ging, gab es keine definierten Laute; er hätte schreien, weinen und lachen können und hätte es damit immer noch präziser beschrieben, so sehr verehrte er seine Frau, die, und daran hatte er heute keinen Zweifel, seine Seelenverwandte war.

All die Schönheit des wahrhaft herrlichen Gartens, in dem die beiden heute Rast machten, ging an seinem Fokus vorbei, der ruhig und sicher auf dem Gesicht ruhte, an dem er sich niemals würde sattsehen können. Seine gebräunte Hand streichelte ihren Hinterkopf und zerzauste dabei die mittlerweile hellblonden, gelockten Haare. Er würde mit dieser behutsam monotonen Bewegung niemals freiwillig aufhören, aber er wusste, dass, wenn er es täte, Leo direkt aufwachen und ihn fragen würde, was um alles in der Welt ihm einfiele, einfach aufzuhören; denn so war es immer gewesen, egal wie tief und fest der stille, harmonische Atem vorher gewesen war.

Arthur dachte nicht wirklich oft zurück, aber wenn er es tat, fiel ihm auf, wie viel jünger er geworden war, genau wie in dem Dylan-Song. Er war leidenschaftlicher Hörer geworden und gäbe mittlerweile einen ebenso guten Literaturprofessor ab, wie Leo eine Professorin abgeben würde. Noch war es nicht so weit, die Zukunft war *great wide open.*

Dieser Moment wurde von mir auserwählt, da sich ein entscheidender Gedanke bei meinem jüngeren Ich zum letzten Mal einschleichen sollte. Wie ein höhnischer, alter Freund erbat er Einlass, und Arthur dachte über den Selbstmord nach, der ein Geheimnis mit ihm teilte, das nur sie beide kannten. So glücklich wie auf dieser einfachen Holzbank wäre er vielleicht nie wieder. Aussteigen auf dem Höhepunkt und einen euphorischen Tod sterben. Etwas in ihm gefiel dieser Gedanke, aber ihm gefiel er nicht. Die Verlockung war über die Jahre so gering geworden, dass der Versuch fast schon jämmerlich wirkte. Ein letzter, verzweifelter Schachzug, der das Matt nicht würde verhindern können.

»Warum hast du aufgehört?«, fragte da Leos verschlafene Stimme, und sie zog sich an ihm hoch. Arthur gab ihr einen Kuss auf die Nase. Sie kicherte.

Nein, heute war nicht der Tag, an dem er nachgeben würde. Arthur war sich nun sicher, dass dieser Tag niemals kommen würde.

DANKSAGUNG

Als der innovative Autor, der ich zweifelsohne bin, dachte ich mir, es sei an der Zeit, einen neuen Trend zu starten: sich am Ende des Romans mal bei allen zu bedanken, die entweder dem (innovativen) Autor oder der Entstehung des Buchs oder sogar beiden geholfen haben. Ich bin mir sicher, jede*r Angesprochene weiß, wieso ich dankbar bin.

Danke, Mia. Danke an meine Eltern. Danke, Lilly. Danke, Tom. Danke, Lasse. Danke, Steve Dee Prog. Danke, Norea. Danke, Shirley. Danke, Konrad. Danke, Fabian Scherle. Danke, Mika. Danke, DNA. Danke an mein großartiges Lektorenteam: Dr. Peter »Slickpete« Fuß und Christina »Chrisi G« Gollub (inklusive Jenni). Danke, Omi, Omi und Opi. Danke an den Rest meiner Familie. Danke, Karsten & Silke. Danke, Johanna. Danke, Hildegard. Danke, Asmodeus. Danke an Bod. Danke an den verlorenen Weg.